放浪学生《ヴァガンテース》のヨーロッパ中世

堀越孝一 著

悠書館

放浪学生《ヴァガンテース》のヨーロッパ中世

第一部　いま、中世の秋

I. いま、中世の秋

1　隠国のブルゴーニュ　4
2　窓外の景色　13
3　ヴァンセンヌの森の女主人　23

II. ある日の講義

1　卒論読みのこと　36
2　注のある風景　40
3　ある日の講義　44
4　くねくね体の文章　48
5　自由石の親方　52
6　變成男子御受用　56
7　平家納経をみる　60
8　いうまでもなく、周知の　64
9　かぎりなくやさしいアキテーヌ　68
10　風車談義　72
11　ヴィエンヌの流れのほとりに　77
12　絵をみる　83

Ⅲ. 青春燔祭
1 若者狩り 94
2 海辺の墓地 103
3 オフィリアの歌 110
4 ロランの歌 117
5 ドゥイノの悲歌 123
6 貴婦人と一角獣 130
7 四月の女王のバラダ 136
8 綱屋小町の歌 143
9 リヨンの青春 150
10 モービュエの水場で 156
Ⅳ. 歴史家の仕事
1 わが蘭学事始 164
2 叙情の発見 172
3 小春日和のヴェズレー 175
4 わがイミタティオ 178
5 歴史家の仕事 181

第二部　わがヴィヨン

一九九二年夏、マロ本を見る　187

I. 放浪学生

放浪学生の歌　198
師のまねび　208
無頼の伝説　217
遊びの相のもとに　228
無為について　237
わが歴史への道　246

II. 旅立ち

ふたたびの夏、パリへ　256
人の影、家の影　267
去年の雪、パリの雪　277
あいつも逝って、三十年　287
街の考古学　297
燃える指　306
事の発端　316

Ⅲ. 歌の場

四つの教会堂 328
セーヌを壺になみなみと 339
母が一度そこに座ったことがある 349
見上げれば女神さま 358
六十七番のビュスでシャトレ下車 367
テー・ジェー・ヴェーとポワトゥーのロバ 382
「四つのエース」の看板 392
わが友ジャック・カルドン 401
詩の地層 412
一九九四年秋、玉川上水の橋の上に月が登る 423

あとがき 433

本書第一部は一九八二年の『いま、中世の秋』を、第二部は一九九五年の『わがヴィヨン』（いずれも小沢書店刊）を底本としました。

第一部　いま、中世の秋

Ⅰ．いま、中世の秋

1　隠国のブルゴーニュ

ディジョンの「ホテル「赤い帽子《シャポー・ルージュ》」の」部屋の壁に、ペトルス・クリストゥスの「ある少女像」の複製がかかっていた。もう七、八年前になる、夏のブルゴーニュを訪れた折の記憶である。

ペトルス・クリストゥスのこの絵は、ああそういえばあの絵かと、想いだされる方が多かろうと思う。わずかに額の生え際をのぞかせて、髪をきりりと帽子のなかにおさめこみ、あご帯を締めあげ、斜めに構えて人をみすえる、ちょっといじわるそうな表情の少女像である。じっさい、そのいじわるそうな表情は、なにかわたしの印象に快いものがあって、わたしはこれが大変気に入っていて、原画はベルリンの美術館にあるのだが、先年、なんとパリのルーヴル美術館の売店で売っているのをみつけて買い求めた複製が、いまも眼前の壁にかかっている。それと同じのを、ディジョンのホテルでみたのである。

フランドルの画家ペトルス・クリストゥスとディジョン、これは別にふしぎな組合せではない。時間を遡行して中世後期に入れば、画家が生活していたフランドルのブリュージュとブルゴーニュのディジョンとには、同じ空気が流れていたともいえる。ブルゴーニュ侯家の南の本領であり、北の領国である。ヨーハン・ホイジンガの中世の秋の世界である。というのは、ホイジンガはもともとこの著述を「ブルゴーニュの世紀」と名付けようかと思案していたというのだから。

つまりはブルゴーニュ侯権が、まずパリのブルゴーニュ館に腰をすえ、さらに北方のフランドル、ネーデルラントに押し出して、ブルゴーニュ的なる生活と意見の雰囲気に染めあげてゆく、そういう事の次第の観察の記述として『中世の秋』を読むことも、また可能なのだから。とはいえ、『中世の秋』には、ブルゴーニュと北方諸地方という対比の構図は、これはほんのうっすらとにじみでていようというていどにしか描かれていないともいえる。

その点が、いささか不満といえば不満で、なるほど、ブルゴーニュ文化が広く「フランスとネーデルラント」をおおうほどの規範力をもったということは、後期中世の「フランスとネーデルラント」という歴史空間が、ブルゴーニュ的なる生活と意見の諸形態を「よい形として喜んだ」ということであって、それはそういうこととして了解しておけばすむことなのだが、なおかつ、そういう生活と意見の諸形態を生みだした母なる風土はどんなだったか、それを知りたいというねがいにひかれて、わたしはブルゴーニュという土地に入るのであって、だから、フランドルの画家ペトルスの絵の複製がディジョンのホテルの一室にかかっているのは、これはふしぎではないとかたづけてしまってよいものではないのであって、ペトルスについては定かではないが、たとえばかれの一世代あとの、こちらもフランドルはガンの画家フーホ・ファン・デル・フースが、ブルゴーニュ侯家最後の当主、むこうみずのシャルルに供奉してディジョンにやってきた、その折にフーホが、ここ「隠国《こもりく》の」ブルゴーニュの風土にどう感動したか、どうなじんだかなじまなかったか、その辺の消息をこそ、わたしとしては知りたいのである。

「隠国」というのは、戯れにそういってみたまでのことだが、じっさい、厳冬の十二月、別の機会に訪れた折には、その感が深かった。陽光の乱舞するオートルートを出はずれて、道は山間の谷地へと沈んでゆく。それがなんと白いドームのなかに入ってゆく気配だったのである。ソーヌ渓谷は霧の海であった。路面は霜におおわれ、木立は霧氷に封じこめられて淡く輝いている。氷塊のあいだから白の大壜をひきあげるとき、冷気が一瞬、壜の表面に白い膜を張る。その瞬間の持続のなかをゆく想いがして、その夜、レストラン「僧侶の牧場《プレ・オ・クレール》、三羽の雉《トロワ・フエザン》」の夕食に、ムールソーの白を一本あけたことであった。

その折にとった料理はモルヴァン特産のハム。クリームで和えた編笠茸《モリーユ》が添えてあった。けれども料理が圧巻だったのはこのときのことではない。夏のディジョンの「赤い帽子」の食堂でとったソル・シュール・ル・プラ・ブルギニョン、すなわち舌平目の赤ぶどう酒煮、これがよかった。それこそなんの変哲もない姿煮であって、そのさりげなさがいっそ小憎らしい。秘伝のソースのことなど知るよしもない。ただ、舌がおどろいた。ふしぎに赤がよく合い、すすめられた赤の大壜を一本あけてしまった。それがまた、なんとも濃厚な酒で、イポクラスでも飲まされたかと、階段をはいあがりながら、酔呆の頭で邪推したことであった。料理と酒が照応した、わたしにとって空前絶後の体験であった。その赤の名前を忘れたのはくやしいが、ブルゴーニュの赤というだけで十分ではないか。「隠国の」ブルゴーニュの風土がそこにたちあらわれて、旅行者に土地の感覚をあかす。

たかだか百フランほどの物入りだったが、ブルゴーニュ宮廷のぜいたくを、ちょっぴり味わわせてもらったことになるのかなと、その翌日、ブルゴーニュ館の遺構、台所跡に立ちながら苦笑したことであった。ドーム天井の天頂からアーチ梁が八本おりてきて、八本の柱に接合し、八本の柱の外側が回廊ふうの吹抜けの空間を作る。石と漆喰の荒れた壁面を寒々とさらしているこの歴史の空間が、いま、口唇の感覚を触媒として、わがイマジネールのうちに祭の空間へと変容する。

ヴォージュの薪の太物は大鍋の下に、コート・ドールのぶどうの木の細枝は小鍋の下に。一瞬、薪が崩れて、かまどの口から吹き出る焔が、壁一面にかけならべられた大小さまざまの赤銅の鍋類に光と影の模様を描く。料理人が、大鍋の木蓋をとり、吹きあげる湯気のなかに、大壺からつかみとったジュラ山中サランの塩をほうりこむ。ソーヌ丘陵の香草を投げいれる。モルヴァン山地の沢水で育った虹鱒やザリガニをいれた大びく。北海産の塩漬けにしんの大樽。

口唇の感覚が、いったいどのていど、ひとつの生活と思考の風土の性質を示唆するものか、じっさいこれはなんともいえない。ブルゴーニュ宮廷に棲息していた覚書記者たち、オリヴィエ・ド・ラ・マルシュとかジョルジュ・シャトランとかが、宴会の盛儀について熱心に記述しているということはあるのだが、かれらの関心の焦点は口唇の欲の充足のこと、そのこと自体にあるのではなく、口唇の欲を満たす手続き、宴会の舞台仕立てと式次第にあるのであって、そのことはたしかである。食欲という生の情念のカタルシスをも壮大なドラマ仕立てにせずにはやまない、かれらブルゴーニュ文化人の生活美化の希求のすさまじさには、じっさい恐れいる。

「料理のサーヴィスがどんなであったか、それはそれですばらしい話にはなるであろう。それにまた、いったいどうお話してよいものやら分らぬほど、他にいっぱいみるべきものがあったのである。よく覚えているのは、どの料理も、それぞれ四十八種の皿が供されたことである。焼肉料理は、青と金の顔料をふんだんに使って焼きあげた四輪馬車に盛りつけられていた」

　というわけで、料理を具体的に描写しようにも、記録者オリヴィエ・ド・ラ・マルシュの視線は、どうしようもなく舞台装置の方に流れてしまうのであって、肉や魚をどう四十八種類に料理してあったのか、それを知りたいとねがってもむだなこと、かれには「他にみるべきものがいっぱいあったのである」

　とりわけ記録者の視線をひきつけたのは、「大広間の長辺のちょうどまんなかあたり、間仕切り壁の近く、天井高く柱が立っていて、それに裸女の像が背をもたせかけていて、その髪はとても長く、背中に流れて腰のあたりまでとどき、裸身をかくそうとするかのように薄布のヴェールに身を包んでいて、その薄布には一面にギリシャ文字が書いてある。その右の乳房からは、食事のあいだじゅう、イポクラスがあふれ流れていた。脇にもう一本柱があって、それは櫓のような太い柱で、生きているライオンが一頭、鉄の鎖でゆわかれていて、つまりは裸女の守護者であるというわけで、その柱には、金文字で、矩形の楯に枠どって、このダームにふれるな、と書いてあった」

　ルーカス・クラナッハの画面を想わせるではないか。この連想は、こういった余興《アントルメ》を仕かけた職人たちにとっての名誉である。じっさい、かれら無名の職人たちのなかには、かつてはヤン・ファン・アイクあり、クラエス・スリューテルあり、いまはたとえばフーホ・ファン・デル・フースがまじっていたことは、これはたしかなことであって、だからわたしもまた、ホイジンガとともに、こう主張したいと思うのだ、「これらの、跡をも残さず消えてしまったテーブルの飾りつけのことを、折にふれ時につけて想いおこさずには、たとえばスリューテルの芸術を正しく理解することはできない、と」

じっさい、わたしは、このホイジンガの主張を体験上納得する機会があったのだ。台所跡をみたあと、ディジョン近郊シャンモルの修道院跡にスリューテルの大作「モーゼの井戸」の残存部分「預言者群像」をおさめた六角堂を訪ねた。薄明の濃霧のなか、ようやく探しあてはしたものの、正直、なんの感動も湧かなかった。湿った冷気が背筋をはいのぼる。これは死んだモニュマンだ、灰色の死骸《デブリ》だ、そんな想いに気が滅入った。それが、どうだろう、その数か月後、ホラントのデン・ハーグにマウリッツハイス美術館を訪ねた折、わたしはその背筋の冷えがようやくにしてゆるむのを覚えたのである。この気分の変調の触媒となったのは、二点の彩色木彫であった。

脚を開いて腰をおとし、両の手を宙にのばして激情を形にとめる。両腕の線はキリストに向い、女は脚をふんばって男を焦がれ求める。もうひとつは、これは対照的に静の姿態のうちに情念をとじこめている。ずりおちようとする外衣を結んだ両手に静かにとめ、小首をかしげて、左足を半歩前に出し、これはあたかもメランコリックに逍遥する女性といった恰好だ。ともに十五世紀末葉の祭壇飾衝立の部分であって、要すれば、ブラバントの木彫工房の無名の職人の仕事であって、その形もさることながら、金、青、黄、緑の顔料をふんだんに使った衣裳彩色のトーンが、わたしのイマジネールにおいて、厳冬のディジョンの六角堂の空間を祭の空間へと変容せしめたのである。

たしかにこの祭の空間は華飾の空間であった。口唇のおごり、衣裳のぜいたくという、これはなんとも肉の臭気のぷんぷんする欲望の充足を、美の形式によそおわせ、華飾の空間に生きようとする。

この生活美化の操作は、いわば無限地獄といってよく、精緻な技巧がさらに一層の完璧を競って、とどまるところをしらない。生活意識は、むしろ焦燥感に打ちひしがれて、ペシミスティックな色合いを帯びる。そうではなかったろうか。だから、この時代の証言は、悔恨の発作、突然の回心、断固たる拒否の証例を数多く残している。

みずから嫁いだブルゴーニュ宮廷の生の雰囲気を断然拒否し、美食を、「香料に風味を添えたぶどう酒、頭の飾り《エタ》、長すぎる袖の衣服」を身辺から遠去けた、これはおひとよしのフィリップの再婚相手、ボンヌ・ダルトワの事例が、たとえばそれである。美貌と貞節をうたわれた、この英仏海峡をのぞむ土地の領主ユー伯家の娘は、前夫ヌヴェール伯をアザンクールの戦いに失ったのち、一四二四年に嫁ぎ、翌年にははやくもみまかった、そのわずか一年あまりの短いディジョンの宮廷での生活に、ブルゴーニュ文化の本質をみぬき、美食と衣裳のおごりを悪の根源とみる透徹した精神を身をもって示したのである。

「香料で風味を添えたぶどう酒」、これは肉桂、生姜、胡椒等で風味をつけたぶどう酒で、これがイポクラスである。フランソワ・ヴィヨンが、『遺言詩集』中「フラン・ゴンチェ反駁のバラッド」で、でっぷりとふとった聖堂参事会員の、

そのかたわらにはダーム・シドワーヌ、
白くて、柔かくて、すべすべしていて、
イポクラスのんで、昼も夜も、

　笑って、いちゃついて、口吸って、

と歌っている。また、フランソワ・ラブレーが、これは渡辺一夫先生の御訳で紹介すれば、『パンタグリュエル物語第四之書』第九章「鍔口坊と呼ばれる滑稽な像について、ならびに腹崇拝族が、その神全能腹にいかなるものを、いかにして献ずるかということ」で、その神全能腹に奉った品書の冒頭に、

　イポクラス白葡萄に添えて、
　ぱりっとした柔かい焼麺麭

と記した、これはまことにおそるべき飲料である。おお、こわい。

　ボンヌ・ダルトワは霧氷に飾られた霜の道を想わせると、結論ふうにつぶやいてみた。結論にもなんにもなりはしない、そういうブルゴーニュもあれば、イポクラスの酔いの夏の夜のブルゴーニュもある。ボンヌは片意地なだけだったと、また結論ふうにいってみて、マーコンの赤ジュリエナスのグラスを口に運ぶ。

　ここはクリューニー村の旅舎モデルヌの食堂である。霧の海のソーヌ渓谷を下れば、やがて「隠国」も出はずれて、穏やかな冬の日射しがもどってきた。クリューニー修道院第三聖堂の唯一の遺構、南袖廊の塔は、澄明な青の地に描かれた書割のようだった。灰色の地の台所跡や六角堂との対照があま

りにも鮮やかで、十五世紀の陰鬱と十二世紀の晴朗と、つい言葉をもてあそびたくもなる。これはまた結論ふうにものを想ってしまったと反省して、ジュリエナスのグラスを「神全能喉」に捧げる。かたわらの家内は、キャナール・ア・ロランジュ、すなわちオレンジソース添え家鴨のむし焼きを細かくちぎって、幼ないこどもたちに食べさせることに専念している。この家鴨、翌朝みたのだが、なかまが家の裏庭でガアガア鳴いていた。

２　窓外の景色

あまりにせまいので、背中を壁に押しつける。視界は一杯にひろがって、かにでもなったかの気分だ。いっそ両手をひろげて壁にはりつき、まいりましたと形で示そうか。眼前にひろがるのは冬の午後の柔らかな日射しを浴びた丘の草地、しろかのこ、ひろはのまんてな、せめんしな、あらせいとう、のいちご、ゆきのした、ぴさんり、みゅげ……花々の繚乱のうちにくりひろげられる万聖節祝賀の情景。画面中央下段の「処女の泉」の小塔の作る上向直線は、中段の祭壇上の「神秘の仔羊」の腹部を刺しつらぬき、上辺の「聖霊の鳩」にいたる。「聖霊の鳩」をかこむ黄金環から放射される黄金光線の向うところ、画面左右に蝟集する人の群れ。

ベルギーのガン（ヘント）の旧市街、シントバーフスホーフトケルク、すなわち聖バーフス（サン・バヴォン）の首座教会堂後陣南側第六礼拝室である。この教会堂は、中世世界の奥深くに建立の時点をおいていて、もとは洗礼者ヨハネの名を冠していた。十五世紀のはじめ、ファン・アイク兄弟という、これはいまはオランダのマーストリヒトの北の土地、マース川沿いの、ここはいまはベルギーのマーサイク生れの画家の兄弟が、ガンの市政府役員の要職を占めていた大商人、パメルの領主ヨース・フェイトの注文に応じて、フェイトがこの教会に寄進した後陣南側第一礼拝室の飾りに絵を描いた、その時点では、まだ聖ヨハネ教会と呼ばれていたのである。

三折祭壇画「仔羊の礼拝」という。三折というのはみっつにたためるという意味で、左右翼をたたみこめば、中央パネルが閉ざされる。上部はアーチ型に枠取っていて、主画面上部のパネルには、父なる神御方を真中に、左右に聖処女マリアと洗礼者ヨハネの画像が描かれている。先年、わたしは『みづゑ』誌に、十五世紀ネーデルラントの画家たちを論評、というよりもかれらの一連の絵の解題を連載したが（『画家たちの祝祭—十五世紀ネーデルラント』小沢書店刊）、その1と2は、「万聖節の宵宮」「空間の呪縛」と題して、この祭壇画を中心に、ファン・アイク兄弟に捧げた。

そうお断りしておいた上で、さて、ここであなたがたにおわかちしたい情報は、その左右扉内側は、それぞれ上部二枚のパネルにわかれているが、その下部それぞれ二枚ずつのパネルには、左方からは裁判官と騎士の一団が、右方からは隠者と巡礼の一団が粛然と中央祭場へ向って進むのがみられるのであって、ということは、かにのように壁にへばりついているわたしの視線は、世界の基軸たる「処女の泉」を「聖霊の鳩」に結ぶ線から左右まっぷたつに裂けて、水平に伸び、ひきのばされて、いったいどうして左右両端の、画面がふいに途切れている、そこのところで止まらなければならない道理があろうか。さらに左に右に、わがイマジネール（想像力のはたらき、と訳そうか）のうちに描かれた群像を追い、左手は礼拝堂のドア、右手は窓をつき破り、きりない巡礼行を強いられる。どうしてもそういうことになってしまうではないか。画家の狙った世界の表象がこれである。

というのは、ヨース・フェイトの礼拝室は、当初なかば地下に埋れていたのであって、だから天井際の小窓からしのびいる薄明は、右側からじわじわと浸透するわけで、そのように画家は描いていて、それはそれでよいのだが、やがて大画家デューラーが、ここを訪れて、蠟燭をかかげて画面に見入るとき、蠟燭の淡い光を受けて「聖霊の鳩」の黄金光線がかすかにきらめいて、光の根源についての瞑想へと大画家を誘いこんだはずであったのであって、それはそれでよいのだが、肝心なことは、この地下聖所が全西欧の巡礼回廊に通じていたということ、そのことであって、なにしろヨース・フェイトは聖ヨハネ教会堂の財産管理人であった。画家兄弟と共謀して、巡礼者をここに誘致すべく、どうしてかれが図らなかったといえようか。聖なる空間、このいいかたがお耳障りならば、形而上的空間の造作こそが、かれら大市民と絵かき職人連帯のたくらみであったのである。

ヨース・フェイトの妻の家系は、たしかボルルートといった。コールンマルト（穀物市場）の一角、カフェ・ボルルートのテラスは、五月の午後の日射しを一杯に浴びている。妻は、幼いこどもたちにレモネードをのませるのにかまけて、ありきたりの名前じゃないの、と素気ない。ホテルの前の通りも、たしかボルルート通りだよ。まったく大した一族だ。これはほとんど一人言。店の奥から出てきた、がっしりした腰つきの太ったお内儀が、こどもたちがミニョンヌだと、しきりにかまいだすのに応待するのに、妻は懸命である。

パリに住みついて三か月、はじめてフランスの外に出た「中世の秋」の世界探訪の旅の、その最初の里程が、リールを経てガンにいたる、この道筋であったのは、これにはそれほど積極的な理由があったわけではなかった。ちょうど車で一日行程のところにたまたまガンが位置していたといってしまっては、しかし、嘘になろう。ヨーハン・ホイジンガがファン・アイクの絵から「中世の秋」の世界に入ったという、そのひそみにならって、万聖節祝賀の絵を、わがホイジンガ再演の旅の最初の一里塚におきたかった。そういうひそかな願いがなかったとはいうまい。

　ホイジンガもまた、こうして五月の日溜りに、カフェ・ボルルートのテラスに座ったことがあったのだろうか。フロニンヘン大学時代、妻マリー・フィンセンティアと幼児を連れて。それとも、大戦中、戦雲の切れ間の日射しを浴びて、マリー・フィンセンティアの記憶を胸に。かれは、一九一四年、四十二歳で妻を失った。

「そりゃあ、いったでしょう。何度もね。ただ、絵の方がいなかった。これは歴史の皮肉です」

　いかにもオランダ人らしく、テカテカ光るおでこのライデン大学古典学・外国文学教授セム・ドレスデン氏は、いたずらっぽく目を光らせる。はじめてのガン訪問ののち数か月たった秋の日の午後、オランダはライデンの街のしもたやの一角に氏は研究室を構えている。ここでもいいが、まあ、お茶をのみにいきましょうと案内された、そこから歩いてすぐの大学クラブハウスの大広間の一隅である。

「絵がなかったといっては嘘になる。あったのは中央パネルだけで、左右両翼はベルリンの美術館にあった。十九世紀に売却されていたのです。ただし、アダムとエヴァのパネル、ご存知ですか、外側が受胎告知図の室内、左側に窓外のガンの街並み、右側に洗面台が描かれているパネル、これだけはベルギー政府がブリュッセルに移していた」

　ドレスデン氏は、薫り立つ珈琲カップを口もとに運ぶ。ジャヴァの豆を特注して使っているとクラブの支配人ご自慢の代物である。わたしもつられて口にふくみ、文化の持続を思う。むしろ、政治の、というべきか？

「ドイツ人たちは、あの厚み一センチの柏板を縦に割り挽いた。そうすれば裏表ぜんぶ一度に展示できる。まあ、そのおかげでもあったわけで、というのは、左扉内絵下段左のパネルの絵はご存知ですか、裁判官たちと呼ばれていますが、あれは最近のコピーです。その裏側、つまり左扉外絵の洗礼者ヨハネのグリザイユ（単彩画）は本物です。内絵だけ盗まれたんですね。まだみつかっていない。ドイツ人たちのおかげでしょうかね」

だいたい承知はしていたが、語り手が、なにしろ、ライデン大学におけるホイジンガの後継者と目されるドレスデン教授である。教授の温和な面容の影にホイジンガの皮肉なまなざしをみるようで、なんとも興趣のつきないことであった。

そう、たしかにホイジンガは、シントバーフス教会堂では中央パネルしかみなかった。『中世の秋』を出版するまでは、とあわててお断りしよう。その翌年、ヴェルサイユ講和会議は、ドイツ・ワイマール政府に対して、ガンの祭壇画扉絵の返還というペナルティを課したのである。だから、おもしろいのは、『中世の秋』でホイジンガは、第二十章「絵と言葉」にファン・アイクを記述しているのだが、その文章の組み立てである。

鑑賞者の視線は、主画面の主テーマ「仔羊」からそれて、「祈る人々の列へ、後方の景色へ、自然の描写へと移ってしまうのだ。さらに遠くに視線はひきつけられる。扉内面のアダムとエヴァの図へ、扉外面の寄進者と妻の肖像へと。同じその扉外面の『受胎告知』図をみれば」と、こう、ホイジンガは視線の移行を示唆しているのだが、その「扉内面のアダムとエヴァの図」はガンではなくブリュッセルにあり、そこからまた「扉外面の寄進者夫妻の肖像」へ視線が移るには、扉をバタンとしめねばならず、じつのところたしかに閉めるべき扉はあったのだが、それは十九世紀末葉に製作されたコピーであって、本物は「さらに遠く」ベルリンにあったという次第。そのベルリンには、たしかに「祈る人々の列」も「寄進者夫妻の肖像」も「受胎告知」も、同じ平面に並んでいたはずなのだから、ホイジンガの示唆する視線の移行は、これはむりなことではないという理屈。ホイジンガはベルリンでみてきたのだろうか。

もとより以上は言葉の遊びで、つい心安立てに、ドレスデン教授に、そんなふうにあげつらってみたのだったが、「想像力のイティネレール（道中）ですよ」と、軽くいなされた。なるほど、たしかにそうなのだが、ただこの「想像力のイティネレール」、これはまた、絵からその時代に入る、その入りかた、ファン・アイクから「中世の秋」の世界に入った、そのホイジンガのやり口を、まことに晦渋な語り口で申しわけないのだが、さかしまに示唆しているのであって、そこがおもしろいのである。

というのは、ホイジンガのいう視線の移行の終の果、扉外絵「受胎告知」図に描かれた「銅の湯わかしとか、窓越しにみえる、日に照らされた町なかの光景とかが、わたしたちを楽しませてくれるのである。（中略）これらの細部は、わたしたちの目の前に、静かなたたずまいをみせ、日常的なるものの神秘を花と咲かせている、すべての事物のふしぎへの感動を、そのままイメージにあらわしている」

祭壇画は、まず閉じられた状態で鑑賞者の眼前に現われる。とすれば、かれは、まず、この日常の光景のうちに執行される受胎告知図をみるわけで、さて、扉を開いて、巡礼の列にくわわり、中央パネルの世界の神秘の顕現に立ち会うのである。日常的なる事物を介して世界の形而上的意味を識る、これが画家と寄進者のたくらんだ仕掛けであった。

だから「受胎告知」図の窓は、画家の生きていたその時代のガンの町へ向って開かれている。娘は、告知の天使の立ち去ったあと、汗のにじんだ掌を金だらいの水で洗い、タオル掛のタオルでぬぐい、窓辺に歩みよって、柔らかな日射しを浴びる街並みをみる。画家と歴史家のまなざしの融けあうところ、窓外の景色。

街路に影をおとす切妻屋根の四階建の家々。傾斜の急な屋根の天頂に旗。同職ギルドの旗印であろうか。通りのつきあたりに市門の円塔。アーチ門のわきにも、家々の戸口、窓辺にも人影。通りで立話する数個の人影。灰色の空に鳥影。右上方、手前の四層の截石積みの平屋根の建物と隣の家の切妻屋根との隙間に天頂部をのぞかせる鐘楼。その尖塔の十字架のまわりを舞う小さな鳥影。

わがイマジネールのうちに、受胎告知の室内は、ガンのブルゴーニュ侯家館の一室と化し、幼娘マリアを擁した乳母は片隅に立ちすくみ、若きブルゴーニュ侯むこうみずのシャルルは、恐れる気配をみせず、窓辺に立つ。ホイジンガは、第二十章「絵と言葉」に、シャトランの描述を紹介する。

「叛従にたちむかったブルゴーニュ侯は、『赤錆びたかぶとをつけた顔の群れ、そのかぶとの中身は、あるいは歯ぐきをむきだし、あるいは唇をかみしめた下賤なやつらのひげづら』を眼前にした。呼び声が、下からはいあがってくる。侯のまじか、窓のところまで押しこんできた下郎は、黒ニス仕上げの籠手をつけていた、その籠手で、窓じきいをがんがんたたき、静かにしろと叫ぶ」

一四六七年六月、おひとよしのフィリップが死去し、家督を継いだシャルルは、父侯の葬儀をすませたのち、ネーデルラント諸都市歴訪の行動をおこす。とりわけ、ガンは、フランドル伯位に就く盛儀の場である。六月二十八日、全員黒衣によそおった一行が、市門を入る。わがイマジネールのうちに、窓外の景色の市門の円塔は、黒地の緞帳でおおわれ、「馬の背から地面にまでとどく黒ビロードの喪服」をつけたシャルルを押し包んで、「黒絹の房で縁取りし、黒地に金色の紋章をもれなく縫いつけ、あるいは描いた軍旗、黒の槍旗、その長さ七エル[注*]にも及ぶ長旗」を押し立てた騎士の一団が粛々と進む。

ブルゴーニュ騎士のイメージは、祭壇画左扉内絵の騎士たちのパネルに刻印されている。鉛色の光沢の甲冑の騎士が手にする槍旗、あかね色の地に白の大十字帯染めぬきの槍旗を、あるいは銅色の地に朱の大十字模様の楯を、想像のうちに黒に染めれば、このばあい、わがイマジネールは飽和する。

六月二十九日夕方、暴動がおきた。この日はたまたま、この地方の守護聖人聖リーフィンの祝日にあたっていて、この七世紀のアイルランド出身の伝道師は、ガン郊外、シントリーフィンハウテムで、舌を抜かれて殉職したと伝えられていて、だから、祭壇画中央パネルの右側下方、仔羊の秘蹟に陪席するローマ法王、司教、殉教者の一団の最前列に描かれている聖人は、右手にひきぬかれた舌をはさんだ釘抜きをもち、左手に彫金もみごとな司教杖をもつ。この聖人の殉教の地ハウテムから、聖遺物を捧持して、市内にもどってきた民衆の一団が、聖人ゆかりの場所とされるコールンマルトに建てられていた侯家財務部の徴税小屋を襲ったのである。

ベフロワ（鐘楼）の「鐘のロラン」が、小刻みな片面打ちに急を告げる。鐘の銘文にいう、「揺れる鐘のロラン、嵐を呼ぶ」と。わがイマジネールのうちに、窓外の景色の鐘の音は、やがてゆるやかな両面打ちに変り、殷々と響く鐘の音に、嵐をはらんだ黒雲はついに崩れて、沛然たる雨に溶暗する街路を埋めた「市民たちは全員、全身を黒につつみ、帯をつけず、帽子をかぶらず、裸足で長い行列をくみ、下着姿の首謀者たちを先頭に、雨のざあざあ降るなかを行進し、ブルゴーニュ侯に許しを乞い求めなければならなかった」

こういった悔悛の情の披瀝は、これはつまりはアクセサリーであった。罰はもっと醒めたもので、冷たく、ガンの市民の財布をしぼりあげたとはたしかにいえる。なるほど表には裏がある。市門が閉鎖され、同職ギルドの紋章旗が押収されて金櫃に納められ、五つの鍵で封印された。これは表で、真の狙いがこれに裏打ちされている。なるほどそうかもしれない。けれども、表のかぶせようこそが、この時代の人々の心の構えをみせてくれるのであって、すべて人とその集団の生の経験を、その凶をも福をも、よいかたちに、くっきりと、節目節目をきちんと押えて表現せずにはやまない、この時代の人々の心性は、これはなんと感動的ではないか。そうして、この表の所作事が裏の思惑にすこしも響きを伝えなかったと、どうしていえようか。

なんだか、いつも黒くて、暗いのね、ガンの人たちって不幸だったのかしら。妻は、上の空の合槌を打つ。そんなことはないさ、と、わたしは、汗ばむほどの日溜りのぬくもりを全身に感じながら、ガン土産のビールを喉に流しこむ。コールンマルトは人の往来で賑わい、シントミヒエルス橋に向う市電の地鳴りが、北国の春の甘い大気をふるわせる。

「人間にわりあてられている生の幸福、のびやかな喜び、甘い憩いの総量は、時代によってそう差があるわけではない」

ホイジンガの知恵の言葉を、いま、わたしは想いおこしている。

窓外の景色の容量は大きく、不幸は幸福に、悲しみは喜びに裏打ちされている。わがイマジネールの窓外の景色に、人々はのびやかに笑いざわめき、くるっと身をひるがえしては、トンと大地を足で打ち、かろやかに往来して、祭の仕度に忙しい。わが愛するガンの画家フーホ・ファン・デル・フースが、アーチ門のかたわらで、だれかと話しあっている。父ヨースのあとを継いで、市政府の要路にある、あれはヨース・フェイトの息子であろうか。法王紋章をデザインした飾り楯を、門に飾りつけようというのである。「これは、ガンの町に贖宥が与えられたことを誇示すべく、その期間中、町の門という門にはりめぐらすためのものであった」

注＊　肩口あるいは肘から手首あるいは中指の先端までの長さの単位、と、これは一例としてオックスフォード・イングリッシュ・ディクショナリーの ell の項の前書きの説明を紹介したが、これくらいエルの概念はあいまいである。ラテン語のクビトゥスからということで、英語ではキュビットがこの概念の代表語である。ウィキペディア辞典のキュビットの項目を見ると、その長さはおおむね四三から五三センチメートルであるとの案内がある。

3　ヴァンセンヌの森の女主人

ヴァンセンヌにアニェス・ソレルの素描があるのはどういうわけでしょうね。

当り前さ、かの女はヴァンセンヌの森の女主人だった。森の東端、マルヌの流れのほとりに、かの女の館があった。称してボーテ館。意味をとれば美の館。かの女はダモワゼル・ド・ボーテと呼ばれた。君もウロンな男だね。ボーテの館はいまはない。十七世紀にとりこわされた。残るは、ただ名のみ。

かの女が日頃眺め暮らしていたマルヌの中州をイール・ド・ボーテという。

その隣りの島がイール・デ・ルー、狼島ですな。

もともと森のはずれ、マルヌの沼沢地だ。狼が巣喰っていたってふしぎじゃない。アニェス・ソレルの時代には、パリの町なかにも出没していた。

ダモワゼル・ド・ボーテは、狼の女王ってわけですな。

なに、それほどのことはなかった。ま、かの女を毛嫌いしていた人もずいぶんいたろうがね。

トマ・バザンもですよ。獣皮の群が王国に災したといってます。

バザンは浅薄な男でね。アニェス・ソレルには会ったこともないはずだ。このリジューの司教は、でたらめをもっともらしく仕立てあげる。

だけど、獣皮の群とはよくいったものですね。グレックス・ペリクム。ペリス、獣皮というのはおもしろい。ペリスを変えるといいまわせば、淫蕩なとか、浮気なとかの意味に使われていた。

女は獣だ。

そうですか。

むかしから、そういわれている。

今は亡き師との架空対話の一コマとお読みねがいたい。もっとも、話のなかみはちがっても、そういう対話の場があったことはたしかである。「中世の秋」の追跡に、ブルゴーニュ、フランドル、さらにはアイセル川のほとりと足を伸ばしたのちの、秋九月も末のパリ郊外、ヴァンセンヌの森に、たまたまパリに立ち寄られた堀米庸三先生ご夫妻をお誘いした折のことである。北ヨーロッパの初秋、ヴァンセンヌ城の天守は、あたかもおのれ自身の重量に耐えかねて内部に崩壊するかのように、薄明の光を吸収し、石の地肌の黒ずみを一層増す。熱感は伝わらず、まなざしは冷えびえする。

四角の天守の四隅の小円塔がそれぞれ小部屋になっていて、衣裳部屋だの礼拝堂だのに使われていたのが、ブルボン王政府の政治犯収容所に変貌した。そのひとつでみたのである、アニェス・ソレルの頭部素描の描きこまれた紙葉がさりげなく壁にとめられているのを。なにやら古写本の紙葉らしく、下方に文字の列もうかがえたのだが、ゆっくりみるばあいでもなく、あわてててカメラのシャッターをおとしたのだったが、なにしろ光量が不足で、手ぶれもあって、スライドの映像を拡大すればするほど、文字の形がぼやけるていたらく。その後、森へいくことはあっても城に入ることはなく、いま、あらためてどうあがいてみても、あとの祭り。書体、素描のタッチからみて、十六世紀のものと推測されるのだが、それだけのこと。

「おのれの罪業によせるいと美しき悔い改め」下方の文字の列にそう読めはしまいか、そう読めると勝手に読んで楽しむとしよう。とすれば、これは、「モンストルレを書き継いだもの」と呼ばれる年代記家の文章の一節である。ホイジンガは、アニェス・ソレルの存在をあかす数ある言葉のなかから、この一句を的確に選びとって、アニェス・ソレルの、というよりはアニェス・ソレルに世人の托した時代の感性のあかしとした。ヴァンセンヌの秋に、ボーテ館の女主人の顔容の素描に接して、ゆくりなくこの一句を想いおこしたことであった。

アニェス・ソレルの肖像画っていうと、例のジャン・フーケのだろ。

聖母子像。アントワープにありますね。ホイジンガのいう、当世ふうのいきな女の画像ですよ。十六世紀の画家が、構図を変えて、これを模写したのがあって、こっちにはちゃんとアニェス・ソレルと画題が入っている。

ロワールのロッシュの町のある教会に、銀をかけたブロンズの小像のマグダラのマリア像があって、その銘文に、寄進者「ダモワゼル・ド・ボーテ」の名が出る。一四四四年の日付があって、だからこの年、二十二歳のアニェス・ソレルがすでにダモワゼルの称号を得ていたこと、ボーテの所領を拝受していたことが知れる。ダモワゼル、すなわちヴァロワ王家のシャルル七世妃マリ・ダンジューの宮廷の女官であったことを示す。かの女はピカルディーのクーダンの領主の娘であった。

シャルルをそれまで牛耳っていたしうとめのヨランド・ダラゴンが一四四二年に死んだ。その跡を襲ってというか、かわりにシャルルの耳に甘い言葉を注ぐ立場に立ったのが、この狼の群の頭目だったのである。かの女は一群の人材を王政に参与せしめた。だから、かの女が一四五〇年、二十八歳の若さでみまかったについては、毒殺の噂が流れ、たまたまその直後に失脚した、王家財務の大立物、財政顧問ジャック・クールの罪状のひとつにこれがあったと、世人はまことしやかにいいかわしたものであった。

アニェス非難は衣服のおごりという点に集中していますね。おもしろいなあ。シャルルに力を貸してやったジャンヌ・ダルクもそうだった。かの女が捕虜になったあと、王太子側のスポークスマン、ランス大司教ルニョー・ド・シャルトルが、ランスの市民にあてた書簡で、そのことをいいたてていますよ。

ボンヌ・ダルトワを想い出すね。かの女は衣服について禁欲的だった。

架空対談もいささか悪乗りにすぎるといわれようか。前の文章にご紹介したブルゴーニュ侯妃ボンヌのことである。

「たとえ家のなかのことでも」と、謹厳なジャン・ジュヴェナル・デジュルサンは弟あてに書き送っている。弟なる人物は、王家文書局長官に就任したばかりであった。「乳首がのぞき、胸もとがはだけてみえるような衣服、毛皮つきの長大な裳裾、ガードルとかそういったものは、王は禁止すべきである。王家にかぎらず、王妃、王息、王女の家に、醜業の臭いのする軽佻浮薄なる男女の輩の出入するのを許すべきではない。むかし私の眼にした王の祖母の衣裳の裳裾は、ようやく踵がかくれるかかくれないかの……」

なるほどねえ。なにか妙に乳首にこだわっているが、してみるとジャン・フーケの画像は現実の模写であったということか。それにしても、このばあい、責めをアニェス・ソレル一身に帰するのは不公平というものだ。王の祖母シャルル五世妃のばあいはいざ知らず、ジャン・ジュヴェナルが、王の生母イザボー・ド・バヴィエールのあでやかな盛装を眼にしたならば、まちがいなくかれは沈黙の美徳をさとったことだったろうとは、ある歴史家の評言である。「一三五〇年から一四八〇年にかけて流行した衣裳髪容《かみかたち》がみせたような度はずれた様相は、……その制御するものなき誇張と過剰とは、ついにその類例を他の時代にみいださないのである」（『中世の秋』第十八章「生活のなかの芸術」）

つまりは時代のモードであって、一アニェスの好みの問題ではない。しかも、これはつまりは盛装であり盛儀なのであって、当時の言葉づかいでいえば「etat《エタ》」のモードなのである。「etat《エタ》」にあたる日本語は「晴《はれ》」であろうか。一方「褻《け》」のモードはといえば、王侯家政の会計簿のあかすところ、衣服の定色は黒、灰色、赤褐色を標準としていたというデータが示すように、はなはだ地味なものであったのである。謹厳居士の批判は、つまりはこれも盛儀のモード同様、文学のスタイルなのであって、そう読めば、時代のモードへのかれらの協力ぶりもよくわかろうというものだ。

『パリ一市民の日記』と呼びならわされている覚書があって、これは無名氏のものであって、十五世紀前半のパリの動静を、生活の種々相を、ものの値段を、横死者の数を、庶民のものの考えかた感じかたを、まことにこまやかに、事細かに記録してくれている覚書なのだが、だからもちろん、アニェス・ソレルがパリを訪れたその様子を記録していて、それは一四四八年の日付をもつ記事である。
「四月の最後の週、あるダモワゼルがパリにやってきた。噂ではフランス王のアミということで、王妃さまに対してはなんとも誠のないことで、みたところ伯妃侯妃とみまがうばかりに振舞って、王妃さまにくっついて、あちこち往来し、わが身の罪業を恥じることを知らず、王妃さまは深く心を痛めていたのだが、さしあたり耐え忍ぶしかなかったのだ。王はといえば、おのれの罪障、おのが恥を、さらにも増して顕示しようとか、そのものにボーテ城を与えた、イール・ド・フランス随一の造作整った華麗なる城である。みずから美わしのアニェスと称し、人にもそう呼ばせていたが、この女、その傲慢な心の欲するがような敬意をパリの人たちが払わなかったというので、去り際に、ここないなかものたちと呼ばわり、こんなふうに不名誉な扱いをうけると前もってわかっていたら、一歩も足を踏みいれはしなかったのに、残念だ、けれど大したことじゃない、といった。こうして美わしのアニェスは、五月の第二日、パリを立ち去ったのである」

無名氏は道楽家だね、庶民じゃない。

バルサックの白のグラスを手に、先生はご機嫌である。十五区はラオス街のわが寓居のアパートの一室。家内手造りの惣菜料理の皿も片付いて、朝市仕入れのアンディーヴを手でひきちぎったのを深皿に盛り込み、勝手気ままの調合のドレッシングをふりかけた。これを手でつまんでくれと、新しいナプキンをくばって、これがデセールという趣向。

バルサックはガロンヌをボルドーからさかのぼってランゴンにいたる、その手前の町。そこからすこし入ったソテルヌとともに、ボルドーの白を代表する銘柄酒である。おまけに、五九年ものといえば、まあ、ちょいとしたものだ。遠来の師に供しようと、街区の角のニコラスの店で、心をつくして選びとった一品であった。

バルサックはいいでしょう、と、師の発言をきき流して酒への讃め歌を強要する。

うん、ボルドーものとしてはいいね、と、師は、テーブルの上にひろげた『パリ一市民の日記』に眼をおとした姿勢で、言葉を選び選び、おっしゃる。

ボルドーものとしては、ですか。ぼくは好きですよ。サン・テミリヨン、メドク、ポムロル、ソテルヌ。いいなあ。バルサックは、なかでも、いい。

わたしはいいつのる。ブルゴーニュのシャブリの記憶が舌に残っていればこそ、なおのことボルドーへの讃歌を奏でたくなった。じつのところ、その時点では、まだガロンヌのほとりは識らなかった。先生ご夫妻のご帰国ののち、わが一家はイベリア旅行に出かけ、その帰途、ピレネーを越えて、トゥールーズからランゴンへ。ランゴンに一泊して、朝霧のガロンヌのほとりを、バルサック、セロンとぬけて、ボルドーに出たのである。湿潤の大気のなかに柔らかく起伏するガロンヌ、ドルドーニュのほとりの野の道、かぎりなく優しいアキテーヌを、わたしはバルサックの諧調の舌ざわりに予感していたのかもしれなかった。

やっぱりブルゴーニュだよ、ワインは。ほら、きみの無名氏もそういってるよ。

『日記』はたまたま、この直前、ようやくカルチエ・ラタンの古書店でみつけて買い求めたばかりの十九世紀の刊本である。得意顔の師が指で押えているところをみれば、アニェス・ソレルの記事の直前、一四四七年の記事で、こう読めた。

「このころ、パリではぶどう酒がたいそう高く、貧乏人はセルヴォワーズ麦酒とか、ボック麦酒とか、りんご酒とかプレ酒とか、なにしろそういったものしか飲めなかった。ところが、五月中頃、フランスのサン・ドニの町に、翌月の大市向けにぶどう酒が大量に入った。その量、キュー樽一万一千本とミュイ樽およそ七百本のブルゴーニュものとフランスもの」

これだなと師をみやれば、満足そうにバルサックのグラスをなめていらっしゃる。

ブルゴーニュものとフランスものというのはおもしろいですね、と、師のブルゴーニュ礼讃をはぐらかす。たしか、ほかのところでも、フランスとピカルディーのあいだ、なんて書いている。イール・ド・フランスのことなんですね。ところが、たいていの人はフランス国家のことだと勘違いなさる。

アンディーヴ、いかが。ドレッシングにプロヴァンスの葉っぱ、いれすぎたかしら、と、これは家内。

こどもたちを寝かせつけて、ほっと一安心といったところ。

キュー樽っていうのは大樽ですね。いつか調べてみたら、ブルゴーニュのキューは約四コンマ五ヘクトリットル。ミュイは、だいたい、その半分かな……

アンディーヴいかが、先生、と、家内は亭主の講釈はききたくないようだ。手づかみなんて失礼かしら。

そんなことはないよ。むかしはみんな手づかみだった。絵をみてごらんなさい。シャンティイにあるベリー侯の時祷書の飾り絵。あのなかに宴席の場面がある。フォークなんかおいてありゃしない。

水鉢らしきものがみえますな。これぞまさしく手水鉢。

ディルク・ボウツの「シモンの家のイエス」、ボッスの「カナの婚姻」、どれをみてもそうですね。ナイフは何本かころがっているが。

ベリー侯のには、ナイフもないよ。立っている従騎士がナイフを手にしている。肉を切りわけて、サーヴィスする役だ。

ボウツやボッスのには、お皿もみあたらない。パンが食卓にじかにころがっている。パンを平たく切り裂いて、その上に肉片をのせて喰らいつく。

まあ、いやだ。うちみたい。

そうだね、うちは中世風だね。

そういうマニエラだったのだ。食事の作法ということで、作法というのはその時代のものだ。それなりに美しい型がきまる。指先の技能が問われる。小魚をつまんで、ぼろぼろこぼせば笑われた。第二関節までもソースで汚したら軽蔑された。水盤の使い方にも作法があった。水にも工夫が凝らされた。

バラ水、ハッカ水。うちはハシバミの葉を煎じたので香りをつけるといったぐあいにね。

アンディーヴといえば、先生、このサラダの葉っぱを一市民は知らなかったはずですよ。十六世紀に東インド諸島から入ったものだから。もっともこれには誤解があって、これは和名菊ぢしゃですが、シコレというのがあって、これは北西ヨーロッパ原産です。その同属のがアンディーヴ・シコレで、これがふつういうアンディーヴです。だから、無名氏はシコレの方なら知っていた可能性があるが、『日記』には出てきません。見落しかもしれないけれど。

ここに野菜一覧が出てるよ。一四三九年の記事だ。この年、野菜が大豊作だった。ポワレ、ふだん草だね。キャベツ、ポロー、にらのことか。ナヴェ、かぶらだね。ペルサン？　ペルシルのことかな、とすればオランダせり。セルフィーユ、パセリの一種だね。その他滋養に益する野菜類が、一月から聖ヨハネ祝日にいたるまでのあいだ、一トゥール貨も出せばどっさり買えた。昨年の四月五月には、二ブラン、三ブランしていたのに、か。昨年の四月五月の記事をみてみるか……

読み興ずる師の姿をまなかいにとらえながら、バルサックの酔いに心をおごらせて、わたしは思ったものであった。無名氏の『日記』はパリの生活の転写だ。そこに庶民の生活が影をおとす。褻の日常は横死者の数をかぞえ、パンの重さをオンスの単位で計り、時とすると朝市にふだん草も姿を消して、いらくさやあおいを、獣脂も手に入らぬままに、ようやく塩をふりかけて、火でいためて口にいれるという景色であった。

無名氏はそう証言している。その無名氏が、しかし、王侯の入城の盛儀、喪の壮厳を叙するときは、あたかも庶民こぞって盛儀を盛りたてているかの印象を与える筆致であって、あるいは集団の意志の表示にと、パリの民衆が一斉に同服をまとい、ひとつ記章を身につける様を描くとき、無名氏の筆にとまどいの気は感じられないのである。

「このころ町の人たちは、ミネルヴァの眼の色の羅紗地の頭巾をかぶり、中央に百合花模様の楯の紋章を描いた聖アンドレ十字架を身につけた。二週間足らずのうちに、一万をかぞえた。おとな、こどもの別なく、胸や背中にこの標識をつけた」

ミネルヴァの眼の色の、とは、ペールという形容辞の戯訳である。青ともつかず緑ともつかぬ中間色で、ペールの眼の女神といえばローマ神話の技芸天ミネルヴァのことだ。同色の衣料、同一の標識を身につける。党派の情熱は形と色をとる。

あるいはまた、斬首の刑に処せられる間際の首斬役人が、昨日まで自分の手下であった見習いに、どうやって首を斬るか、薪ざっぽを使って実演してみせる。そうした上で、自分が首斬られた。そのことの次第を書きとめる無名氏の筆からは、感動の響きすら伝わるのである。

「美しい生活を求めるねがい」、ホイジンガはそういいまわした。褻の日常が形定まらず、無常であればこそ、形よく作法にのっとった晴の演出を人びとはのぞむ。『日記』は、褻の地に晴の紋様を描いた絵巻である。この晴と褻の演劇に、民衆は十分その役割を演じていたのである。もしそうでなかったとしたら、もし、民衆は、ひたすら悲惨な現実にあえいでいて、晴に生きる一部の人びとに対する恨みつらみをためこんでいたというような歴史観が、このばあい妥当するとしたならば、どうしていったい「美しい生活を求めるねがい」などということを、ひとつの社会、ひとつの文化についていうことができようか。ことは文化の本質にかかわっているのである。

無名氏の筆は、ヴァンセンヌの森の女主人の罪業の深さをえぐる。かの女の反撥は、すさまじいまでの対立の構図を描く。それでよいのである。無名氏は、りっぱに道徳家としての役割を果たす。こう描きだされてこそ、アニェス・ソレルの墓碑銘に「モンストルレを書き継いだもの」の発言がよくなじむ。すなわちいう、いと美しき悔い改め、と。この時代は、罪業の深きにまでも完璧を求めたのであった。そうあってこそ、「いと美しき悔い改め」が形をなす。アニェス・ソレルの実像がどんなであったか。そんなことはどうでもよい。人びとはかの女に罪障の山をみたいとねがい、一転しての悔い改めを期待したのであった。それを美しいと観じたのであった。この人びととの希求のうちに、ヴァンセンヌの森の女主人は振舞いの形を定める。

Ⅱ．ある日の講義

1　卒論読みのこと

毎年、暮から正月にかけては、卒業論文を読む。小ぎれいな和綴、金文字もにぎにぎしい本装釘版、これは明らかに菓子箱のボール紙利用と知れる仮綴と、意匠は様々だが、本装釘版は必ずしも文章整わずで、これはよくあるはなし。だからおもしろい。わたしの専攻は西洋史だが、だからといって西洋史のものばかり読むわけではない。史学科という世帯のつきあいから、日本史のも読めば、東洋史のものぞく。おかげで、お鷹場なるものが、江戸周辺にはりめぐらされたインスペクター・ゾーンだったというような雑学を身につける。

いったい卒業論文、略して卒論の効用はなにか。先年、さる披露宴に招かれて、挨拶を求められた折、花嫁さんの卒論がロビンフッド伝承を扱ったものであったことを想い出して、女性は英雄としてのロビンを求めるのか、英雄ロビンを手玉にとる企みを心中抱いているのかとやって、大きな目でにらまれたことがある。にらまれたのはおまけだったが、じっさい披露宴での挨拶には卒論が恰好の材料になる。卒論の第一の効用はここにあるとは、女子学生の多い当史学科に勤務するわたしたち一同一致した意見であると、ここに告白しておこう。

はなはだしくも本末転倒とお怒りめされるな。あわててつけくわえさせていただくが、卒論本来の効用は、ともかくも一年以上ものあいだ、狙ったテーマをめぐる思索の持続を学生に強制するところにある。しかもそれが空の思索ではない。要求されているのは、七十枚から百枚の原稿用紙の枡目ひとつひとつに文字を埋めていくという作業であって、この作業自体が逆に思考を励起するといった仕掛けになっている。およそ文章を書くということはそういうことであって、大学の、とりわけ文学部とはそういう知的労働の作業場であって、だからこそわたしたちは卒業論文を学生に要求しつづけたいと思っている。

建前論にすぎない。現実をみよ。同業諸氏の声がきこえてくるようだ。なるほどたどたどしく記述される思考の道筋は、みんなどこかで見覚えのあるもの。かれないしかの女たちお好みの理解のパターンは、たとえば「歴史における個人」は時代の子だというのがある。本のタイトルにもよくあるではないか、「だれそれとその時代」と。その定式である。じっさい今年もまた、たてつづけに数冊、この種のパターンを使った文章にぶつかったが、これに組み合わされて、もうひとつ別趣の定式がある。すなわち、その人物は普遍的人間性を示しているというたぐいである。だから妙なのである。個人はその時代を体現していて、しかも普遍的人間像として現われる。いいかえれば、普遍的人間性が時空を貫いて遍在していて、これを担わされた個人だけが歴史空間において観察の対象となる。

ばかばかしい。そう悪態をつきたくなる。だが、ふとみると、だれそれ前掲書なんページ、などと注記がある。かれないしかの女だけの知恵ではなかったのであって、権威ある方々のご意見であったという次第。かれないしかの女はだまされたも同然なのだから、むしろなぐさめてやるべきか。じっさい、普遍的人間性だの、歴史的発展の法則だのと、いまはもう啓蒙主義や歴史主義の季節もすぎたというのに、いぜんこの種の曖昧な言辞が堂々とまかりとおっているのはどういうわけか。文学論議ならいざ知らず、およそ歴史論文においては、普遍だの人間性だのといった言葉を使ったら最後、その言葉の内容についてとことん追求されることを覚悟すべきであって、なぜって、普遍的人間性を体現した人間がいつの時代にもうようよしているなんて、およそ薄気味悪いではないか。

こういったぐあいの悪態は、わたしは史学概論なる授業ももたされていて、その講義の折折に、さんざんついてきた覚えがあるのに、さてはこの学生はきいてくれなかったのかと、暗澹たる想いに打ち沈むとは、これはあまりにオーバーか。まあ、それでも、なん十冊も読めば、時に、ねちねちと、史料に出る言葉のたったひとつにこだわって、ああでもないこうでもないと、うさんくさそうに嗅ぎまわっている、そんな文章にお目にかからないでもない。「歴史における個人」の、まさしく個別的特殊状況ばかりをくねくねと書きたてて、まとめかねて途方にくれているかれないしかの女に出くわさないでもない。

対象を疑わしげにみているのであって、そういうふうに対象をつき放して、自分とは異質のものとしてみてやろうと決意している気配なのであって、みえるがままに記述しようと構えている恰好なのであって、これは大変ここちよい。ついに理解しかねて、自分自身の理解のパターンに自信をなくして、八ッ当りしている風情であって、そこにこそ歴史における理解が兆している。それをそうと自覚することなく、いらだちに書く字も歪め、結論することもなく、ふいに文章を断つ。思索の持続がたち切れて、持続した部分が論文として綴られる。そういう文章が、ともかくもないわけではない。そういう期待があればこそ、今年もまた、なん十冊もの卒論読みの労苦に耐えられる。

2　注のある風景

注にも様々な空間があり、風景がみえる。学生の卒業論文の「補注篇」の出典明示にあけくれる史料の記号番号羅列の頁は、なにやら荒地に棒杙の乱立する景色とみえ、いっそ残らず本文中に打ちこんだらどうだろうかと思う。あるいは、また、よせばいいのにフランソワ・ヴィヨンの名をひきあいに出し、あまつさえこれに脚注して、「いにしえの貴女のバラッド」全節を書きつらねている、のんびりした注にお目にかかることもある。ひとりひそかに庭園を作って楽しんでいる風情であって、なんとも結構なことである。

注については、わたし自身、恥の記憶がつきまとい、心の昂りもなおうずく。注体験の多彩は、論文記述者の帯びる身分の標識である。いっそ諧謔の老師金澤誠先生のパトスに満ちた想い出噺を教訓とうけとめるとしようか。お若いころ、注のある論文をと要求されて思案なさっていた折も折、おれが注をつけてやろうかと身を乗りだしたご友人がおありだったとかなかったとか。人に注をつけてもらう話、これはわたしどものあいだでは、すでに使いふるされたギャグのひとつとなっている。

注とはなにか。たまたま顔を出した若い友人に意見をもとめたら、さすがは某雑誌の編集者、おもしろいネタを提供してくれた。謹厳と乱調の同居している趣きのある大先学小倉芳彦先生が、貝塚茂樹著作集書評の文書で「註」のことに言及されていると。そういえば読みました。貝塚著作集第一巻第一部の本文と注の分量比がかれこれ九対四であると、先生は指摘されている。なんともザッハリッヒな調子のご指摘であって、どういう意味か、ご真意のほどは計りかねる。

さて、ここで、わたしの想念は逸走する。連想のきっかけはただただ形態上の類似にあり、ヴェネツィアの人モロシーニの年代記校訂本であり、これを解題したわたし自身の論文である。この論文、じつに九対四以上の比率で注がついている。というのは、この年代記の十九世紀末葉の刊本の校訂者は、なにしろこれはジャンヌ・ダルク関係資料として第一級のものであるだけにはりきったのか、頁という頁、本文数行に残余はべったりという調子で「注釈」を加えている。「実証主義」史学の近代主義的解釈の厚かましさが本文の豊饒を削ぎとる。本文の真意を読者にまるく了解してもらおうという風ではない。読みかたの強制であり、本文殺しである。それに反撥して、逆手をとって長々と注記し、本文の豊饒をもとに還したかった。そういうわけであった。

注とは本文の補いである。ということは本文を思考の対象としてつき放すことが注記者に要請されているわけで、これは自分自身の文章について、なおのこといえる。注が本文をひきずるなどはあるまじきことである。わたしはそう思う。だから、本文の確立が肝要で、注はそのあとにくる。小倉先生の韜晦も、金澤先生の含羞も、この要諦に触れている。

あるいは、注が生きて本文を殺すという逆説もなりたちうるか。それならそれでもよい。一度立った本文が注解で崩壊する。このばあいには、注は世界であって、本文は歴史である。あるいは注が劇であって、本文が人生である。あるいは、注は歴史のなかに嵌入する世界であり、劇を裏返す劇中劇である。

わが注体験で、本人がいうのもなんだが、一番ドラマチックなケースは、一昨年、一年にわたって某美術雑誌に連載した、十五世紀のネーデルラント画派批評である。これをわたしはひそかにタブロー・クリティークと称していたが、なんともこれはしんどかった。絵について批評を述べようというのではない。絵を記述しようと図ったのである。絵に潜入して、絵の文脈を辿ろうと目論んだのである。絵のアルシーヴとわたしはいいたいが、この絵がこの絵であるための構造性はなにか。問はそこにあり、よそに移ることはない。

わたしがいいたいのは、絵が本文であって文章が注であり疏であるという事態についてである。一群の有限個数の絵があって、歴史空間に対するこれが本文である。そういう形で記述された世界である。これはもはや「解説」してこちら側にとりこもうにも、とうてい手に負えるしろものではない。理解の対象として凝りかたまっている。わが注は絵にまとわりつき、絵を記述しようと「きりない接近」を試みる。注はついに本文にはねかえされ、本文は注に照射されて、その豊饒を増す。これがあるべき姿である。

してみれば、どうだろう、ヴィヨンの文字に「いにしえの貴女のバラッド」を配した学生の注作法は、なんとこれは正しくはあるまいか。なにしろ詩人の正体を人にわかってもらおうには、このバラッドを読ませるにしくはない。本文が注の豊饒に照応して華やぐ……　そうありたいという話である。肝心の本文が定まらず、注をはねかえすほどにかたくひきしまってもいないほどの文章に、注も本文もあるものか。いつわらぬ感想はこうなのだけれども。

3　ある日の講義

いまは学期のはじめで、講義や演習をなんとか軌道にのせようと苦労している。いったんのせ損うと、これが大変で、後遺症は後々まで残ることになる。一昨年度、昨年度と続けたアンジュー家がそうで、よせばよかったのに、当初、十二世紀のアンジュー家当主ジョフロワの事蹟を編年体ふうに事細かに話し出してしまったものだから、ひっこみがつかなくなって、だらだらと二年にわたってしまった。それでもアンリ二世の治世前半までしかいかなかった。

今年もその轍を踏むことになるかと、じつは内心怖れている。というのは、今年度は、ヴァロワ家系ブルゴーニュ侯権を対象に、今度ははじめから用心して編年体ふうにではなく、侯権のはらむ諸問題ということで、論題も「ブルゴーニュ問題」とおき、まず手始めにというわけで、「ネーデルラント取得」と問題を構えた。そして、導入を、ちょっと変った角度からというわけで、よせばよいのに、十五世紀前半のパリの一住民が日記をつけていた、その日記の文章を紹介して、お聴きいただく学生諸君の想像力を刺激しようと企てた。

それがどうやら生命とりになりそうなのである。日記の文章と現実事態との照応のあまりのみごとさに、わたし自身が囚われて、侯権の北方政策の政治史的脈絡を辿るという、当初予定した筋立てなど、どうでもよいという気になってしまう。ようやく一四二四年の分を教室で読み終えたところで、すでに三週すぎていた。

「同年十一月、ブルゴーニュ館で、トゥーロンジョン卿が結婚式をあげた。卿はラ・トリムーイ領主の兄弟で、そのラ・トリムーイ領主は自由通行証をもってパリにやってきたのだ。同時にイギリス人デスクワール卿も結婚式をあげ、十五日間続けて騎馬槍試合が催され、その後、ブルゴーニュ侯はその領国へ出かけた」

読み返すたびに戦慄を覚えずにはいられない、これはおよそ記録ということの意味を濃密にはらんだ文章である。そう、わが感動のほどを学生諸君に訴えても、かれらかの女らはキョトンとしている。そこで追い討ちをかけて、もう一節。このすぐあとに出てくる文章を読む。

「この頃、イギリス勢がエノー伯領に押し出した。洗礼者ヨハネの祝日がすぎるまで、かれらはその地にとどまったが、これは女伯の領土をとろうとしてのことだったという。フランス摂政の兄弟のひとりが故なく、我意に走って女伯をめとったのだ。かの女はサン・ポル伯の兄弟のエノー伯とフランスで結婚していたというのに。こうして悲惨な戦争がはじまった」

ブルゴーニュ侯が「その領国へ出かけた」のは、この戦争、いわゆるネーデルラント継承戦争に介入するためだった。一住民は事態の動きをきちんと記録にとどめている。かれはなにひとつ見落してはいない。その観察の視線は、時とすると現実事態を未来に見通して、予言者の眼の輝きをさえも帯びる。トゥーロンジョン卿の結婚の件を記述するときのかれのまなざしがそれだった。

こうまでいいつのっても教室の空気は動かない。学生諸君は、うさんくさそうに、教師の昂奮の度合を量っている。つまりです、と、仕様がなく解説に入る。トゥーロンジョン卿というのはジャン・ド・ラ・トレモイユ。ブルゴーニュ侯家の大番頭です。その兄のジョルジュというのが、当時王太子シャルルは南に退いてロワール河畔に政庁をおいていた、ブルゴーニュ侯家と仲違いしていた、だから弟の方からみれば敵方の政府の高官であった。だから自由通行証などといっているわけです。ところで、この年、ブルゴーニュ侯はエノー、ホラント、セーラント三伯領の相続問題に首をつっこんで、フランドルからさらに北に政権をのばそうと企てた。それに専念するには、しかし、本領ブルゴーニュ侯領の保全を図らなければならない。南の本領は王太子の勢力圏と境を接している。それに、もともと侯は王太子との仲直りの機会をうかがっている。そこで出てくるのが、王太子の政府そのものをブルゴーニュ与党にしてしまおうという画策です。そのお先棒を担いだのが、このジョルジュ・ド・ラ・トレモイユだった。一四二七年以降、かれはブールジュの王太子の政府の実権を握っている。

一四二〇年代のブルゴーニュ侯権のおかれた政治状況の脈絡を、一住民の記述は予感のうちにみごとに押えている。現実事態をみるかれの視線のたしかさを想わずにはいられない。歴史空間は記録という皮膜をかぶせられて、わたしたちの眼前に現象する。「歴史をみる眼」は、その皮膜をスキャンする視線であって、そこに現実事態が色濃く、よい形で焼き付けられた文字を読みとるとき、視線は喜ぶのです。

話はいつのまにやら史学概論ふうになってゆき、学生諸君は、あきらめ顔で、ボールペンなんぞでトントンとノートをつっつき、わたしの方はわたしの方で、腹腔から突きあげる焦燥感に苛立ちながら、そのくせ口だけは陶酔している。こんな調子では、これから一年間の長丁場、いったいどういうことになるのか。

4　くねくね体の文章

この文章、すこおし、わかりにくいと思うんです。長いんですね。わたし、とっても苦労しちゃって……

電話の声の主は、さる雑誌の編集者、括弧女性である。括弧女性、などと、こういう遊びをするものだから、お叱りをうけるのだろう。かの女がいうのは、こんな調子の文章のことである。

「スウェーデン産の砂鉄であれば文句はない、良質の鉄を使った鍛造の蹄鉄が重くしめった大地をえぐりけずる音を響かせて現われた騎馬の軍団が、これまた精巧な造りの車軸を軸に軽くカラカラと回転する鉄帯をまいた大車輪の荷車に、しかもなんとこれが馬を四頭六頭と縦列につないだのに積み込んできた鋼鉄の大斧、鋤、鍬、大鎌を、いじけちぢんでたがいに身をすりよせあう村人たちの眼前に、せめぎ、ぶつかりあう金属音をきけとばかりに放りだし、さあ、耕やせ、森の木を伐り倒せ、沼を埋めろ、と命令したならば、一も二もなく村人は服従したことであったろう。求められていたのは生産の道具であり、指導者の力量であった」

酔っぱらったような文章じゃないの、これ、と、括弧女性の言外の声がきこえるようだ。それとも、吉田健一流儀のくねくね体と評すべきだろうか。書いた本人が、かくは居直っているのだから、世話はない。

このところいささか忙しすぎて、それというのも最近鎌倉などに移り住んで、鉄道の旅が長すぎるということもあり、そのくせ、二時三時にならないと寝付けないという長年の悪弊がたたって……またまたモウロウ体の文章になってきた。つまり、身体的心理的疲労がたまって、それが文章に出るということもある。思考の流れをアーティキュリットに処理するという古典主義的作法の厳格に耐えない心理状態にあるのだ。それは認める。

だから、教室での講義も、悪くいえばしどろもどろ、よくいえば言葉を選び選びという調子で、学生諸君は、否定に否定を重ね、肯定を反語で裏返す講義者の大詭弁に、はじめのうちは戸惑いと不安に顔面をひきつらせ、ついには肚の底から突きあげる怒りに激して、ノートをパタンと閉じるということにもなるのである。それは認める。

けれども、じつのところ、だけどね、あなた、それはなかば意識的なんですよ、と電話の主に平然と答えるもうひとりのわたしがいて、いま、わたしは、そのわたしに大変興味を覚えているということも、また、あるのである。

熱い意味の巣である事象を言語に写すとき、支《つか》えず澱まぬ端正なディスクールは、およそ無理というものだ。ディスクールの端正こそが事象の混雑を整合してしまうという事態のおぞましさを経験なさることがおありではないか。あるいは、みごとに揃った配列の言葉群が聴衆の耳をするすると通り抜け、あとに澱《おり》ひとつ残さないという事態のむなしさを覚え知られたことは？

フランスの大学では、と、訳知り立ての友人がわたしを教え諭そうとする気配である。講義中言葉につまったら、それで終りだ。正教授とはそういうものだ。おれのきいたところでは、森有正氏もそれで失脚したそうだ。そんなものかねえ、とわたしはシラケ気分である。そして、ある日の演習で、マルク・ブロックの文章を読みながら、どういうものかねえ、この文章、まるでギクシャクしてるじゃないの。フランス人お得意の古典主義的文体ってのは、どこへいっちまったのかねえ、と悪態をつきながら、わたしはブロックへの愛情を披瀝しているつもりなのである。

「ふたりの領主がある土地の価格、あるいは主従関係の契約条項について論争したとしよう。かれらはけっしてキケロの言葉を使って話しあったわけではなかったのだ。話し合いの末の結論に、どうにかこうにか古典の衣を着せたのは、それは書記の仕事だったのである。そういうわけで、ラテン語で書かれた証書ないし覚え書きは、そのすべてがとはいわないまでも、ほとんどが、翻訳作業の成果なのだ。だから、今日、歴史家は、行間にかくれている真実を知ろうには、逆に、また、翻訳し直してみなければならないのである」（マルク・ブロック『封建社会』第一巻第一部第二篇の第二章第二節）

なんとかお読みいただける文章になっているのは、ブロックの非古典主義的文章に、「どうにかこうにか日本語の衣を着せた」書記ことわたくしめの腕の冴えとご承知ねがいたい。ところで、わたくしめが「言葉の衣を着せる」べく狙う事象は、中世の書記の狙う「ふたりの領主」の会話同様、わたしの慣れ親しんでいる言葉の配列からはみでてしまって知らん顔をしている態のものが多くて、というよりは、そのような態のものとして相手にしようと決意している気配がわたしの記述には漂っていて、なるほど、中世の書記氏のように、「古典の衣」をつぎはぎしてこれに着せかけるという手はあろうが、さて、そんなことでよいのか。

だいたいが「古典の衣」を通して中世の生の意味の巣が観察できようか。もう一度翻訳し直せとのブロック先生のご教示に、ここはひとつ従って、折れ曲がり、よろめきながら、せめては記述者の息づかいなりともおききいただきたいと、モウロウ体、クネクネ体の文章を、わたしはあえて作ってみるのであって、それなのに、電話の声の主は冷たくいい放つ、ここんとこで、一応、ピリオドということにしてよろしいでしょうか。

＊『封建社会』は一九九五年に堀米庸三監訳のものが岩波書店から出版された。この「巻部篇章節」立てはそれを写している。この監訳本は堀米先生がその二〇年も前にお亡くなりになっていたので、十数人の下訳者による下訳の寄せ集めという結果に終わった。わたしの担当は第二篇「生活条件と心的状況」の第一章「物的条件と経済の調子」、第二章「感じ、考える、そのしかた」、第三章「集団の記憶」の三章である。

5　自由石の親方

机上の講義ノートはうっすらと埃をかぶっている。秋風が立つころには埃をはらわねばと思い思いしているうちに、はやそのころになってしまった。この夏はいったいわたしになにをしてくれたのかと、恨みを季節に向ける。

灼熱の日射しの午後、庭にしゃがみこんで、石工が石を刻むのを飽かず眺めていた。この記憶は鮮烈だ。石工の呼び名にこだわらないでいただきたい。そう呼べとみずからいう老親方である。二日目には、息子の石工もやってきて、石を積んだ。息子ふたりが跡を継いでくれてと、老親方はさりげなくいうのだが、胸は誇りにふくらんでいるとみた。赤銅色の首筋から肩にかけて、大粒の汗がふつふつとたぎり、太い腕が休みなく小刻みに石をたたく。

この夏、「中世的世界」という本を書きあげるつもりだった。風がとまった午後の、北の陰の部屋の澱んだ時間は、肉のなかからにじみでる冷たい汗が皮にべったりと膜を張る。まるで思考が停止してしまったかのようなのだ。ただひたすらに言葉をつなげていく。次から次へ。その移行に原理はない。次に書くことになるであろうことは、いまこの記述が教えてくれる。エロイーズの愛を書いていたのが、気がつけば、サランの製塩のことを書いている。そういう調子なのである。「アンジュー家関係文書集成」の一角を刻みこんで、アンジュー家の人びとの生きていた現実の一端にふれる。いや、もっと正確にいえば、読むということがわたしのばあい、石工親方の刻む行為であって、刻むうちによい形の石があらわれでるように、読むうちによい形の現実がついにはあらわれるのではないかとねがって、ひたすらに読む。あるいはこういおうか、書く行為が、わたしのばあい、石工親方の刻むということであって、もっとも親方のように確固たる手の動きはとうていのぞめず、おずおずと言葉を選び、言葉をつなげてゆくうちに、もしや時代の現実が、選んだ言葉のひとつに、言葉と言葉のつなげぐあいに、おのずからあらわれる、そんな僥倖にめぐまれはしないか。

だから思考はとまったも同然なのである。このオートマティスムはわたしを疲れさせる。素材のもつ論理を掘りおこす。掘りおこすといえば恰好がいいが、その主語はわたしであって、わたしではない。素材それ自体である。エロイーズの書簡文それ自体なのである。エロイーズその人ですらない。エロイーズその人をこうときめてしまって、その人の書いたであろう文章を読む。そういう読み方には虚偽がある。かの女の第一書簡の文章そのものが、かの女にかかわる現実を掘りおこす。わたしはその文章の代理思考者でしかない。

そう肚をきめてしまえば、いっそせいせいしてもよいはずである。石のことは石にまかせろ、そうむかしからいいますで、と親方はうそぶく。だけど、知識は必要でしょう、石の条理とか石理とかいうじゃないか、とわたし。そうさね、石にも筋目ってものがある。けんど、それもこれが知ってまさね、と親方は石のみを陽光にかざす。こいつがいやがったら、条理にはずれてるってことだね。

わが「歴史学」には、そんな「きれる」石のみのあろうはずもない。空手空拳、ただ石を磨すのみ。「カルミナ・ブラーナ」、「ばら物語」、「ジャンヌ・ダルク裁判記録」、はたまた「フランス中世俚諺集成」と、いずれ劣らぬ巨石を積まれて、立往生。またもや、積まれてなどと受身の構えでものをいっているとお咎め召さるな。「中世的世界」という壮大な「意見の風土」（これはバジル・ウィリー先生の用語だ）にふみ迷って、いったいほかにどんな構えようがあるとおっしゃるのか。どれもこれもそれぞれに条理をはらんで、そこにある。能動的思惟はあちら側のものであって、わたしは受動的意志でしかない。

わしらの出はフランドルでさ。石工の親方はフラマン方言を注意深く操る。騎士どのはどこですかい。ワルデック？　ほう、カッセルの近くの。わしらは方々へゆきます。ここの宿場はもう三年になる。わしらは町の石工とはちがう。わしらは自由石の石工と呼ばれていまさ。

石工の仕事を眺めてすごしたその日の夜、わずかな手掛りにすがってでっちあげた、これは旅の騎士と石工の親方との架空対話という趣向である。「自由石の親方」とは、英語のフリーメーソンの訳語ということにもなるが、ところでそのメーソンとは、これはフランス語のマソンの借用であり、マソンはドイツ語のメッツ、すなわちシュタインメッツの連語に残っているように、もともと「切る人」という意味の言葉から派生したとする考えがあるということを一応お断りしておいた上で、さて、なぜフリーメーソンなりフラン・マソンなりを「自由石の親方」などと訳すのかといえば、「中世的世界」に棲息する石工には、ラテン語でマギステル・ラトムスとか、フランス語でメートル・マソンといったふつうの呼称をもつ連中のほかに、スクルプトール・ラピドゥム・リベロールムとか、メートル・マソン・ド・フランシュ・ペールといった肩書をもっているのがいて、これがフリーメーソンという団体を結成することになるのであって、すなわちわたしがあなたがたのご注意を喚起したいのは、もともと「自由な」の形容は「石」についていたという事態についてなのである。

石が自由なのであって、人が自由なのではない。このエノンセは、わが囚われの「意見の風土」によくなじむ。親方は石の条理にきくのであって、そのときかれは自由である。まあ、語源をたずねれば、これについての言及は、ずいぶん机上に本を積みあげたのだが、ついに発見できなかったが、おそらくは、石材に関する権利の問題にからむのだろうが、灼熱の陽光にあんまり長いあいだ頭を曝していたせいか、なにか気分が陽気になって、そんな勝手な講釈を、親方あいてに試みたことであった。

6　變成男子御受用

西風が立つと想い起す詩がある。唐木順三氏の名文「梅宮覚書」でみた佛頂国師一絲文守の「病中口占四首」のうち第二首である。

明滅殘燈若有情　山村一夜不聞更
幾囘欹枕難成睡　聽盡西風吹葉聲

一絲文守は近江の永源寺にあり、宿痾に伏していた。唐木氏の解説をきこう。これは、じっさい、きかずにはいられない。

「明滅する殘燈、情あるが如し、で始まる第二の詩の第四句、聽盡す西風、葉を吹くの声、の西風は、或いは近江の西にあたる修学院の草庵から吹いてくる香風であったかもしれぬ。枕をそばだててみたものは、艶のあるおもかげであったかもしれぬ」

洛北の修学院の草庵にあった人とは、すなわち後水尾天皇第一皇女梅宮であって、剃髪して法名文智、号を大通、庵は圓照寺という。十三歳で鷹司家へ嫁いだが、四年後に婚家を出て、父上皇の側にあったとき、公家出身の禅僧一絲文守と父上皇との対話を襖越しに聞き、感応して出家したという。その年、梅宮二十二歳。それから六年、梅宮二十八歳の年、一絲文守は三十九歳をもって入寂した。宿痾は肺患であったのでは、と唐木氏は推測している。梅宮は、その後、圓照寺を奈良に移し、七十九歳の長寿をたもった。

一絲と梅宮との交情にはただならないものがあったにちがいないと唐木氏はおっしゃる。すでに辻善之助も、『日本佛教史近世篇之二』に、その「神交の深さ」について言及した。さきの四行詩、これは死の前年の作だが、これもさることながら、ふたりの「神交の深さ」をうかがわせるものに、寛永二十一年三月五日付、「大通様」あて「文守白」の、じつに四千二百字にわたる消息がある。辻の著述に抄録されているが、そのほんの数行を左に記す。「とかく身を二ツもち候と存候ハハ、すみ申候、さりながら、とても身二ツもち候ハハ、おなし男根の身二つほしく候、又このころは、なにといたし候や、少御めにかかり候て、かたり申たく候、世のハバかりさへなく候ハハ、よるもひるも十日廿日程、しつかなる所に、只尊前と二人たてこもり、佛法世法ふたつともに、おもふまま申たく候……」

このまま、一絲文守の文言そのままに、写し書いていきたい。そういう想いにかりたてる、これは底知れぬ情念のゆらめきを映す、人の人にあてた消息である。唐木氏によれば、奈良の帯解村字山村の地にある寺の蓮池のぐるりには二十五の庭石がならべられていて、それは二十五菩薩をあらわしていて、たとえば宝蔵菩薩は琴を、金剛蔵は笛をというふうに、全体が歌舞音曲の舞台のしつらえにみられるという。そしてこれは門跡の好みにまかせた趣向であったという。一絲文守を彼岸へ送ってのち半世紀、一絲文守と語り明かした夜の記憶についに立ち返る尼王の生命の歌を聞く想いがする。

尼王の余生を支えたものは、篋底《きょうてい》に秘した一絲文守消息であったといってしまっては、文学的空想だと叱られようか。せめて、女身に生きて愛した経験のあかしに、この書簡を保有しえたのは梅宮の幸運であったといわせていただこうか。梅宮の恋文は現存しないが、一絲書簡は、唐木順三氏をして梅宮ぶみを創作したいという熱望にかりたたせるに十分だったのである。

してみれば、わがエロイーズは、なんと不幸な女であったことか。そう想わずにはいられない。ながらく、一絲文守と梅宮、アベラールとエロイーズ、このふたくみの愛の消息は、相似の形をみせて、わがイマジネールの空間に懸かっていたものである、ところが、どうだろう、この夏、わたしはいささかエロイーズぶみを読みすぎた。エロイーズのいいつのる言葉の気迫に、アベラールのあげつらう文言の化けの皮がはがれた。かつてエロイーズはアベラールを失い、いまわたしはエロイーズをようやく理解して、ついでにアベラールを片付けた。わたしのたくらみは、エロイーズを一絲文守に添わせることにある。

シャンパーニュはノジャン近郊パラクレー尼僧院長エロイーズは、ただただ夫アベラールとの愛の再・演を求めている。これに対するにアベラール。十数年以前、十七か八の未通女と通じた三十九歳の男、パリの講壇の帝王アベラールも、いまは五十を過ぎた。ブルターニュの一修道院長。昔の情事の責任を回避し、自己批判せずにすまそうと、詭弁を弄する。女身の精進の苦しさを訴え、どうぞこの身があなたの妻であることをお忘れめさるなとかきくどくエロイーズに対し、あんたはキリストの花嫁なんだから、いってみりゃあ、わたしよりえらいんだ、その線でつきあおう、と、これがかれの逃口上。

「さりながら、同じく身をふたつもつならば、おなじ男の性の身をふたつほしいことでございます」（唐木氏訳）と、罪業深い女の性をそのままに受けとめ、これをいたわって「變成男子御受用」を示唆する一絲文守の度量の広さ、おもいやりの心を、アベラールよ、知れ。

「汚ないぞ、アベラール」、エロイーズはわざと乱暴に言葉を投げだしてみる。どうして、こんな文章を読まされることになったのかと、手にする紙束をきつくにぎりしめる。妙に端正な筆致の、頭文字なんぞも適当にあしらった文面が、いまはただうとましい。わたしたちの愛はいったいなんだったのか。問を投げても答は返ってこない。やがて十数年の後、パラクレー尼僧院長は、夫アベラールの遺骸の引渡しをうけるであろう。さらに二十年の歳月を、パラクレーの地に埋めるであろう。やがて六十三年の老いの眼を永遠に閉じるとき、エロイーズの心中に去来したのはなんであったか。それを想うと辛い。あるいは、時が終の心の和みをもたらしていたであろうか。

修学院の草庵とパラクレーの尼僧院とには等質の香気がたちこめる。ただし、西風は永源寺に香気を運んだが、サン・ジルダス修道院には運ばなかった。方角がちがうのだ。エロイーズの言葉はあてさきを知らず、むなしく流れる。これを一絲文守の耳にとどかせてやりたい。

7　平家納経をみる

松山から雨の瀬戸内をフェリーで渡る。しばらくは薄明の島影を数えていたが、音戸の瀬戸をぬけるあたりで、つい、うつらうつらしていたらしい。気がつけば、さあっと視界が開けて、呉浦の海面を雨脚がはげしく叩く。十一月の中旬、広島は暗い水の町であった。

愛媛大学での集中講義を終えたあと、広島に寄る気になったのは、旧友に会いたいと思ったからだが、これは片思いに終った。そのかわりといってはなんだが、ふと思いたって宮島へ出かけた。じつははじめてである。駅前のホテルに一泊しての翌朝、まだ威嚇し足りないかのように未練がましく空に垂れる黒雲に、まあいいや、逆らわずにいこうと、傘一本携えただけの身軽さで、乗りこんだ電車、乗り継いだ渡しと、とんとん拍子にうまくいって、なんと九時すぎには宮島の桟橋に降り立った。渡しの上から遠望する厳島神社は、なんとも愛らしく美しく、黒雲も神域は避けるのか、段々、傘一本がわずらわしくなってきた。もみじ季節の日曜日だというのに、さすがに朝早いせいか、それほどの人混みでもなく、飯杓子《めしじゃくし》、もみじまんじゅうの売り子たちも、まだそれほど本気ではないらしく、買う気のない中年男が傘をかついでのそのそ通りすがっても、舌打ちひとつせず、白眼をみせるでもなく、機嫌のよいことであった。

大方の評に逆らうようで申しわけないが、わたしは厳島神社が気に入った。刻限あたかも潮の満ちくるころで、回廊の床すれすれに清冽の海水が面を張る。拝殿前の舞台には管絃奏者が居並んで、竜王が舞う。「おお、なんとみなさんがたは運がいい」かたわらの団体のガイドさんの声も、しらじらしくはきこえない。そう、わたしは運がよかった。いまや、しみじみ、そう思う。

宝物館をあとにしたその時にも、そのことは知らなかった。足がその方向へ向かわなかったら、気付かぬままになっていたにちがいない。そう、わたしは運がよかった。足が神殿の裏手へわたしを導いて、「平家納経特別展」の真新しい立看板が視野のなかに入ってきたのである。一瞬、なんのことやら、理解が通らなかった。ああ、そういうことかと、意識が鈍く反応を起こしたのは、それから数秒後のことであった。

十一月十八日が初日の、地元では三十年ぶり、十年ほど前に、京都、奈良へ、ほんのすこしもっていっただけという国宝「平家納経」の特別展示の初日に、偶然にいきあわせたのである。きけば、宮司がかわって、こういうことになったという。国宝といえども、私物なのです。

「なるほど構図のことがよくいわれる。展示されていた序品見返し飾り絵も、画面中央の竜胆《りんどう》の咲く草叢のあたりに視点をおけば、つまり絵のなかに入って絵をみれば、構図に無理はないといわれる。なるほど、そういってもよい。いいかえれば、こうです」

と、黒板に略図を描く。つい無理のない構図に作ってしまって、消してまた描く。学生さんたちの視線が、気のせいか、妙にざわざわと背中をはいまわり、わたしの心を傷つける。萎えようとする心

をはげまして、視線の槍束をはねかえし、

「この二本の黄金光線、これが絵の構図を決めている。光線のくる方向、それが絵が、ということは地上世界の卑小なる断片がみられている方向なのです」

ファン・アイクの絵にも、絵をみる方向についての思考の跡をたどることができる。どうやら、洋の東西を問わず、中世的心性は、絵をみる所作に、世界をみるみかたについての形而上学を託していたようなのです、といいつのりながら、わたしは妙に物狂おしい。「平家納経」があって、それが平安の歴史空間に入る戸口であって、この絵図の空間に囚われてもらいたいと願っているのであって、あなたがたに伝えたいのは、その願いだ。こんな理屈じゃない。

桔梗、竜胆、撫子、大輪の朝顔、そして蓮花の群落と、花々の咲きみだれる地上界に、金箔、銀箔を散らした工夫は、これはどういうのか。経文の功徳の切り貼りであり、現実態に美と信仰の紗をかける工夫である。地上世界の事物を装飾的空間に還す技法である。色といい、形といい、装飾的に処理されて、草竜胆の紫は草竜胆の紫ではなく、蓮の葉の緑は蓮の葉の緑ではない。紫の、緑の形ある面であり、形は草竜胆の、大輪の朝顔の形である。色と形が、金銀箔の截片の海に浮んで、模様を作る。そういう装飾パネルとして表象された地上界の景色である（分別功徳品表紙）。

「信仰の心性を装飾的空間に還すというこの手続きですね、これが興味ある。経文が筆写されるのも装飾パネルの上にです。言葉が装飾的空間に浮遊している。そういう印象です。徹底して貴族的といいましょうか。クリューニー的典礼主義と心性は通じます。ファン・アイクのガンの祭壇画を想わせます。これが信仰の心性のついに見果てぬ夢であるとすれば、この夢は、善光寺詣での善男善女のものでもありましょう。というのは、切手になったのをご存知か、厳王品見返しの図柄、女性が仏の投げる蓮の花弁に打たれて恍惚の表情を浮かべている、あの図柄の五色の蓮花を、善光寺さんはちゃんとわけてくださる。装飾パネルの切り売りです。平安時代製の信仰の心性のストックの小売りです」

小さな陳列ケースのなかに、ほんの数巻、秋に因んだ図柄の表紙や見返しの部分を開いてならべただけだが、それはそれなりにまとまったこの小さな空間に、平安の人々の仏信仰の心性の香気が漂って、あかず眺めいったことであった。きらりと光る小粒のように、経巻の軸のつまみの透し彫りが、おそらくは金箔を焼きつけてあったのだろう、いまはそれも剥げ落ちて、銅の鈍い光沢をみせているだけだが、それにしてもあまりみごとだったので、そのことを想いだして、毎週一度は顔を出す短大の講師溜りであげつらったら、

「だけど、あなた、経巻の巻き紐、あれはごらんにならなかった。あれがいいのよ、あの組紐、わたしも一本そっくりなのを人にいただいて羽織の紐に使っています」

老いの気品の美しく薫る吉野裕子先生がおっしゃった。なんと、それはぜひみたいものだ。

8　いうまでもなく、周知の

例年二月三月は、なるほど授業はないのだから、はためには暇にみえよう。それがそうではない。卒業論文の口述試験、入試と日程はつまり、やっと終ってなかまと酒場にくりこんだ、その翌朝、手伝いにいっているよその大学の教務係から、卒業予定者の成績がまだ出ていない、どうしてくれるとのきついお叱りの電話である。

そう、二月下旬は期末試験の採点に明け暮れる。とうてい信じてはいただけまい、一般教育の西洋史などは、答案枚数、優に五百枚を越す。いったい、その数五百を上廻る学生諸君に、どう点を割り振ったものか（これはオフレコ）。

お信じにならないかもしれないが、わたしはまじめに読む。一枚一枚、ていねいに鑑賞する。たとえ同じ文章のが何枚つづけて出ようとも、うまずたゆまず、わたしは読む。そうして、溜息をついて、可と記入する。可なのだ。もって瞑すべし。

お断わりしておくが、カンニングと呼ばれる事態なのではない。わたしの試験は持込み自由であって、だからこれはありうる。なにかの本の丸写しか、友人との共同作業の成果という次第。そう断っている殊勝なというか、律儀なというか、それとも図太いというか、そういうのもたまにはいて、わたしとしては、このばあい、いったいどんな顔をすればよいのだろうか。鏡に映してたしかめてみる。

それでは試験にならなかろうって？　そうは思わない。さがし求めているのは論理的思考の痕跡であって、記憶の量を測るわけではない。だから、ほとんどなにかの本の丸写しでありながら、きらめき躍る論理的思考の、重くねばっこい情感の揺れの、鋭くひきしまった意志力の、かすかにでもよい、つらぬきとおったその跡がみつかりさえするならば、わたしとしては、はればれと、優と記入する喜びに浸れるというものだ。だからこそ読むのである。

ところが、それがめったにみつかりはしない。どれもこれも上の空の、おざなりの、干乾らびたうなぎのような文章だ。十字軍といえば、やれ教皇権の衰退だの、騎士層の没落、都市の興隆、王権の強化、封建制度の解体だのとくる。ルネサンスといえば、ご存知、といった思い入れたっぷりに、人間中心の、自然発見の、近代的個性の、とくる。ジャンヌ・ダルクといえば、イギリス軍をけちらし、王国の危機を救ったと、自分がフランス人でもあるまいに、フランス国家に肩入れする。

いうまでもなく、周知の出来事で歴史はできていると思いこんでいらっしゃる。そう思いこまされている。大学の教室は、その思いこみ、思いこまされを解く場である。ここで、はっきりそう申しあげておく。いうまでもないのなら、いわなければいいではないか。周知の事柄に周知でない理解がなじまないかどうか、ひとつさぐってみてこそ、おもしろいではないか。

干乾らびたうなぎの答案を何枚も読まされて、いいかげん頭がぼうっとなって、そこではからずも東野芳明氏の最近のご本のことを思い出した。なにも東野氏の文章が干乾らびたうなぎだといっているのではない。それどころか、氏は、わたしの好きな文章家のひとりなのだが、氏の最近のご本『裏切られた眼差』には裏切られた。というのは言葉の遊びで、なにしろウォーホール他四人の現代作家論は気持よく読めたのだが、冒頭の一章レオナルド論はいただけなかったという話である。いうまでもない、周知のことにいささか異を唱えたいといった調子の文章であって、氏らしくもなく、歯切れの悪いことであった。

ルネサンスは氏にとっていうまでもない、周知のことであり、レオナルドがルネサンスだということも、これまたいうまでもない、周知のことらしく、そこのところは妙に歯切れよく、ところでと、氏の設問するには、レオナルドの鏡絵と鏡文字、そのことの意味はなにか。レオナルドの画面に衆生済度一切個々描写の特性が観察できると最近の論者はいうが、なるほどそうだ。さて、それはどういうことか。

鏡絵に托した想念、ものとまなざしについての思念。階級制度的にではなく、つまりは大事なものと大事ではないものとの種差を設けず、画面中の対象物一切を同じ熱心さで描く構えかた、細物個々描写、わたしの言葉づかいでいえばナチュラリズム。レオナルドの絵に検出されるこういった徴表を、いうまでもない、周知のルネサンス概念に、なんとかなじませようとして、それがなかなかうまくいかず、うまくいかないのはあるいは当然かもしれないとうすうす気付いていらっしゃって、なにかうしろめたさを覚えていらっしゃる。東野氏の文章の歯切れの悪さは、そこに発する。そうわたしはみた。

東野氏ほどのお人が、なぜそれほどまでにルネサンス概念にこだわるのか、縛られていらっしゃるのか。これは天下の奇景である。一度レオナルドを捨てなければ、レオナルドはわかるまい。レオナルドとは、このばあい、たとえば絵をめぐるまなざしについての思念。細物個々描写。このふたつの項目に括られる精神であって、ひとまずそのところで、レオナルドを理解しなければならない。それなのに、まずレオナルドを、ルネサンスと称する、なにか知らぬが大仕掛けな括りで括り、そうした上で、このふたつの精神の徴表を、その括りになじませようとするものだから、話がおかしくなるのである。

呪縛を解いてさしあげよう。ルネサンスにかまわず、十五世紀から十六世紀にかけてのヨーロッパ人の生活と思考の環境にレオナルドを置いてみる。そうしてみたら?

そうしてみたら? 学生諸君。わたしは一年間、そのことばかりお話してきたつもりです。あなたがた自身のただひとつの生が、いたずらに、いうまでもない、周知の言葉に呪縛されて、かたくちぢこまり、枯死することのないように、わたしは願っている。

9　かぎりなくやさしいアキテーヌ

さあ、それではカーテンをあけてください、と教壇にもどる。

　今年の講義の最初の日、学生さんたちは、いきなりこんなスライドをみせて、この先生、いったいどういうつもりかと、すねていらっしゃる。アリエノール・ダキテーヌ、これが講義題目だが、かれこれ七、八十点、たっぷりみてもらったのは、ピレネー越えの写真である。どっちからどっちへか。それが話のみそで、南から北へ、バルセロナからトゥールーズへ、ボルドーへ。

　いうまでもなく、アリエノールはアキテーヌ侯です。そう発声して反応をうかがう。シーンとしている。女侯とわたしはいいたくない。なんで女だとことさら明示しなければならないのか。そう、女子学生さんたちにおもねてみる。すこし、笑い声がきこえる。気のせいか、おざなりの笑いといった感じだ。

　ひとつには、イメージから歴史空間に入るという作法の、ささやかな伝授を試みたということであった。アリエノールが生れ育った土地の感性を、すこしでも味わい識ってもらいたい。

たとうれば、われらが恋は
さんざしの枝にも似て
木にうちふるえ
夜雨にうたれ、霧にぬれて
緑の葉、小枝のしげみに
朝の陽光のひろがるがまで

アリエノールの祖父、アキテーヌ侯ギレム九世の歌うこの「後朝《きぬぎぬ》の歌」の調べが、あなたがたのりすの耳にとどきはしないか。かぎりなくやさしいアキテーヌの抒情の大気を、あなたがたのうさぎの鼻がかぎとってくれはしないか。そうねがってのことであって、ぶどうの収穫も終った秋口の丘陵の起伏、朝霧にけぶるランゴン附近のガロンヌの流れ、そういった映像におおわれた空間として、十二世紀のアキテーヌを、あなたがたの感性の試しにと投げだしてみた。歴史空間がそういうものとしてあるとき、あなたがたはいったいどうするか。うろたえ、さわぐでない、しらけるでない。そう、わたしはねがっているということだ。

もうひとつには、また、ピレネー越えでアキテーヌに入るという、この入りかたが、なんともわたしには快く、かれこれ十年近く前のことだが、その道でその土地にはじめて入った。ただもう、アキテーヌの風土に、手もなく酔わされて、その折はただそれだけの、夢ともつかず現《うつつ》ともつかぬ幻の経験に終ったが、いま思えば、この経験には大きな意味があった。抒情の発見、そう名付けたいむかしの経験の意味を、いま、わたしは識る。そのことをあなたがたにお話したかった。あなたがたのいまの経験の意味を、十年後のあなたがたが発見する。そういうこともあろうと、いま、わたしはあなたがたにお話しておきたい。

そう、前置ふうに、心をつくしていいつのっておいて、さて、どういうことか。トゥールーズのあたりからガロンヌの流れを下って、ランゴンという町に泊った。翌朝、朝霧のなかを、バルサックという田舎の町を過ぎた。そのバルサックだが、ここの銘柄酒バルサックは、その近くのソテルヌともども、ボルドーの白を代表する銘柄であって、じつのところ、わたしは、この旅に出る直前、パリでバルサックを飲んでいたのである。そのときは、すっかり忘れていたが、いまアキテーヌの風土を想うとき、その諧調のまろみが舌に甦るといっては、これは気取りが過ぎようか。

そのバルサックにふれて想起するのは、かの物知りの木村尚三郎先生のおっしゃるには、十八世紀のパリの、だれだったか、ある王様が、ボルドーにも飲料はあるのかねとご下問になったとかならなかったとか。ことは、ブルゴーニュ対ボルドーのワイン戦争に関係し、このばあい、ボルドーの人間としては、パリの連中に飲ませる飲料はねえよ、と、こういうことになるのであって、問題は、だから、アキテーヌとパリ盆地との戦争ということでもある。

「つまり、パリからみる眼付のいやらしさということをわたしはいいたいわけで、アキテーヌにせよ、トゥールーズにしろ、ブルゴーニュにしろ、みんなパリからみられてしまう。それが当然だと思っている。これはじっさいおどろくべき事態であって、フランス人歴史家の、度し難いまでに無邪気な中央志向癖、これにはまったくおどろくべきものがあります。そういう悪趣味は願い下げにしましょう。

アキテーヌをアキテーヌとしてみる。これが肝要で、ピレネー越えで入る道は、パリから入る道に対して自己主張する」

　学生さんたち、思案投げ首といった風情。時折、想いだしたように、ノートの隅っこに、トゥールーズなどと書きつけていらっしゃる。むりもない話で、学生さんたちの大半は、アキテーヌだの、オーヴェルニュだのといったフランスの地方の呼称など、生れてはじめて耳にするのではなかろうか。それがいきなり自己主張しだすのだから、これはじっさいたまったものではない。情況は、わたしも先刻承知の上で、そこでチョークなどをとり、

「まあ、大体、フランスの地勢を考えてみますと、ブルターニュからロワール中流にかけて、こう山地帯がのびますな。これがアルモリカン山地。それから、ここが中央山塊。その北の流れとアルモリカン山地の南の舌との作る地峡をポワトゥー回廊といってます。他方、中央山塊とピレネー山脈の作る地峡が、アキテーヌから地中海岸に出るトゥールーズ回廊。中央山塊が地中海に流れ落ちるところが南仏海岸。中央山塊とジュラ・アルプスのあいだを刻む渓谷がローヌ渓谷。まあ、こんなぐあいですね。おわかりかな。アキテーヌという土地は、ポワトゥー回廊を介してパリ盆地へ、トゥールーズ回廊を通って地中海岸へ抜ける。地勢的にみて、アキテーヌはひとつの、それ自体完結している土地なのです……」

　学生さんたち、せっせとノートに地図の形を描いていらっしゃる。

10　風車談義

ブリューゲルにおける風車の意味はなにか。

数年来持越しの書下ろしの仕事だが、こう書いて以来、ここ数か月、またもや中断したままになっている。

風車のことを書いているのは、べつに技術と科学の歴史を構想しているわけではない。こんないいわけは、しかし、いわずもがなのことか。数年前の『中世史雑誌』、これはオランダで出版されている国際的な雑誌だが、それにザンクト・ガレン修道院の平面プランと水車という題で論文を書いている人がいて、冒頭に同じような断りが読める。そのことにいま気がついて、苦笑したことであった。

かれにいわせれば、かれはザンクト・ガレン修道院の平面プランそのものに以前から興味をもっていて、これは九世紀初頭、ルイ敬虔王の代にデッサンされたものであって、当時の同修道院の平面プランそのものではなく、こういうふうに建てたらよかろうという計画プランなのだが、それをいろいろ解析してゆくうちに、これはどうしても水車の仕掛けとしか考えられない線描を発見した、ということだそうな。わたしの方も、そんなもので、十二世紀ヨーロッパの生活環境を、いきあたりばったたりに探ってゆくうちに、風車につきあたったという次第。

かれは現実にこだわる性質の人らしく、ザンクト・ガレンの水車という個別にかかずらって、ずいぶんと長い論文である。個別を概念や通史で括らず、その時々の現実そのものの重みを測ろうとする心意気は、僭越ながらこのわたくしめもまたわけもつところであって、かくして、わが幻の著述は遅々として進まない。

もっとも、風車につきあたったといっても、じつは、わたしのばあい、それはレトリックであって、むしろ風車につきあたらなかったのであって、つまり十二世紀のヨーロッパ社会には風車は立っていなかった。スペイン中央台地のモンティエールの大野をサッソウといくドン・キホーテ主従は、たしかに風車の群れにつきあたりはしたろうが、憂い顔の騎士の大先達エル・シドは、風車を知らなかった。だから、風車を風車と認知しなかった憂い顔の騎士は、その認識未然の境位においてエル・シドのむかしに還るのであって、わが幻の著述が第一章をドン・キホーテの風車とおいて、十二世紀中世に還る切掛けがここに求められた。

「諸君、ここでお知らせします、風車は十二世紀ヨーロッパ社会の発明でした」

驚愕の波紋が教室に拡がり、というぐあいにはいかなかった。学生さんたち、風車、十二世紀ヨーロッパ社会の発明と、生まじめに、ノートに書きつけていらっしゃる気配。アリエノール・ダキテーヌのはずなのに、なんでまた風車が出てくるのかと、教師不信のまなざしもあらわに、ペンをぴくりとも動かさないお方もいらっしゃる。

アリエノールのポワトゥー伯家の話をしていて、ポワトゥーの北辺に、アンジュー、ナントの両伯家との抗争の土地モージュというのがあった。そこの話になった。ロワール川とセーヴル・ナンテーズ川に挟まれた台地帯であって、小谷、ほれ溝が片岩質の台地を縦横にえぐり、叢林《ボカージュ》が緑の模様を描く。遠近おちこちの高みに、高く木組みをしつらえた風車がみられる。この土地は、近代史の領分では、広くヴァンデーと呼ばれる地方に入り、フランス革命時、ヴァンデーの騒乱にさいして、この土地に拠った一党が、風車を信号用に使ったというエピソードは有名だ。

けれども、十一世紀の末、おそらく一〇九五年か六年とわたしは見当をつけているが、まだ十六か十七歳のピエールなる若者、のちの大学者ピエール・アベラールが、ル・パレの城主領の親もとを離れて、まずはロッシュの大学者ロスケリヌスのところに出かけた折、かれはたしかにこのモージュの地を通ったのだが、風車は一基も立っていなかった。それはたしかなことである。

ちなみに、ル・パレは、まさしくこのモージュの西端の一城主領であって、ピエールの家系はよくわからないのだが、いずれル・パレ城主の一家臣と考えられる。アベラルドゥス、あるいはアベラールという姓は、どうやらピエール自身の名付けによるものらしく、いってみればペンネームである。

「なんと、みなさん、そういうことなのです。このことは、すでにホイジンガの見破ったところでありますが、大方のアベラール研究者は、いまだにこの件に関しては沈黙しております」

学生さんたち、あいかわらずアパシーの状態。冷静な面持ちで、昂奮気味の講師の顔を鑑賞していらっしゃる。わたしがいいたいのは、ピエールはモージュで風車をみなかったということであって、風車をみたピエールとみなかったピエールは、はたして同じかどうかということであって、さらにいいつのらせていただければ、ピエールの環境は、そこに城主領が形成されていて、たとえばル・パレの隣のシャントソーの城主領の境界のあたりで、見張りの騎士に誰何され、おまえさんはどこへいくつもりだと問いつめられて、ロッシュの先生のところに勉強にいくと答えたこのヒッピーじみた若者を、騎士は、なにか異教徒でもみるかのような眼付をして、いけ、いけと手で追い払った。そういう環境であって、そこには風車は立っていなかった。

「ピエールを西洋哲学史という通史で括るのではなく、ピエールをその生の空間にもどすこと、これが狙いであります。風車をみなかったこととかれの哲学のあいだにはなんの関係もないと、いったいだれがいいきれましょうか」

もっといわせていただこうか、と、この教師、学生を脅迫する勢いである。ピエールの妻エロイーズの証言によれば、両人の出会いのころのピエールは、ということは三十九歳の大教師ピエールは、恋歌の作歌者としても高名であって、女たちはピエールの作に酔ったという。作歌者、これをピエールの生れたくにではトルバドゥールという。ピエールは、ポワトゥー伯ギレム七世、これは前の文章でもご紹介した「最初のトルバドゥール」、アキテーヌ侯ギレム九世そのひとと同世代の、同じくにの男なのである。

三十九歳まで恋歌をものしていたピエールにおける詩と哲学の関係は、さて、どういうことになるのか。ピエールの環境は、たとえば風車を知らず、恋歌を作る作法が騎士領主という社会層の教養科目であった、そういう世界であった。

ブリューゲルの風車はどうなったかですって？　風車のイメージをたずね求めて、十二世紀のモージュの原から十六世紀のネーデルラントへくだり、そこで奇妙なイメージをみたということでありますが、すでに、いわゆる紙幅もつきました。
ねえ、きみ、そこで立ちどまってはいけないったら！

11　ヴィエンヌの流れのほとりに

聖ニコラス教会堂前のバーで、ル・パレはどこか、亭主にきいた。ル・パレはそこだよ、と亭主は教会堂の裏手を指すのだが、どうやらききちがいしているらしい。しかたがないので、ありあわせの紙片にLe Palletと書いてみせたりなどして押問答を重ねているうちに、一隅の黒づくめの服装の男たちの一団のあいだから声があり、おれが知っている。すわこそと地図を持参すれば、しばらく地図をにらんでいたが、やおら太い指をのばして一点を、というよりは一面をべったりと押え、ここだという。ありったけの感謝の辞を述べたてて、ようやく年取った草虫みたいなその指をどかしてもらって、視線を凝らせば、なんのことはない、ポワチエへ向う国道を十五キロほどいった、セーヴル・ナンテーズ河畔の一村であった。ロワール河口に近いナントの町の夏の日の昼下りである。

ル・パレの村では、たまたまピエール・アベラール生誕九百年記念の展示会を催していた。地元の人たちによるアベラール考察も織りこんだ『ル・パレ村史』も刊行されていて、それを買い求めたところ、署名を要求され、ついでになにか一言書けという。「ル・パレは遠くて近かった」と書いたところ、どういう意味かという。このばあい、フランス的明晰さはどういう答えを期待しているのか。めんどうなので、「日本人の笑い」で応待したら、薄気味わるくなったのか、釈放してくれた。

そう、モージュは遠くて近かった。いや、むしろ、近くて遠い。十一世紀のこの土地を旅する感慨に、これ以外のいいまわしがどうしてなじもうか。このあたりの風物は、十五世紀のルネ王、十六世紀のアンリ四世、十七世紀の宰相リシュリュー、十八世紀の革命騒ぎと、厚化粧に塗りかためられていて、皮膜をはがして十一世紀の地肌をのぞきみようには、ひと工夫もふた工夫もいる。土地の人たちの記憶も絶えた。だれがいったい母の胎内の薄明の水に浮游していたころのことを記憶していようか。ただ、物が語る。

薄気味わるいほどまっすぐにのびる国道を車でいけば、いつのまにやらヴァンデー丘陵からガティヌ山地に入り、いつのまにやら、ガティヌ山地の東のはずれ、パルトゥネーの町を望見する。セーヴル・ナンテーズ流域とヴィエンヌ流域とを分かつガティヌ山塊も、むかしは知らず、いまは平べったくなってしまった。文明は土地のアーティキュリットな区切りを消滅せしめるべく作用するらしい。かくして、ガティヌ山地を後背に、ポワトゥー回廊に睨みをきかす要衝パルトゥネーの土地の名も失われた。

かくして、ポワトゥー回廊の根城ポワチエ城「モーベルジョンヌの塔」もまた、裁判所だかなんだか知らないが、正面に、大理石の列柱様式の、いつのどこのものとも知れない俗悪物が立ちはだかって、裏通りに、ひっそりと残骸を曝す。ポワトゥー伯ギレム七世トルバドゥールが、想わせびと、シャテルロー城主の奥方をかっさらって、月夜の晩（と伝えられる）、鼻歌まじりに（これは小生の想像）、ポワチエまで五里（これはりと読みます、こう書かないと雰囲気が出ないので、悪しからず）かそこらの道程を、のんびりひきあげた、その道を、いまはオートルート「アキテーヌ」が踏みまたぐ。

「アキテーヌ」、パリとポワチエを結び、いずれはボルドーまでと企図されている、この自動車専用道A10こそは、パリ盆地から押し出して、ポワトゥー回廊を押し通り、アキテーヌに侵寇したカペ王家の邪悪なる意志が、いまの世のフランス人の無邪気な心性に焼きつけられた光景である。フランス国家よ、永遠なれ。

シャテルローからミルボー、ルーダンとぬけて、ヴィエンヌ河畔にもどりタヴァンをめざす。教会堂地下納骨所の壁面フレスコ画で名高いところだ。アベラールがこのあたりを歩いた、まさにそのころ、旅の画工が描いた騎士、巡礼、ダヴィデに擬せられた領主、淫乱のアレゴリーを担わされた女のイメージが、九百年前の生活の賑わいを凍結していて、いま、かれらはわたしの視線に解ける。

ヴィエンヌの流れのほとりの草叢に寝ころべば、若者ピエールが老いたる巡礼と連れ立ち、すれちがう淫乱の女のなかま連れが、袖ひきあい、若者をふりかえりみて、嬌声をあげる。遠くの河原に蝟集する群集。法王ウルバンの十字軍勧説集会らしい。それなりの恰好の騎士がひとり、それなりの痩馬を、それなりの従者に曳かせて、わきめもふらず若者と老人の二人連れを追い越す。岸辺の柳の群落が、闇をはらんで川面におおいかぶさり、流れに乗った艀を呑みこもうとする気配。船頭の罵声、櫂の水を切る音が、遠い群衆のざわめきにまじって、ヴィエンヌの流れは、むかしをいまに流す。

大きな川の流れへ傾きながら、
ひつきりなしに私の櫂は、賑やかなあたりの風物から、去りがてに私をひきはなす。
櫂でいつぱいいな、重い兩手を伴ふ魂よ、

空は緩やかな波の穂の、末期を知らす鐘の音に、思ふがままになるばかり。

頑な心も、私のみだしてゐる美に放心した眼も、
私の周圍に水の輪の實《みの》るがままにまかせ、
私は幅ひろく櫂を使つて、碎かうとする、火と木の葉の絶景を、
またこの絶景を小聲に歌ひながら。

私が上を通り過ぎる樹々よ、豊かで素直な木理《もくめ》よ、
寫された枝葉模様の水の面よ、また完成したものの平和《なごやか》さよ、
碎け、これを、私の小舟よ、
大いなるしづけさで記憶を無にする襞襀《ひだ》をこの上に置け。

（ポオル・ヴァレリイ「舟を漕ぐ人」、菱山修三訳『魅惑』、青磁社、昭和十六年から）

＊　この菱山修三訳の詩の原文と拙訳は以下の通りです。

penche contre un grand fleuve, infiniment mes rames
m'arrachent a regret aux riants environs;
ame aux pesantes mains, pleines des avirons,

il faut que le ciel cede au glas des lentes lames.

le coeur dur, l'oeil distrait des beautes que je bats,
laissant autour de moi murir des cercles d'onde,
je veux a larges coups rompre l'illustre monde
de feuilles et de feu que je chante tout bas.

arbres sur qui je passe, ample et naive moire,
eau de ramages peinte, et paix de l'accompli,
dechire-les, ma barque, impose-leur un pli,
qui coure du grand calme abolir la memoire.

大きな流れに寄せて舟を漕ぐ、両手の櫂は漕ぐたびに、
わたしの眼差しを辺りの美景から引きはがす、残念だ、
わたしはとんと櫂で一杯の重い腕の人だ、くたびれた、
天はゆったりと波を切る櫂の刃の弔いの鐘の音に譲れ

舟は美景の中を進み、わたしの眼差しはそこに囚われる、
進む舟をとりかこんで波紋が幾重にも拡がるがままに、
わたしは大きく櫂を使って、輝く世界を砕こうとする、
枝葉と火焔のこの世界を、とても低い声で歌いながら

わたしは木々の上を通る、ゆったりと単純な木目模様、
枝葉模様を映す水の面、なべて完了したものの平和、
これを砕け、わたしの舟よ、これに折り目をつけよ、
折り目は急ぎ来て、大いなる静けさで記憶を無にする

12　絵をみる

絵は中庭の桜木という趣向か。画家は斜め上方からみているので、枝木が外廊下の欄干の手摺と交差していて、それがなんとも無造作に交差していて、つまり手摺と枝木のあいだに空気の層がみてとれない。平面で交差しているのである。下絵が出てしまったということか。顔料が枝木の線を、欄干の線をふくらませ、枝木として大気のなかに浮かばせ、手摺として建物の組成のなかに閉じこめていた昔があったはずで、その絵がみたかった。

とはいえ、それはないものねだり。ガラス板越しに、ついでに人の頭越しにようやくのぞきこむ絵を想像のうちにふくらませてみればよいわけで、好みの色を盛りあげてみればよいわけで、そのていどにしか源氏物語絵巻はわたしのものにはならないと観念すればよいわけである。

じつのところ、以上の見聞と感想は、某月某日、五島美術館の源氏物語絵巻特別展に出かけた折のものだったのだが、どうも気にかかる、釈然としないというわけで、手持ちの画集をひっぱりだし、今度はガラス板越し、人の頭越しにではなしに、そのかわり複製のということになるのはやむをえない、問題の絵をトックリ検分して、おどろいた。なんと絵は溶暗し、「夕暮れの霞に紛れ」ているではないか。

なにも複製の良し悪しをいっているのではない。中庭に闇はしのびより、ついでに中庭に属するものであるところの桜木も溶暗の気配をただよわせ、ついでに「廊の戸の開きたるに、やをら寄りて、覗きける例の少将」の衣までが薄墨色に染っている。

　どうやら時間を空間に表現しようとする画師の工夫とみた。そういう構図の冷徹な方法論と、縁側に座す姫君たちのこれはあくまでも装飾的な絵姿との奇妙な共生に、絵巻物のおもしろみがあるようだ。

　まったくお恥しい話であって、絵をみることのむずかしさをつくづくと思い知らされたことであった。しかし、一旦形成された印象はなかなかに修正されがたく、いまもわたしの脳裡には、枝木と手摺の無造作な交差の線形がわだかまっている。溶暗の気配がようやく屋内にしのびいろうとする、おそらくは画家の狙いの効果は、わたしのばあい、第一印象として入ってはこなかった。画家とわたくしめとの感応は瞬時には成立しなかったわけで、わたしの感受性がじわじわと相手の言分に屈してゆく、そういう経緯があるからこそ、絵をみることの意味がある。そうは心得てはいても、やはり気色が悪く、トボトボと私鉄の駅へ向う途中も心は晴れなかった。

　絵をみるということの意味をここ数年来考えていて、じっさいにある一群の絵を記述してみるという試みをある雑誌に連載したのが、今度本になることになり、いまあらためて読みかえしているところだが、[注*]じっさいわたしの感性のかたくなさには恐れいる。どうしても最初は抵抗したくなり、なんのことはない、最後は相手の言分に屈するのだが、そんなパターンの無限地獄なのである。抵抗してみせる最初のふんばりは、つまりは相手の言分を掘りおこす手続きと観念しているのであって、これが十分に発動されないと、相手の言分に屈するきわの快感も深まらない。そういう仕掛けになっていて、だから戦っている相手は、じつは自分自身の感性である。これを思うがさま、ひきずりまわせる大器量は、じっさいわたくしめごとき大凡人には夢のまた夢である。

二年間連載の肩の荷をおろしざま、ひとつえらく安易なアナロジーを弄させていただこうか。それというのも、この十二世紀の絵の一群をみに出かけるに、なんとわたくしめは最近の宇宙論を占う小冊子を携えていたのであって、絵の群れは宇宙の銀河系を想わせる。銀河系は宇宙物質の始源の噴出口がくだけとび散ったそのひとつひとつの破片であって、ぐるぐる渦巻きながらいまなお物質を噴出しつづけている威勢のいいのもいる。すでに収斂点たるブラックホールを設営して、みずからそこにのめりこんでいこうとしているのもいる。

さて、このばあい、銀河系としての絵巻物のかかわる始源の噴出口とはなんなのか。絵巻物の感性の構造の原基はなんなのか。そしてまた、絵巻物はいまなお噴出しつづけているのか、構図と形と色と雰囲気を噴出しつづけているのか。わたしがいうのは、ひとつの絵の集成としての源氏物語絵巻が、あるいは平家納経が、あるいはまたひとまとめに十五世紀ネーデルラント画派の絵が、銀河系の渦巻を想わせて、ゆっくりと廻転するとき、構図と形と色と雰囲気がこぼれおちる。そういう光景を想うのは楽しい。

注＊　一九七七年二月から翌年の三月にかけて十二回、『月刊みづゑ』誌に「画家たちの祝祭」と題して連載した。一九八一年九月に小沢書店から同じタイトルで出版した。二〇〇七年に講談社学術文庫に『中世の秋の画家たち』と改題して出版した。

［補遺］

文中ご紹介した『源氏物語』は「竹河」からですが、この原本の小沢書店版『いま、中世の秋』には、その一節を抜き書きふうに引用しています。「桜争い」とよく呼ばれている段落からですが、その一部、「例の少将」の廊覗きのエピソードを含む一節を、ご紹介したい。岩波書店の「新日本古典文学大系」本の『源氏物語四』にテキストを借りて、一度ひらがな文に戻した上で、漢字交じり文を作り、さらにそれを現代語に直しました。

中将なとたちたまひてのち君たちはうちさしたまへる五うち給。むかしよりあらそひ給さくらをかけものにして三はむにかす一かちたまはむかたには猶花をよせてんとたはふれかはしきこえ給。くらうなれはゝしちかうてうちはてたまふ。みすまきあけて人〳〵みないとみねんしきこゆ。おりしもれいの少将侍従の君の御さうしにきたりけるをうちつれていて給にけれはおほかた人すくななるにらうのとのあきたるにやをらよりてのそきけり。かうゝれしきおりをみつけたるはほとけなとのあらはれたまへらんにまいりあひたらむ心ちするもはかなき心になん。ゆふくれのかすみのまきれはさやかならねとつくつくとみれはさくらいろのあやめもそれとみわきつ。けにちりなむのちのかたみにもみまほしくにほひおほくみえ給をいとゝことさまになり給なんことわひしく思ひまさらる。わかきひと〳〵のうちとけたるすかたともゆふはへおかしうみゆ。右かたせ給ぬ。こまのらさうをそしやなとはやりかにいふもあり。右に心をよせたてまつりて、にしのおまへによりて侍木を左になして、としころの御あらそひのかゝれはありつるそと右かたは心地よけにはけましきこゆ。

中将など立ち給いて後、君たちは、打ち差し給へる碁、打ち給ふ。昔より争い給ふ桜を賭物にて、三番に数一つ勝ちたまはむ方には、猶花を寄せてんと戯れ交わしきこえ給ふ。暗うなれば端近うて、打ち果て給ふ。御簾巻き上げて、人々みな挑み念じ聞こゆ。折しも例の少将、侍従の君の御曹司に来たりけるを、うち連れて出で給ひにければ、大方人少ななるに、廊の戸の開きたるに、やをら寄りて覗きけり。かう嬉しき折を見つけたるは、仏などの現れ給へらんに、参り会ひたらむ心地するも、はかなき心になん。夕暮れの霞の紛れはさやかならねど、つくづくと見れば、さくら色の文目もそれと見分きつ。げに散りなむのちの形見にも見まほしく、匂い多く見え給ふを、いとど異様になり給なんこと、侘びしく思ひ増さらる。わかき人々のうちとけたるすがたども、夕映へおかしうみゆ。右勝たせ給ぬ。高麗のわざうおそしやなどはやりかにいふもあり。右に心をよせたてまつりてにしのおまへによりて侍木を左になして、としごろの御あらそひのかゝればありつるぞかし、と右かたは心地よげにはげましきこゆ。

中将方がお発ちになられた後、御姉妹は、打ちかけていた碁を続けてお打ちになられた。昔からお二人の間で争いの種になっていた桜木が、この勝負にかけられていた。三番勝負で、ひとつ余分に勝った方があの桜木を貰うのよと、冗談をおたがい、飛ばし合っていらっしゃった。暗くなってきたので碁盤を端近くに移して、勝負がつくまでお打ちになられた。明かりを入れようと簾を巻き上げる。女房たちは大君（おほいぎみ）方、中君（なかのきみ）方それぞれに、相手方に挑み懸かり、姫がお勝ちになりますようにと祈念する声があがった。折しも、例の少将（蔵人の少将、くろうどのしょうしょう）が籐侍従（とうのじじゅう、大君と中君の兄弟）の御部屋に来たところ、籐侍従は中将（左近中将、籐侍従の兄）たちと一緒に外出していたので、そのあたりにあまり人はいなかったし、それに廊（らうはらうと聞こえる、まさに廊下です）の戸が開いていたので、近づいて行って廊の中を覗き込んだ。絶好の機会に巡り会えたのは仏が現れたということなのかと、少将はすっかり喜んだのだが、なんともはかない恋であることですねえ。夕方は霞がかかって、見る目はさやかではないけれど、つくづくと見れば桜色の文様もそれと見分けられた。花のちりなむのちのかたみにとむかしの人は歌ったが、いまはなんとも匂やかの御風情だが、ほどなくまったく異なる風にお成りになるであろうと、侘しさがますますつのる。若い人たちのくったくのないさまが、夕方の光に映えて、くっきりと見える。中君がお勝ちになられた。高麗の乱調子の楽音のおぞましやと上っ面で物言う人もいた。あの桜は右の方に心を寄せて、西のお部屋の近くに植わっている木だというのに、父親の髭黒大将（ひげくろのだいしょう）が桜木は大君のものだとお決めになられたことからはじまったこの桜争いも、終わって見ればこういうことだったのですよと、中君側は凱歌をあげる。

［補遺の注］

「くらうなれはゝしちかうてうちはてたまふ」だが、これは「暗くなってきたので碁盤を端近くに移して、勝負がつくまでお打ちになられた」と訳したが、「新日本古典文学大系」版の注釈者は、「端近く（簀子寄りの所）で碁を打ち終わるの意」と注している。簀子（すのこ）は寝殿造で母屋（もや、寝殿）の四囲に設けた庇

（ひさし）の間の外側の簀子張りの濡れ縁をいう。だからこの注釈者は、「端近く」は庇の間の椽側寄りをいっていると読んでいるということになる。ここではなはだ素朴な疑問を呈させていただくが、ふたりの姫君は庇の間で碁を打っていたのであろうか。続く「みすまきあけて」の御簾は庇の間と簀子の間に垂らす簾のことだと了解してよいのであろうか。なんともあけっぴろげなことですねえ。まあ、そう読むとすると、続く「人〳〵みないとみ念しきこゆ」も、これは女房たちが簀子に群がって応援していたと読むことになり、それはそれでよいが、姫君たちはさぞやうるさかったことでしょうねえ。なにしろ簾が巻き上がっていて、そのすぐ外のせまい濡れ縁で女房たちが騒いでいるのだから。ここでも、また、それはそれでよいのだが、問題は「例の少将」が開いていた「ろうのと」、廊の戸から見通して、姫君たちの様子を覗いたという、その視線をどう理解したらよいものやら。

廊の戸があいていて、そこから少将が覗き込んだという、その廊は、よくは知らないが、寝殿の西側に「西対（にしのたい）」と呼ばれる建物があって、どうやら藤侍従の部屋は西対にあったらしい。「例の少将」がそこを訪ねたところ、藤侍従は留守だった。所在なげにうろうろして、ふと「廊の戸」を見ると、それが開いている。この廊というのは西対から寝殿に渡る「透渡殿（すきわたどの）」と呼ばれる細長い部屋を指しているらしい。柱が二本、天井と屋根組を支えていて、その柱間は建具がなく、透いていたのでそう呼ばれたという。だから実質「廊」で、だから「廊の戸」などという。

戸が開いていたなどというから、西対から透渡殿に入る口には戸が建ててあったらしい。その戸が開いていて、覗きこむと、寝殿の庇の間の、簀の子とのあいだに簾を垂らしていた、その簾も巻き上げられて、簀の子寄りのところに碁盤を据えて碁を打つ姉妹の様子が見えた。というのだが、この廊下と寝殿の庇の間との接合部には、当然、戸とか格子とかが建てられていたはずで、かりに格子が二枚格子で、上半分は挙げられていたとしても、さて、いくらつくづくと見たといっても、夕闇も迫っていた頃合であったことだし、はたして大君の衣装の「桜色の文様もそれと見分きつ」というふうになったかどうか。さて、疑わしい。

「つくつくと」がおもしろい。この本の原本、つまり小沢書店の『いま、中世の秋』は、ここは「つくづく見れば」と書いている。それが、やはり「新日本古典文学大系」本の『源氏物語索引』に「つくつく」をさがすと、それがない。「つくづくと」がたくさんならんでいる。それが、小学館の『古語大辞典』を見ると、ぎゃくに「つくづく」しか項が立っていない。それが用例文は七つあげていて、そのうち「落窪」と「冬の日」が「つくづく」、あとは「つくづくと」である。なかでもおもしろいのは「源氏・宿木（やどりぎ）」に「くはしくつくつくとしもみ給はさりし御顔なれと」と見える。くわしくつくづくとしも見給はざりし御顔なれど、でしょうねえ。今は亡い大君（おほいぎみ）の顔は、くわしく、つくづくと見たことはないが。ところで、抜き書き引用した文章に出てくる「君たち」は、この大君と、その妹の中君（なかのきみ）のふたりなのです。その大君が、ここ「宿木」の巻では故人として偲ばれている。それだけになおおもしろい。

「桜色の文目もそれと見分きつ」だが、どうもこのあたり、読みに定見はないようだ。桜色という語はない。桜の色と読み解かなければならないが、このばあい、桜は桜襲かという意見がある。小学館の『古語大辞典』の桜襲の項はこれは襲色目のひとつで表は白、裏は蘇芳（すおう、濃い紫）または海老（えび、葡萄色）、あるいは二藍（ふたあい、くすんだ青みの紫）だという。どうもこれ以上のことをいま調べる余裕はないが、これは色の指定で、それの文目（文様）といわれてもわからない。つくづくと見れば、その文目も見分けられたといっているのだが、詞書にこういわれても目には浮かばない。このケースでは桜は桜模様をいっているのではないか。じつのところ、この絵のしっかりしたコピーはいま手元になく、絵と言葉の関係を占おうにも、なにしろ材料がない。

ただひとつ、直衣（なほし、普段着）の模様絵に季節を観ずるという作法は、いま「室町歌集閑吟集注釈」という本を編集していて、そこに出てきて、たいへん印象深く思っている「花園左大臣家小大進（こたいしん）」の歌に、「わきもこかうはものすその水なみにけさこそ冬はたちはしめけれ」というのがあって、これがいい。吾妹が上裳の裾の水波に、今朝こそ冬は立ち始めけれ。『千載和歌集』巻第六冬歌三九四番歌です。「わきもこ」だが、どんな古語辞典を見ても、これは「わが妹、こは愛称を示す。夫が妻を呼ぶ呼び方」と説明されている。ただそれだけ。容赦がない。「いも」には夫が妻を呼ぶ関係の他に、女が親しい女友達を呼ぶ呼び方の意味もあった。「わぎもこ」は親しい女友達同士、あるいは姉妹についていってもいったと見てわるい道理はない。この歌がその証左である。わたしの親しい女友達が着ている着物の裾に海部模様が見える。水波が立っている。もう立冬なんだ。そう思わせる。衣裳の絵模様から冬の気配が立つ。海部（かいぶ）はあるいは海賦とか海浦とも書いて、波、海藻、貝、松など、海岸の風景を様式化した模様をいう。母娘の関係も組み込まれるとおもしろい。この歌は、あるいはその証左かもしれない。小大進は「待つ宵の小侍従」と呼ばれた歌人の母である。小侍従の消息は、なんと『平家物語』巻五の「月見」の段にくわしい。「待つ宵の小侍従といふ女房も此の御所にぞ候ける。この女房を待つ宵と申しける事は或る時御所にてまつよひ帰るあしたいづれかあはれはまさると御たづねありければ、まつよひのふけゆくかねの声きけはかへるあしたの鳥はものかはとよみたりけるによつてこそ待つ宵とは召されけれ。」その小侍従に呼びかけて小大進はこう歌ったのではないか。この関係は、だから夫と妻ではなく、女友達でもない。母と娘です。

　だから、この「例の少将」が廊の中を覗き込むというエピソードをとりわけて読めば、この桜争いの主題はなにか直衣の色目の一つの桜襲（さくらがさね）にあるかの印象を受ける。しかし、それがそうではない。「おまへ（御前）の花の木どもの中にもにほひまさりておかしきさくら」をたわむれに姉娘（おほいぎみ、と書くが、読みはおおいぎみ）の桜木としたことがいっそう姉娘と妹娘（中の君、というが、どうして中なのか）の桜争いをあおった。

　花のちりなむのちのかたみにとむかしの人は歌ったが、は、古今和歌集巻第一春歌上の紀有朋（きのありとも）の歌、さくらいろに衣はふかくそめてきむ、花のちりなむのちのかたみに

Ⅲ. 青春燔祭

1　若者狩り

この年も、すでに枯季節、
ころは降誕祭《ノエル》に臨み、
狼は、風を喰らって、生命をつなぎ、
人びとは、家に閉じこもり、
炉辺に寄って、霜を避ける……

目白の駅から研究棟の自分の部屋にたどりつくまでのほんの四、五分の道中の、木枯らしの吹きすさぶ冬枯れの景色の形相のあまりのすさまじさに、こんなヴィヨンの詩行を想いだした。往来する若者たちは、ぬくぬくと羽毛胴衣に身を包み、なかまどち身を寄せあって、北風を避ける……

狼は風を喰らって生命をつなぎか、と、いささか悲愴に自分を見立ててみる。すれちがった若者がニャッと笑う。もちろん、この場合、ニコッとと書きかえるに、わたしとしてはやぶさかではないのだが、つまりは、これは既知の教師だという認知の表示で、それはそれでよいのだが、なにせ内心、自分を一匹狼に見立てていた時が時だけに、こちらとしては、そうみえたのだ。

一段と乱暴に立ち騒ぐ北風に追いたてられて、これ以上はもう無理というまでに肩をすぼめ、薄手の綿コートの隠《かくし》に突っこんだ左手を拳に作り、というのは、なにせ右手は、卒業論文なる紙束を一杯つめこんだ紙袋をぶら吊げているので。これだこれだと、羽毛の若者諸君に対抗上、想いだした次なるヴィヨンの詩句は、「形見分けの歌」のしめくくりの一節。

無花果《いちぢく》も棗《なつめ》も喰わぬ空腹《すきばら》の、
乾からびて黒きこと、かまどの雑巾のごとし。
天幕も陣幕ももってなどいるものか。
あれこれ連中に贈りはしたが、
もっているといえば鐚《びた》銭二、三枚、
これだって、じきに使ってしまうだろうよ。

随筆《エッセイ》は自分を知るためにこそ書くというけれど、ほんとうにそうだと思う。選ぶ言葉のひとつひとつが、いいまわしの造りのそれぞれが、わたしの経験の小径を走っていて、すでに確定したわたしへとわたしを連れ戻す。わたしは、失われた時を求めて、わたしを作った経験の土地へと立ち還る。昔のわたしになじんでいた、ふとした仕種のひとつひとつが、むかしのわたしを取り巻いていた景色のそれぞれが、いま言葉に誘われて甦る。木枯らしと書くその言葉が、無花果も、棗も喰わぬ空腹のと書くそのいいまわしが、過去のある時のわたしを指示していて、だから言葉は反魂の性質を所有しているらしく、またその過去のある時のわたしがいまの言葉を指示していて、だからいまの言葉は、むかし発声されたその言葉の残響なのである。

　ぬくぬくと羽毛胴衣に身を包み、と、戯れのいいまわしの回帰するところ、そこにわたしがいて、そのわたしは、おやじゆずりのお古のオーバーを着込んでいる。オーバーとしかいいようがなく、太毛糸を杉綾に織りこんだ、丈は踝《くるぶし》までもあろうかというほどの代物で、すりきれて、毳《けば》がきれいにとれて、垢と脂でテカテカ光っている。そんなオーバー姿に、本を包みこんだ風呂敷荷物をぶら吊げて、総髪に櫛も通さず、重いズックをひきずって、ドタドタ歩いていた。Ohne mich das gibt die anderen と、習い始めの怪しげなドイツ語をつぶやいてみたりなんぞする。この非人称構文、正しくは主格は es だが、どういうわけか es を das と覚えてしまっていたのである。我置いて人集う。この呪文、時を下る風に漂って、残響し、ヴィヨンの詩句を誘う、狼は風を喰らって生命をつなぎ……

　わが追憶のオーバーの若者は、東京の東中野の音楽喫茶クラシックの、いいかげんくたびれはててバネも緩み、尻のあたる部分が丸くへこんだ布張り椅子にはまりこんでいる。椅子というよりはソファを輪切りにしたようなのが、おもいおもいの方向を向いて並んでいる。はまりこんだ面々は、後代の言葉づかいでいえば、さしづめヒッピーか。中世ヨーロッパの用語でいえば、ヴァガンテースないしゴリアルディで、英語に直せば wanderling scholars, 訳せば「放浪の学生」だが、いっそ「やくざ学生」とでもするか。オーバーの若者は、それこそ毎日のように出かけたのだが、必ずシューベルトの「冬の旅」は聴かされた。だれかが必ず注文《リクエスト》するのであって、注文の順番に合わせてＳＰが荘重に廻る。

うっかり咳などしようものならシーッと叱声がとぶ。それはそれは神聖な雰囲気であって、かれらヒッピーは、一様に首うなだれて、凍てつく冬の夜のしじまを浸す楽の音に、一場のロマン派の夢をとり結ぶのであった（！）。

　当然のことに、旅立ちの別れを告げるべき想わせびとの存在も欠けてはいない。緑だか青だか、いまは忘れたが、なにしろくすんだ色無地の寛衣の裳裾の動きも物憂げに、濃茶の液体の入った耳付茶碗を捧げもつ女性がいて、かの女はすなわち斎王《いつきのみこ》であって、この音楽空間に懸けられた、永遠の時に予定された大いなるスノビズムの看板を祭る。

　看板には、汝希望を捨てよと大書してあって、斎王に寄せるオーバーの若者の想いを絶ち切る。たまたま奥の扉が開け放たれていて、奥の院の一角のかまどの上の大鍋（けっして比喩ではない）に、なにやら濃茶の液体が煮えたぎっていて、斎王がおたまじゃくしを手に、それをすくって耳付湯呑みに注《つ》ぎわけている光景[注(1)]が、若者の熱っぽいまなざしに入ったからといって、どうしてそれを魔女見習いの厨《くりゃ》修業の景色と若者は見ようか。若者のまなざしに、世界は不思議の仕掛けでできていて、事物は陰喩の名札をつけていて、見る営為はいまだ定まらないのである。

　過去の情景が宙空に架かっている、この記憶の空間はどういう性質のものであろうか。そこにわたしがいたということは確かで、そのわたしには、どういうものか、言葉はない。言葉は常にいまのもので、過去へ送りこまれて、絵を作る。なにかそんなふうに思われて、書くことが無性に悲しい。いまの景色をかく言葉がむかしの情景を写すということならば、いったい、いまの景色とはなにか。羽毛の諸君は、ついに幻か。

この着想は気に入った。往来する羽毛の諸君よ、君らは幻だ、おばけだ。なんということか、わがまなざしにおいて実在するおばけだということであるならば、君らはわが分身である。おお、わがimageryにおいて近しいものたちよ、若者よ……　随想の主題はここに定まった。時を渡る風に運ばれて、わが回想の若者は、羽毛の若者たちのあいだに立ちまざる。わたしは記憶を解き放して、広大な時空の下に、若者たちを狩る。そこにヴィヨンがいてもよいわけで、腰丈のコット（外衣）をベルトで締めて、左腰に短剣を吊るし、マントー（袖なしの外套）を羽織る。左手をあげて掌をかえしたなんとも粋な絵姿で、名乗りをあげる。

この年、四百と五拾六年、
おれはフランソワ・ヴィヨン、学生である。

詩集『形見分けの歌』第一連の冒頭の詩行であって、続く第二連が、初めにご紹介した詩行である。一四五六年、降誕祭に臨むころ、二十五歳かそこらの学生フランソワは、パリという名の故郷の町を旅立つ決意を固め、形見分けの詩行を綴る。なんともカッコのいいことで、かれにいわせれば恋の獄舎からの必死の脱出行ということなのだが、これはどうもあやしい。悪事をはたらいての逐電ではなかったか。その辺の事情も含めて、若者フランソワについて、最近、わたしは本を書いた。どうぞ、三省堂刊の『回想のヨーロッパ中世』というのをお読みいただきたい。注(2)

あるいはそこに「やくざ学生」の一団がたむろしていてもよいわけで、ということであれば、空間は転位して、十二世紀の南ドイツはアルプス北麓のバイエルンの、とある街道筋の旅籠かなんぞに、羽毛の諸君にオーバーの若者は、大先達ヴィヨンに先導されて、ドヤドヤと入りこむことになる。するとそこに、かれらがいて、大暖炉の火床に渡した大鉄串に大肉塊を突き刺して、火にあぶる。鉄串がくるっと廻って、脂がしたたり落ち、熱灰にかかって苦しげに歌う。火掻き棒が伸びて、丸太を転がし、一瞬、火焔が立って、若者たちの顔を赤く照らす。

かれらは、いま、厳粛なる儀式を執行中なのである。道中かすめとってきた（というのは、若者特有の粋がった言い分で、実はきちんとおかねを払って買ってきたものだが）、白鳥ならぬ大家鴨の燔祭《はんさい》を執行中なのである。卓子の上の大鉢には、赤黒いすぐりのジャムがたっぷり入っている。こんがり焼けた肉片にジャムをのせて、くらいつく、あの一瞬の快楽を想いながら、いま、かれらは、白鳥の死に青春の情感を弔う。破滅の美学こそは、青春の特権ではあるまいか？　だれが、いったい、最愛のものを、最愛のものであればこそ、殺戮したいとねがう暗い情念と無縁でありうるか？

そこでかれらは白鳥燔祭の歌を歌い、大詩人ヴィヨンも、羽毛の諸君、オーバーの若者もこれに和す。歌は、「カルミナ・ブラーナ」の一節で、この中世ラテン詩歌の大合唱のうちに、わが随想文は、華麗なる終末を迎える。

かつては、湖に住んで、
抜きんでる美しさ、

白鳥の身であった。
あわれや、あわれ、
いまはまっ黒け、
手ひどく焼かれて。

火にかけられて、こんがりと、
小僧め、わたしをぐるぐる廻した、
料理番め、わたしを皿に載せた。

あわれや、あわれ、
いまはまっ黒け、
手ひどく焼かれて。

注
（1）「注ぐ」は「そそぐ」だと、なんともうるさいことで。わたしのいうのは一時期フェルメールの「メルクメイシェ」が評判になって、この「牛乳をそそぐ女性」がいいのですよと、みなさん、おっしゃる。どうもこの呼び方が気になる。「メルクメイシェ」はメイト、これは和製英語でメードの指小辞のメイシェを、これもほとんど和製英語のミルクで形容したもので、いまもそうなんでしょうか、よくは知らないが、講談社の蘭和辞典は「ミルク売りの娘」という訳語を提案している。それにしてもフェルメールのその絵をそう呼ぶようになったのはどういうわけからか、中央公論社の中山公男編の『フェルメール全作品』にあたっても分からない。だからもうどういったらよいのか、よく分からないのだが、絵の構図が女性が牛乳を土鍋に注ぎ入れている。中山氏は十九世紀のこの絵の売り立て伝票に「壺に牛乳を注いでいる」と書いてあると紹介してくれるが、この壺、よほど広口の壺なんでしょうねえ。それが、広辞苑を見てみたら、「注ぐ」は「そそぐ」で押してきていながら、「継ぐ・接ぐ」の解の一つとして「注ぐ」とも書くとついに妥協してくれて、「日葡辞書」に「ミヅ・サケアブラナドヲツグ」、「曠野」に「夕せはしき酒注いでやる」（荷兮）」と用例が見える。「曠野」は俳諧撰集で、「あらの」と読み、あるいは「阿羅野」と書く。山本荷兮編で三冊。元禄二年（一六八九年）京寺町通二条上ル井筒屋筒井庄兵衛出版。三冊目が歌仙（俳諧の連歌）になっていて、素堂の発句を受けて野水、荷兮、越人が三句をつけてはじまったこの連歌の、さて、どれほど進んだところだったのか、それはともかく、なにか荷兮が「ころころと寐たる木賃の草枕」とうたっているだけに、よほどの安宿にとまったのだろう。それでも女たちは客あしらいをおろそかにせず「晩げの飯どきには、それはなにかといそがしかろうに、ふいと寄ってきて酒をついでやる」という調子。酒をそそいでやるというのではなんか調子が狂うというものだ。

注

（２）一九八一年二月に三省堂から出版した。二〇一二年六月に、一九八七年七月に同じく三省堂から出版した『青春のヨーロッパ中世』と合わせて、悠書館から、『人間のヨーロッパ中世』と題して再刊した。

2　海辺の墓地

風が起る！……いまこそ強く生きなければならぬ！
大氣は私の書物を開き、また閉ざす、
繽紛として散る波濤はいさんで岩々から迸る！
飛べ、まばゆいばかりの本の頁！
破れ、波濤よ！　打ち破れ、躍り立つ波がしらで、
すなどりの帆舟の行きかふこのしづかな甍を！

いつ、どこで買ったのかは忘れてしまった。古本屋で買ったにはちがいない。裏表紙をかえせば、右肩に、値段票をはがしたと覚しい紙跡が残っているのだから。本は和紙の箱入りで、横文字で、右から「詩集　魅惑　ポウル・ヴアレリイ　菱山修三譯」と読める。表表紙をかえせば、見開きに「石野蔵書」と印影がみえる。奥付をみれば、「昭和十六年十二月十五日發行　定價貳圓八拾錢　發行所青磁社」とある。

昭和十六年十二月十五日といえば、その一週間前の八日に戦争が始まっている。そして戦争が終って焼跡が残った。池袋や新宿の西口に、まだ焼跡がのびのびと拡がっていた昭和二十年代の後半、オーバーの若者のぶら吊げた風呂敷包みの中に、この本があった。本に歴史があり、本の買手に飢えがある。なにしろまだそういう時代で、焼跡のバラックの古本屋が知の宝庫であった。おやじは知識の管理人であった。

どこの本屋になにがある。それをしっかり覚えていて、かねができると出かけていった。一足ちがいで売れてしまっていたこともよくあった。中島敦の『李陵』もプルーストの『土地の名』も、シラーの全集も、みんなそんなふうにして買った。ヴァレリーとの出会いもそんなふうだった。

本とは、だから、たとえば渋谷の道玄坂を登っていって左側の古本屋の、入口の左側のガラス戸をあけてすぐ左手の棚の真中あたりに立っているそれであって、池袋の立教通りの本屋の右側の棚の一番上段の右隅に押しこまれているそれであって、なんとなくあれではなかった。かれの所有になるそれであって、ほかのやつらの手にそれのあろうはずのないそれであった。箱の隅が裂けているとか、セピアの表紙の真中に、定かならぬ形のしみが悲しげに浮き出ているとか、そういったそれのみてくれが、かれの所有になるそれの衣裳を定め、なにしろそういったわけで、それとの関係は淫らなまでに近しいものがあった。

なにしろそういったわけで、それらは、様々な衣裳をつけて、オーバーの若者の前に立ち現れ、ゆるやかに旋舞して、若者をその世界へと誘う。その世界はすでに定まっていて、若者としては、それに同調するか反撥するか、ふたつにひとつの選択をせまられる恰好ではあったが、同調しようにも反撥しようにも、実のところ若者の側に世界は存立せず、したがって他者としての認知は成立せず、その旋舞を美しいとみて、捲きこまれるにまかせるのほかはなく、捲きこまれる感覚に快楽を味わうのほかに能はなく、ということは、それが若者の世界であり、人生であるわけで、若者はそれにおいて世界を所有するといおうか。

だからこそ、なんでも高校卒業の年の三月の末、信濃追分の駅から村へ通じる林間の小径を、冷雨に打たれながらトボトボと歩くオーバーの若者の姿がみられたというが、そのかれは、あいも変わらず風呂敷包みを抱えていたといい、たった一晩泊りの予定であったというその放浪の旅に、なんでまた七、八冊もそれを抱えていたのかといえば、それが若者の世界であり、人生であったからだという。

本とオーバーの若者との関係は、なにしろそんなふうであって、してみればそれとの出会いを求めて焼跡をうろつくオーバーの若者は、わが imagery において、十一世紀の頃のヴァガンテースの絵姿に重なり、焼きつけられて、そう、たとえば南フランスはローヌ河口に近いアルルの町を出はずれた茨野を、野道が一本、丘の高みへと登っていく。その道をかれは歩いていて、めざすは丘の上のモンマジュール大修道院の図書室の、入口を入って二番目の棚に、薄く埃をかぶって積まれている羊皮紙の束であって、それがそこにあるとかれは聞き知っていて、まさかと思うが、なんとそれはアリストテレスの『論理学 Organon』の原本の写稿だと聞かされていた。

厚手粗毛の灰色地の長衣の腰を、色あせた刺繍帯でくくり、皮サンダルを縛りつけた足は埃にまみれ、やはりそれの七、八冊分は入っていようという合財袋が肩に重くのしかかる。曇天に舞う風花に追いまくられて、岩石を積みあげ漆喰で塗りかためた、一見これは城塞かとみまがうばかりのモンマジュール大修道院にようやく辿りつき、尊大ぶった図書係の修道士に、なけなしの財布をはたいて賂《まいない》し、ようやくいれてもらった半地下の図書室の、壁にかけられた油壺に、ジジッと燃えるわずかばかりの明りをたよりに、いざ、それを手にとってみれば、なんということか、それはごくありふれた「古い論理学」、すなわち、ボエティウスによって伝えられたアリストテレスの論理学抜粋、ふつう『範疇論』とよばれていたそれにすぎなかった。

失望と断念に裏打ちされたヴァガンテースの彷徨が続く。ボエティウスの『哲学のなぐさめ』やマルティアヌス・カペラの文法書の写本を合財袋の底にかくして背負い歩きながら、噂にきくアリストテレスを、エウクレイデスをたずね求める。「モンマジュール」はヨーロッパ内陸各地にあり、この時代、修道院は、いわば本の巣であって、知の貯蔵庫であって、だからかれらヴァガンテースに世界の意味を小売する売店であった。

本の礼拝、一口にこういいまわそうか、これが創建期のヨーロッパ社会の本に対する態度であった。それが、どうだろう、十一世紀のヴァガンテースを尻目に、十五世紀の学生詩人ヴィヨンは、こう歌う。『遺言詩集』の一節である。

ところでこれは真実だ、嘆きと涙と
苦悩にみちた呻吟ののち、

悲しみと悩みと労働と
つらい流浪の旅を経て、
艱難辛苦が、糸まりのように、
とげとげしいわが定まらぬ心に
道をつけたこと、アヴェロエスの
アリストテレス注解のすべてにまさって。

いったい十二世紀から十五世紀までの間になにがおこったのか？　なんと詩人は、アヴェロエスのアリストテレス注解、すなわち本に対して人生を立ててみせているのである。文学と人生の対置という、これはヨーロッパの文学のひとつの不変の主題が、ここにあっさりと提示されていて、むしろわたしたちを途惑わせる。これはふつう、詩人よりも一世紀ほどあとのモンテーニュの提示した主題であるとされているのだ。そのことについての議論はさておいて、ここでわたしがいいたいのは、それではあんまりではないか、アヴェロエスのアリストテレス注解をあれほど待望していた十一世紀のヴァガンテースの立場はいったいどうなるのか。

そこで、なおもいいつのらせていただくが、冒頭にご紹介したヴァレリーの詩行、これは詩集『魅惑』に収録された六行詩二十四連の詩篇『海辺の墓地』の最終連なのだが、いまお読みいただいた学生詩人の詩行の、これが替歌であることは明らかで、とすれば、この二十世紀の詩人に対しても、わたしは文句がある。風が起る！　いまこそ生きなければならぬ！だって？　あんまりではないか、焼跡をうろつくオーバーの若者の立場はいったいどうなるのか。風呂敷包みの中には『魅惑』もあったのである。

これは、もちろん、ちょっとからんでみたというだけのことで、学生詩人のシニシズムと、『魅惑』の詩人の文明批評（詩篇『魅惑』の真の主題はヨーロッパ文明である）は、青春と本の回想の上にこそ立つものであって、本と人生の関係に対するヨーロッパ的態度の基本がここにある。逆にいえば、十一世紀のヴァガンテースが、焼跡のオーバーの若者が、いったいどうして人生を予感しないでいられたろうか。いまこの瞬間にも風が起り、辛い流浪の旅が始まると、不安な期待に脅えなかったろうか。

だから、それから二十年ほどのちに、オーバーの若者は、『魅惑』の詩人の生地、アルルからほど遠くないセトの海岸の、詩人が立ったであろう「海辺の墓地」に立って、いまこの瞬間にも風が起ると期待したのだったが、この期待、これは当然許される性質のものではなかったか。若者にしてみれば、いってみれば青春のおさらいをしてみたようなものであった。ところが……風は起らなかった！

若者？　本を抱えて冷雨に打たれる若者の絵姿はいまは遠く、コール天のズボンに皮のブレザー姿もサッソウと、ヒゲ面の中年男が乗りこんだセトの海辺は、夏の終りの陽光がただひたすらにまぶしく、風景は白影を帯びて、風はそよともなく、墓地の糸杉の木立は天頂を指す。

風が起る！……いまこそ強く生きなければならぬ！

と、何度、呪文を唱えてみたことか。菱山訳ではだめなのかと、追分の方へ想いを馳せ、堀辰雄訳で、

風立ちぬ、いざ生きめやも

と、今度はもの静かに唱えてもみたが、効験なし。風は起らなかった。

風は起らず、書物は開かず、また閉ざされない。まばゆいばかりの本の頁は飛ばない。海辺の墓地は真昼の静謐のうちにあり、皮のブレザーの中年男の心は悲しみに閉ざされた。けれども、この悲しみには、どこか甘く優しい趣きがあって、本に跪拝するオーバーの若者の絵姿をひきだす。シニカルに本と人生とをわけてみせる無頼の詩人の絵姿を招き寄せる。モンマジュールのヴァガンテースが合財袋をゆすりあげ、今日はどこにいっていたのか、気がつけば、羽毛の諸君が、ここに二人、あそこに三人と、砂の上に寝そべっている。

3　オフィリアの歌

どうみわければよいの、あなたの愛が
ほんものか、にせものか、
帆立貝の帽子と杖、
足のサンダルを手がかりに。
王妃さま、かれは死んでしまいました。
かれは死んでしまいました。
草の緑の芝土を頭に、
踵には石。
経帷子は山の雪のように白く、
きれいな花々に埋もれて、
花はお墓にはいかなかった、ほんとうの愛の
かれの涙に濡れそぼって。

オフィリアはいつも歌っている、いま、このわたしの部屋でも。というのは、一枚の古ぼけたレコードがあって、「シェイクスピア・ソングズ」というのだが、アルフレッド・デラーとそのなかま、リュート伴奏デズモンド・デュプレとジャケットの表紙に読めて、ハルモニア・ムンディ盤の一枚である。十年も前に、パリのサンミッシェル大通りの角のジベール・ジューヌという店で買ったもので、その証拠に、ジャケットの裏に、その店の値段票が二枚貼ってある。一枚には赤の斜線が入っていて、31Fと値段の読める方が生きている。当時の相場で二千円ぐらいだった。

本にせよ、レコードにせよ、妙にそのものにこだわるではないかと、羽毛の諸君はお腹立ちの気配である。ものとの出会いということをわたしは考えているのであって、正直いうと、もうあれには出会わないかも知れないと、人生なかばを過ぎると、不安に想うことがあって、それだけに、それとの出会いを記憶のうちに確かめる。そういう作法が、ようやく身についた。

「シェイクスピア・ソングズ」という歌曲集があるわけではない。デラーとそのなかまが、シェイクスピアの芝居に使われている当時の有名無名の歌謡を集め、原曲を勘案して、一枚のレコードに作った。まあ、なんとか訳しておめにかけたのは『ハムレット』第四幕第五場、狂乱のオフィリアの歌う歌で、リーダーのデラー自身、オートコントル（男声のアルト）で歌っている。高く、澄んだ音質の歌声が、草原を渡る微風のように、ゆるやかに波打つとき、わたしの記憶の深層に凍りついていたひとつの情景が、融けて、ゆらりと立ちあがる。みると、オーバーの若者は、映画館の通路の土間にうずくまっている。場末の映画館は超満員で、人いきれがむんむんして、汗をすって重い埃の粒子が鼻を刺戟する。

若者の頭上に踊る光線がスクリーンに描く絵は、オフィリア狂乱の場である。肌もあらわな破れ衣裳《や》に、髪をふりみだした少女が、小首をかしげて、一語一語たしかめるように歌う、草の緑の芝土を頭に、踵には石……

昭和二十四年に封切られたイギリス映画「ハムレット」の一場面である。オフィリアを演ずるのはジーン・シモンズ、ハムレットはローレンス・オリヴィエ……といっても、羽毛の諸君よ、君たちには、これはすでに古代の神々か。どうせそうなら、いっそ十七世紀に入ったばかりの、ロンドンはグローヴ座という芝居小屋にお連れしようか。グローブ座、つまり地球座は、シェイクスピアの芝居のほとんどが初演された芝居小屋で、当時の劇場は、いってみれば宿屋の中庭に山車《だし》を据えたものと想像すればよく、舞台は一段高くなっていて、三方ぐるりととりまいて立見の土間がある。そのまわりには、二階建ないし三階建の桟敷があぶなげに組まれていて、舞台の奥には板壁があって、その壁の上がまた桟敷になっている。壁に布がかかっているところがあって、そこが役者の出入口で、いましも女衣裳の少年が、リュートを手にふらふらと現われ出て、心配そうにみまもる所作をみせる王妃役の若者のそばまでくると狂乱の女の型の見得を切ってみせ、おもむろにリュートを奏して歌いはじめる、どうみわければよいの、あなたの愛がほんものか、にせものか……

ともかく、戯曲『ハムレット』のおそらく初演の台本の忠実な写しとみられる、いわゆる四折本第二版には、そうト書が読みとれて、なにしろ初演の舞台はそんなだったらしい。土間や桟敷には見物衆が押しあいへしあいしているわけで、天気がよくて乾いているときには、埃がもうもうと立ちこめて、雨が降れば、全員「ほんとうの愛の、かれの涙に濡れそぼって」といった塩梅。蛇足ながら、当時の劇場には屋根がなかったのです。

わが imagery のうちに、そこにわれらが無頼の学生詩人がいてもよいわけで、南ドイツはバイエルンの街道筋の旅籠「白鳥亭」にたむろしていたヴァガンテースの面々が出張ってきてもよいわけで、モンマジュール修道院をめざす「足のサンダル」の若者が立ち現われてもよいわけで、もちろん、だから、セトの砂浜にねそべっていた羽毛の諸君も、どうぞ、ここに招待されている。

君たちも知ってのとおり、われらが無頼の学生詩人フランソワ・ヴィヨンは、パリという名の故郷の町を追放されてのち、消息を絶ったわけだが、後代の伝えでは、なんでもかれは旅役者の一座に身を投じ、ポワトゥーやアンジューあたりで興行を打ってまわり、ついには海峡を渡って、イングランド王の宮廷に立ち現われたという。そう伝えているのはフランソワ・ラブレーで、もとよりパンタグリュエル流儀の世間噺だが、いつの時代にも世間噺にこそ人の世の真実は語られているもので、わたしの勘では、シェイクスピアが『ハムレット』に登場せしめた旅役者の一座のなかに無頼の学生詩人のあで姿が立ちまざっていたのは、これは確実で、してみれば、地球座の土間に大あぐらをかいて、ボルドー渡りの赤かなんぞをぐびりぐびりとやっている無頼の若者は、これはいったい何者か。

そういうことであるのなら、白鳥亭のヴァガンテースも、モンマジュールの若者も、われらが学生詩人のひきいる旅の一座の役者たちであって、土間や桟敷に喚声をあげるかれらは、かれら自身を劇中劇にみることになる。土間と桟敷の空間も、これまた舞台だと観念すれば、この状況ははなはだややこしく、ところがハムレットは、いとも無造作にいってのける、「およそ芝居の目的は、むかしもいまも、いわば自然に向かって鏡をかかげ……」（第八幕第二場）。かれらは、土間にたむろするかれら自身に向かって鏡をかかげるかれら自身に向かって鏡をかかげるのである。

そうして、オフィリアの歌がきこえる。ハムレットの狂気は、古来、その真偽をめぐって論議が盛んだが、オフィリアの狂気については、だれも疑わない。じっさい、ハムレット自身、オフィリアの発狂と死に動転して、おれはオフィリアを愛したと、うっかり本心をさらけだし、耳聡くこれをききつけた王クローディアスは、おお、かれは狂っている、と断案を下すという始末で、なんのことはない、ただひとり正気で、ただひとり狂気の少女オフィリアに、登場人物全員、キリキリ舞いさせられている。正気と狂気のあわいを往く登場人物全員のオフィリアは鏡であるわけで、あるいは戯曲『ハムレット』は、ハムレットという若者の心理劇であって、土間のハムレットを鏡に映せば、そこにオフィリアの絵姿が立ちあがるという寸法になっている。

土間のハムレット、自分で想いついて、こんなことをいうのもなんだが、この着想は気に入った。芝居そっちのけで、土間に車座を作る若者たちのあいだに割りこんで、「ボルドーの赤」をなみなみとみたしたギヤマンの大盃を陽光に透かして、「毒なんか、入っていねえだろうな」とすごんでいる。「ハムレットさんよ、あんたの身体には、もうたっぷり毒がまわってんのよ、自意識って毒がね」と、これはわれらが無頼の学生詩人。ドーヴァー・ソール（ドーヴァー海峡で水揚げされるかれい）の乾したのをひきちぎっては、もがもがやっている。冷静沈着を売物の、ハムレットの導師ホレイショまでが、車座に割って入り、薄気味わるそうに、かれいの干物をひねくりまわしている。「食べようか、食べまいか、それが問題だ」

「それはどういう意味だ！」決然として大盃をあおったハムレットが怒鳴る。

「それが問題だといったのだ」とホレイショ。

「いや、あんたじゃない。そこのナントの行商だ。自意識がどうのこうのといったな？」ちなみにフランソワ・ヴィヨンは、その作中、「ナントの行商」を自称しているのです。

「さわぐなってことよ。どういう意味だと？　だからあんたは自意識過剰だっていうんだ。あんたはひとりで、騒いでる。あんたが出てこなけりゃ、悲劇は起きていないんだよ。そこんとこが、ちっともわかっちゃいない。なぜだ、どうしてだ、どういう意味だ……　やったらめったら首をつっこむなってんだ。あんたの好奇心のせいで、いったい何人死んだと思う。七人だぞ、七人。あんた自身をいれれば八人だ。あんたの父親も、あんたが殺したようなもんだ。あんたの好みの悲劇をでっちあげるためにね。するってえと、合計九人だ」

「芝居がはねると、お棺が九台出てゆく」ぽつんと口をはさんだのは、モンマジュールの破衣の若者。合財袋は手許から離さず、黙々と酒を飲んでいる。

「言葉、言葉、言葉」と、ハムレットは嘲りの口調である。第一幕第八場、老人ポローニアス相手のセリフである。

「しゃらくさいセリフだよ、まったく」と、ナントの行商は追及の手を緩めない。「知恵の詰まったりっぱな御老人相手に、なんのたわごとだ。本が言葉だと？　言葉にすぎぬと？　その本をどれだけ読んだってんだよ、え、ハムレットさんよ」

「あんただって歌ったじゃないか。もう忘れたのか。アヴェロエスのアリストテレス注解がどうのこうのと」

「行商やってみな。あんたのごりっぱなお城から出るんだよ。黙ってきくんだよ、世間の人たちのおしゃべりを。それが、まっとうな人間のやるこった」

「なんだと！」ハムレットは剣の束に手をかける。「おう、やるか！」ヴィヨンはふところに手を突っこむ。はたして懐中に匕首を呑んでいるかどうか、その手が出てみなければ、それはわからない。

「やめなさいよ、あんたたち！」気がつけば、オフィリアが、両腕を腰にあずけて立ちはだかり、車座の男たちをにらみつけている。「まわりをごらんよ！」

土間や桟敷の見物衆は、かれらを残して、全員、舞台にのぼり、押しあいへしあいしている。地球座は、いま、春の昼下がりである。

4　ロランの歌

ロランは猛く、オリヴィエは賢し。
ともに家臣たる聞こえ高く、
そのわけは、武装して馬上にあるとき、
死を怖れて戦いを避けること必らずやなし。
伯両人の言挙げぞ高し。

ロランとオリヴィエは、ともにシャルルマーニュの家臣であって、スペイン遠征の帰途、ピレネー山中ロンスヴォーの山峡に、殿軍《しんがり》を預って、イスラム教徒勢と戦い、討死にする。もっとも、真相は、スペインのイスラム政権に味方するピレネー山中の原住民族バスク人の襲撃にあったということであったらしい。

シャルルマーニュの本軍は、先行してピレネーの峠にさしかかっていた。破滅を予感したオリヴィエは、合図の角笛を吹いて、本軍を呼び戻そうと提案した。だがロランはそれを拒む。フランス語最古の叙事詩『ロランの歌』は、この二人の友人関係を「ロランは猛く、オリヴィエは賢し」と歌っている。『ロランの歌』の現行のテクストは、十二世紀前半に成立したとみられている。

さて、羽毛の諸君よ、君たちにはロランがおいでか、オリヴィエを友におもちか。わたしがうかがいたいのはそのことである。こう、あらかじめ、今回の文章の主題を明かしておいて、そこで、まず君たちを、同じスペインはスペインでも、こちらの方はイベリア中央台地のどまんなか、マドリッドの南のモンティエールの大野の北辺にご案内したい。

そこに風車が、そう、三、四十基も立っていて、いましもやせでのっぽの老騎士が、「今の身になる前に凡馬たりし素姓を語るとともに、今の身の、世にあるとしある凡馬の魁」たる名馬ロシナンテに打ち乗って、槍を小脇にかいこみ、風車めがけて突きかかる。その折しも吹きおこる風に、無情の翅木は老騎士をひっかけて、ぐうーんとしなって、遠心力で遠くへ投げとばす。投げとばされたかなたをみれば、ちびのでぶが、手足をバタバタさせて、およしなせえ、だの、だからいわねえこっちゃねえ、だのとわめいている。

君たちもよくご存知の『奇想おどろくべき騎士ドン・キホーテ・デ・ラ・マンチャ』の名高い風車の冒険の章である。君たちにこの光景をじっくりと見てほしい。ちびででぶの従者サンチョ・パンサのかなきり声をとっくり聞いてほしい。わたしがそう願うのは、なにしろ人生の意味の重くつまった一駒がここに開陳されているからである。

人生いろいろあって、尾羽打枯らした五十男のミゲール・セルバンテスが、心をこめて造型したドン・キホーテとサンチョ・パンサという、この主従の取り合わせが、『ロランの歌』のロランとオリヴィエなのである。

のふたり連れの再演であることは明らかで、なにしろ「ドン・キホーテは猛く、サンチョ・パンサは賢し」の基本の型がここに提示されているわけで、

情と知と、行動と思案と、外向と内向と、いいかたはいろいろあるが、要すれば友人の組み合わせの基本の型がここに提示されているわけで、じっさいこの友人関係の変遷は、ヨーロッパ文学史上、繰り返し現われて、もうお読みになったろうか、今世紀フランスの文学者ロマン・ロランの『ジャン・クリストフ』、あの小説の主人公ジャンの親友の名をオリヴィエという。作者の名前との照応にお気付きいただきたいわけで、すなわち、この友人関係もまた、「ジャンは猛く、オリヴィエは賢し」なのである。

そこでモンティエールの大野の方へ視線を戻せば、そこに君たちがいて、カラージーンズに縞や斑のカラーシャツ、薄手のセーターを首にまきつけて背中に干した君たちのかたわらに、君たちと同じ年頃のわたしがいて、だぶだぶの化繊のズボンに白Yシャツをきちんと肘まで三つに折り重ねたわたしがいて、君たちとわたしのそばに、歴史の若者たちがいて、ということであるならば、前回お話したわが imagery の、ロンドンはグローブ座の土間にたむろしていた若者集団がそっくりそこに引越してきていてもよいわけで、ということならば、そこにわれらがハムレットないしはハムレットを演じた若者もいる。

ちなみに、『ドン・キホーテ』の出版は一六〇五年だが、「ハムレット」は一六〇一年か一六〇二年に初演されていて、現行の台本、いわゆる四折本第二版の出版は、奇しくもその同年、一六〇五年の

ことであった。この同時性こそまことに味わい深く、わが imagery は、この手の歴史のいたずらに乗っている。

タイトなタイツに太股の張りを強調し、ふんだんに刺繡をほどこした純白のブラウスの、袖はふっくらとふくらんで、髪はゆたかにカールして肩口にかかる。例のなじみの服装のハムレットは、なにやら思いつめた表情で、老騎士の狂態を凝視している。そのかたわらには、当然のことながら、ホレイショが立っているわけで、君たちにはもうおわかりのように、この場合もまた、「ハムレットは猛く、ホレイショは賢し」なのである。

だから、ここにセルバンテスが書かなかった次の場面を想像すれば、風車の翅木にはねとばされた老騎士は、なにやら寄り集って喚声をあげている気配の怪しげな一団の人影をみとめて、ござんなれ、モーロ人（当時イベリア半島に住むイスラム教徒の総称）というわけで、折れ曲った槍を手にとり直し、けなげにも打ちかかる。われらが学生詩人フランソワ・ヴィヨンなどは、いちはやく安全な場所を選んで、高見の見物。なにしろけんかなれしている。セーター干しの若者たちも、なにしろかれらは「戦争を知らないこどもたち」を自称しているのだから、われ関せずとそっぽを向いて、あたりの景色を嘆賞する風情。

ところが、ここに、われらがハムレットは、決然として剣をぬき、これを迎え討とうとする。ということであるならば、当然ここはホレイショの出番で、他方またサンチョ・パンサの花の舞台で、「賢い友」が「猛き友」をなだめいさめる場面が次にくるということになる。人生の機微、ここにあり。

ロラン、友よ、角笛を吹け！
峠のカール王がききつけて、
フランス勢は立ちもどるだろう。

だがロランは角笛を吹かなかった。いや、オリヴィエが討死にしたあと、吹いたのだったが、すでにおそかった。叙事詩は、ひどく単純な形で勇気と賢明との対比の様をみせてくれる。ロランのつっぱりをオリヴィエはおろかとはみない。オリヴィエの用心をロランは嘲笑わない。極限状況におかれたふたりの男の、ぎりぎりの立場の選択を、叙事詩の作者は、突き離して眺めている。

そこで、繰り返して君たちに問う、君たちにオリヴィエはいるか、ロランを友におもちか。むかし、わたしにはオリヴィエがいた。わが回想の青春時代に、かれとわたしは夜の海岸にいた。なにがきっかけだったかは忘れたが、かれはわたしを理想主義者と批判し、もっと現実をみろと教訓を垂れた。だが、いいつのるわたしの激した言葉に、かれはやがて沈黙した。わたしは砂浜にしゃがみこみ、かれは立っていた。ふと見上げれば、かれは眼に涙を溜めていた。漁火のあかりが涙滴に反射して、きらきら輝いていた。ふしぎに、この情景は覚えている。なにが現実主義者なものか、ロマンティストじゃないか。

わたしの過去の回廊に、きらきら光る小さな玉のように、記憶の情景が懸けならべられていて、そこにかれとわたしがいる。北園高校の体育館から校舎に通じる通路の壁際であり、函館の立待岬の海辺の墓地であり、いまはない新宿の喫茶店風月の一隅である。かれはいつもオリヴィエのように思慮深く、ホレイショのように世故にたけ、サンチョ・パンサのように常識人であった。わたしはいつもロランのように短慮で、ハムレットを気取って自意識過剰で、ドン・キホーテのように突進したがると批判されていた。

夜の海岸は、モンティエールの大野の北辺であった。わたしとかれの、そこがロンスヴォーであった。デンマークのエルシノア城であった。その後、わがオリヴィエはわたしから去り（去ったのは、わたしの方であったのか）、わたしは、いまこそ角笛を吹く。だが、救援の軍勢はどこにいる。

そう、まこと救援の軍勢はどこにいるか。オリヴィエはいると信じたが、ロランは信じなかった。そういうことであったのか。セーター干しの諸君よ、いまオリヴィエを失ったロランが吹く角笛は、友の喪失を悼む演奏だと知るがよい。ロランはおのれの立場を捨てたのではなかった。その証拠に、ロランが角笛を吹いたのは、それはかれの死ぬときであったのである。

叙事詩は、またしてもここに、しごく単純明快な形で、友への誠実とおのれ自身への誠実とを両立せしめえた男の姿を描いているのである。

5　ドゥイノの悲歌

そう、たしかに年毎の春は、おまえを必要とした。
あまたの星々は、おまえに感知されるのを期待したのだ。
過去において、大波がおまえに打ち寄せたではないか。
開かれた窓辺を通りすぎたとき、提琴が、
おまえに身をゆだねたではないか。それらすべてが委任だったのだ。
だが、おまえはその委任にこたえたか？　あいもかかわらず、おまえは、
期待に心を散らしてはいなかったか、それらすべてが、おまえに、
愛するひとを告知すると？（どこに庇護するつもりなのか、
大いなる未知の思想がおまえの心に出入りし、
ときとすると夜もそこにとどまるというのに）
それでもなお憧れるというのなら、かの愛する女たちを歌うがよい……

ふと気づけば、窓外の緑もいまが盛りで、初夏の微風に葉群が歌う。一群の百合木（和名ハンテンボク）の枝葉の茂みの作る陰の小径を、若者たちが三々五々往交う。わたしの部屋は二階にあって、ところが窓外の風景は、建物に対して、半階分ほど盛りあがっていて、ということは、建物が南側の方向に半階分ほど沈んでいて（これでおわかりいただけたであろうか）、木立を縫う小径から見上げる視線は、窓枠から二十度ほど上方斜めに室内に入ることになる。ということは、窓に向かって机を据えて、頬杖ついて窓外の景色をながめているこのわたしの首から上が若者たちの視野に入ることになり、かれらは両の掌に捧げもたれた師の生首を目撃する形になる。なるはずだと想像してひそかに楽しんでいるのだが、学生諸君はみむいてもくれない。なにやら群れざわめいて駈けぬける、あとに光の波動を残して。

歌は、ライナー・マリア・リルケの悲歌である。『ドゥイノの悲歌』第一歌に出る。机の上についた両肘のあいだに開かれた本のページは、ところどころ黄ばみ、表紙の小口には、年月の埃が降りつもっている。Rainer Maria Rilke : Duineser Elegien・Die Sonette an Orpheus。一九五〇年、インゼル出版社が、『ドゥイノの悲歌』と『オルフォイスへのソネット』両篇をはじめて一本として刊行した本で、裏表紙のかえしに、七五〇と鉛筆の印が読める。七五〇円で買ったらしい。たしか丸善でだったと思う。本に歴史があり、本の持主に記憶がある。堀辰雄に魅せられて、冬三月のみぞれの日に、信濃追分を訪ねた高校生の、手にぶらさげた風呂敷包みのなかに、たしかにこの本があった。

リルケの名を識ったのは、堀辰雄の小品集『薔薇』を介してであった。これに、「リルケ私記」という表題の文章群が収録されていて、堀は詩人のルー・アンドレアス・ザロメあて書簡を訳出している。

この書簡の文章にひかれて、このリルケの最初のパトローネッサ（庇護者）の著したリルケ評伝に翻訳があると知り、古本屋を探し歩いて手に入れた記憶がある。

わたしの出身校である都立北園高校は、当時、英語以外の語学の専修をみとめていた。未知の言語である、ただそれだけの理由で、わたしはドイツ語を選択し、阿部賀隆先生の教えをうけた。はじめての読本に、シュトルムの『インメンゼー』を与えられ、この詩情あふれるロマン派の作家の小説の書き出しに、Im Spätherbstnachmittag（晩秋の午後に）と、四つの単語をひとつにしたのがあるのをみて、ドイツ語とは、なんと柔軟な言葉だろうと感嘆した記憶がある。阿部先生との交歓はいまだにわたしの心の一隅に灯る記憶だが、先生はいまは亡い。失われた縁《えにし》をいたずらにくやむのみである。

そういうわけで、ドイツ語のイロハは学び、ロマン派の小説一篇はなんとか読めたとしても、リルケとくれば、これは一高校生の手には余ったことだろう。なにしろ、言語の音楽が深奥の思索を刻む稀有の詩才である。いま、開かれたページに視線をおとせば、おぼつかなげに、詩語を拾い読みする高校生のわたしの絵が湧きでて、ともかくも、しかし、読むがよい、声に出して読むがよい、歌ならば、歌うがよい、若者よ、と頬杖ついた四半世紀後のわたしは、リルケの言葉をそのままに、時の流れにとり残されたわたしをけしかける。おずおずと口を開く少年の絵姿を、わたしは窓外の若者たちの上に重ねる。

それにしても、なんという静けさだろう。窓外の景色は、あたかも窓のガラスに描かれた一枚の絵であって、開かれた眼差しに、事物はほとんどその動きを止めてしまったかのようなのだ。人影は百合木の太幹の陰に溶けこみ、あるいは光を浴びて、歩行の形に凍りつく。声もなく、音もなく、この永遠の刻の現象は、あたかもすでにして予定されていたかの気配があり、だからわたしとしては、この絵のなかに、わたしたちの歴史の若者たちの形姿をみることになっても、それに不服を申し立てるべき筋合はないというものだ。

この空間の演出者は、おずおずと、リルケの詩語を祈りの言葉に唱える少年である。すなわち、わが回想である。多層の空間がしなやかに転位して、ひとつ位相に重なる。わたしがいうのは、かれら歴史の若者たちの空間と、昭和二十年代の北園高校と、そしていま、頬杖の中年男の眺める窓外の景色とである。なぜならば、リルケの詩行は、まさしく青春の歌であって、詩は招魂の力を帯びて、若者たちを狩るのである。歌といったが、挽歌といい直そうか。というのは青春は、ついに回想の時としてしかわたしたちには与えられていないのであって、その辺の消息をリルケの詩は伝えていて、だから、わたしたちがそこに見出す詩語は、つねに過去へ回帰する性質を帯びている。

　ほとんどすべての事物から、感知せよと合図がある。
　転回のたびごとに、風は、思え！　と吹く。
　心もそぞろに通りすぎた一日が、
　未来において開かれて、わたしたちに贈られる。

心もそぞろに通りすぎた一日が、未来において開かれて、わたしたちに贈られる……

詩人リルケが『ドゥイノの悲歌』を書きはじめたのは、一九一二年、詩人三十七歳の年である。その前年から、かれは、オーストリア領トリエステの海岸にあった古城ドゥイノにひとり滞在中であった。これは、詩人のパトローネッサとなったトゥルン・ウント・タクシス・ホーエンローエ侯妃マリーアがかれに提供した棲家であった。その後、詩神は詩人から去り、やがて十年後、そのころスイスのヴァリス地方の、ローヌ渓谷に沿うシェル近くのミュゾット館とよばれた屋敷に住んでいた詩人に詩興がよみがえった。悲歌全十歌は、その年のうちに完成した。

ドゥイノの風光をわたしは知らない。四十七歳の詩人がミュゾット館の窓外の景色をどう眺めたか、わたしは知らない。だが、これだけは君たちに保証してもよいが、ドゥイノの風光も、ミュゾットの窓外の景色も、詩人の眼差しにおいて、かならずや静止の刻をもったはずである。あるいは、ミュゾットの屋敷の庭に咲くバラの悪意の棘が詩人の指先を刺したとき、時間は一瞬とまったはずである。死が詩人を捕えて、よくある話だが、その囚われが詩人の一生を一瞬の光芒のうちに映像化した。

わが窓外の景色の静止画は、詩人の体験の再演であって、ということは、詩人の詩行がそれだけの力量を備えているということの証しにほかならない。その効果において、わたしは少年のわたしのみたはずの景色をみるのであって、そのとき、少年の日に閉じられた体験が開かれる。少年の日の体験を閉じさせたものは、少年の女人への思慕であって、というのは、おのが情念の空間投影にほかならぬ「愛するひと」などという仮象にうつつをぬかし、われらが無頼の詩人ヴィヨンの言葉を借りれば「馬銜《はみ》噛《か》んで、目玉《めんたま》据えた馬よろしく」（『形見分けの歌』第一節）、女人しか目に入らない少年が、どうしてあたりの風景を眺める余裕をもったろうか。そういう一途さが、風景を閉ざすのである。

もとより、それこそが若者の歌である。おのが情念の彷徨を識ってこその若さであって、君たちにいうが、そういう君たちは美しい。だから、

歌うがよい、若者よ、この死すべきひとたちを、
おまえの心の空間を、高く、かのひとたちの
さまようとき、おまえの花咲く胸のうちから、
かのひとたちを歌うがよい、ついにとどきがたい女たち、と。
ああ、なんとかの女たちは遠くにあるか。

だが、こうして心もそぞろに通りすぎた青春の日々は、ついに若者のものではない。そのことは、おそらく若者の予感のうちにあり、だから若者は、いつも淋しげである。少年は、詩人の詩語をたどたどしく拾い読みながら、気むずかしげに眉をよせている。そんな少年の絵姿が、逍遙する少女たちをまわりに配して、窓外の景色にしっくりとなじみ、いま、頬杖のわたしは、詩人の命令のままに沈黙しようと思う。

それにしても、おとなは、
すでにして揺り動かされたおとなは、沈黙するがよい、
道を知らず、夜、感情の、

山地をさまよい歩いたおとなは
沈黙するがよい。

＊　冒頭の『ドゥイノの悲歌』第一歌の詩行を除く他の三連は、「雑詩集」から拾ったものである。「雑詩集」は様々な形で刊行されているが、わたしはインゼル文庫版を使用した。

6　貴婦人と一角獣

クリューニー美術館のその部屋は、数段床が下がっていて、入口を入って正面の彎曲した壁面に、そのつづれ織り壁掛けはかかっている。それぞれ高さ三・七メートル、幅四・六メートルの大織布六枚で、入口の階段に腰をおろして眺めわたすのが、ちょうどぐあいいい。草花の咲きみだれる野原、うさぎだの鹿だの羊だのがあそぶ朱の地に、円板状の「青い島」が浮かんでいて、樹木なども立ち並び、中央に一角獣とライオンをしたがえた貴婦人。侍女がかしずいている。

図柄は五感をテーマとしていて、膝の上に両の前肢をのせる一角獣に手鏡を向けている図柄は視覚。パイプオルガンを弾奏しているのは聴覚。左手の拳に鷹をとまらせて餌を与えている図柄は味覚。触覚の図の貴婦人は、直立し、右手に旗竿をにぎり、左手は一角獣の角にふれている。うつむいて花冠をあんでいるのは臭覚。侍女の捧げもつプレートの上に花々。以上五枚を統括する、もう一枚の、これはほかより一廻り大きい織物に、貴婦人は、侍女の捧げもつ宝石箱から、これは首飾りだろうか、宝石をあふれんばかりに汲みだしているとみえる。

この宝石選びの図柄のつづれ織りには、青地の天幕が織りだされていて、その屋根の縁飾りに、A

MON SEVL DESIR（わが想いの君に）と文字が織りこまれている。どの図柄でも、ライオンと一角獣が押し立てる旌旗《せいき》には、銀色の昇る弦月が三つ織りだされている。この紋章から推して、この女性は、どうやらル・ヴィスト家という領主貴族の家の娘らしい。天幕の標語や五感のアレゴリーなどから推して、これはどうやら結婚の引出物として製作されたものらしい。衣服の模様や布地のひだの表現のしかたなどから推して、製作したのは、どうやらブラバントのブリュッセルの工房であったのではないか。時期は十五世紀の末。おそらく一四八〇年代。いまのところ、そんなふうに考えられている。

さて、いったいなんの話かと、諸君はとまどわれるであろうか。これまでの文章は歌から入ってきたものを、今度は歌にかえて絵とは、これはどういう趣向か、と。じつは前節の文章「ドゥイノの悲歌」の後遺症といおうか、わが青春のリルケのことが、このつづれ織りの話にからむのである。というのは、わが青春の絵のひとつがこれであり、この絵はリルケの散文詩『マルテの手記』のなかに囚われていた。いま、大山定一氏訳のその本を書架の片隅からひっぱりだしてみれば、昭和二十五年、養徳社刊のその本の、粗悪な紙質のページを繰るたびに、いまは薄れてほとんど読めない鉛筆の書き込みの跡が余白にみてとれて、高校生のわたしがそこに頼りなげに浮かびあがる。

『マルテの手記』は、没落したデンマークの貴族の若者マルテ・ラウリッツ・ブリッゲのパリ滞在記という体裁をとっている。高貴と卑賤、生と死、愛と喪失といった対概念が手記の形で記述されるのだが、そこに、アベローネという素姓のよくわからぬ女が不意に現われて、かの女はどうやら召使いの身分らしく、少年マルテの恋情の対象となった女性という設定らしいのだが、これは心に「強い、はげしい音樂」があった女性で、愛される女ではなく、愛する女で、若者マルテは「女といふ女のすべてをおまへのなかで愛してゐたのだつた」と回想する。

そうしてマルテは、「貴婦人と一角獣」のつづれ織りのなかに、そのアベローネの絵姿をはめこむ。『マルテの手記』第一部は、つづれ織りの描写で終り、第二部の書き出しは、またもやそのつづれ織りの話であって、マルテはそのつづれ織りの前にたたずみ、画帖に図柄を模写している少女をみかける。

「……むすめはもう顔もあげない。しきりに繪筆をもつ手をうごかしながら、このゴブランの繪模様のなかから無限な秘密のやうにむすめの眼がしらのあたりにうつくしく繰りひろげられる一つの永遠な生活を、彼女はこころのなかで壓殺するのに餘念がないのだ」

そんなむすめの姿に、リルケは「幾世紀ものあいだ、愛だけに生きてきた」むすめたちの疲れをみてとる。愛する女たち、「ついにとどきがたい女たち」のテーマである。そうして詩人は決心する、「いつも受身にばかり立つてゐた愛の仕事を、ほんたうの最初から自分の手ではじめたらどうだらう」と。

そこのところに、高校生のわたしは、濃く強く、鉛筆で傍線をひいている。

そうして、いま、時の旅人は『マルテの手記』の訳本を眼前に、頬杖ついて、詩人の言葉を想いおこしている。

心もそぞろに通りすぎた一日が、
未来において開かれて、わたしたちに贈られる。

というのは、リルケを思慕していた高校生が、いつしかリルケの本は本箱の片隅に押しこんでしまって、リルケのそとを彷徨のあげく、ようやく辿りついた歴史の空間は、なんと「貴婦人と一角獣」の世界であったのだから。なんのことはない、詩人は予言者であって、高校生は詩人の文章にすでにしてからめとられていた。心もそぞろにリルケを通りすぎた若者は、いま、時の流れにたたずんで、リルケが開かれたことを知る……

つづれ織り「貴婦人と一角獣」の空間は、これは詩人の仮りのやどりといったものではなく、その世界に詩人は回帰するのであって、第二部の続くページがそのことをあかしている。「ふと今夜、僕は一冊のちひさなみどり色の本をおもひ出した」と詩人は書く。この書きかたが、なんともわたしの感動を誘う。本はわたしたちの精神の托された事物なのである。「ちよつとその装幀をみただけで、ひどくこころを惹かれるものがあつた。表紙のみどりいろが深くこころに沁みついた。ひらいてみたときの全體の感じも、その瞬間、かうでなければならぬ、と何かのつぴきならぬ感じがした」そうして、その本には「豪勇カルル太公の沒落」のことが書いてあったとマルテは語るのである。

「ブルグントの豪勇カルル太公」？　十五世紀のフランスのブルゴーニュ侯家の最後の当主、「むこうみず」のシャルルのことである。フランス王家と対立して、ネーデルラントからライン上流にいたる帯状の「ロートリンゲン王国」の再建を策したが、ロレーヌのナンシーでの、スイス人傭兵隊との会戦に敗死した。一四七七年、「貴婦人と一角獣」があるいは織りはじめられていたろうかというころである。

「ちひさなみどり色の本」はシャルルの死様を事細かに記述している。マルテはそれを読み、そうして、この本のことを忘れていたことを悲しんで、こう書く。

「子供のころには讀書が何か一つの將來の仕事のやうにおもはれてゐた。おほきくなつて、いろいろな仕事がつぎつぎに僕の眼のまへにあらはれて來るとき、その一つが讀書なのだと考へてゐた。さういふ時期がいつになつたら自分をおとづれるか、ほんたうをいふと、あまり僕にはわかつてゐなかつたのだ。やがて生活に一種の變動がおこつて、最初、うちからそとへ出てゐたものが今度は逆にそとからうちへはひつてくるといふやうな時、きつと人間はそんなおほきな變化の時期に氣づくのだらう、と僕はぼんやり考へてゐた……」

おわかりいただけるであろうか。詩人は、おのれ自身、心もそぞろに通りすぎた一日を回想して、「ちひさなみどり色の本」がいま開かれたと告白しているのである。そとからうちにはいってきたものは、詩人のばあい、「貴婦人と一角獣」や「豪勇カルル太公の死」のつづれ織りの世界なのであった。

わたしがいうのは、これは「中世の秋」の世界であるということである。『マルテの手記』は『中世の秋』の隠れた構造であった。わたしは『マルテの手記』に『中世の秋』の予感を汲んだのである。その恩沢を、わたしは忘れずにいたろうか。わたしがいうのはそのことである。

文明論的位相において、ともに同じ一九一〇年代の詩人と歴史家の精神が同調したということは、これはヨーロッパ精神の救いであった。現代世界の事物の秩序の混乱と、事物の神聖な秩序の回復を図る詩人が「貴婦人と一角獣」のつづれ織りに回帰するとき、歴史家は「中世の秋」の空間に、事物の中世的秩序の終焉のさまを観察して、中世以後の事物の秩序のたしかさを計量しようとする。そうしなければ、世界は近代の傲慢から救われないであろうと歴史家は見定めていて、それが『中世の秋』という本の意味なのである。

わが歴史への道は、この文明論的眺望の高みを走りながら、一高校生の一途さは、景色を眺める余裕をもたず、不安な予感のうちに、やがて詩人を見失い、やがて機会あって、パリはソルボンヌ街区のクリューニー美術館のその部屋の戸口に立ちながら、つづれ織りの壁画にその眺望を得ることを知らず、いまようやく時満ちて、景色が開かれた。心もそぞろに通りすぎたリルケがいま開かれて、頬杖ついて茫漠と窓外の景色に視線をさまよわせる時の旅人に贈られた。

＊『マルテの手記』からの引用は大山定一氏の訳により、旧漢字、旧仮名をそのまま使用した。

7　四月の女王のバラダ

明るい季節の入口で、エイヤ！
お楽しみをまたはじめようと、エイヤ！
やきもち男をじらそうと、エイヤ！
女王ののぞみはみせること、
　恋する女であることを。
近寄るな！　近寄るな！　やきもち男！
　みんなそろって、みんなそろって、
踊らせて！　踊らせて！

女王は命じた、エイヤ！
遠く海辺の土地にまで、エイヤ！
むすめや若者、エイヤ！

みんな踊りにきなさいと、
楽しい踊りに入りなさい……

「……おふたりのご好意のみ、しきりに想いおこされます。いつの日か、ご当地を再訪する機会がありましょう、その折はむすこを連れて。敬具」と止めて、やれやれと肩の凝りを解きほぐす。長いあいだの肩の凝りである。というのは、もう一年にもなる、昨年の夏、ポワトゥーに出かける機会があって、その折、パルトネーの城市を訪れた。城門の陰に釣具屋をみかけて、立ち寄り、小学生のむすこのみやげに、釣竿を買い求めた。そこの主人夫妻の心のこもった応待ぶりに、ふと思いついて、店の前でふたりをカメラにおさめた。帰国したら写真は送りましょうと約束したまま、雑事にとりまぎれ、失念しているうちに、ふたたびの夏を迎えたのである。

わたしは鎌倉という町に住んでいる。あなたがたの町パルトネーはフランスの鎌倉である。カマクラはよく知っている。ショーグンヨリトモの都であろう。なんと、これはおどろいた。おどろくことはない、つい最近テレビでみた……といったぐあいで、なんともせまい世界になったものだが、さすがにここポワトゥーの田舎町を訪れる日本人は珍しいらしく、しかも釣竿を買うというのだから、なおおどろいたらしい。日本にいきたいが、まずだめだろうと、淋しげな笑いをみせていた。

パルトネーは、フランスのロワール川の下流に南から注ぐ支流トゥエ川上流の町である。いいかたをかえれば、ロワール川下流の南にガティヌ山地というのがうずくまっていて、その東縁に位置する町である。東にいけば、古都ポワチエも近い。蛇女メリュジーヌ伝説というのがあって、その係累に出るという噂のリュジニャン一族という、このあたりの豪族の家系に属する城主が、ここに城市を構えた。ポワチエの城のポワトゥー伯家に臣従して、ポワトゥー伯領と、その北のナント、アンジュー両伯領との境界をかためる。十二世紀のことである。

国道からはずれて、せまい道をトゥエ河畔に下れば、橋に出る。橋の対岸に、塔門が黒ずんだ石の肌をみせている。橋を渡って塔門をくぐりぬければ、幅狭の敷石道がゆるやかに彎曲しながら城の高みへと導くサンジャック街に人影はなく、石と煉瓦を組みこんだ家々の壁が道の両側をかためていて、なにか、時を渡る舟の舟底に落ちこんだ想いがして、光を求めてふり仰ぐまなざしに、教会の尖塔。そう、帆柱にみたてて、みたてられないことはない。

一年たったいま、この夏の終りに、去年の夏のわたしをさがせば、そのわたしはそこにいて、この静寂の時の狭間に、舟底を打つ波の音のように、峡谷を渡る風の音のように、いま段々とふくれあがる人のざわめき、はずむ足音、はずむ歌声。

反対側から王がくる、エイヤ！
踊りをすっかり邪魔しようと、エイヤ！
なぜって王はおそれている、エイヤ！
奪いとられはしまいかと、
　四月の女王を。

近寄るな！　近寄るな！　やきもち男！
　みんなそろって、みんなそろって、
踊らせて！　踊らせて！

春の花の花笠を、ひっつめ髪の頭にいただいて、太幅の帯紐をあごの下にまわして、きゅっと締め、衣服は朱とか緑の無地かなんぞの裾長のブリオー。腰のあたりを帯で締めて、胸の切れこみは深く、あとは布地を風に遊ばせる。くるりと旋回して、トンと大地を打って、エイヤ！　と唱呼する。

歌は『トルバドゥールの詩歌』という詞華集があって、その冒頭に収録されていて、十二世紀に文章化された、要すればポワトゥー地方の民間のバラダ、すなわち舞踏歌と知れる。ということであるならば、わが幻想の時の小舟は、ヨーロッパの抒情詩の始源の水に漂っていることになる。というのは、およそ文学営為としての抒情詩は、ここポワトゥーの土地をふくむアキテーヌ、この土地の概念はじつに大きく、ロワール川以南、ピレネー山脈から地中海岸にいたるひろがりと了解していただきたいのだが、この土地に成立したトルバドゥール（歌作りという意味）の詩形式を祖型とするのであって、それではかんたんにそのいきさつを説明しろといわれても、それはこの紙幅ではとうていむりというもので、ここはひとつ、わたしがいままでに書いた本をぜひご参照ねがいたいのだが……

それにまた、十二世紀のパルトネーの人たちが、めぐりくる春にこのバラダを歌い踊るとき、四月の女王、と旋回し、王、と、皮サンダルの足裏を敷石の道にトンとつけるとき、アリエノールとその夫アンリの面影をかれらは慕っていたのであろうことをわたしは疑わないのであって、すなわち、アリエノールは十二世紀のポワトゥーの女伯である。アンリとは北のアンジューの伯である。これまた、かいつまんでいってしまえば、アンリはイングランドのプランタジネット王家初代の王でもあり、アリエノールは王妃でもある。してみれば、同じころ、これはたぶんドイツの人で、フランスに学問修業にきていた人の作った歌というのが、『カルミナ・ブラーナ』という、こちらの方はラテン語の詞華集に載っていて、もっともその歌ばかりは古ドイツ語の歌で、ヒルカ、シューマン編の刊本で一四五a番の歌でこういうのだが……

世界がわたしのものであったって、
海辺からラインのほとりまで、
そんなの、くれてやってもいい、
イングランドの女王をこの胸に抱けるなら

その女王、これをポワトゥー女伯アリエノールと了解していけないわけはなく、もっとも女王Chunegin とあるところは、異本では王 Chunich と読め、とすれば、イングランド王アンリということになって、この歌、じつは女性の情感の表白である。それでもよい。なにかアリエノール自身のアンリへの思慕を歌いあげているようで、むしろおもしろい。

　ということであるならば、いったいなぜ、わが幻想の時の小舟に、白鳥燔祭の若者たちを乗りこませていけないわけがあろうか。モンマジュールの埃まみれのサンダル足の若者に、四月の女王のバラダを踊らせていけないわけがあろうか。かれらこそはトルバドゥールの歌の世界、カルミナ・ブラーナの詩の環境に棲息していた若者たちであって、「四月の女王のバラダ」とか、「世界がわたしのものであったって」とか、なにしろそういう歌の葉に結晶した、ひとつの文明の情念を共有するものたちであった。わが歴史の絵がそこに描かれて、そこに若者たちが再生する。

ここで君たちに耳よりな情報を提供したいのだが、時代が下がって十六世紀の著述家フランソワ・ラブレーの証言によれば、前にもお話したように、ゆえあってパリの町を逐電したわれらが無頼の学生詩人フランソワ・ヴィヨンは、一時、ここポワトゥーのサンメクサンという町に滞在したという。そこで芝居などを興行しようと、例によってドンチャカ騒ぎをひきおこすのだが、それはともかく、そのサンメクサン、これはパルトネーから三十キロばかり南の城市で、やはり、この時代、アリエノールに臣従する城主が城を構えていた。おまけに、これはいったいいかなる暗号か、ラブレーは、また、こうも証言しているのである。「わたしはサンメクサンの手提燈かパルトネー・ル・ヴィエイユのあくび男かが歌うポワトゥー地方の歌にあわせて、みんなが踊るのをみた」以上のことは、ラブレーの『パンタグリュエル物語』というゆかいな本に書かれている。ここは、渡辺一夫先生の御訳を拝借した。

われらが詩人の詩行にも、かれがポワトゥーに土地勘があったことは十二分にうかがわれ、ここはひとつラブレー先生の推理を買うとして、あとは詩人を時を運ぶ風にのせるだけである。なんとも小粋なスタイルの若者ヴィヨンが、いま、わが幻想の時の狭間にあらわれる。あげた左手は、四月の女王への挨拶である。

四月の女王がいく、アリエノールが踊るように歩く。花ひらくレースで縁取った白絹の、胴まわりはきっちりと締めあげたブリオーの、腰から下はたっぷりと襞をとって、くるぶしがかくれるほどに裾長に、ゆったりと着流して、表地は萌黄色、裏地は市松模様を織りこんだ朱の毛織地のマントーを羽織り、大粒の真珠を象嵌した留金で胸元にとめ、漆黒の波打つ髪を肩にかけ流した春の女王がいく。花笠のむすめたちが女王を守る。

王がくる。胸厚で、ずんぐりむっくりの若者アンリが肩怒らせてやってくる。こちらは麻地の生《き》の色のブリオーを腰のベルトで締め、裾はスリットをいれて膝上で切る。袖も途中で断ち切って、手首までぴったりおおった下着の袖をみせている。マントーは朱の無地。両肩に留金でとめて、あっさり着流して、左手首に鷹をとまらせる。まわりをかためる軍衣の男たち。手に手に緑の枝をもっている。

女王がくる、王がいく。花笠のむすめたちがやきもち男を追う。あくび男を押しつつむ。あくび男が歌う、やきもち男が踊る。むすめたちが女王と王のあいだにわって入り、王の一行をとりかこむ。近寄るな！　近寄るな！　やきもち男！　みんなそろって、みんなそろって、踊らせて！　踊らせて！

若者たちが踊る。はずむ足、はずむ喜びの若者たちが、春のバラダを踊る。

8　綱屋小町の歌

夜となりて、われ、柔かき臥床《ふしど》に入り、
いましも快き睡りに入らんとすれば、
わが悲しめる魂《たましひ》はわが身より
君が方にとあくがれ出づ。

しかるときは、われはわが胸に
君を掻《か》きいだきゐるごとき心ちす。
日ねもす嗚咽《をえつ》に身を裂かれつつ、
心もせちに戀ひゐたりし君を。

ああ、甘き睡りよ、たへなる夜よ、
静けさにみつる快き憩ひよ、

夜もすがら、われに夢をば見せしめよ。
さらば、わが哀《あはれ》にも戀ふる心に
眞實《まこと》なんのよきことはあらずとも、
せめて詐《たばか》られてなりと、君に慰められん。

時々注文したことを忘れていて、本がとどいてびっくりすることがある。『ルネサンス時代のリヨンの恋』という本もそうだった。つい最近とどいたもので、表紙にデカデカとティティアンの「愛のアレゴリー」の部分、愛の女神のヌードの絵を刷りこんで、赤い大きな活字で表題が印刷してある。パリのニゼという出版社が出したものだが、なにもわたしは十六世紀の「リヨンの恋」に興味があったわけではなく、「リヨンの恋」とは、つまり当時リヨンという町に一群の詩人が棲息していて、モーリス・セーヴというのが首領格だったが、かれらかの女らがアムール、恋を主題に歌声をひびかせていた、その状況を「リヨンにおけるアムール」とよんでいるのである。

その一群の詩人のなかにルイズ・ラベというのがいた。ご紹介したのは、かの女のソネット第九歌である。その名にひかれて、わたしはこの本を注文したのであって、というのは、ルイズ・ラベこそは、わが青春の詩人たちのひとりであって、これまたじつのところ堀辰雄の訳詩で知ったのであって、だから、わが青春への愛惜の想いをこめて、堀辰雄訳のまま、お読みいただいた次第。

わたしが訳せば、ちょっと趣きが変わって、以前、ある機会に訳したのをご紹介すれば、これはソネッ

ト第十三歌の後半の三行詩二連だが、

わが双の腕《かいな》に、かの人を掻き抱こうものなら、
木にきづたのからみつくがごと、
死神は来ましょうぞ、わが喜びを妬いて、
優に優しく、かの人のわれに口づけし、
かの人の唇の上にわが心の溶けて逃げるとき、
いっそ死にましょうぞ、生きてあらんより、しあわせもの！

訳詩はついにその人の言葉である。わが青春の辰雄－ルイズと、いまのわたしのルイズとがいくぶんずれる事態こそ、おもしろい。それだけになおのこと、辰雄－ルイズの歌にわが内なる情動を同調させていた青春のわたしがなつかしい。辰雄という格子を通して読むルイズは、どうしようもなくエレジー調を帯びている。そこがまた魅力で、白ワイシャツの袖をきちんとみっつに折りたたんだきまじめな高校生は、君が方にとあくがれ出づ、なんてつぶやきながら、いっしょうけんめいもの悲しい顔付を作ってみせようとしたものだった。

リヨンの町も、高校生の畏れかしこまったまなざしに、堀辰雄とルイズ・ラベの交歓する秘儀の構図とみえた。ともかくもルイズという女はそこに生きていて、だから生活はあったろうと、高校生はばくぜんと感じてはいたが、いずれわかることだとなげやりの怠惰さに若者は逃げていた。

それからずいぶんたって、ルイズの国に住む機会があり、ルイズの町も眺めたが、正直なんの感動も湧かず、本屋でルイズの評伝もみつけたが、いずれ読もうとスーツケースの奥につっこんだまま忘れていた。それが、なんの折だったか、なにげなくページをくってみたら、「二十四のソネット」にぶつかった。第九歌がなつかしく、辰雄‐ルイズの歌がここに開かれた。やはり出版社ニゼの本で、『ルイズ・ラベ、自由の女』と、それらしく題をつけている。

ルイズ・ラベの肖像画も刷りこまれていて、これは「二十四のソネット」をふくむかの女の作品集の出版された年、一五五五年に制作された銅版画である。このころルイズは三十歳をすぎたばかり、きっちりした感じの女性で、タートルネックのコルサージュを刺繍のネックバンドがひきしめた、その衣服の生地は、たぶん絹ではなかったか。なにしろリヨンといえば、当時、絹織物だったのだから。

これはまあ、あてずっぽうの推測だが、この女性、じつはロープ製造、卸、販売業者のお内儀であって、それはたしかな事実である。ルイズの父も同業で、組合の幹部であった。なにしろ当時のリヨンは、ソーヌ、ローヌ川を経由して、内陸ヨーロッパを地中海につなぐ水運の基地である。フランス王家はイタリア方面に関心をもち、オーストリア‐スペインのハプスブルク家と事を構えて、軍隊を南に送る。リヨンが兵員物資輸送の結節点である。麻、亜麻、絹のロープの需要は、年ごとにふくれあがるばかり。

裕福な綱屋の娘ルイズというイメージがここに浮かびあがる。「綱屋小町の歌」とこの文章を題したゆえんである。この小町娘、ただのねずみではなかった。親の財力がルイズの教養を培い、かの女は詩文の世界を知った。結婚して綱屋のお内儀になったかの女は、夫を助けて帳場に座り、職人の面倒をみ、夫にかわって取引文書に署名する。かたわら、自家に友人を招き、サロンを開く。詩文の領土を構える。「リヨンの恋」は、ルイズ・ラベこと、エンネモン・ペラン夫人のサロンで育ったのである。サロン？　むしろ歌会《うたかい》といおうか。というのは、十七世紀フランスの、しかも北フランスの町パリで流行したサロンのことを、わたしとしては考えているわけではないのである。このばあいでも歴史の見方が問題で、いったいなぜ世の中の人は歴史を逆に、新しいものから古いものをみることがお好きなのか。十七世紀のことは忘れていただこう。まなざしを正して、十二世紀から十六世紀を見通す、この作法を君たちにすすめたい。というのは、まあ、リヨンの風土ということをお考えいただきたいわけで、ここローヌ渓谷は、トルバドゥールの歌声のにぎわう土地柄だったのである。

十二世紀の末ごろとみられるが、リヨンからローヌ渓谷を南に下ったヴァランスというところに伯がいて、その妻ベアトリクスは、ディア伯妃の名で歌を作った。ベアトリクスは、リヨンのすぐ南のヴィエンヌの伯の娘であった。これはひとつの仮説だが、ともかくディア伯妃という名のトルバドゥールがいて、かの女は四つほど歌を残していて、その歌はヴァランスの伯とかヴィエンヌの伯とか、つまりはその土地土地の豪族の館に催される歌会で作られたもので、つまりは土地の領主たちのなかまうちの社交の遊びとして歌の文化が成立したわけで、日本の万葉集の成立状況が、このばあい、参考になろう。作られた歌を、ジョングルールという、これはプロの旅芸人がよその土地に運ぶ。ディア伯妃の名が伝わる。

なにしろそういう詩歌の文化圏が、ここローヌ渓谷から、これは前節の文章でご紹介したポワトゥーの土地にいたるまでひろがっていたわけで、言語も北の土地のオイル語とはちがう、オック語という。

だからオック語の土地、オクシタニア、そう名付けようと、いまでも独立運動の首謀者たちは考えている。どこから独立するのかって？　フランス国家の政府を称するパリの国家主義者たちの支配からである。

ルイズ・ラベこと、エンネモン・ペラン夫人の歌会に、ディア伯妃の歌会が重なる。この歴史の重層構造を想えばこそ、わたしとしては、ためらうことなく、以下の方々をエンネモン・ペラン夫人の歌会に招待するものである。夫人も喜んでお迎えするそうである。

南ドイツはバイエルンの、とある街道筋の旅籠にたむろした若者たちは、バイエルン・アルプスの北麓を西に向かって、コンスタンツ湖に出、そこのザンクト・ガレン修道院で饗応にあずかってから上シュヴァーベンに入り、レマン湖をめざしなさい。ローヌ川を下れば、リヨンはすぐだ。ロースト大家鴨の食べ残しを土産に、夫人の家を訪ねなさい。ついでのことに、シェルのミュゾット館はレマン湖のそばだ。ちょっと立ち寄って、孤高の詩人を誘ってきてはくれまいか。

アルル近郊モンマジュールの埃まみれの足のヴァガンテースは、アルルといえばローヌ河口だ、そのまま足をのばしてローヌ渓谷をのぼりなさい。途中、ヴァランス伯だのヴィエンヌ伯だのの館の歌会に立ち寄って、歌の作法を学ばれるがよい。詩を欠いた学問は、香気のぬけた漬物みたいなものだ。セトの海辺に座りこんでいる海辺の墓地の詩人にも声をかけていただきたい。

ロンドンはグローブ座の平土間の若者たちのことだが、これは心配することはあるまい。なにしろわれらが貧乏詩人フランソワ・ヴィヨンがそこに出張っていて、なにしろ旅慣れた若者だから、座付役者の一団をひきつれて、無事に海峡を渡ってくれるだろう。船を一隻しつらえて、ローヌ河口へ一路平安。途中ボルドーに寄港して、パルトネーの踊り手たちを乗りこませ、ついでに極上の赤の一樽か二樽、手土産にどうだろう。はずむ喜び、はずむ踊り、さあ、お楽しみはこれからよ。というわけで、ぶどう酒の一樽ぐらい、すぐなくなろう。

そこで、若々しい君たちよ、君たちだが、君たちにはとくにこの歌を贈ると夫人から伝言があった。お伝えする。

ああ、くる日もくる日もわたしは待ちまする。
そなたの、恋しい人よ、めでたきお帰りを。
とはいえ、あまりに長く待ちすぎて、
ええい！　このじれた心のむなしく嘆きまする。　（第二の悲歌断片）

9　リヨンの青春

ガルガンチュワが三歳から五歳になるまでは、その父親の命令通りに、あらゆる適当な規律に従って養育されたが、この時期は、その国の幼い子供たちと同じようにして送られた。つまり、飲んだり・食べたり・眠ったり・食べたり・眠ったり・飲んだり・眠ったり・飲んだり・食べたりしていたことになる。

ルイズ・ラベこと、のちのエンネモン・ペラン夫人が、十歳になったかならぬかのころ、一五三二年秋十一月のリヨンの大市の本屋の店先に、アルコフリバス・ナジエなる著者の『魁偉なる巨人ガルガンチュワの息子にして乾喉国王、その名宇代に高きパンタグリュエルの畏怖驚倒すべき言行武勲の物語』という本が売り出された。アルコフリバス・ナジエ（Alcofrybas Nasier）は、フランソワ・ラブレー（Francois Rabelais）の換字変名（綴りを別様に組み合わせて作った偽名）である。ラブレーはこの年の夏前にリヨンに移り住んでいたとみられ、十一月一日付で「ローヌの橋のたもとの慈愛の聖母病院」の医師に任命されていた……

いきなりフランソワ・ラブレーがどうのこうのと唐突なことだと、君たちは顔をおしかめかもしれない。かいつまんでいえば、前節に回想したルイズ・ラベのことからの連想で、ルイズとそのなかまの詩人たちとは一味も二味もちがうラブレーというこの文学者が、これもまたリヨンの文学者といってもよいほどこの土地に関係が深く、そしてまた、われらがルイズが少女時代から綱屋小町へ、さらに綱屋のお内儀へと変容していく、その時間帯に、医師ラブレーの影がちらちらしていて、その辺のところがおもしろい。そう思ったからで、一五三二年のリヨンの大市に、小娘ルイズは、その父の綱屋ピエール・シャルリ、あるいは育ての母アントワネット・タイヤールにともなわれて、出かけたか。本屋の店先に、この妙なタイトルの本が積みあげられているのをみかけたか。なにしろそういう光景がわたしの頭にちらついて歴史を風景の続きものとみたがる、そういうわたしの性向がここにもまた発現している。

フランソワ・ラブレーの、まとめていえば『ガルガンチュワとパンタグリュエル物語』全五書は、故渡辺一夫氏の翻訳で岩波文庫におさめられている。一五三二年にリヨンで出版されたのは、全体の構成からいえば第二書で、つづけて一五三四年、同じリヨンの本屋から、『第一之書ガルガンチュワ物語』を出した。その後、一五四六年に『第三之書パンタグリュエル物語』がパリの出版社によって刊行され、第四書は一五四八年、リヨンの大市で売り出され、第五書は、ラブレーの死後、一五六四年になって出版された。その版元はわからない。

なにしろ冒頭にお読みいただいた、これは第一書の第二章に出る、ほんの一節にもその雰囲気はうかがわれよう。この著述は、徹底しておふざけの文章であって、薄給の病院勤務医が、当時の一大べストセラー、『巨人ガルガンチュワ大年代記』に想を借りて、その巨人とその息子パンタグリュエルを主人公とする饒舌なお話をものしてみせた。

ラブレーはシノンに住む法律家を父として一四九〇年代の末に生まれ、フランチェスコ会修道士、ついでベネディクト会修道士として人生を歩み出したが、三十歳になったかならぬかのころ、修道院を脱走したらしく、してみれば、これぞヴァガンテースの後裔というべきか。修道院在院中にギリシア語を修得し、ギリシアの医学に関心をふかめたとみえて、一五三〇年、かれはモンペリエに姿を現した。われらが十二世紀のヴァガンテース、埃まみれの足がうろうろしていたアルル近郊モンマジュール大修道院にほど近い、古来、医学のカリキュラムで名高い大学である。その年のうちに医学部の前期課程を修了した資格をとっている。

翌年には、いまならば教育実習とでもいおうか、ギリシア語でヒポクラテスとガレノスを講義してみせたというのだから、大したものだ。その翌年が一五三二年で、かれはリヨンに住んでいて、ガレノスの文集をはじめ、二、三の古典の著述の翻刻本を出版している。そうして十一月一日付で、リヨン市立病院勤務医に任命されたのであった。

それから二年とちょっとあとの一五三五年二月初旬、医師ラブレーは病院から姿を消した。またもや脱走である。その前年には、第一書を出版しているのだから、かれはそれを書くためにリヨンに滞在したようなものだ。それからあとのラブレーの動静はまことに神出鬼没で、ローマに出かけてローマ法王にベネディクト会派修道士としての身分回復のことを願い出たり、それが認められて一五三六年の夏にはパリにおもむいて修道院に入ったかと思うと、翌年には、またもやモンペリエに現れて、医学博士号を取得し、その足でまたもやリヨンに現れて、解剖学の臨床講義をやってのけ、秋にはモンペリエにとってかえして、その年の冬学期、十月から翌年四月にかけて、医学部でヒポクラテスを講じ、その直後、一五三八年の七月には、フランス王フランソワ一世とドイツ王カール五世がモンペリエの南の地中海岸のエーギュ・モルトで会談した、その席に、いったいなんの資格でか不明だが、列席し……といったぐあいで、にぎやかなことである。

その節起ったまぎれもないことは、ガルガンチュワが着物を着替え、櫛で頭髪をすいていると（その櫛というのは百間ほどの大きさで、逞しい象牙をそっくりそのまま植えこんだ代物だったが）、一櫛かく度毎に、ヴェードの森の城を崩した時に頭髪のなかへ撃ちこまれた七箱以上もの数の弾丸が、ばらばらと落ちてきたことだった。これを見て父王グラングウジエは、てっきり虱だと思ったので、こう言った。やれやれ、息子、そちはモンテーギュ学寮の鷂虱をここまで持ってきよったのか？ 左様な学校へ入れるつもりはなかったのじゃが。そこで、ポノクラートは答えた。大殿様、とんでもないこと、何で私が、若君をモンテーギュとやら申す虱の巣のような学寮へお入れ申しますものか。そのくらいなら、いっそ聖イノサン墓地の乞食どもの仲間入りをおさせ申したほうがまだしもでございます……

鷂は「はいたか」あるいは「はしたか」と読み、鷹の一種で鷹狩に使う。モンテーギュ学寮の学生たちが、鷹を拳にとまらせるように、虱《しらみ》をとまらせてあそんだという話をふまえてラブレーは書いていて、渡辺氏はこう戯訳した。第一書第三十七章に出る文章である。

モンテーギュ学寮というのは、なにしろパリ大学にいくつか学寮があった。そのなかでもっとも著名なもので、ソルボンヌ学寮とともに神学の牙城たるパリ大学の表玄関である。それをこんなふうに書くものだから、あとは推して知るべし。一五四三年、『第一之書』『第二之書』は、パリ大学神学部によって禁書に指定された。

その辺の事情を、渡辺一夫氏は、カトリック教会の思想統制と人文主義者との対決の一局面と思案される。その問題はともかくとして、その思案顔なる渡辺一夫氏は、いってみれば現代日本のモンテーギュ学寮の教師であったのであって、その辺の関係がまことにおもしろい。虱こそいなかったろうが、じっとりとしめった煉瓦の壁に、表面べったりとかびが生え、薄暗がりの汚気の澱みのなかで、全員そそけた顔を並べて、労咳病みのように咳きこんでいた、その学校にどうまちがったか、わたしも入ってしまった。

どこで学ばれましたかな？　本郷の学部です。とすると、学問をすっかり身につけてこられた……いや、とんでもない、かびを身につけてきました……

ありていにいえば、渡辺先生がいる学校だから入りたいと思い、入ったのだったが、かびに毒されたせいだったのだろうか、わたしは歴史の方へ梶《かじ》を切りかえて、直接先生に師事することはなく終わった。それでもこちらとしては勝手に私淑していて、大まじめに十六世紀文法の講義のノートをとったりしていた。一度だけお宅にうかがったことがあり、その折いただいたぶどう酒はおいしかったと人にはいうことにしているのだが、正直、もう味は覚えていない。

けれども、なにしろ昭和三十年代はじめのころのことである。フランス渡りのぶどう酒など、貧乏学生の手のとどくところにあろうはずはなく、それをごちそうになった記憶は強烈で、それになんともこれは象徴的な出来事であった。というのは、ラブレーの文学は、なにしろぶどう酒に漬かっているといった趣きがあり、だいたいが若者パンタグリュエルに対する知識の開示は、渡辺先生の名訳そのままにご紹介すれば、徳利明神の女祭司漠福（バクブック）によってもたらされたのである。だから、なんのことはない、渡辺先生のたくらみは、未熟無定見な若者の精神をフランス渡りのぶどう酒で封印するところにあったのであって、かくしてフランソワ・ラブレーは若者に対してめでたく閉ざされたのであった。

若者の精神の柔らかさはどうだろう。なんとおとなたちは、若者の心を閉ざすのに長《た》けていたことか。堀辰雄にしても、渡辺一夫にしても……　いま、ようやくにして、わたしは心の封印を解く。フランソワ・ラブレーをリヨンの市にひきだしてルイズ・ラベともども、リヨンの青春の燔祭にかける。わたしが試みようとしているのはそのことである。

10　モービュエの水場で

シモン聖人とユダ聖人の祝日、野原のマルタン聖人教会で、大変みごとな行列の催事が行われた。ここ百年ほどのあいだ、かつてみられなかったほどの盛事で、聖母教会の方々が、大学とパリの全教区教会の聖職全員をともなって、グレーヴ広場のヨハネ聖人教会へ、われらが主の御聖体を拝受に出かけたのであって、王家裁判所のお歴々をはじめ、これにつき従う人々、その数五千。沿道は、戴冠式の日のように飾りつけられた。[注*] マルタン聖人大通りのモービュエの泉の前には、大変みごとな仮舞台が組まれていて、平和と戦争の華麗な物語が演じられていた。延々と続く物語であって、だから、みんな見るのを途中でやめてしまった。

最後の行に、マシオと署名を読んで、本を閉じる。本は『パリ一市民の日記』とふつうよばれる、十五世紀前半のパリの一住民の書き残した覚書断簡で、お読みいただいたこの最後の記事は、一四四九年、シモン、ユダ両聖人の祝日、ということは十月二十八日の日付をもっている。最初の記事は一四〇五年のものと推定され、ということなのだから、じつに半世紀近く、この人は覚書を書きつづけたことになる。

マシオというのは、この覚書断簡を筆写した人の名前で、覚書の筆者が筆を絶ってから、そう遠くない時点での仕事らしい。だから、どうなのだろう、人に書き写されて、読みまわされたほどの文章なのだから、当時、かなり名の通った人の筆のすさびであったのではないか。ラテン語なども、時折、さしはさんでいることでもあるし、聖母教会や大学のことを書くのに、われわれなどと、人をまどわすようないいまわしをしているし……、というぐあいに素姓洗いは盛んだが、いまだに結論は出ていない。無名の人である。

だが、なにしろ半世紀も書き続けたのだから、最後の記事を書いたころは、もうかなりの年齢であったことはまちがいなく、その老人が、平和と戦争の物語が演じられていたと書くとき、かれの眼には来《こ》し方《かた》が、あたかも絵巻物のように映じていたであろうことを想わせて、この文章は、日記を閉じるのに、まことにふさわしい。

じつはこの行列の催事、これはルーアンでの戦勝を記念したもので、どういうことかといえば、イングランド王家のノルマンディー支配の拠点ルーアンが、フランス王家のくりだした軍勢の前にようやく陥落したということで、一四一五年に侵寇を再開して以来、北フランスに居すわっていたイングランド王家の勢力が、ようやく退去したということで、それはたしかにフランス王家にとってはめでたかろうが、パリとその住民にとっては、これもまたひとつのエピソードで、王家といい、それに対抗したブルゴーニュ侯家といい、イングランド軍といい、いずれ、パリに害をなすときにはパリの敵で、パリを守ってくれるときにはパリの同盟者で、そういう徹底して地方の立場にパリは立っていた。

日記は、そういうパリの気分を映していて、王党派だの、ブルゴーニュ与党だのといった気負いはない。だから、一四二九年九月、パリを攻撃する、王太子を称するヴァロワ家のシャルルの軍勢の陣立ての一角に、ジャンヌ・ダルクの姿を望見した日記の筆者は、アルマニャック勢がひきつれている女の形をした一生物、と書きもする。ブルゴーニュ侯がいつまでもパリに居すわっているものだから、ものの値段が軒なみあがって、と批評したりもする。

その辺の呼吸が納得できないというお方には、日記は無縁の文章で、つまりはそういう乱世の日常を映した鏡とこれを観じて、鏡に映るうたかたを眺める想い。それでよい。方丈記に通ずるところがないわけでもない。あるいは徒然草か、それとも定家の明月記か。いずれにしても、老人の文学か。

そう、たしかにそうもいえる。わたしのばあい、年齢《とし》とともに、日記の文章への愛着が増して、たしかに青春が遠く感じられて、たしかにこの世にたしかなものは、われとわが眼のほかにないと、近ごろ、しきりに想うようになった。青春のまなざしが信じられないというのではない。ただ、まなざしの不定こそが青春の特権で、それをわたしは喪失したと嘆くのである。そうして日記の筆者の眼は定まっていて、世界を平和と戦争の物語と観じている。その眼付をわたしのものにしたい。そう想う。

ところで、わたしがお話したいのは、その老人が背にしているモービュエの泉のことであって、泉といいながら、そのじつこれは上水道の吐け口で、なんと散文的なと批評されようが、それが真相で、貯水場はそのころのパリの東の郊外、いまは市内に入って、ペール・ラシューズ墓地のそばの高みにあった。そこから水道をひいて水を配ったわけで、その吐け口のところどころは、つまりは街区の井戸端会議場で、パリの北の門、マルタン聖人門を入って南下する大通りから左に曲るモービュエ横町の角のところに、そのひとつがあった。

そこに祭の仮舞台が組まれ、毛皮裏地の裾長の、濃茶の厚手羅紗地の外套を重たげに着込み、かわうそかなんぞの皮の縁なし帽を眼深にかぶった老人が、水場の女たちに背を向けて、舞台に視線を投げている。その背後を、一団の若者が、パタンパタンとことさら靴音を響かせて、声高にしゃべりながら通りすぎようとする。なかのひとりの、これはすみれ色の絹外套を肩にひっかけ、「ミネルヴァの眼の色の」羅紗地の頭巾の、「角《つの》」を右の耳たぶの上に斜めにつきだしたのが、パタンパタンとパタンを鳴らして、水場に近づいて水を汲む。おお、うめえ、とかなんとか伝法にいい放って、なかまを追いかける。じつは、この若者、フランソワ・ヴィヨンである（注の必要があろうか。この服装の描写、これはまんざらでたらめでもない。日記とヴィヨンの詩行に出る服装を借りて、合成したものである。「ミネルヴァの眼の色の」というのは、ペルスというのの戯訳で、青ともつかず緑ともつかぬ色合いで、技芸女神ミネルヴァの眼の色がそうであったという。パタンとは、木底の靴で、パタンパタンと音がした。ヴィヨンが、ダンディな色男のはく靴と歌っているので、詩人自身にはかせてみたまでのこと）。

「女の形をした一生物」ことジャンヌ・ダルクがパリ前面から敗走し、翌年ブルゴーニュ侯方の軍勢の捕虜となって、一四三一年五月、ルーアンの火刑台上に若い生命を散らせた、まさしくその年、と推定されるのだが、詩人ヴィヨンはパリに、と推定されるのだが、生まれた。一四四九年、まさしくこの年に、パリ大学人文学部の前期課程終了試験に合格している。これはたしかなことである。だから大学生の盛りである。

わたしとしては、この若者を、十月二十八日のモービュエの泉のほとり、正確にいえばモービュエ横町の水場におきたいわけで、老人と若者が背中を向けあってすれちがったと想像したいわけで、そこに世代の出会いの光景をみてとりたいわけで、このていどの空想は、ぜひひとつお許しねがいたいものだ。

やがてマシオ氏の筆になる日記の手稿本がスウェーデン王家のコレクションに入るとき、じつは若者の詩集の手稿本もそこにいた。いたというのは変かもしれないが、じっさい老人といい、詩人といい、いったいほかのどんなかたちで、わたしたちの前に立ち現われるというのか。十六世紀の人文学者、その職業は王政府貨幣局長官のクロード・フォーシェという人が、老人と若者を、そういうかたちで自分のコレクションに入れた。それをスウェーデン王家がゆずりうけて、自家のものとした。そういう次第だったのである。

ところが、両人の会同は一世紀ほども続きはしなかった。スウェーデン女王クリスチナ、かの女は二十八歳かそこらの若さで、さっさと女王を辞めてしまったのだが、この前《さき》の女王は、老人の方だけ連れて、諸国行脚の旅に出た。ヴァチカン法王庁に一時身を寄せたかの女は、老人をふくむコレクションの一部をヴァチカンの図書館に寄贈した。こうして若者はストックホルムに、老人はヴァチカンに、両人はふたたび別れたのであった。

やがて十九世紀の文運隆盛は、老人と若者を「発見」した。若者は、騒々しい「ヴィヨン研究者」の好奇の視線に曝され、老人もまた、ヴァチカンの図書庫での長い眠りからむりやり目覚めさせられた。日記は十九世紀末葉の一八九二年に、ちゃんとした活字本になり、それからちょうど一世紀のちのこの年のいま、これを書いている机の上の左隅に、老人は鎮座している。

老人とわたしの出会いの経緯はかくのごとくであって、一方、無頼の若者の方だが、これもまた、いつのころからかわたしの身辺ににじりよっていて、ごく最近には、デュブーという、フランス国随一の人気イラスト画家のものした傑作な挿絵入り刊本のかたちで立ち現われた。

モービュエの水場から、王家貨幣局長官の図書室を経て、ストックホルムの王家の書庫へ。道行の老人と若者は、そこで一旦は別れたが、いまここに、両人つれだって、わが青春燔祭に立ち会う。この祝福の光景をむかしに還して、モービュエの水場に立てば、いましも老人と若者の背中と背中がぶつかって、おっと、ご老体、気いつけな、これは失敬した、お若いの、と、歴史に生身の人間の声が還る。

注＊　この日記は一四〇五年の日付の記事から一四四九年の日付の記事まで残っている。その間にパリで王の戴冠式があったことは一度もない。一四〇五年の日付の記事の断片から遡って、さて、日記の筆者はどれくらい前から日記をつけていたのか。見当もつかない。案外、その直前の日付の記事に、今日から日記をつけることにしたとことわって日記を書き始めたのかもしれない。ずうっと遡って一三八〇年のころはどうだろう。もう日記をつけはじめていただろうか。だとしたら、かれは日記に「今日、パリの通りという通りは戴冠式の祝いに飾られて……」とかなんとか、書いたかもしれなかった。シャルルの名を取る六人目のフランス王の戴冠式である。そうか、そうすれば、それから時が経って七〇年後の一四四九年の記事に、老いの記憶を掻き立てて、「戴冠式の日のように」と書いたというのも納得できるというものだ。まさか、そんなあ、と、わたしは、自分でそんなことを書きながら、自分で半信半疑である。

Ⅳ・歴史家の仕事

1　わが蘭学事始

わたしのばあい、日本語と外国語という対比の意識はあまりない。もちろんのことだが、どっちも自由に使いこなせるという意味ではない。両方とも同じていどだといってしまっては、これはいささかてらいになろう。対する心の構えの問題なのである。ひとつには、言語一般として、すべての言語に興味があるし、また、ひとつには、読みたい書物があるから、その言語になじもうとする。言語のほうでも、わたしに興味のある範囲でしか、わたしにつきあってくれないし、書物は書物の世界を顕示してくれるだけだ。言語とのつきあいは、そういったおたがいの了解のうえにいまもつづいている。

いささかひらきなおったいいかたをすれば、いまはホイジンガが読みたいからオランダ語とつきあっているのであって、べつに日蘭文化の交流に寄与しようなどと、だいそれたことを考えているわけではもうとうないのだ。

日蘭文化の交流ということばを使ったことからの連想だが、そういうわけで、わたしのオランダ語ときたら、当初、まさしく『解体新書』の観があった。オランダ語の書物は、おおげさにいえば、あたかも暗い未知の森にも似て、一本一本の樹木の感触をたしかめながら、光を求めてさまよいあるくといったかんじ。単語の意味のだいたいの見当はついても、なお字引をひいてたしかめなければ気がすまなかった。そのわけは、たしかめたいのはひとつひとつの単語の、いわば生きた文脈における機能、むしろガリシスムといおうか、これであったからだ。

このめんどうな作業をあるていど積みかさねると、あるとき、ふいに全体の展望がひらける。なにしろ、ふしぎにそうなのだ。あるとき、ふいに書物のページが生気を帯びる。言語の生きた脈絡が、こつぜんと啓示されるのだ。オランダ語のばあいも、やはりそうであった。いつのまにか、わたしは理解していた。voorstellingという単語が、じつは英語のimage、日本語に訳しても「イメージ」という意味を、おおかたの文脈においてになっていると知ったとき、わたしはほとんどこの言語の構造特性をつかみえたとかんじたのである。

「未修？　なにいってるんだ、既修だよ、既修」、少年はぼうぜんとして先生の顔をみあげた、と、こう小説ならば書きだしたいところだが、少年とはわたし、先生とは、わたしの出身高校、都立北園高校以来の恩師（このことば以外にわたしは適切な呼び名を知らない）、故浅野貞孝先生のことである。受験志願の書類だったか、なんの書類だったか忘れたが、大学の教養課程における第二語学選択の登録についての発言である。つまり、浅野先生は、フランス語の、それこそフの字も知らなかった少年に、「フランス語既修」と届け出よと命令したのである。言語とは、習わなくても読めるものだとの啓示に接した、これが最初である。

かくて、大学の教養課程における語学の履修はさんたんたる状況を呈することになった。なにしろ、

「フランス語既修クラス」で最初の学期に使用されたテキストは、忘れもしない、ヴァレリーの講演草稿であり、アミエルの日記抄であったのだ。くわえて、わたしは、中学以来、英語を習っていなかった。高校で履修した語学はドイツ語であり、当時、というのは昭和二十四年から二十七年にかけてのことだが、なお、北園高校においては、中国語までもふくめて、英語以外の語学の専攻履修が認められていたのである。

これはよけいなことだが、クラスはたて割りホーム・ルーム制であり、授業は一部をのぞいて自由選択制であった。わたしなど、二学年つづけて浅野先生の日本史を聴講し、世界史なんかとらなかったものである（葬られた自由を悼んで瞑目）。ところが、大学は英語の履修を第一語学として義務づけた。かくて、わたしは、たとえばノエル・カワードのStill Life（映画「逢びき」の原作ドラマ）をテキストとした英語の試験で、There is a fire !を「火事はどこだ!」と訳して、みごと「可」をいただいたのである。あとできいたら、「急げ!」と訳さなければいけなかったそうである。

そういうわけで、大学における語学の履修は、あんまりか、あるいはぜんぜん習ったことのなかった言語を、ほとんど習わなかったという結末におわった。わたしは、英語ないしフランス語を、東大教養学部の教官から習ったという記憶がないのである。習った言語といえば、むしろそれは、高校時代のドイツ語であったというべきだろう。阿部賀隆先生の名は、わたしの外国語体験における一方の、つまり習ったというほうの師として記憶に焼きついている。いいかたを変えれば、文法の初歩から徹底的にたたきこまれた言語は、じつは、わたしのばあい、阿部先生のドイツ語だけなのである。しかも、先生は、じつにおもいやりのあるやりかたで、ドイツ語という未知の言語に対する恐怖心というか、畏怖の念というか、ひとくちにいって外国語コンプレックスを、少年の心からとりのぞいてくださった。

記憶はあいまいだが、なにしろ最初のころのことである。独作文の時間に、「おおぜいのひとがそれをみていたが……」といったような構文が課題として出された。わたしは、それを、なにげなく、「少数のひとはそれをみなかったが……」というような構文になおして文章を作った。先生は、わたしの解答をとくにとりあげ、ここに語学に対するセンスがみとめられると講評され、わたしはおおいに面目をほどこしたのである。書いていて、われながらおもわずてれてしまうようなエピソードだが、世の語学の先生がたよ、生徒はほめられることによって語学コンプレックスからぬけだすのですよ、と、これはよけいなことだが、わたしはあえていいたいとおもいます。

だから、わたしの外国語体験は、高校生の年頃に、ふたつの型が与えられたといえるのである。ひとつは、阿部賀隆先生による習うタイプと、ひとつは浅野貞孝先生による習わなくても読めというタイプと。浅野先生は、じつはフランス語の先生でもあったのであって、むろん、習わなくてもよいといわれたのではない。むしろ、「フランス語既修クラス」での履修がはじまるまえの数週間のあいだに基本を習っておけと、少年に義務を課したところに先生のねらいがあったといえるかもしれない。だが、英語を放棄し、ドイツ語に熱中していた少年に対して、フランス語既修クラスにはいれとさらりといってのけた先生の笑顔に読んだ、その提案の真意は、外国語に対し、これを言語一般と心得よという教えにあったとわたしはいまも信じている。

わたしは、阿部先生によってヨーロッパの言語の基本型についての洞察を得た。その基礎の上に浅野先生の提案があった。わたしの外国語体験の基本の枠がここに形成され、以来、わたしは、こと外国語に関して、とらわれない心をもっていると自負している。

この自負は、たとえどんな悲運に泣こうとも、けっしてゆるぎはしなかった。これは大学院に在籍していたころのはなしである。堀米庸三教授のゼミナールは、異端関係文書をテキストにするとのことであった。中世ラテンなどなにほどのことやあらん、要するに言語ではないか。それに、わたしと同時に大学院に入院した敬愛する先学、いまは北大助教授の木村豊氏は、ラテン語なんてすこしも知らないとおおまじめにわたしに誓ったではないか。恥をかくのもふたりいっしょならば気が楽というものだ。わたしは周到に準備して、いさんで最初のゼミナールに臨んだ。ところがどうだろう、木村氏の実力たるや、はなはだ失礼ながら、時とすると堀米先生をすらしのぐやとおもわせるものがあるではないか。重厚な石の壁にとりかこまれた演習室のアカデミックな空気の密度が一段と高まったかにかんじられた一刻であった。ついに順番がまわってきて、わたしは訳読を命ぜられ、わたしは、よわよわしい声に鞭うって、ぼそぼそと訳した。「ひきがえるは、ときおり、ふさわしからぬほど多数あらわれる。そして、そのばあい、つねに、きわめて多数の鵞鳥、家鴨、くわうるにひじょうに多数のパン焼きガマをつれ従えているのである」

一座はシーンと静まりかえっていた。木村氏はつつましく口をとざしていた（いまだに感謝しております）。ええと、すこしおかしいですね、と、これは堀米先生（先生の寛大な御心は、いまもわたしのはげましであります）。たしかにすこしおかしかったのである。多数のパン焼きガマがひきがえるにつれ従えられて出てくるなんて！　異端の徒の秘儀に登場する悪魔は、「ときには鵞鳥や家鴨のかたちをして、ふつうパン焼きガマほどの大きさであった」と、これが真相なのであった。

この間、すでに、わが内なるドン・キホーテは、果敢にもオランダの風車めがけて突進していた。もともと、ヨーハン・ホイジンガに対するわたしの関心は、オランダの歴史家としての認識から出たものではなかった。ホイジンガの名は、ハーバート・リードの著書を通じて、しかもまず『ホモ・ルーデンス』の著者として知ったのであった。学部を出て浪々の身のある年の冬、さる温泉場で年を越しながら読んだ英訳本の『ホモ・ルーデンス』がわたしをホイジンガにひきつけ、つづいて接した同じく英訳のペーパーバックス『中世の秋』は、かんぜんにわたしを魅了した。歴史家としてのホイジンガとの認識がわたしを西洋史学へつれもどし、わたしは「ホイジンガ」を読むべく大学にもどった。

読む以上は原語主義である。オランダ語という言語が、処女の魅力をたたえて、わたしの手にゆだねられた。ところが、この処女、なかなかのじゃじゃ馬であった。わたしは馬手に中世ラテンのパン焼きガマを、弓手にオランダの処女をかかえて右往左往し、故浅野先生の授けを心に念じた。オランダ語というのはどういうことばだい。そうですね、英語とドイツ語のあいのこですよ。そうかい、じゃ、やさしいな。そうですよ、やさしいんですよ、かってにしやがれ、この悪魔め、パン焼きガマめ、と、わたしはほとんど浅野先生に悪態をつきたくなるおもいであった。

正直に告白しよう、『中世の秋』の訳出に手をつけだしたころ、わたしはまだオランダ語のなんたるかについての洞察を得ていなかったのである。これはかなりの負担を、わたしの肉体と心理とに課した。わたしはてさぐりでのろのろと進み、道ばたの石に腰をおろしてはためいきをついた。腰をおろした石とは、あるいはふつうの字引に出ていない単語であり、あるいは凝りに凝った構文であった（ホイジンガの文章が美文だとは、いったいどこのだれがいいだしたことだ！）。

ふつうの字引に出ていない単語に腹を立てるのは、わたしの経験では、まだその言語になじんでいない証拠の最たるものである。単語は文脈において存立する。文脈こそが現実の脈絡をになうものであり、単語の意味の理解は、ひとえにこれ、文脈への洞察にかかっている。単語をたくさん覚えたから、いつのまにか字引をひかなくなるというのではない。言語のなんたるかについての洞察を得たとき、字引はくずかごゆきとなるのだ。

だが、ふつうの字引にのっていない単語に腹を立てなくなったからといって、それがなんだというのだろう。そんなことは、じつは、言語とのつきあいの初歩の初歩にすぎないのだ。その先に、なんというか、いわば言語の闘いがわたしたちを待ちうけている。

わたしは、オランダ語でものを考えるようになれば一人前だというたぐいの言は、これは卑俗なことあげというべきだとおもっている。いったい、わたしたちのうちに根付いているはずの日本語とは、そんなにももろいものなのだろうか。じつは言語の闘いがあるのである、異質の言語と、わたしたちの内なる言語との闘いが。守るべきはわが言語であり、知るべきは敵の言語である。だが、同時に、また、敵を知り己れを知らば百戦危うからずというではないか。わが言語も、また、わが闘いにあって知るべき対象なのである。翻訳というのは、この闘いの謂である。

翻訳とは日本語の文章を作ることである。異質の敵に対し、日本語の陣営を構築する作業である。わたしは、ためらわず敵の動詞を分捕り、これを名詞の土塊へと変型せしめて、わが陣営の土塁を積みあげた。名詞の歩卒を捕えて、これを拷問にかけ、じつは動詞であると自白せしめた。形容詞の旗印を副詞の火箭の的とした。かっこ内で隠密に行動する一小隊を捕捉して、これを堂々の合戦に葬った。「この戦闘の結末いかにと問わば、敵はわれに勝たざりき」（オヴィディウス）。戦いの野には、Herfsttij der Middeleeuwen の残骸がるいるいと横たわり、『中世の秋』の華麗な陣営が残光に映えていた。

ご主人さまめ、ちょっと調子にのりすぎているぞ、と、もうひとり、わが内なるサンチョ・パンサがつぶやいている。サンチョはいいたがっている、厳としてそびえる敵の城門の前に、折れた槍をひきずって悄然とたたずむおまえさまの姿がみえるぞ、と。サンチョの眼は、たぶん狂っていない。だが、かまうものか。要は心構えの問題なのだ。『中世の秋』の翻訳を通じて、わたしは、オランダ語、フランス語、あるいは日本語といった区別なく、要するに言語を、人間の生のことばによる表現、言語一般としてとらえる作法を学んだと考えている。

ことばによる表現という行為にかかわる、いわば共犯の感情、これがさまざまな言語へとわたしをひきつける。さまざまな慣用語法、隠喩のうちに人々の生の感情がこめられていて、異質の生への共感を誘う。生きている証しのためにこそ、他人の生を知りたい。外国語に対する、これがわたしの基本の態度なのだ。さあ、みずみずしい若者よ、外の世界のことばを知りたまえ、そして、わが内なる言語を構築したまえ、そのとき、おまえは、ことばにおいて生きている、ことばがおまえの生をはらみ、すでにしておまえは生のただなかにある。これがわが歌である。

2　叙情の発見

昨秋、アキテーヌに旅した。バルセロナからピレネー中央のピュイモラン峠を越えてパリへ帰る途中、トゥールーズからボルドーに出、次いで道をポワチエ経由にとったのである。

ボルドーの手前のランゴンを朝霧の消えぬまに発った。その印象の残映かとも思ったのである。その日一日中、のびやかなボルドーの市街も、ゆったりと流れるガロンヌ川の大橋も、ドルドーニュの流れのほとりの木立の陰の館のたたずまいも、細やかな起伏のぶどう畑や牧場も、なにか量感のある大気に包まれているという印象につきまとわれたのである。

ひとつの土地にきたという想いを柔らかく包む大気であった。なにか風光がひとつに囲いこまれ、この土地にまでわたしを運んできた時間の流れがここに止まり、いまこの現在にわたし自身もまた囲まれたといった感じであって、いったいこの感覚はなにごとかといぶかしく思ったことであった。

かぎりなく優しいアキテーヌと、言葉が自然に口をついて出た。美し水の土地とバルセロナを賛えたローマ詩人のいいまわしにならえば、美し大気の土地といおうか。土地の叙情という想念がわたしをとらえた。中世の春、十二世紀にこの地に開花した叙情詩の世界、トルバドゥールの歌の空間にわたしは入ったのであろうか。

歌の空間などというと、なにか歌声のみなぎりあふれる村人の踊りの集いといった光景を空想される向きもあろうかと思う。事実、この叙情詩の成立をめぐる議論には、そういったイメージの押しつけが従来たしかにみられた。だが、トルバドゥールとは中世ラテン語からの派生語で作歌者を意味し、その詩歌は、これはひとつの意識的な文学営為であって、南フランス語（オック語）文化圏に成立した一種のサロン文芸的な性格をはじめからもっていたとするみかたが最近では有力のようである。

このサロンの常連はアキテーヌ侯家のボルドーの城に集る侯領の諸伯、城持ち領主たち、騎士たち、またオーヴェルニュ、プロヴァンスの領主層であって、かれらは社交儀礼のモードとして叙情詩作法を学び、習作をものした。言葉をおそれずにいえば、それは社交遊戯であり、その遊びを通じてかれら自身の感性の構造を意識化し、かれらのあいだの人間関係を詩的言語におきかえる精神の作業であった。

女性への求愛、ついに満たされぬ恋の想い、かれらが西欧の詩表現の世界においてはじめて開発し、後代に遺贈したこういった叙情のテーマは、これは実にかれら自身のかかわる権力と支配の構造についての理解の変奏ではなかったか。詩人と想わせ人との関係には、かれら領主相互間の封建契約の関係が透し彫りになっていないかどうか。最近こういった議論が提起されているときく。これは実に興味ある設問である。

この問いかけは、文学と現実との関係についての古く、そして常に新しい議論を誘うものである。作歌者たちは愛の構図を描くことによって封建秩序の形成を鼓舞したのであろうか。たとえばペリゴールの城持ち領主ベルトラン・ド・ボルン、かれもまた高名のトルバドゥールであった。ダンテが稀代の大悪党のひとりにかぞえたこの天性の闘争者にして、ついにこの叙情の空間にとらえられたということなのであろうか。現実はついに文学を模倣したのであろうか。

かれらは叙情を発見したのである。アラブの叙情詩とラテン詩の伝統とに学んだかれら作歌者たちは、自然と人間とを認知するひとつの方法論を西欧中世にもたらしたのである。この方法論の制覇力は大きかった。十二世紀末葉以降、トルバドゥールの詩論は北フランスとライン川流域の詩人たち（トルヴェールとミンネゼンガー）の財産であり、イタリアに入ってダンテの清新詩体の祖型となった。

叙情の明かすものは時代の感性の構造である。西欧中世の精神の覚醒運動、いわゆる十二世紀ルネサンスは、かれら作歌者たちの営為の上に成立ったのであった。歴史の基礎には感性の構造がある。十二世紀ルネサンスを丸ごと理解しようには、この時代、叙情は時代の片すみの出来事ではなかったことを知らなければなるまい。

わたし自身もまた叙情を発見したのであろうか。アキテーヌの空間に入って、西欧の感性のたしかな根にふれたのであろうか。あるいはわたしを襲ったこの叙情の感覚は、すでに年老いた西欧の感性が一異邦人に呈した偽りの媚びであったのか。ドルドーニュの流れのほとりのはこやなぎの木立が柔らかな影を落す古い館の庭にたたずみながら、わたしはなにかめまいに似た感覚に身をゆだねていた。

3 小春日和のヴェズレー

ヴェズレーのラ・マドレーヌ教会堂は柔らかい光に満ちあふれていた。入口の半円形壁面に刻まれた、使徒たちに伝道の使命を托す図柄のキリストも、いましも「く」の字に曲げた足腰をのばして、光の海に泳ぎだそうとするかのようだ。身廊柱頭の浮彫りのアーカンサス葉文が甘く暖かい大気にふくらんで、葉蔭に立ちはたらく蜂飼いの表情も、小春日和の午後の一刻に心満ちたりた気配である。

数年前の冬十二月、ブルゴーニュの旅の途中に立ち寄ったヴェズレーは、なんとも柔和な顔をわたしにみせた。これはじっさい皮肉ですよ、先生。先生のヴェズレー体験はこんなものじゃなかった。「折しもブルゴーニュの山々をこえて吹く風は、ごうごうと高窓を鳴らし、薄暗いその内部に立つのはわたし一人である。わたしにはいまにもこの石のキリストが立ち上がり、右手をあげて最後の審判を下すのではないかと思われた」

そうあなたはお書きになった。いま、甘くふくらんだ明るい大気のなかに、わたしは蜂の羽音をきいている。

旅の印象のなんとたよりのないものか。そうもいえよう。けれども、求める心が印象を作る、むしろそういうことなのかもしれない。堀米庸三先生の求めたロマネスクのヴェズレーは、まさしくこうあらねばならなかった。そのヴェズレーを先生は発見された。先生の求める中世ヨーロッパは、「陣痛期の封建社会の叙事詩的偉大さ」に身じまいを正し、先生のおもむくところ、どこにでもあらわれる。そういうことだったのかもしれない。

　ロマネスクの美は村の小さな教会堂の日溜まりによくなじむ。そこに静止した日常の時間を織物に作る。これはおそらく先生の仕事ではなかった。先生を失ったいま、そのことが痛いほどよくわかる。先生が一途にみつめたのは、封建的なものが封建的ではないものと作る危険な関係であり、正統と異端の闘争とそこからからくも脱け出る正統の綱渡りであり、光と影の交錯であった。動の世界であり、歴史を作る力学論であった。

「さっきケイコキシがきたよ、いっしょの人かい」日本人とみてか、土産物屋の主人がいう。テレビドラマのロケの一行のこととあとで知った。ロマネスク中世の記憶を石の襞に残すここ丘の上の教会堂も、いまは愁い顔の女のたたずむ舞台の書割となる。それが気に喰わないとはいわない。けれども、かつてリチャード獅子心王とフィリップ尊厳王は、ここで落ち合って、十字軍行の誓約を立て、連れだって旅立った。馬をならべて丘をおりる両人の後ろ姿を想像のうちにみる視線が欲しい。そうねがうのみである。

　獅子心王の乗馬のひづめが丘の斜面のるりはこべをふみしだき、尊厳王は、皮肉っぽく口許をゆがめて、流し目にアンジュー家のリチャードをみやる。大気は甘く、蜂の羽音にふくらんでいる。

　この想像の情景は快い。なぜここにとどまってはいけないのか。わたしのロマネスク中世は、ドルドーニュ河畔のかぎりなくやさしい風光であり、パリ郊外の春浅い森である。小春日和のヴェズレーである。歴史は印象のつづれ織りだ。きみはエピキュリアンだよ。そうですか、それなら先生はストア学派だ。いま、堀米先生の眼は永遠に閉じられて、先生の最期のことばがわたしの耳に残る。「よくなったら、こんどこそパリに住んで、アンジュー家の歴史を書くよ」先生の耳には、高窓にごうごうと鳴る風の音がきこえていたのだろうか。だとしたら、その風を止めたい。蜂の羽音のかすかにひびく甘い大気に、死の床の先生をつつみたい。

そう想う。

4　わがイミタティオ

もうかれこれ十年も前の仕事だというのに、いまだに、「ホイジンガの『中世の秋』を訳した堀越くんだよ」などと人に紹介されるのには、いささか閉口する。最初の仕事というのは、そんなにも重いものか。ともかくもここにわが事はじまれりということか。

歴史家としての経歴のはじまりということでもある。学部はでたものの、就職もせず、無為の生活の続くあいだ、塩原温泉で年を越したことがあった。湯に浸りながら除夜の鐘を聴き、同宿の友人と連歌（らしきもの）をひねるという風狂気取りの数日だったが、その折、ホイジンガの『遊ぶ人間』を英訳本で読んだ。そのころ親しんでいたハーバート・リードの著書を通じてこの本のことを知り、ある雑誌に寄せたリードについての文章のなかで「ウイチンガ」と表記した。ことほどさように、この歴史家については無知だったが、なにか心ひかれたのである。

生の発条はなにか、なぜ文化を作るのか、この根源の問題にとらわれていた未熟者が、リードの造型欲論、ホイジンガの遊戯規範論にこころよく感応したということであったろう。正直、ホイジンガを歴史家とみたわけではない。そのまま忘れてしまえばよかったのである。事ははじまらずにすんだかもしれなかったのである。

ところが、想えばこれがはじまりであった。学部をでて以来、方途を見失っていた放浪の学生は、歴史家ホイジンガを読むべく、四年ぶりに大学にもどった。なにしろ続けて読んだ、これもやはり英訳の『中世の秋』が、そうわたしに強いたのである。ひとつの歴史空間の確実な手応えが、否応なしにわたしを後期中世の世界にひきずりこんだ。仏文学や美術史の方向へ逸れかけていた学生であったというのに。

それから五年後、「世界がまだ若く、五世紀ほども前のころには」と、『中世の秋』の書出しのことばを原稿用紙の枡目に埋めながら、なにかわたしは気の滅入る想いであった。とりかかった翻訳の仕事の旅の長い道のりに怖れをなしたというのではない。そうではなくて、なにか今、ある特定の種類の職業を決定的に選択しかけている。もうひきかえすことはできないのだという想いにとりつかれていたのである。

歴史家ホイジンガのイミタティオ（まねび、模倣）において、わたしは歴史家になるだろうと、想いをつのらせていたのである。大学院での研学は、ホイジンガの思考の軌跡を二、三の史料に即して辿る作業のうちにすぎた、そして、今、イミタティオの至高の形式である翻訳の仕事を通じて、わたしもまた、歴史家ホイジンガと同じ職業を選ぼうとしている。このことの発見が、未熟者の学生を打ちひしいでいたのである。

二年間の苦闘の末に、翻訳は成り、わたしは歴史を職業とする教師になっていた。わがホイジンガ事はじめは、わが職業の事はじめに通じたのである。ことばを介して歴史空間に対し、これを記述する。

この歴史家の仕事を、どうしてわが職業として選びとらねばならなかったのか。この悔いは今も残る。ホイジンガもまた、この悔いを終生抱いていたというのだから、おもしろい。

この悔いをこそ、学生諸君にわかってもらいたい。教師としてねがうのはそのことである。わが職業の選択は、ホイジンガのイミタティオに発した。大いなる精神を介して、ここにたとえば歴史学という学問が、未熟な学生にイミタティオを強いる。その精神が強ければ強いほど、その学問の容量が大なれば大なるほど、ひきずりこまれたという無念の想いが心に澱む。この無念の想いをこそ、いっそう噛みしめるべきであろう。そこにわたしとわたしの職業のラティオ（理由、根拠）が賭けられている。

5 歴史家の仕事

「世界がまだ若く、五世紀ほども前のころには……」

この書出しはたいへん印象ぶかく、ヨーハン・ホイジンガの『中世の秋』の世界を、たしかな手応えのあるものとわたしたちに予感せしめる。

書出しということを、本を書く人はよくいう。書出しの言葉がみつからないのだ。それさえみつかれば…… これが、わたしなどもよく使う逃口上である。みつかりはしないのだ。そのうちに追いつめられて、苦しまぎれになんとかひねりだす。

もうひとつ別の、鍵の言葉といういいかたもある。使いかたは同じで、鍵の言葉がみつからないのだ。それさえみつかれば…… 『中世の秋』の最終章にホイジンガは書く。「生活の調子が変るとき、はじめてルネサンスはくる」この生活の調子というういいまわし、それがこの本の鍵の言葉である。『中世の秋』は、世界がまだ若く、五世紀ほども前のころのヨーロッパ世界の現象の記述である。かたちの記述である。かれはその世界の狩人であって、生活と思考のかたちがかれの獲物である。かたちにはその世界の匂いが付着していて、かれはそれを生活の調子といいまわす。その匂いを嗅ぎわけながら、かれは狩る。すなわち、見、読み、そして書く。

そのホイジンガが『中世の秋』の世界に入る戸口となったのが、フランドルの画家ヤン・ファン・アイクの絵であったという情報は示唆するところ大きく、すなわち歴史空間は、あたかも一枚の絵として歴史家の心中に立ち現われて、だからちょうど絵をみるときのように、はじめ視線はあてどもなくさまよう。そのうちに、それでもなにかがみえてくる。この経験を穿入というか、嵌入というか、それはどうでもよいが、なにしろふしぎなぐあいに、画面全体の調子がふいに感得される。

この経験は、これをわたし流儀の言葉づかいでいえば、対象の他者性の感知ということである。そして風景は異様な気配を帯びる。その調子をはらんだかたちが、無意味に配置されている光景である。無意味に、というのは、つまりはわたしのなれ親しんでいる意味づけの作法を拒否する構えで、ということで、だから、かたちの狩りは、その風景に適合する文法を発見する手続きの修練である。

だから、最近わたしは『回想のヨーロッパ中世』という本を書いたが、回想するのはわたしではない。もしそうならば、わたしのなれ親しんでいる文法の、ひどく安易な適用に終ってしまうおそれがある。わたしにとってヨーロッパ中世は、これはどうしようもなく他者であり、回想するのはヨーロッパ中世自身（擬人的にいって）である。絵のたとえに話をもどせば、ヨーロッパ中世は、アベラールとエロイーズの往復書簡とか、フランソワ・ヴィヨンの詩とか、パリに住んでいたある男の日記とか、そして、これはたとえではなく、フーホ・ファン・デル・フースの絵であるとか、なにしろそういった記述や絵で厚塗りされた画面として立ち現われるわけであって、わたしとしてはそういった絵を見、そういった記述を読み、かれらの思考と情動を再演しようと試みるほかにしようがなく、歴史はそういうふうにしか現前せず、これが回想のということの意味である。

ところがここに最大級のアポリア（難問）が存する。すなわち画面全体の調子の感知と読みとのかかわりに存するアポリアであり、文法は全体にかかわるものでありながら、文法は部分に現出するという事態に存するアポリアである。生活の調子は画面全体への穿入によって感知されるとわたしは書いた。そのくせ、かたちの狩りは、その風景に適合する文法を発見する手続きの修練であるとも書いた。これを矛盾といわずになにがいったい矛盾か。

エロイーズが愛の情念の修練を実修する。ヴィヨンが時間と空間の旅案内を開陳する。パリの住人が日常の光景をひたすらに書き写す作業に専念する。そういうひとつひとつの生の経験に、あるいは時代の生活の調子がよいかたちで表出しているはずだとあなたがたはいう。ところが、あなたがたは、それを時代の生活の調子において読まなければならない。あなたがたは途方に暮れないか。あなたがたの読みのまっとうさを保証するものはなにか。

これが歴史家の修練である。修練と言葉を選ぶとき、わたしはラテン語でエクセルキタティオないしエクセルキティウム、英語でエクササイズという言葉を念頭においている。これは十六世紀の人文主義者（ヒューマニスト）がさかんに使った言葉で、よく知られている例では、イエズス会の創始者のひとり、イグナティウス・デ・ロヨラの著述を『霊の修練』という。最大級に表現的な証例はモンテーニュであり、その著述『エッセイ』である。

イグナティウスにせよ、モンテーニュにせよ、いずれ、なにかある高次の価値の体系への無限の接近を語っている。イグナティウスのいう神にせよ、モンテーニュのいう自分の生にせよ、いずれ部分の逆照射を受けるところに存立する全体である。あるいはエクササイズのひとつの段階であって、おそらく永遠の近似値である。そういうふくみで、かれら人文主義者はこの言葉を使っていて、わたしとしては、この言葉を歴史家の仕事に適用するのをためらわないのである。

第二部　わがヴィヨン

一九九二年夏、マロ本を見る

帰国前日の日曜日は嵐模様だった。窓外の大樹の梢が風雨に揺れる。菩提樹と見た。フランスでいう森のティユールだろう。このところ、朝方、窓を開けると、窓枠に種子が載っているのがみつかる。夜半の風に運ばれるのだ。

夏のパリは刻々とその相貌を変える。七月のパリは、まだバカンスも本格的ではなく、街の景色も尋常だ。八月に入ると、街から住民が潮を引くようにいなくなり、代わって観光客の大波が押し寄せる。バスにグループで乗り込むアメリカ人が印象的だ。図書館の待合室で席の空くのを待っている間にも、これは明らかにアメリカ人、ドイツ人の、短パンにザックを背負ったのが、顔をのぞかせる。物珍しげに、ガラス板を透かして閲覧室の中をのぞきこんでいる。図書館を利用するのも、外国人や地方の先生方が多くなっている。それも、しかし、八月なかばを過ぎると、しだいに減ってきて、風呂屋の番台のような閲覧室入り口の小屋に座っている、いつものマダムの大あくびを誘う。

こちらは、しかし、あくびをしているわけにはいかない。追い詰められたような気分で、昨日の土曜日は特別閲覧室に回り、クレマン・マロが一五三三年に刊行した『フランソワ・ヴィヨン全集』の閲覧を申し込んだ。月曜には帰国だから、今日を逃すわけにはいかない。土曜日だというのに、けっこう人が待っていたが、今日は特別閲覧室、レゼルヴといっているが、そっちにじかにいくからと番台のマダムに断って、すんなり第二帝政様式の鉄傘下に足を踏み出す。レアル（いまはフォーラムなるショッピングモールに変貌してしまった往時の中央市場）やエッフェル塔に先駆けるパリ市最初の鉄骨建築の大ホールである。いつもはこの閲覧室に座席をとるのだが、今日はまっすぐ突っ切って、奥のコントロール、といっているけれど、さて、なんというのか、閲覧人図書出納管理機構とでもいうか、その番台の脇の石段をトントンと登り、腰高の鉄柵戸を押しあけて（たしか押したと思ったのだが）、迷路を右手にとると重い鉄板のドアがある。そいつを肩で押しあけて（いやまあ、そんな気分だということです）、たまたまそこで人に出くわすと、パルドン、メルシの応酬があって、そこでようやく階段にたどりつく。余計なことだけれど、セーヌ上流のベルシー河岸の方に計画中の「ミッテラン新図書館」（いや、他意はありません。ミッテラン大統領の時代に多分竣工するであろう新国立図書館というほどの意味です）では、たぶんこういうのんびりした雰囲気はなくなるでしょうね。なにしろここは第二帝政の世界なのです。

ようやくレゼルヴにたどりつく。建築家アンリ・ラブルーストが大ホールを構築した時点で、貴重本の管理と閲覧人の監視のためにしつらえられたこの小空間がすでに出現していたかどうかは知らないが、その後第三共和制下に管理と監視のシステムが一層入念に練り上げられてきたことだけはたしかである。ガラス戸を押しあけると（ここは引くだったかな）そこに番台があって、そこにマダムが座っている。見ると、その向こうにコントロールの島が浮かんでいて、そこにもマダムがいる。このふたりの女性がシステムをコントロールしていると見た。図書請求伝票にも、閲覧の理由を書かなければならない。学術調査というような漠然とした理由ではだめだと注意書きがしてある。「ヴィヨン遺言詩集の他の諸刊本とこれを較べ、異同を確認するのが目的」と書いて出したところ、島の女性、これがまた、いかにも「ベーエヌの司書」然としたインテリマダムなのだが（ベーエヌというのが、ここフランス国立図書館の巷での呼び名なのです。ビブリオテーク・ナショナルの二文字の頭文字）、この詩集の批判的校訂本はいろいろあるではないか。なにをいまさらマロのを見たいのかと追及なさる。

なにをいまさらマロのを見たいのか。ベーエヌのマダム、いってくれるではないか。そう、なにをいまさらマロのを見たいのか。この問いかけはわたし自身のものでもある。なるほど、あなたがいろいろあるとおっしゃる校訂本に満足できるものならば、いったいだれがここまで押しかけてきましょうや。わたしは「ヴィヨン遺言詩」の日本語による批判的校訂本を作ろうと考えている。だからみんな見たいのです。マロのも、人の紹介に頼るのではなく、マロの校訂本の原本を見なければ、気がすまないのだと、なんとかかんとか理由を述べ立てて、やっと納得してもらった。納得したかどうかは知らないが、ともかく座って待っていなさいといって、わたしの書いた伝票をヒラヒラさせながら、奥に入って行った。そこでおとなしく、待っていたら、本を持ってあらわれたのはもう片方の女性、番台のマダムだった。どこで入れ替わったのか。なんか、おかしかったのを覚えている。それぞれ役割があるのだ。もっとおかしかったのは、待っているあいだ、わたしが愛用のスマイソンのバインダーを広げて、ボールペンで気が付いたことをメモしていたのを見咎めたのだろう、そのマダム、こんどは鉛筆を一本、指で立てて持って来て、これを使えという。その持って来方がおかしく、思わず破顔したわたしに誘われたか、向こうもニヤっと笑う。そういう、これは「ベーエヌの司書」然としたマダムとは別種の、これもまたフランス国立図書館に棲息する女性たちの、もうひとつのタイプのマダムでした。

本は十三センチに八センチほどの小型本で、白羊皮紙装丁。背表紙に黒字でVillon、表表紙右隅に1533と刷り込んであるというシックな出で立ち。こんなすばらしい装丁は小沢書店の本でも見たことない。見開き右ページの中表紙にフルタイトルが印刷してあるが、その下隅に、薄いインクでguyon de sardieveと書いてある。これは最終ページにもまた読み取られ、あるいはこの本の所蔵者だった人の名前か。あるいは装丁はこの人の趣味の表れかと、のっけから、本の中身ではなく、本の外見に関心が引かれるというのは、いったいどういう性癖か。反省しております。

ページをめくりもしないで、本をひねくりまわしているわたしをけげんそうに見ている、例の「ベーエヌの司書」然としたマダムの視線に気が付いて（なにしろ、かの女の座る見張り所は、わたしの正面、一列机を置いて、その向こうに位置しているのだ！）、急いでページをめくったわたしの目に飛び込んで来たのが「もしヴィヨンについてなにか言うべきことがなおあるというのなら」の一行。強烈な印象でした。一五三三年の刊本の校訂者がですよ、そう書いている！　中表紙をさらにめくった見開きの、同じく右側ページに印刷された王に対するマロの挨拶文冒頭の一行である。まあ、しかし、文章はあわてないでちゃんと読むもので、これは十音綴八行詩の体裁をとっていて、頭から読んでいけば、「なおヴィヨンのうちになにか言うべきことを人が見いだすとするならば、／もしもわたくしが主張するほどのものにそれがなっていなくて、／その責めは挙げてわたくしめに御座います。殿よ……」と読める。「それ」と訳したのは前行の「ヴィヨン」を受けていて、これはここにマロが刊行した「ヴィヨン全集」を意味していると読むべきなのはもちろんのことである。強烈な印象はいくぶんか弱められた。しかしなお、わたしの脳細胞は引っ掻き回された痛手に苦しんでいる。

またページをめくれば、その見開きの左側ページに出版人のパリ代官に対する挨拶状が読める。そうして右側ページから、「カオールの人クレマン・マロ、王の部屋付き小姓、読者に、サリュ（挨拶の意の常套語）と題された序文がはじまる。爾来フランス語で印刷された本のなかで、ヴィヨンの本ほどに不正確で、はなはだしく歪められているものはない。「わたしは絶えてかれの隣人ではない。それはたしかだ。だが、かれが高貴なる悟性を愛すればこそ、もしもわたしの著述が同様の状態に陥っていたならば、そうしてもらいたいと望んだであろうようなぐあいに、わたしはそれに対して為した」とかれは書きだしている。

ここでご案内しておくが、「ヴィヨン遺言詩」と名付けられる詩群は原本をもたない。いくつかの写本と印刷本が残っているだけなのである。「ヴィヨン遺言詩」と呼んでいるのは、十五世紀の末、一四八九年に、パリの出版人ピエール・ルヴェが出版した印刷本『テスタマン・ヴィヨン』の表題に従っているだけのことである。これには八行詩四十節からなる『ル・レ（形見分けの歌）』と、八行詩のほか、パラッド、ロンドーなど、それだけで独立する詩文を含め、全体で二千二十三行からなる『テスタマン（遺言の歌）』、さらに「雑詩」と分類されるいくつかの詩文が含まれている。ルヴェ本ののちマロ本が出版されるまでに、パリやリヨンなどで二十種を超す刊本がかぞえられた。写本は主なものに四つあって、二つは「ベーエヌ」に、一つはその分館のアルスナール図書館に、もう一つはストックホルムのスウェーデン王立図書館にある。

「なにしろ節や行の順序、韻、語、脚韻、構成、なにもかも混乱していて」とマロは書きついで、まあひとつ見本をみていただこうかと、『遺言の歌』から一節引く。

ところでこれは真実だ、嘆きと涙と
苦悩に満ちた呻吟ののち、
悲しみと悩みと労働と、
辛い流浪の旅を経て、
人生試練が、鈍なおれの心を、
糸毬のように、丸く尖っている、
示していること、注釈にまさって、
アリストテレスの道徳論の

これはおかしいとマロはいう。そうして「ちょっとした修正」を加えてみせているのだが、それはまあよい。マロの修正はルヴェ本の読みに従っている。だからというわけではないが、あまりいただけない。むしろこのままの方がよいくらいだ。だから、ここではほかの写本に照らした読みをお読みいただこう。前半四行はそのままとして、

人生試練が、鈍なおれの心を、
糸毬みたいに尖っているのを、
開いたこと、アヴェロエスの
アリストテレス注解のすべてにまさって

「糸毬みたいに尖っている」というのはたしかにおかしい。おかしいが、詩人はおかしみの効果を狙っている。わたしはそう読む。だからそれはよい。「アヴェロエスのアリストテレス注解」だが、アラブ人学者アヴェロエスのアリストテレス哲学の解釈は、十三世紀の大論争のあげく、ついに異教的解釈ということで、大学の教育カリキュラムから外された。十五世紀のパリ大学の教材にアリストテレスはともかく、アヴェロエスの名前はみつからない。医学部がらみでアヴェロエスの『医学概論』の名が出る。しかし、人文系列のテキスト指定には、この名は出ない。だからこのことあげはおもしろい。おもしろいのだが、きりがないから、ここではこれ以上お話することはやめにする。いずれこの連載の流れで、お話する機会があるかもしれない。いまここでわたしがことあげしたく思っているのは、なんと、この八行詩、主題を「本と人生」にとっているではないか。そうして「ヴィヨン遺言詩」の主題のひとつに「本と人生」がある。

なんとクレマン・マロは、字句がおかしい、たとえばとこの八行詩をもってきて、はからずもこの洞察を示したことになるのか。「ヴィヨン遺言詩」の性質を端的に示す章句を選びだしてみせてくれたことになるのかと、筆記し始めたばかりの問題の鉛筆を持つ手を休めて、茫漠とさまよわせていたわたしの視線が「ベーエヌの司書」然としたマダムの咎めるような視線とぶつかった。はやくお勉強しなさい。叱られたような気分に陥って、あわててまた「鉛筆」を走らせはじめたことであった。

気が付いたら三時を回っていた。特別閲覧室に入るのに付き合ったことになる。腹が空いた。まあ、いいか。時刻を十時五十五分と書いたから、四時間ほどマロに付き合ったことになる。腹が空いた。まあ、いいか。おおよその眺めはついたと本を閉ざし、表紙が反り返っているのを、あわてて押さえる。できれば一行一行見たかった。言葉の配置、句読点のひとつひとつに、マロがどう読んだか、その証拠がうかがえる。揚げ足をとるつもりは毛頭ないが、マロが書いてないことが、書いてあると従来言い伝えられて来ているものもあるということがよく分かった。後代の校訂者の読みとされるもので、もともとマロに出るものもあるということがよく分かった。ある写本について、いいがかりとしか思えないような言辞を弄する校訂者がいるが、問題の箇所をマロの読みに照らせば、それほど荒唐無稽な読みともいえないのではないか。そういうこともよく分かった。そこで、わたしが図書請求伝票に書いた請求理由が、「ベーエヌの司書」然としたマダムが勘ぐったほど、それほどナンセンスなものではないことを、みずから確認して、慰めとした次第。

ルヴェ本、そうしてマロ本、下っては十九世紀のロンニョン本、今世紀に入って「ロンニョン・フーレ第四版」、そうして最新の「リシュネル - アンリ」本と、いくつもの「ヴィヨン遺言詩」がある。そのそれぞれがそれぞれの時代の読みを映して、いまわたしの眼前にある。わたしはそれらの先人たちの「ヴィヨン遺言詩」を透かし通して、「ヴィヨン遺言詩」の原本に迫ろうとする。それがわたしの「ヴィヨン遺言詩」である。ルヴェが、マロが、ロンニョンが、フーレが、そうしてまたリシュネル、アンリが営々と積み重ねて来た仕事に「わがヴィヨン」を加えたい。わたしの望みの、なんとつましいものであることか。

窓外の吹き降りは一層激しさを増す。窓ガラスに雨水が流れる。室内に暮色が漂う。不意に痛切な焦燥感に捕らわれた。『わがヴィヨン』はいつ書かれるか。弾かれたように身を返し、壁に寄せた机に座る。スマイソンのバインダーを広げる。

年齢をかぞえて三十歳のこの年に、と、かれは『遺言の歌』を歌い始める……

Ⅰ．放浪学生

放浪学生の歌

この方、四年間、放浪学生と書いてますね、どういうんでしょうと某教授が嫌みをいったと後で聞かされた……

この連載初回はこの書き出しでいこうと心積もりしていたが、あまり唐突だと反省して、前回の文章は「フランソワ・ヴィヨン」あるいは「ヴィヨン遺言詩」とはなにかと尋常に構えた。一九九二年夏、「ヴィヨン遺言詩」は「クレマン・マロの本」の装いを凝らして立ち現れたということで、その事の次第を心をこめてお話したつもりである。

わたしがいうのは、たとえば歌好きの嫂が、掻巻の両の袖を前に合わせて、「さはれさはれ去年の雪いまはいづこ」と猫撫声で義弟に迫るということがあってもよかったわけだが、これはわたしのばあい、残念ながらなかった。それでもたとえば、心打ちひしがれた若者が、勉強机の前の粗壁に、

貧乏とは悲しいもの、愚痴っぽいもの、

いつも傲慢で、反抗的で、
ついつい刺のある言葉を口にする、
口では抑えても、心には思うもの

と書きつけた紙片を貼り付けたということは、これはたしかにあったことで、その若者はわたしである。貧の嘆きに声をあわせよと強要する「フランソワ・ヴィヨン」がいたということで、さてさて「わがヴィヨン」出会いの風景はどんなだったか、いまどんなか。お話ししたいのはそのことである。そこで、冒頭にもどりまして……

この方、四年間、放浪学生と書いてますね、どういうんでしょうと某教授が嫌みをいったと後で聞かされた。嫌みじゃないでしょう、好奇心でしょうとかわしたが、正直、いい気分ではなかった。血を吐く思いで当人はそう書いているというのに、ノンシャランな言い分と受け取られたか。

大学に就職して二年目に、講師身分であったのを助教授に格上げして下さるという話が出て、教授会に資料を提出した。そのひとつにホイジンガの『中世の秋』の翻訳があった。これは中央公論社の「世界の名著」というシリーズの一冊で、毎月刊行されるそれぞれに「月報」が添えられていた。これに「訳者紹介」の欄があり、自分で書けということだった。そこに、大学卒業後、「勉強の方向をみうしない、放浪学生の生活を送ること四年」と書いたのを見咎められたのである。人を助教授にしてやろうとご厚意はありがたいが、なんで「月報」の自己紹介まで問題にするのだと向かっ腹を立てたが、まあ、いまにして思えばそう発言なさったお方は、ご自分の大人（どうぞ「たいじん」とお読みください）ぶりを誇示なさりたかったか。そこでわざとノンシャランなもののいいようをしてみせて、大向こうの喝采を狙う。そういうことだったかと見極めがつけば、ふりあげた拳の遣り場に困る。

遍歴学生とでも書いておけば、その先生、見逃してくれたのかなあと、友人に愚痴をこぼしたら、いやいや、それはそれで、このお方、どこを遍歴なさっていたんですかねえと来たんじゃないかな。ウィルヘルム・マイスター気取りですなあとやられたかもしれないよと友人。言葉をどう変えようが、逃げ場はない。定住しないものをうさんくさく見る気配にはねかえされて、若者はひるむ。教授、大学社会に定住するもの。もっともこの若者、その大学社会に職を得たくてじれていたのだから、世話はない。

ヴァグス。放浪学生とわたしがいうとき、このラテン語が耳に鳴っている。師と知識を求めて遍歴する十二世紀の若者たち。

きみたちに放浪者の修道会の規則をいおう、
放浪者の生活は高貴だ、かれらの本性は優に優しい、
脂ののった焼き肉がかれらを喜ばせる、
大麦を桶にどさっとなんかより、もっともっと

南ドイツはミュンヘン近くの修道院に伝わったラテン語の詩歌集『カルミナ・ブラーナ』の一節で

ある。「カルミナ・ブラーナ」、その修道院、ベネディクトボイエルン修道院に伝わった詩歌集の意である。

この詩歌集については、わたしは以前、『學鐙』誌上に紹介したことがある。ヨーロッパ社会創成期の十一世紀から十三世紀、学生とか、領主の礼拝堂付き司祭とか、王家秘書役とか、それこそ「パリの高名なる教師」とか、なにしろそういった各種多様な知識人の群れが出現する。かれらは読み書きできる人間集団であって、読み書きするというのはラテン語をということで、ラテン語の勉強というのがつまりは修辞学とか文法とか呼ばれる教養科目の中身であった。この詩歌集は、かれら知識人がラテン語の勉強のために羊皮紙に書き綴った詩歌群のうち、偶然残った、そのほんの一部にすぎない。ほかにも、ケンブリッジ大学に残った『ケンブリッジ・ソングズ』と呼ばれる同種の詩歌集があるが、なにしろ羊皮紙は高価だった。せっかく書き上げたのを削って消して、一枚の紙を何回にも使う。そういう状態で、詩歌集二冊分だけでも残ったのは大変なことなのです。

ヴァグスの徒は、自分たちの生はノビリス、高貴だといい、自分たちのナトゥーラ、本性をドゥルキス、優しいと批評した。ナトゥーラはふつうに意味をとれば自然だが、中世人の言葉遣いで神の被造物で、だから本来備わっているもののありようをいう。自分たちのナトゥーラはドゥルキスだとヴァグスは傲然と言い放つ。ドゥルキスはフランス語のドゥースで、本来の意味は甘いである。冬はアマールスで、甦る春はドゥルキスだとかれらはしきりに歌った。むしろ文学が現実を動かすと期待したかのようであった。春の甦りをドゥルキスと、いったいいつ歌うのか。わたしがいうのはそのことで、まさか春がきたから春を言祝ぐといったほど単純なものではなかろうに。かれらの生活はノビリスではなかった。かれらの本性はドゥルキスではなかった。アマールスだった、苦かった。だからかれらは傲然と歌った、ヴァグスの生活は高貴で、本性は優に優しい、と。

この度し難いまでの貴族主義の毒気にあおられて、放浪学生のわたしは、羊皮紙ならぬ大学生協の粗悪な紙質の帳面に、ペン先がしぶってひっかかるのをだましだまし、それでもインクだけはこだわってアテナインクの万年筆で、しきりにかれらの詩を写したものだった。『カルミナ・ブラーナ』は、ハイデルベルクのカール・ウィンター大学出版社から、きちんとした刊本が刊行中だったが、それを手に入れることができたのはかなり後になってからのことでしかなかった。さしあたり頼りになったのは、ペリカン・ブックスに入っているヘレン・ワッデルの『ザ・ワンダリング・スカラーズ』、「遍歴学僧」と訳そうか、これにたっぷり引用されている。それを珠と拾って帳面に書き付けた。そのうちにカール・オルフの「カルミナ・ブラーナ」を知った。これのオイゲン・ヨッフムがバイエルン放送交響楽団を指揮して吹き込んだＬＰ盤のジャケット解説文に、なんとご丁寧にもオルフが曲をつけた歌の原詩が全部載っている。ありがたく転写させていただいた。ちなみに、「カルミナ・ブラーナ」は、その後、小沢征爾のも含めて何枚かＬＰが出たが、やはりオイゲン・ヨッフムのがいい。たぶん、風土性というものなのだろう、土地の情念に反響して、音に深みがある。ご存じのように、カール・オルフはバイエルンの音楽家であった。

さてさて『カルミナ・ブラーナ』はもうよい。これはさしあたり書架へもどすとしよう。わたしがいうのはわが放浪の四年間、これが疑惑の目で見られているということで、これは名誉回復を図らなければならない。いったいなにがあったのか。遍歴学僧をまねていた。そういうことだったと人にはいうことにしようと心に決めてはいるのだが、なにかうしろめたい。わたし自身、さてはたして問題の四年間のわたし自身、ヴァグスを模倣しようと腹を決めていたなどと、いったいどうして証言できようか。それだけの強さがあったなら、貴族主義をいいながら、なにか妙にあわてて、弁解じみたことを口走る悪癖から、いったいどうしてわたしはいまだに解かれていないのか。

いったいなにがあったのか。放浪学生は歴史から文学へ転向を考えた。渡辺一夫に師事したいと願った。これが真相である。

渡辺一夫先生はわずかに首をかしげてお話しになる。西洋史を出ていながら仏文の大学院を受けにきたこの傲慢な若者をどうしてくれようかとしたなめずりなさる。いや、もちろん若者のわたしはそう感じたろうといまのわたしが想像しているということで、お間違えにならないでいただきたい。渡辺先生がそういうお方だとは、これっぽっちもわたしはいっていない。この手の誤解がとかくわたしを窮地に陥れる。若者はくだくだと述べている。

「そのウニゲニトゥス憲法と題された文章ですね、これ、ソ連にあるゲラ刷り特別版セットのほかにもあるということなのです。京大人文研はないとしてますが、百科全書は中央図書館に二部ある、そのひとつの第四巻の巻末にこっそり貼りつけてあるんです。百科全書研究は京大人文研が先行していますけど、そういう見落しもあるんです」

渡辺先生、右手をあげて小指の先で鬢《びん》のあたりを掻いていらっしゃる。

十八世紀フランスの百科全書の出版は、編集者、出版人、検閲官三者のせめぎあいだった。わたしの卒論はとりわけ編集者ディドロと出版人ル・ブルトンの虚々実々の駆け引きを眺め、この両者の関係の性質について考えたものであった。問題のウニゲニトゥス憲法なるもの、これはじつは誤解で、正しくは「法王教勅神の一人子」と訳さなければならない一項目だったのだが、検閲官マルゼルブが削除を命じた、危険思想が盛り込まれているというので。出版人に要請されて、ディドロはそれを飲んだ、ゲラ刷りの段階で。だから刊行された百科全書の、本来この項目が収められるはずだった第四巻に、この項目はない。ところがゲラ刷りが一部残っていて、それはソ連にある。それだけだと欧米の研究者も示唆している。それがなんと東大の図書館にあった！

たまたま見つけたのである。本論とはさしあたり関係なかったので、注に書いておいた。はじめて捕まえたネズミを親猫のところに運んで来た子猫みたいなもので（中央図書館には当時ネズミが出没し、問題になっていた）、さぞやほめてくれることだろうと勢い込んでいるというのに、そうですか、注に書いたんですか、それはよかったですねといなされた。百科全書なら何々先生に教えてもらったらどうですかと、そんなこともおっしゃったような気もするが、何々先生がどうしたというのだ。若者のわたしは渡辺一夫につきたかった。

若者は渡辺一夫につきたかった！　学問が人についていた時代、ヴァグスはアベラールにならう。それぞれのシャンポーのギョームを求めたということで、あわてて弁解しておくが、アベラールとシャンポーのギョームを引き合いに出したのに他意はない。一ヴァグスのアベラールが、パリの高名なる弁証法の教師、ノートルダム副司教ギョーム・ド・シャンポーのもとに弟子入りしたという事例を、たまたま思い出しただけのことである。[注*]

アベラールはパリに姿を現す以前、あるいはロシュのロスケリヌスの門を叩いたのではないか。ナント近郊ルパレ城市を出て、大ロワールの一支流アンドル川のほとりのロシュまで、道は一本だ。一本では遍歴にならないか。なにしろかれはむしろ「うろつきまわる」と訳すにふさわしいいいまわしをしているのだ。ということならば、まずは道順でアンジェーの教会の学校のウルゲリウス先生についた。そういうことだったのかもしれない。しかし、じつのところ、かれはそのようには書いていない。かれは「議論の術の学問が盛んだと聞く処々方々を議論しながら遍歴し、とんとわたしは逍遥学派の向こうを張るものだった。そうしてついにパリに着いた」と書いているだけである。

アベラールはまっすぐパリにいったと考えてもよい。なにしろロシュもアンジェーも知らん顔である。ロスケリヌスは晩年、アベラールを忘恩の徒と非難しているようだが、それだけでアベラールがロシュにいったと決めるのは無理があろう。わたしがいうのは、これは文学である。方々を遍歴したというのはヴァグスがよく使う言い回しで、これに現実の裏打ちがあると思うのはわたしたち読み手の勝手である。恋歌を作ったというかれの主張についても同じことがいえる。エロイーズと恋に落ち、「哲学の秘密を見いださんか、作るとすれば恋の歌で、その大部分は今日なお、君も知ってのとおり、多くの土地に流布し、愛唱されている」

アベラールはこう書き、偶然のことからこの手紙を読み、卒然と夫にあてた手紙文に、妻エロイーズはこれをうべない、「詞と曲のこの上ない甘美さ」と、これには曲もしっかりついていましたと、夫の証言を補強する。

しかし、アベラールの歌なるものは残っていない。わたしがいうのはそのことで、アベラールの手紙文のこのくだりもまたヴァグスの文学と読むことはわたしたちの自由である。最近不幸にあったと聞く友人にあてた手紙というふれこみのアベラールのこの手紙文から浮かび上がるのは、師を求めて遍歴し、師と争い、ラテン詩の習作をモノし、女を愛し、女のことで身体を傷害し、修道院に隠れ家を見いだした男の像である。筆者はそういう像を刻んだということで、ここで思い出すのは、ヨーハン・ホイジンガはアベラールという名前は本名ではないのではないかと疑っている。ルパレのピエールが学校で勝手に自分に付けた名前で、ラテン語でアバエラルドゥスと五音の名前だったろうと、ホイジンガは『アバエラルト』と簡潔に題したアベラール論でいっている。

仮名のアベラール、この話はおもしろい。わたしたちは問題の手紙文をルパレのピエールの半生の記と読むように慣らされている。なにしろアベラールはまことしやかに語るのだ。そこをひとつ意地悪く、突き放して読んでみたらどうだろう。そこにヴァグス像が浮かび上がる。アベラールの手紙文は、わたしことペトルス・アバエラルドゥスを主人公とした青春の文学である。

そうしてそれから三世紀となかば、当代のヴァグス、「ヴィヨン遺言詩」の詩人は「フランソワ・ヴィヨン」の仮名で、アベラールとエロイーズを追悼する。なにしろローマの白拍子、古代神話のエコー、ネールの塔の伝説の王妃、十二世紀のメーヌの女伯アランビュルジース、またジャンヌ、その性やよしロレーヌ女といった面々といっしょくたなのだ。現とも幻ともつかぬ女たちはいまどこにいるか。さてさて、去年の雪がいまどこに？　ここはひとつ、奇才ジョルジュ・ブラッサンスの皮肉とかろみをきかせたシャンソンでお聞きねがおうか。

どこだ、とってもかしこいエロイッス、

女のせいで去勢され、修道士になった、
ペール・エベラーは、サンドゥニッス、
女に惚れられて、つらい立場に立った、
おなじく、また、王妃はどこへいった、
かの女の指図で、ブリダンはセーンに、
ふくろに詰めこまれて、放りこまれた、
ささて、去年の雪がいまどこにある

注＊ 「あわてて弁解しておくが」とバタバタしているわけは、どうぞアベラールの手紙文そのものをお読みください。「アベラールとエロイーズの往復書簡集」は、戦前のものだが、畠中尚志氏の訳本が、戦後改訂され、『アベラールとエロイーズ』と題されて、岩波文庫に入っています。「フォルニカティオ」を「情事」なんて訳しちゃったりして、かなり個性的な、それでいて抑制のきいた、いい訳です。

師のまねび

ところで、ヴィヨン？　知りませんねえ、ヴィヨンの妻なら知ってるけど。

これがまあ標準の受け答えでしょうね。わたしにしてみても、フランス文学史をひもといて、はじめてヴィヨンの名を知ったというわけではない。やはり太宰治の『ヴィヨンの妻』あたりがその名の初見だったと思う。さかのぼって高校生のころである。太宰治は高校生のわたしにとりわけ身近な作家だった。お断りするが、わたしは桜桃忌にはかかさずはせさんじるというふうではない。たしかに後年、津軽に出掛けて、金木町《かなぎまち》の、太宰の生家は宿屋になっている。そこに泊まった覚えはあるが、それもおぼろげな記憶では少年時代の太宰の部屋に寝かされた覚えはあるが、それはたまたまそういう羽目になったというだけのことで、一途にそこを目指したというわけのことではなかった。太宰が情死した三鷹の玉川上水の土手のすぐ脇に、わが師浅野貞孝が住んでいた。それだけのことである。いや、どんなとこだか、見に行ったよと聞いたような気がする。師の家からの帰り道に、そこがそうだと聞いた土手の傾斜にあぶなく足を取られそうになりながら、立木につかまって、胸をドキドキさせながら流れを見下ろした記憶がかすかながらある。

少年はなにかと口実を設けては、師の家に通った。二階の師の書斎の隅におずおずと座り、レコードを聞かせてもらった。本を見せてもらった。師は時として少年を遊ばせておいて、仕事を続けた。少年は、またたくまに原稿用紙の枡目を埋めていく師の仕事ぶりを、驚嘆のまなざしで眺めた。後に少年は知ったのだが、「ヴィヨン遺言詩」は師の仕事ぶりのすばやさを歌っている。

わが日々のすみやかに移り行くこと、
あたかも、これ、とヨブはいう、織られた
布地から垂れ下がる糸屑が、織り手の
手にするわら束の火に焼き払われるさま、
糸の端の飛び出しているのをみつけるや、
織り手はサッと取り去ってしまう、だから
おれはもうなにが起ころうとおそれない、
なぜって死ねばすべてが終わるのだから

あのころは、そうだね、モーパッサンかなんか、訳していたかな。だいぶ経ってから、鈴木力衛さんにそうかがった。師は一高の友人力衛さんの三鷹の屋敷の一角に住み、力衛さんの翻訳の仕事を手伝っていたのである。軽井沢の南原の中央公論社の寮で、ご一緒した折、食堂の椅子にあぐらをかいて、力衛さんはご機嫌だった。たしかモリエールの新しい全集の仕事をなさっていたのだと思う。

芳賀徹さんともご一緒したと思うが、芳賀さんがどんなお仕事をお持ちだったかは覚えていない。わたしはホイジンガの『朝の影のなかに』の翻訳の仕事を抱えていた。昭和四十五年七月のことである。

あいつはね、阪田っていったんだよ。そうか、そんなこと、君はちゃんと知ってるわけだ。まあ、いいやね。なつかしいからしゃべらせてもらうよ、と力衛さんは浅野貞孝を語る。あいつね、左翼運動やって、停学くらったんだよ。ぼくもだけどね、わけはちがったけど。まあ、ぼくのわけのはなしはいいやね。そんなことで、親しくなった。山田吉彦って、知ってるかい。きだみのるだよ。先生の『昆虫記』の翻訳、ふたりで手伝ったんだよ。大学に入って、あいつは法科だったけれど、よく遊んだよ。ダンス、よくやったなあ。新橋のフロリダね、あそこはずいぶんあとまで通ったなあ。浅野家に養子に入ったのはいつだったっけなあ。お母さんの家系の本家だよ。大学出て、日電に勤めてからだ。日米戦争の始まる前の年だったかな。そのもひとつ前かな。すぐ笑子夫人と結婚した。いやあ、きれいな人だったよ。彼のおのろけ、ひとつだけ覚えてる。おれがねって、あいつ、いうんだ、約束の時間よか遅れて帰ったら、女房のやつ、霞町の停留所に立ってるんだ。おれの顔を見ると、女房のいわく、あなた、このへん、一時間に自動車が何台通るとお思いになりまして?

仕方噺のべらんめえ口調は耳になつかしいが、じつのところ話の中身はほとんど記憶にない。たわむれに力衛さんからお話うかがいのかたちにしたが、わけをいえばこれには種本がある。浅野貞孝が昭和三十一年の年頭に死去したのち、追悼文集が編まれた。これに力衛さんが寄稿して下さったのである。「こちらの弱点や欠点を承知の上で、ふっくらといたわってくれる親友」と最大級の讃辞を捧げ、「友人　学習院大学教授」と文末に名乗って、力衛さんは浅野の生涯をいつくしみ語っている。

浅野君といささか堅苦しく書き始めながら、いつしか途中から浅野と呼びかけ、浅草、新橋、赤坂と、連れ立って遊び回った遊興の地をかぞえあげる。対米開戦前後、妻、養父母を続けて失い、幼子応孝君とふたり残された浅野を描写する力衛さんの文章に翳りはない。戦争末期、肺を病んで入院し、半年後退院した浅野を、二十年五月の空襲が直撃する。牛込の家と家作のアパートを失い、敗戦後、春日部の疎開先から引き揚げて来た浅野は、と力衛さんは淡々と語る、「苦労したせいか、もともと円満レイローな人柄にひときわ磨きがかかってきた。おれは新興プロレタリアさとわらってみせるその顔には、いささかの焦慮も見られなかった」

それでデモシカ教師になったんですね、とわたし。デモシカはないだろ。本人がいうんならともかく、はたでいえた義理かと力衛さんに怒られた。わたしとしてもむろん軽侮の意図はない。むしろ逆で、戦後すぐの都立高校にはなんとすばらしいマギステルたちがいたことかと讃嘆の思いで一杯なのだ。浅野貞孝は昭和二十三年六月に都立第九中学校、通称九中の教員になった。前後して新制の第九高等学校というのが成立したらしい。このあたり、どうもはっきりしないのだが、わたしの生涯の友の染宮宏が「一九四八都立九中二十周年都立九高創立」と彫り込まれたバックルを所蔵している。翌二十四年四月、都立北園高校が発足した。安川貞男、坊城俊民、田代三良といったデモシカ教師たちが教員室に机を並べた。

わたしは浅野さんが九中の先生になった、そのすぐあとに転校してきたんですよ。戦争中名古屋にいましてね。わたしは昭和八年組ですが、この昭和八年っていうのは旧制中学最後の学年なんですよ。わたし明倫中学です。それが明倫の二年のときに、名古屋は男女の中学統合と学区制というのを同時にやりましてね。進駐軍の文教担当のジョンソン大尉っていうのがきまじめに西の方からずうっとそれをやってきて、なんでも静岡あたりで首になったから、関東は助かったんだという説がありましたよ。明倫は県立一女と一緒になって、いまの明和高校ですよ。県立一中は、どことでしたっけ、市立三女かな、それが旭丘高校。わたしは学区の関係で旭丘の付設中学に編入されましてね、そこで三年の二学期に東京に引っ越したっていうわけです。それもだけど正確なとこは分からない。県立一中に編入されたってことかも知れませんね。だけど、たしかに付設中学っていうのが、ほんの一時期、あったんですよ。だから、わたしは九中じゃなくて、第九高校付設中学に転校したのかもしれませんね。なにしろややこしい時代でした。

じつは転校したばかりは、しばらく与野に住んでいました。越境入学です。お袋といっしょに、つてを求めて、区役所の職員に頭を下げにいったのをいまでも覚えてますよ。線路脇の小さな家でした。恥辱の日々でした。いいえ、家がせまいとか、そんなことじゃありません。少年の心理の問題です。恥垢をほじくりかえしていてはじめて精を漏らしたとか、姉の裸を盗み見たとか、おやじのタバコを盗み飲んだとか、そんなことです。そんなことが少年の気持ちを傷つける。ハイライトはあやうく盗みをはたらくところだったってことです。与野駅前にゴザを敷いてカストリ雑誌を売っていた。しゃがみこんで、なにげないふうをよそおって、そのくせ欲しくって、欲しくって。胸が早鐘のように鳴っていた。気が付いたら一冊つかんで中腰になっていた。売り手の男に声をかけられて、ハッと気づいた。雑誌を落として、逃げた。女の裸を大きく表紙に刷り込んだ雑誌だった。

それ以来、与野駅は避けた。北浦和まで歩いた。犯罪者の気分だった。だけど、おもしろいですね、なんていわれたんだか忘れてしまったが、忘れたかったのでしょうね、声をかけてくれたカストリ雑誌売りのことをけっして恨まなかった。それどころか、なんか聖人みたいに思っていたのじゃないかな。宥しという言葉を大事にするようになった。いまにしてそう思います。なんか、変なこと告白しちゃったけれど、つまりそういうことなのです。その少年が浅野貞孝に出会ったというわけ。きっとカストリ雑誌売りは浅野貞孝だったのでしょう。

爾来、高校、大学を通じて、浅野貞孝はわが師であった。師は本を読むことを少年に教えた。作家は全部読めと教えた。少年はゲーテを読み、ドストエフスキーを読み、ジードを読んだ。リルケを読み、ヴァレリーを読み、デュアメルを読んだ。師は少年に本を読むことを教えながら、本を読む少年をときにからかった。『カラマーゾフの兄弟』を読んで、自分はドミートリだと深刻に受け止めた少年に、君はコーリャだよ、なあ、と、隣の席の田代三良に同意を求め、田代がいかにもうるさいといわんばかりの反応を示すのをおもしろがっていた職員室の一幕はいまだ脳裏を離れない。田代は浅野貞孝を独占したかったのである。コーリャ・クラソートキン、アリョーシャを崇拝する、お母さん子の十四歳の少年である。

「『が、君はヴルテールを讀みましたか？』とアリョーシャは言つた。『いえ、讀んだといふわけぢやありません……が、《カンディーダ》なら露西亜語譯で讀みました……古い怪しげな譯で、滑稽な譯で……』（また、また！　と彼は心の中で叫んだ）」（米川正夫訳）

少年は渡辺一夫を読んだ。ここにようやくこの連載前回の主題に還る。少年に渡辺一夫の存在を教えたのは浅野貞孝であった。少年は師の蔵書を奪うように借りだし、むさぼるように読んだ。少年を突き刺し、惑乱させるものがあると、キド・ヘック・アド・ユマニタテム？　と、回らぬ舌をだましだまし、呪文のように唱えた。渡辺一夫によれば、これぞユマニスムの要諦で、それが人間になんの関わりがあるかという意味だという。たぶん少年は、カストリ雑誌売りの視線から逃れたい一心で、魔法の呪文をさがしていたのだろう。

浅野貞孝は戦時中、仏文に再入学し、渡辺一夫についた。浅野もまたヴァグスだったのである。病気と敗戦が師の学業をさまたげたが、昭和二十七年、師は仏文を卒業した。なんと少年が大学に入った年である。そんなことはオクビにも出さなかった。早朝、合格発表を一緒に見に行ってくれて、そうか、受かったか、よかったなと渋谷のトップに連れて行ってくれたが、朝が早過ぎてまだあいていなかった。ハチ公口のバラック街にあって、まだまだ当時珍しかった、サイフォンでコーヒーを淹れる店だった。しょうがないなあと、そのへんのありきたりの店のコーヒーになってしまった記憶があるが、コーヒーがきたところで、もういいだろうと、タバコに火を点けてくれた。そうして、社会科学をやれと少年にお説教を垂れた。

だからといって、わたしが専攻を西洋史にとったのは浅野さんのせいだったとはいわない。それにはそれでもうひとつ別筋の物語がある。ただ歴史と文学というふうに、つねに対比的に発想するくせがいつ、どのようにしてついたのか、それを考えるとき、この朝の喫茶店での師との対話が思い浮かぶ。その対話の奥にどっしりと腰を据えていたらしい気配の浅野貞孝の人生体験に思い当たる。じっさいのところ、浅野貞孝がどういったのか、覚えてはいない。社会科学という言葉をはたして使ったかどうか、それさえも定かではない。ただはっきりしていることは、逆に文学は、それがなんであるか、浅野貞孝にとってははっきりしていたということで、後年、渡辺一夫が少年に向かって、あなたは歴史です、わたしは文学ですと言い放った、そのもののいいようを思わせた。

渡辺一夫が少年に向かってそう言い放ったというのは昭和四十六年の夏のことである。だから少年はもはや少年ではなく、少年が渡辺一夫のところに大学院を受けにいったときからかぞえても、すでに十五年の年月がたっていた。放浪学生はやがて西洋史の大学院に入り、修士号をとるために書いた論文で、渡辺一夫にいくつかの点で質問を呈した。渡辺一夫が日本ではじめて紹介した、十五世紀のパリに住んでいた無名氏の書いた日記『パリ一住民の日記』の読み方についてである。詳細については、最近出版したわたしの論文集『中世の精神』（小沢書店）をご覧いただきたい。その論文は『史学雑誌』に載り、したがってそれは渡辺一夫に対する公開質問状の性質を帯びた。渡辺一夫はその『著作集』第九巻「乱世・泰平の日記」に、わたしに対する答えを該当箇所について注記なさった。

そういう状況下での「少年に向かって」である。それら注記を読めば、言葉の端々に「あなたは歴史です、わたしは文学です」と響いて聞こえる。生の声で、周囲にそう感想を漏らされたともわたしは聞いている。御本が出たとき、わたしは茨城大学の方からの出張でパリにいた。半年後帰国して、その御本を手に載せて、とつおいつ、その重さを量りかね、さて、と考えていたところに、中央公論社の編集の人から雑誌連載の話がきた。問題の『パリ一住民の日記』を解説せよというのである。たぶんその編集の人から、渡辺先生、そういってましたよときいたのだと思う。これはご返事差し上げなければ。それにはこれはいい機会だと、連載の話に乗り、数か月後、最初の原稿を渡したが、結局没になった。

言葉は忘れたが、大胆すぎる、しばらく預からせてもらいましょうというのが先方の返事だったように覚えている。その後中央公論社は引っ越したようだし、さて、わたしの苦心の原稿はどこへいってしまったか。わたしとしてもいささかうしろめたい思いはある。わたしは一種都市年代記ふうに日記を読もうと思った。十五世紀後半のパリが、いわば自分を生きる、その生き方を書こうと思ったのである。堀越君がいうようにするには、日記を全部訳せばいいんですよとも渡辺一夫は言い放ったと聞いた。渡辺先生に対するお答えとしても、いささか戦略的に臨む必要があった。だが、いかんせん、日記の読みが不足していた。わたしはそのことを率直に認める。わたしの想像力は、日記の記事に吸われて、あえなく枯渇した。わたしは日記をかかえて、またもや軽井沢の寮に籠ったが、数週間後、寮を去るわたしの足取りは、正直、軽いものではなかったのである。

君は歴史を作りすぎると、かつて浅野貞孝は少年のわたしにいった。自分の経験を自分に納得できるように整理してみなければ気がすまない性癖のことをいったらしい。あいかわらず、いまもわたしは歴史を作ろうとしているではないかと、わたしは妙に物狂おしい。なぜって、心もそぞろに通り過ぎた一日が、いま開かれて、わたしに贈られる。その贈与に対してわたしは無力だとはいっても、贈与の根拠はわが青春の惑いなのだから。

無頼の伝説

「太宰治には妙に本質的なものがあるよ」と、なにかを隠すような笑みを顔に浮かべながら、呟くように浅野貞孝はいったと、追悼文集に野崎守英が書いているが、ほんとうのことなのだろうか。しかもそれを聞いたのは三鷹の師の書斎でだったと野崎は主張している。そういわれれば、なにか空を吹く風のように、そんな師の言が少年の耳元を流れたような気がしないでもない。またしてもここに、心もそぞろに通り過ぎた一日が、わたしに贈られた。

ほとんどすべての事物から、感知せよと合図がある、
向きを変える度ごとに、風は、思え！　と吹く、
わたしたちが心もそぞろに通り過ぎてしまった一日が、
未来のある日に開かれて、わたしたちに贈られる
（R・M・リルケ『インゼル文庫版詩選』から）

なにか隠していたものとは、浅野自身の生涯の経験の細目であったにちがいない。それを少年に見せなかったのはしかたのないことではなかったか。少年が経験をつぎはぎしていって大人になって、そうして年を取っていって、ようやく師の悲しみが見えてくる。

そうしてわたしは原風景のなかに入っていって、そこで太宰治に出会う。わたしがいうのは玉川上水べりということで、「玉川上水は深くゆるゆると流れて」と、太宰治は戦前の作品『乞食学生』に書いている。「人喰い川を、真白い全裸の少年が泳いでいる。いや、押し流されている」三十二歳の作家太宰が託す己が青春の残映である。三十二歳とは、作家自身がきちんと書いている。どうやら太宰にはある思いがあったらしかった。この連載初回の文章の文末にご紹介した『遺言の歌』書き出しの一行をご想起ねがいたい。

年齢をかぞえてみれば三十のこの年に、
ありとあらゆる恥辱をなめさせられたが、
それですっかり阿呆になったり、がぜん利口に
なったりはしなかった、えらい目にあったが、
仕置きにあってさんざ痛めつけられた、それが
全部が全部、チボー・ドーシニーの裁量による、
あいつめ、司教面して群衆に投げ十字を振舞おうが、
おれの身内だろうが、おれはだんぜん否認する

年齢をかぞえて三十歳のこの年が一四六一年という年であることが、これに続く詩行のうちに明らかになる。チボー・ドーシニー、オルレアン司教である。一四五六年、わけあってパリから逐電した「フランソワ・ヴィヨン」は、どういうわけだか、この年の夏、オルレアン司教の牢屋にほうり込まれていた。十月、うまいぐあいにかれは釈放されてパリへもどったが、それからかぞえて二年目、一四六三年の年明け早々、これは大わけありで、所払いの刑を執行されて、パリから立ち退いたと「フランソワ・ヴィヨン」伝説は伝えていて、太宰はこれを踏まえている。

さる文芸評論家は、太宰の小説で大事なのは細部だと書いている。『乞食学生』についてはまさにあたっていると思う。この小説の筋書きは、などと論を立ててみてもはじまらない。玉川上水で泳いでいた奇態な少年に引きずり回される物狂おしい中年の小説家の話といっておけばそれで足りる。「五十銭紙幣一枚と親子どんぶり」とか、「ぼちぼち読み直している里見八犬伝」とか、なにしろそういう細部を連ねて、なんとかある雰囲気をだそうと努めている。

このやりくちも、しかし、すぎると読み手をシラケさせることになる。少年佐伯五一郎の顔を描写して、「鼻翼の両側にも、皺が重くたるんで、黒い陰影を作っている。どうかすると、猿のように見える」と書く。そのすぐあとに『遺言の歌』から、老いの嘆きを年寄りの猿に託して歌う一節を引く。「三十二歳の下手な小説家」の自嘲と素直に聞いてやらなければならないのであろうか。小説家太宰治と少年佐伯五一郎がつきすぎてはいないだろうか。生者が死者の手を取ってダンスを踊る。このばあい死者とは「青春の死」を死んだものであって、とんだこれは「死の舞踏」だ。『ヴィヨンの妻』はその点すっきりしている。ヴィヨンが語らず、その妻が語るからだ。

「どこへ行こうというあてもなく、駅のほうに歩いて行って、駅の前の露店で飴を買い、坊やにしゃぶらせて、それからふと思いついて吉祥寺までの切符を買って電車に乗り、吊皮にぶらさがって何気なく電車の天井にぶらさがっているポスターを見ますと、夫の名が出ていました。それは雑誌の広告で、夫はその雑誌に『フランソワ・ヴィヨン』という題の長い論文を発表している様子でした。私はそのフランソワ・ヴィヨンという題と夫の名前を見つめているうちに、なぜだかわかりませぬけれども、とてもつらい涙がわいて出て、ポスターが霞んで見えなくなりました」

細部が大事というのはこういうのをいうのではないのか。この一節、読むたびに「とてもつらい涙」に貰い泣きする。その「論文」なるものがつまりは『ヴィヨンの妻』なのだと気づくまでに、いったいわたしは何年かかったというのだ。わたしがいうのは、太宰はヴィヨンはわたしだといっている。それが、「フランソワ・ヴィヨンとは、こういうお方ではないように聞いていますが」ある「外国文学者」に『ヴィヨンの妻』をこう批評された。「私はあっけにとられ、これは蓄膿症でなかろうか、と本気に疑ったほどであった。何というひねこびた虚栄だろう」と太宰はムキになっている。一部批評家たちから「男ヒステリー」と批評された批評の文章で、『如是我聞』という文集に収められている。

フランソワ・ヴィヨンの放蕩無頼はほかのだれのものでもない、わたし自身のものだ。太宰はそういっている。「外国文学者」の先生は、よそから「そういうお方」だと聞いたフランソワ・ヴィヨンを押し立てる。わたしはいま太宰治の言い分だけしか聞いていない。だからもしかしたらその先生はそういう言い方はしていないかもしれない。だから、そういう言い方をした「外国文学者」の先生がいたとしてと、あくまで仮定の話で結構なのだが、この発言、言い得て妙である。「外国文学」の先生方は、「そういうお方と聞いた」フランソワ・ヴィヨンを紹介することに自足した。伝えに聞くフランソワ・ヴィヨンの放蕩無頼を、自分の問題として引き受けようとはしなかった。それが、ここに阿呆な、ひねこびた小説家が現れて、不遜にもヴィヨンの名を騙る。

『ヴィヨンの妻』は主人公「大谷さん」とその細君「さっちゃん」の神楽舞いである。そこで問題なのは、「『あの、私でございますか？』『ええ。たしか旦那は三十、でしたね？』『はあ、私は、あの、……四つ下です』『すると、二十、六、いやこれはひどい。まだそんなですか？　いや、その筈だ。旦那が三十ならば、そりゃその筈だけど、おどろいたな』」と、この会話をどう読むか。文章はすこしも冗長ではない。作者の計算はあくまで緻密で、一語一句にむだはない。この会話の組み立てのポイントは、「旦那」が「三十」だということを読者に印象づけることにある。その効果を狙った引き算、足し算なのである。

『ヴィヨンの妻』が発表された昭和二十二年、太宰治は三十八歳だったといってみたところでしかたない。「大谷さん」は三十歳と設定され、この年齢は、これはすでにご案内した、『遺言の歌』書き出しの第一行を踏まえている。もうわたしはこれですべてをいいつくしたと思っているのだが、いかがなものであろうか。わたしがいうのは、小説家津島修治は太宰治の仮名をとって、その半生の細目を様々な登場人物に語らせる。どれもこれもヒロイックではなく、すこしもノーブルではない。『ヴィヨンの妻』を神楽舞いだといったが、わたしはおかめとひょっとこの踊りを思っている。おかしみということを考える。

わたしがいうのは、『遺言の歌』が書かれた一四六一年、ギヨーム・ヴィヨンは六十歳かそこらだったはずだと言い立ててみてもはじまらない。「フランソワ・ヴィヨン」は三十歳と設定され、この年齢は、『遺言の歌』冒頭の行に詩人が注意深く置いた数字である。もうわたしはこれですべてをいいつくしたと思っているのだが、いかがなものであろうか。わたしがいうのは、詩人はフランソワ・ヴィヨンの仮名をとって、その半生の細目を様々な登場人物に語らせる。どれもこれもヒロイックではなく、すこしもノーブルではない。

なるほど「フランソワ・ヴィヨン」は格好をつけたがる。『形見分けの歌』の形見分け劈頭に、いきなりかれは「天幕と幕舎」をことあげする。パリのクリューニー美術館所蔵の名品、綴れ織り壁掛け「貴婦人と一角獣」を、どうぞご想起ねがいたい。中央に織り出された青地の幕舎、屋根の縁飾りに「わが想いの君に」と文字が織り込まれている幕舎、「わが天幕と幕舎」のことあげの狙うイメージがこれであり、あるいはこのイメージ、「ブルグントの豪勇カルル大公」が、神聖ローマ帝国皇帝を相手にまわしたノイスの陣に張り巡らせた陣屋幕舎である。貴婦人と騎士の世界であって、詩人は名残を惜しむかのように、『形見分けの歌』最終節に、またしても「天幕と幕舎」をあげつらう。

上述の日付に、これが制作されたのは、
その名のよく知られたヴィオンによる、
イチジクもナツメヤシの実も食わない、
乾いて黒くて、カマドのほうきのようだ、

テントもパヴィオンも、もうもっていない、
なにもかも、かれはともだちにのこした、
手元にのこったのは、ほんと、わずかなカネ、
それだってじきに人にくれてしまうわさ

天幕といい幕舎といっているのは「テント」と「パヴィリオン」だが、ここに「ブラン」という言葉もかれはあげつらっていて、「天幕と幕舎」の遺贈は九節だが、その次の次の十一節に「切れ味抜群、おれの鋼の大剣を遺す」と読める、その「大剣」、太身の剣のことである。『遺言の歌』九十九節のあたりにも、フランソワ・ヴィヨンは「モン・ブラン」、おれの鋼の大剣といいまわしていて、こういうのだが、

なにをだと？　マルシャンなら身分柄持っている、
おれの鋼の大剣をだ、鞘についていては、まあいうまい

わたしがいうのは、当時隠語に「ブランブラン」というのがあって、これは「糞」を意味した。鞘についていては、ですから、まあ、いいますまい。

なるほど、その引っ掛けはあるかな。わたしはべつに否定はしません。わたしがいうのはベデラスティーとかホモセックスとか、そういった分野のことだが、そうして「フランソワ・ヴィヨン」の研

究者たちは、その手のことをことあげするのに熱心なのだが、わたしとしては、その手の読みはしばらく脇にのけておきたい。いま、わたしの関心を領するのは、詩人の心をつらくさいなむ痛みで、というのは、天幕だ幕舎だ、鋼の大剣だと、「フランソワ・ヴィヨン」は、形見分け劈頭に、悲しいまでに騎士の誉れを意識していて、ヒロイックでノーブルなライフスタイルを詩人は「フランソワ・ヴィヨン」にことあげさせていて、なんと詩人は騎士の家系の出であったわけでもあるまいに。

なにしろこれに先立つ十節に、フランソワ・ヴィヨンは、「とことんおれを追いつめた」情のこわいあの女に、

おれは心臓を遺します、立派な箱に入れて、
　ぐだっとして、血の気の失せたモノだけど、

と歌っていて、なんとこれは貴婦人崇拝儀礼の実習ではないですか。騎士道物語の焼き直しではないですか。騎士はこうして無双の敵を求める旅にでるのである。それかあらぬか続く十二節に、

ひとーつ、おれはサンタマンに遺す、
　白馬だ、なんと牝のラバも一緒だぞ

騎士の乗馬《のりうま》である。そうして、十三節に、

この者に与えよ、飲《の》み代《しろ》の質にとられて、
酒場トゥルミレーにあるおれのさるまたを、
ちょうどおにあい、あたまにかぶるは、
おともだちのジャーン・ドゥ・ミレー

さるまたは、むしろいまふうにいえばカルソンだろうか、このばあい、酒場の名前とのひっかけで、腿甲、つまり腿を保護する甲冑の部品と読めるが、同時にまた、頭にかぶって兜である。

十四節に「アルモワール」の文字が出る。これは衣装箪笥だが、アルム、すなわち紋章とのひっかけは見え見えだ。そうして十五節に「わが鎖帷子《くさりかたびら》」！　十六節に「わが手袋と絹地のユック」！　鎖帷子とはいささか古風だが、ついさきごろまでは騎士の軍装であった。ユック、これはいってみれば西洋陣羽織。裾の割れた短めのマントである。

紋章縫い取り錦糸入り絹地のユックを鎖帷子鎧の上にゆったりと羽織る。白馬を幕舎の脇につなぐ。腰に大剣。さてさて、この典雅な騎士の絵姿を、ギヨーム・ヴィヨンは「赤門の家」の、どの部屋の壁に懸けていたというのだ。

それが伝説のフランソワ・ヴィヨンは、ドスを懐に呑んで夜の巷を彷徨し、喧嘩をし、盗みに入り、人を殺める。どうもそんなイメージで語られていて、だからこんな詩行もそんなふうに読まれてしまうことにもなる。

ひとーつ、おれはお救い所に遺す、クモの巣張りの
シャーシ、窓枠じゃあないよ、おれのベッドだよ、
屋台の下に寝てるやつらにかって？　とんでもない、
あいつらには，目の下にボカーンと一発づつ、
寒さに顔をひきつらせて、なんだねえ、震えていろ、
やせこけて、飢えて、カゼひいちまって、無気力で、
股引はつんつるてん、なんだねえ、ボロ着ちゃって、
凍えついちまって、打ち身だらけで、ずぶぬれで

『形見分けの歌』三十節だが、シャーシに窓枠と寝台の両義がある。そこにクモが巣を張っているという。そこで「蜘蛛の巣だらけのおれの寝台」と読もうというのである。メートル・フランソワは夜分はお出掛けで、めったに寝台におやすみになることはなかったからだ、と。

窓枠か寝台の枠か、読みはぴったり半々にわかれておりまして、なかなかに定まらない。ただ、はっきりしているのは、「屋台の下に寝てるやつらに」それを遺すといっているのではない。寝台を恵んでやろうとはいっていないのだ。それどころかそやつらには「目の下にボカーンと一発ずつ」おみまいしようという。サディスト？　いいえ、「おれ」はマゾヒストなのです。なぜって、寒さに顔ひき

つらせて震えているのは、ほかのだれあろう、「おれ」なのですから。壁に掛けられた騎士の絵姿に時の脂がべったりはりついて、赤門の家の主人は自虐の歌を歌う。

ということならば、かれが晩年、ブルゴーニュの北辺に領地をひとつ購入したらしいという情報がおもしろい。赤門の家の主人はマレ・ル・ロワの領主様におさまった。文学者ギヨーム・ヴィヨンの人生設計の、これが終《つい》の獲物であったということか。それにくらべて津島修治の、なんと無様《ぶざま》な生き方であったことか。だからかれは仕掛けを軽く、いっそうの諧謔《かいぎゃく》味をくわえる。伝説のフランソワ・ヴィヨンのまねびに、大剣をジャックナイフにかえて、太宰治は軽やかに述べる。

飲み屋の主人は、「さっちゃん」を前にしての長口上の納めに、「『……私ども夫婦は力を合せ、やっと今夜はこの家をつきとめて、かんにん出来ぬ気持をおさえて、金をかえして下さいと、おんびんに申し出たのに、まあ、何という事だ、ナイフなんか出して、刺すぞだなんて、まあ、なんという』またもや、わけのわからぬ可笑しさがこみ上げて来まして、私は声を挙げて笑ってしまいました」

遊びの相のもとに

野崎守英がこんなにも身近にいたとは信じられない。わが師浅野貞孝を太宰治に結んだのは玉川上水だと、偶有性を楯に言い抜けようとしたところ、野崎がマッタをかけて、太宰にはなにか本質的なものがあると、浅野はいったと言い張る。浅野にとって太宰は、たまたま家の近くの川にはまって死んだ作家というにとどまるものではなかった。なにか本質を共有すると浅野は感じていたということで、なるほどわたしとしても反対ではない。両者を結ぶ本質とはヴァグスの生きかたあるいは文学と答えを出してあげてもよいくらいで、前回までにそれは書いた。さて今回はどう書きだそうかなと、例によって書き出しの文章を思案していた折しも、またもや野崎の名前が脳裏に浮かんだ。野崎守英がこんなにも身近にいたとは信じられない。

それというのも、ふと、そのころ野崎と塩原温泉で年を越したことがあったのを思い出したからで、これはじっさいおどろくほどの偶然の符合だが、この稿を書いている今から測って二、三日前、鎌倉の近代美術館で友人の国際的アーティスト、李禹煥（Lee Ufan）の個展のオープニングがあり、祝いに出掛けたのだが、その会場でたまたま出会った人から、堀越さん、放浪生活なさってたころ、塩原に住んでたんですってねえ、と問い糾されて、いやいや、あれは年を越したというだけのことですよと、陳弁これつとめたことのいわれは、以前小沢書店から出した『いま、中世の秋』というエッセイ集に、そのことを書いたことがあったからで。

沢筋の宿、というよりはこれは寮で、野崎の父親が国鉄で、その保養所を利用させてもらったということだった。赤い電球が闇に溶けこむ風呂場の薄暗がりに、頭をふたつ湯船に浮かべて、地を這う塩原の寺の鐘を聞いた。もういいの、と女の低い声が聞こえて、襖ひとつ隔てた隣室の人の気配が静まった。ふたつ並んだ蕎麦殻枕の頭の緊張が解けた。翌朝、外の廊下の手摺りにかけた手拭いをとりに出たら、隣室の女性と鉢合わせになった。頭を下げた中年の女性の表情に浮かんでいたのは羞恥色だったか、年上の女の余裕だったか。あわてて目をそらし、どんよりとした曇り空に鳥影かなにか、興味をそそられるものを見つけたふりをした愚かな若者には知り得ようにもなかった。

若者は、うすら寒い宿の部屋にこもって、『ホモ・ルーデンス』を読んでいる。

「……あそび機能をいいあらわす変幻自在の言葉をもつギリシア語とまったく対照的に、ラテン語はじつにただひとつの言葉をもってあそびの全分野をカバーする、すなわちルードゥスであって、これは動詞ルデーレからきていて、ルーススというのも、直接この動詞から派生した。このほかにも動詞ヨカーリからきたヨークスというのもあるが、これは冗談をいう、ふざけるといったほどの意味で、古典ラテン語においてはあそびそのものを意味するわけではない。ルデーレは魚がはねる、鳥がはばたく、水がぴちゃぴちゃ揺れるといった意味で用いられることもあるが、だからといってその語源的な根はすばやい動きというところにあるわけではないように思われる。そうではなくて、おそらくまじめでないこと、みせかけ、からかいといったところにあるのだ。ルードゥスはこどものあそび、リクリエーション、競技、儀式、演劇、賭け事までもカバーする。ラーレス・ルデンテースという言い回しがあるが、これは踊るラーレス、すなわち家の神たちという意味なのだ……」

若者は赤茶けた畳の上で踊る家の神たちを想像しようとするが、うまくいかない。ルードゥス、あそびの相のもとに（どうもこの言い回しがホイジンガには適切のようだ）世界と人生を観じなさいとホイジンガは含み笑いをしているようで、若者は不機嫌である。生活をあそびとまじめに分けるときはまだ来ていないと若者は思っている。あそびといい、まじめといっても、いまのそれがほんものであるはずがない。なんと卑小な、みじめな人生かと、ほとんど始まってもいないのに、若者はすねている。荘重で重厚なあそびを若者は未来形で保有する。求めているものはまじめにほかならないということに若者は気づいていない。

だから師にトランプであそぼうと誘われても、応じはしたが、けっこうおもしろがりはしたが、これはただのあそびだ。もっとおおきなほんとうのあそびがそのうちに姿をあらわすだろうと、いやしい期待が胸の奥底にいつも澱んでいた。いやしいなぞと、若者の成れの果てが、なにをしたり顔をしてと、往時をふりかえり、先日わがゼミの春休みの合宿に付き合った折、コントラクトブリッジであそぼうと学生たちに誘いをかけた。久方ぶりにビー（蜂）印のカードを買い込み、勇んで乗り込んだのだが、それはたしかにこちらもルールをあらかた忘れてしまっていて、前の晩にあわてて本でおさらいしたという弱みはある。それにしても、切札ってなんですか。十が絵札なんて信じられないと、次々に突き付けられる抗議の声に押しまくられて、もうひとつあそびに乗りきれなかったことでした。

「……この間、原と芳谷に会つたら廿九日(金)は晴天でもブリツジやりたいとの事でしたから晴雨に拘らず同日午前十一時頃からやることにしましよう……」

昭和三十年四月十八日、目白にて、浅野生と署名された、染宮宏あての浅野貞孝の端書の文面に「ホモ・ルーデンス」が踊っている。この日付だと、豊島区千早町に越してまだ一年たっていない。玄関脇の応接間を、いつも三つ四つのブリッジパーティが占領した。オープニングツービッドだ、フィネスだと浅野は、噛んで含めるようにこどもたちに教える。コントラクトブリッジは約束事の競技である。なにしろいろいろ覚えなければならなくて、ドクティ(通暁者)の領分である。イニシエイト(入門者)たるもの、あに畏怖せざるをうべくんや。

ライデンのセム・ドレスデンは「イタリア・ルネサンスがフランスに受け入れられた、そのプロフィール」と題した文章のなかで、これは英語で書かれた論文だが、フランス十六世紀のプレイヤード詩派にふれて、「フォロー・スートしそこなったものはインドクティであり、したがって問題とするに足らぬものであった」と、プレイヤード詩派のなかのエムラティオ(競争)について述べている。フォロー・スートはトランプ用語で、場札と同じ種類のカードを出すことをいう。その約束に従うということで、約束を裏切るものはドクティではない。そやつはあそびの輪の外へ追い払われる。

一昨年の冬、久しぶりにライデンを訪ねた折、このことも聞いてみた。

「うーん、ま、ブリッジ、やらんこともないからね。だけど、トランプ用語だって、はっきり意識して使ったわけじゃないと思うよ」と、反応はなまぬるいものであった。広々とした二階全面が壁に書架を立てた造りの書斎になっていて、南のバルコニーに背を向けて、ドレスデン教授はゆったりと椅子に座る。

「あのご論文で、先生はプレイ、あそびという言葉を使ってらっしゃんないですね。マニエリスムという言葉で言い切ろうとされている」「きみのホイジンガのルードゥスかい。まあ、ルードゥスは基本概念で、わたしは概念いじりがすきじゃないんだよ」

そんなことよりさ、といった感じで、先生、あごをしゃくって、ほら、あれだよ。先生が刊行会の座長ということで目下刊行中の新しいエラスムス全集である。書斎の隅に、無造作に積み上げてある。「きみのホイジンガ」は恐れ入るが、毎度のことで、もとはといえば、わたしがドレスデンに近づいた、その近づき方がまずかった。もう二十年も前、ライデン大学にかれを訪ねて、あなたこそはホイジンガの後継者と迫ったのである。「ま、コレガだったってことですかね」とわが思慕の鉾先をかわされて、それ以来「きみのホイジンガ」になってしまった。コレガ、同僚ですか、ますます恐れ入りました。

あなたがなんとおっしゃろうが、あなたはあなたのおっしゃるコレガに似てますよと、問題の文章に目を落として、わたしはひそかにつぶやく。十六世紀のマニエリスムを論評して、ドレスデンは「ゲーム」とか「エクササイズ」といった言葉遣いをし、こういった言葉遣いをすると、なにかマニエリスムの活動には誠実さとかまじめさとかが欠けていたといいたがっているように受け取られるかもしれない。だが、誠実さとかまじめさとか、こういった評価の基準は、これは十九世紀、二十世紀のもので、ルネサンスの時代のフランス人やイタリア人の精神活動を考える場合には適切ではないのだと批評している。これは「ホモ・ルーデンス」ではなかろうか。

再訪のライデンもいまは遠く、ましてあそぶ千早町は帰るところではないと、『遺言の歌』に言葉をさがせば、「すっごくりっぱなカルタ札一組」と、なんと詩人はずばりトランプを歌い上げている。

二度目ってことで、ペルネに遺す、ペルネって、
おれがいうのはラ・バールの私生児のことよ、
なんせ見場がよく、じつはレッキとした嫡男だから、
紋章楯のパールに代えて、かいてよろしい、
鉛を仕込んで、キッチリ四角のサイコロ三個、
まだかくとこあったら、マッサラのカルタ一組、
ただしだ、あいつ屁こくの、ひとに聞かれたらだ、
オマケをつけて、四日熱も遺してやろう

日記にもサイコロやカルタって出ていたなあと、『パリ一住民の日記』をさがせば、「虚栄の焼却」という当時はやりの行事にふれて、「男たちは博奕台やら将棋台、サイコロやカルタ」なんかを火中に投げ込んだと読める。サイコロ、カルタと、申し合わせたようにきちんと、隣り合わせに書いているところがミソである。サイコロはそれこそ古い遊戯だが、カルタの方は、せいぜいがここ五百年の新顔で、ちょうど日記の時代、わたしはほぼそれが「遺言詩」の時代でもあると思っているのだが、十五世紀に入ってから流行したあそびだった。だから『ばら物語』には出てこない。

『ばら物語』にはサイコロも出てこない。いや、あそびとしてはということで、言葉は出てくる。恋人《アミ》の演説の終わり近く、男はなにしろ結婚するとガラッと変わる。女を支配しようとする。「なにしろ男はサイコロを変えるのだから、女はもうあそぼうにもあそべない」

状況に応じてサイコロを変える。だが、鉛を仕込んでとまではいっていない。『ばら物語』については、まだご案内しなかったろうか。十三世紀の詩文で、「ヴィヨン遺言詩」の詩人の座右の書です。

「鉛を仕込んだ」サイコロや「キッチリ四角のサイコロ三個」の情報は『カルミナ・ブラーナ』にたっぷり出る。この詩歌集は後代の校訂者によって三部に分類されていて、そのひとつ「酒とあそびの歌」は、これはそれこそ酒場での酒とサイコロ賭博の讃歌なのだ。サイコロ賭博を意味するアレアという言葉にひっかけて、綴り字は二二んが四、音綴は三などなどと、なぞなぞ歌まで用意してあって、なんとも恐れ入る。なぞなぞは、もしも頭がなくなれば、残りから動物が生まれる、それなあにと続くのだが、アレアからアを引いて、レア。雌ライオンです。

サイコロであそぶには三個必要という情報は、「ルーソールのミサ」という、これは遊戯者のミサという意味だが、教会のミサ式文をしゃれのめしたのがあって、それに「三人のデキウス」、つまりサイコロ明神とか、「三、二、一の目より、六、五、四」とか、いろいろと証言されていて、それになにも言葉にさぐるまでのこともない、写本飾り絵に描かれた賭博テーブルにしっかりダイスが三つ、ころがっている。

ちなみにデキウスはローマの姓のひとつで、皇帝も出たが、べつに博奕打ちが大勢出たというわけではない。フランス語でデ、英語でダイスは、ラテン語のダーレという動詞が投げるという意味で使われて、ダートゥム、投げられたものということで、それから出たらしい。音の響きが似ているところから、デキウスが濡れ衣を着せられたか。

そのダイス三つを「紋章楯のバールに代えて、描いてよろしい」とはなにごとか。楯型の紋章の左肩から右下方へひかれる斜帯をバールといい、これはその紋章の家の嫡男ではないことを示す。そうしてここに代官所の警邏《けいら》ペルネ・マルシャンというのがいて、この男、「ラバールの私生児」と呼ばれていたらしい。いたらしいというのは、なにしろこの人物については、はっきりしたことはほとんど分かっていない。この通称のことも、「ヴィヨン遺言詩」にそう出るからというので、そこでそういうことだと読むことにしようと、これをそういうふうに読んでいるというだけのことである。

だが、と詩人はしかめっつらだ、じつはこの男、見場がよい。ボーフィスである。つまり嫡男である。ボーフィスである。ボーフィスというのには、この二通りの意味があるのです。であるからして、バールをはずして、サイコロ三つの紋所にしてよろしい。カルタ札一組もあしらいなさい。いまはやっているあそびなんだから。

それはよい。詩人の裁定なのだから、そうときまればそれでよい。ただ、三つのサイコロ、これをどうならべるか。絵に返して見る八行詩の空間に、パリのクリューニー館、いまは美術館の綴れ織り壁掛け「貴婦人と一角獣」に織り出された旗差し物や紋章楯が掛かる。フランドルはルヴィスト家の紋所で、バールの上に、斜めに半月を三つ重ねている。半月に代えてサイコロでどうだ。わたしとしてはそれでもよいということで、もとより詩人の時代のクリューニー館にもそれが掛けられていたということはなく、詩人の時代に三つ印の紋所といえば、まずはそれはなによりもフランス王家の紋所、三つユリであった。シャルル五世の昔から、フランス王の紋章は三つユリ紋である。

ユリの花とも蜂とも、あるいは鉾の頭部ともいわれている象形の、楯面に上二つ、下一つのユリ紋である。これでよし。きまったなあ、という感じで、なにしろ王家の紋所をサイコロにすり替える。ルーソールの勝ちである。

無為について

塩原温泉で年越しをしたころはわが放浪学生の盛りで、度重ねて仏文の大学院に入学を拒否されて、さてどうしたらよいものか。両親にしてみればとんだ放蕩息子だったろう。実直な勤め人だった父親が、ある晩、革のカバンを抱えて帰って来た。それはといぶかしげに問いただした連れ合いに、あしたっから、これもたせて、勤めに出せといったという。この話、母親から散々聞かされて、聞かされる度にシュンとなった覚えがある。

そのうちに病気にもかかった。ある日、家庭教師お目見えに、はじめての家へ向かう途中、バスのなかで突如背中が痛くなり、背を丸めるようにしてたどりついたが、どうもただごとではない。わけをいってそのまま帰った。背中を丸めたまま、玄関にころげこんだ貧書生のみじめったらしい様子に恐れをなした先方に、たぶん断られたのだろう、病気が治ったあと、その家に出掛けた覚えがない。

病気は自然気胸で、道理で突然の発作なわけだった。近くの昭和医科大学の病院にかつぎ込まれたが、当時まだこの病気のことは、ようやくアメリカあたりで知られるようになったばかりの新顔で、救急ベッドにのびている若者の枕元に集まった医師たちが、人工気胸の逆やりゃいいんじゃないか。

あれ、針が錆びてますよ、と議論していたのをよく覚えている。翌朝気分爽快で目覚めて、顔を洗いにいくかとベッドをおりかけたら、看護婦が飛んで来て、動いちゃだめ！　と怒られた。絶対安静扱いだったのだ。二、三日経って、時間講師で勤めていた都立高校の女子生徒が見舞にやってきた。どうでもよいことですが、それが家内です。

退院してからしばらくして、池上線の長原の改札口で、ばったり担当だった医師に出会った。立ち話に医師がいうには、あれは病気じゃないんだな。空間の歪みみたいなものなんだ。この言、妙にはっきり覚えている。多分、あの若い医師は、そのころ出回りはじめていた通俗宇宙物理学本を読みかじっていたのだろう。まだ池上線が地下に潜らず、枕木を使った杭の行列の牧歌的な風景を見せてくれていた時代だった。

コスモロジーよりも、このばあいは、エコロジーの方が話題にふさわしい。自然気胸の発作を起こしたのは、映画館に入り浸ったからだといまでこそ納得できる。通路にうずくまる頭上に踊る光束に、タバコの煙が盛大にからみつく場末の映画館は、なんとも壮大な環境汚染の実験場でした。冷え冷えと土間を這う冷気に乗って便所の臭いがただようなか、若者はスクリーンのなかで自分をあそばせている。わたしがいうのは無為を潰しているということで、そのころ無為が若者を苦しめていたのだ。この無為のやつは間断無く若者を襲った。不快な目覚めの喪の鳥が翼を広げる。若者は小銭をかぞえて家を出る。もぎりの男は黒いマントを着ている。

若者がそのころモンテーニュを読んでいたかどうか、記憶は定かでない。というのは『エセー』の書き出しのところに「無為について」と題する一文があって、短いものだが、引き締まったいい文章である。わたしがあのころこれを読んでいたら、どう思ったかなと、いまのわたしが興味をもつということで、なんと冷たい態度なことか。モンテーニュのような強い精神が、なんで若者の共感を誘ったろうか。最近ますます思うのだが、モンテーニュは老人の文学である。モンテーニュには老人が若者の自分を冷たく見ている気配がある。

「わが精神を全き無為のうちに放置して、自分のことだけにかまけさせ、自分のなかにとどまらせ、座り込ませる」とモンテーニュは書いている。そうすればたくさんのキマイラや怪獣が次から次へと生まれてくるから、そいつらの愚にもつかなさをゆっくり眺めてやろうと、わたしはそれらを記録することをはじめた、いつの日か、そのことでわが精神が恥ずかしく思うようになるだろうことを期待して、とモンテーニュは、短いが印象的なこの章を締めくくる。

無為、モンテーニュの言葉遣いでオワジヴテである。どちらかというと言葉としては新しく、十四世紀の文献から出始めるが、語源はわからない。オワゾー、鳥からの造語だという説があるが、これはおもしろい。大気に浮かぶ鳥のように、なんにもしないでいる状態ということか。先ほど「喪の鳥」と言い回したゆえんである。

だが、この語源論、かなりあやしく、やはりラテン語の「オティウム」という言葉から来たのだろう。フランス語でむしろ「ロワジール」である。モンテーニュがその隠棲（と称する）の塔屋の入り口に掲げた銘文に「この住まいをかれが自由と静けさと閑暇に捧げる」と書いている、その「閑暇」である。だから、モンテーニュは「オワジヴテ」という言葉をかなり前向きに使っていて、ほうっておけばそこに雑草が旺盛に生い茂り、キマイラや怪獣が徘徊する。そやつらを刈り込み、退治して、無為のうちに当為を持ち込む精神の働きについて述べている。それがわが若者の無為ときたひには……無為さえも力強くない。いずれは本物の無為に出会うだろうと、若者ははじめから及び腰である。

モンテーニュはおもしろいいいかたをしていて、女はひとりで形を成さぬ肉の塊を生むこともあるが、正しく自然な生殖には、もうひとつ別の種子をかかわらせなければならず、それは精神についても同じで、精神を、それを縛り強いるなにかある主題にかかわらせないと、漠としたイマジネーションの原に、あちらこちら、無規則にちらばってしまうことになる、と。

ここでおもしろいのは、女はひとりでうんぬんで、それは精神についても同じで以下は、これはなんともまっとうなご意見で、モンテーニュを斜めに読むことがお好きな向きには、あまり表沙汰にしてもらいたくない、これはモンテーニュかも知れない。わが若者もたぶんそのひとりで、この言にはそっぽを向くだろう。けれども、それでは問題の若者が、塩原の年越しの、さてその年だったと思うが、美術史の吉川逸治先生を研究室に訪ねているという事実をどう解釈したらよいのか。若者は、おのが精神を縛り強制するなにかある主題を求め続けていたのである。

それがなにか吉川先生との対話の記憶には、そう、なんというか、バーレスクなものがあって、どうやらお互い、お互いを測りかねたと見えた。先生にしてみれば大学院に入りたいから来たのだろうとお思いになるのは当然で、そこまでは分かるのだが、いま不透明な記憶のスクリーンを透かして見る吉川先生は、仏頂面の若者に丁寧に話しかけてくださっている。マニエリスムとか、国立西洋美術館とか、おかけくださった言葉の切れ端が、いまのわたしの記憶の牙に引っ掛かっているのだが、さて、どういう文脈でのお言葉であったか。国立西洋美術館が開館する前年の秋のことと思うのだが、黒江光彦氏のお名前もたしかうかがった。信じられないことだが、どうやら就職の話だったらしい。美術史で勉強して、国立西洋美術館に勤めなさいと勧めてくださっていると気づいて、頭のなかが真っ白になった覚えがある。西洋史を出たものですが、お話をうかがいたくてと、突如あらわれた不機嫌な若者に、これは指導を求めてやってきたのだろうと、学業指導にくわえて進路指導まできちんとしてくださる。なかなかそうはできるものではありません。いまのわたしにはそれがよく分かる。それが不機嫌な若者は自分の抱えている無為のことで頭が一杯で、先生の度量の大きさに気づかなかった。ここが放浪の行き着く果てかもしれず、かれこそは捜し求めていた親方かもしれないと、慎重に見定める余裕のスタンスがなかった。

若者の足元はふらついていて、なにしろ平凡社の世界美術全集の、なにやらずうーんと沈んだ色調の刷りのレンブラントの「窓に倚るヘンドリッキェ」とか、アントニーナ・ヴァランタンの『エル・グレコ』の表紙の「胸に手を当てた男の肖像」とか、さてこれはどこから引き裂いたのか、ヒエロニムス・ボッスの「悦楽の園」の色あせた複製とか、なにしろそういった得体の知れないコピーがあやしげに壁に掛かっている薄暗がりの長い廊下をよろめき歩いていて、そこはなにしろ若者の絵の囚われのエリアであったにちがいなかった。

若者は逃げた。ここでもまた、これが真相であったろう。おのが精神を縛り強制するなにかある主題がせっかく提供されようとしている、そのぎりぎりの選択から、若者は逃げた。なるほどそれから二十年、往年の若者は、十五世紀ネーデルラントの一群の絵師の絵をどう見るか、ひたすらに見たがままを記述して『みづゑ』に連載し、小沢書店から出版した（『画家たちの祝祭』一九八一年）。だから、若者は逃げなかった。そうもいえる。わたしがいうのは、吉川先生へ提出した、これが期限ぎれのレポートであった。大学院入試の答案であった。わたしはいまでもその気があるのです。

美術史への傾斜は、そのころ読んでいたハーバート・リードにひきずられた面が多分にあったにちがいない。そのころ宇佐見英治氏の訳でみすず書房から出版された『イコンとイデア』はかなり衝撃的な本であった。若者はあやうく「イコンの学」へ引きずられそうになり、からくも踏みとどまった恰好であった。「イコンの学」といっても、わたしはなにも「イコノロジー」のことをいっているのではない。なんとも信じがたいことだが、リードがこの本で「イコン」という言葉をまったく使っていないということは、たいへん示唆的である。かわりにリードはイメージとかフォームとかいう言葉をさかんに使っている。ゲシュタルトという言葉もリードの好きな言葉のようだ。「ゲシュタルトをイメージで満たす」などとも書いていて、若者はこの言い回しがよほど気に入ったのだろう、余白に薄い鉛筆書きでこの言をなぞっている。

ハーバート・リードは、むしろ『アナーキーと秩序』と題された論集とか、『芸術の草の根』とか、どちらかというと文明批評の文章の方が若者には印象が強かったとみえて、エズラ・パウンドとかT・E・ヒュームとかの名を、若者はリードの本から引き出している。ヨーハン・ホイジンガの名を知ったのもまたリードの本の教示によるもので、このことはいろいろなところに書いているので、ここでは事新しく触れることはもうしない。ただここにいっておきたいことは、リードの『イコンとイデア』は出版は一九五六年だが、ホイジンガにはみごとなまでに触れていない。わたしの見るところ、リードとホイジンガの触れ合うところ多く、若者が欄外余白のところどころに「ホイジンガ！」と書き込んでいるのもさてこそとうなずかれる。それなのに触れていない。

たぶんリードは『中世の秋』は読まなかった。『中世の秋』の英訳本は一九二四年に出版されたが、これはリードの投げる投網から外れた。一九三八年の『ホモ・ルーデンス』は猟師の獲物に入った。どうやらリードの意識するホイジンガは『ホモ・ルーデンス』のホイジンガであって、そのかぎりでかれは若者にその名を啓示した。わたしがいうのは、リードに『中世の秋』のホイジンガの理解を求めるのは、どうやらこれはないものねだりらしいということで、逆の立場でホイジンガ自身、人にマックス・ウェーバーとの親近を指摘され、「恥ずかしながら告白するが、わたしの読書には無数の欠落があり」と、陳弁これつとめているということがある。

若者はリードの教示に触れて『ホモ・ルーデンス』を知り、その英訳本をさっそくに購って、塩原温泉へ持っていった。その本を、いま書架から抜き出して手に取れば、挟み込んであった薄紙が数枚、ハラハラとこぼれた。拾いあげてみれば、丸善の洋書部の本のオーダーフォームで、やはりホイジンガの『朝の影のなかに』や自叙伝『わが歴史への道』など、四、五枚あった。一九五八年七月の日付が入っている。どうやら、塩原の前後、まとめて何冊か、ホイジンガの本を注文したということらしい。『中世の秋』のは見当たらないが、同じころダブルデイ・アンカー・ブックのペーパーバックスを買ったにちがいない。「中世のウェニング」、すなわち衰退と、表紙に赤い字で刷り込んだ小さな本である。

こちらの方も引っ張り出してみれば、手の中で解体してしまった。カイユーへ還ってしまった……「カイユー」というのは、いまのフランス語では「カイエ」だが、製本用語で製本する前の小冊子の状態の紙束をいう。それを合わせ綴じている背表紙の糊が劣化してバラバラになってしまったのだ。

このお方にだ、おれはわが蔵書を遺す、
悪魔の屁物語っていうのも入っている、
これは、メートゥル・グィ・タバリが
書写した、いや、かれは実直な男だよ、
紙束のまんま机の引出しにしまってある、
なんともひどい仕上がりだといったって、
なんせ事件が、ほれ、チョウ有名だから、
デキがわるいのも、モノが補ってくれる

なんとなんと、「わがヴィヨン」と題しておきながら、このところ「ヴィヨン」が出てこない。業を煮やした「ヴィヨン遺言詩」が「カイユー」の挑発に乗ってしゃしゃりでた格好で、『遺言の歌』のそんなくだりが頭の中に「書写」されて、「カイユー」に還ったペーパーバックスをしみじみと眺めていたら、ちょうど出ていたから買ったんだが、なかなか時間がとれなくてね。帰りの飛行機のなかでようやく読んだよと、堀米庸三先生の声が聞こえる。アメリカでは歴史系の学科の指定図書にかならず入っている。それが日本じゃ、まだまだ知られていないと、先生はキリッと口元を引き締められる。

そうしてついにパリに着いたかと、受験生は神妙な顔をして、御前に控えている。記憶は定かではなく、塩原の年越しの一年後だったと思うのだが、昭和三十五年、西洋史の大学院を受験した折のことである。ホイジンガを読みたいと思いまして。志望の動機を聞かれて、そう答えたら、精悍で、ちょっと外人ぽい壮年の先生が、ほほうといった感じで膝をすすめられた。はじめてお目にかかる堀米先生でした。

中世の秋へ入る、これがわがイニシエーションであった。ホイジンガを読みたいと思いまして、などと不遜の言を弄する若者を、よくもまあ許容してくださったと、いまも感謝の気持ちで一杯です。わたしがいうのは、師を求めず、場を欲しがるなどは不遜の極みということで、それがホイジンガその人が、わたしの研究室はアトリエだから、だれでも来て、好きなことやりなさいという態度だったと後で知った。してみれば、堀米庸三が若者を受け入れたということは、堀米庸三にホイジンガに通じる資質が備わっていたということになるが、それでよいのだろうか？

わが歴史への道

パルウェニ・タンデム・パリシウス……

そうして若者はついにパリに着いたとアベラールは回想する。若者ピエールもいまは五十路の坂を越した。ブルターニュのサンジルダスで修道院長を勤めている……

サンジルダスにはぜひ行ってみたいと思いながら、まだ機会をえていない。ナントからすぐなのだが、あの辺りには何度か行きながら、いつも途中で引き返している。修道院長は書いている、「唸り轟く大海のほとり、なにせここは地の果てで、逃げ道はふさがれている。わたしは祈るたびに絶えずこの章句を唱えた、わが心くづほるるとき地のはてより汝をよばん……」アベラールが心くずおれたのは、修道院が僻遠の地にあったからだったのかどうか、訪ねてみれば分かるかもしれないと思っているのだが……

だが、たとえ訪ねてみて、なるほどここは心くずおれさせるところだと納得したとしても、だからといって往時アベラールがこの地にあって心くずおれたのは、修道院が僻遠の地にあったからではない。ここでの引っかけは「地のはて（フィニス・テルレ）」で、修道院長はこの旧約聖書詩篇六十一章の章句を引き出すために、ちょっと言葉遣いはちがうが、同じ「地の果て」の意味の「ポストレミタス・テルレ」という言葉を使っている。レトリックに託された心象風景であって、それはまた修道士たちの風紀の乱れ、土地の領主とその家臣団の横暴を嘆き訴える修道院長のことあげについてもいえる。領主をテュラヌス、僭主と、なんとも古典的な呼びかけひとつとってみても、そのことは分かる。

そうはいっても、やはりわたしはそこに立ちたい。修道院長サンドニのペトルスがなぜこの地にあって心くずおれたか。その地に立って、考えてみたい。たぶん答えは分かっている。あなたがたにもお分かりのはずだ。なぜって、あなたがたもまた当然パリをおもちだろうから。「そうしてついにパリに着いた」と、あなたがたもまた往時のご自身に言葉を投げかけることがおありだろうから。五十路の坂を越したサンドニのペトルスが往時の自分自身に言葉を投げかけて、若者ルパレのピエールが「ついにパリに着いた」と書く。そのときサンドニのペトルスの心は震える。これがついに「わが心くづほるる」の意味である。放浪学生が定住し、師につき、女を愛し……　サンドニのペトルスはかれが青春を回想する。そのときかれは心の震えを感じる。それを書く。

そこで、わたしもまた、ハートブレイクの放浪学生め、あいつもついに自分のパリに着いたかとアベラールの言葉を借りたいのだが、どうもためらいがある。大哲アベラールにみずから擬していると人の誹《そし》りをうけるのを恐れているわけではない。アベラール自身、サンジルダス修道院長にされたのは（だいたいがかれはつねに受け身で、挑発された、迫害されたと語りたがるのだ）、ちょうど聖ヒエロニムスがローマ人によってオリエントへ追放されたようなものだと、みずから大教父に擬しているではないか。これはヒエロニムスが、その青年期から壮年期にかけて、ガリア、パレスティナ、シリア、コンスタンティノーブルと放浪学生の生活を送ったのち、一旦ローマ市に落ち着いたのはよかったが、それも束の間、ほんの三年間ばかり。たしかにアベラールが主張するように、ローマ市の人士の誹《そし》りを受けてということだったらしいが、またもや「オリエント」に出掛けて、最後はベトゥレヘムに落ち着き、余生の三十年間をその地で過ごしたという事蹟を踏まえている。

まあ、アベラールの経歴をヒエロニムスのそれに比較することが適切かどうか、アベラールの思惑を越えて、それはたしかにおもしろい問題だとは思うが、ここではよい。わたしがいうのは、アベラールは聖ヒエロニムスに模範を求めたということで、まさかエロイーズはヒエロニムスのパウラだったとまではいわないにしても、ここで問題になるのは、そういう中世人の思考の作法である。なにしろノアの洪水にセーヌ川の氾濫のプロトモデルを求め、百日咳やお多福風邪の流行を黒死病の写しと見る中世人である。セーヌ川の氾濫やお多福風邪はべつに偉くもなんともないのである。ただノアの洪水や黒死病の輝きを受けているということで、そこに意味が生ずる。アベラールとしては、ただ原本を提示したということで、自分の生はその写本であり、だからこそ意味があると考えているのであって、だからこそなどと書いてしまったが、だいたいがそんなに力んではいない。そんなふうに、ひとつアベラールを読み直してみてはどうだろうか。

これはことのついでに提案したまでのことで、わたしのことに話をもどせば、そこでおそれず、わたしもまた、ハートブレイクの放浪学生め、あいつもついに自分のパリに着いたかと書かせていただくことにしよう。だからそれはよいのだが……　どうしてためらうのだろうか。自分でもよく分からない。思うに往時のわたしが、ついにパリに、と時の満ちるのを感じたかどうか、そこのところに自信がもてないということで、若者としては『ホモ・ルーデンス』に続けて『中世の秋』を読んだ。それだけのことだったのかもしれない。それだけのことですんでしまっていたかもしれなかった、ちょっと気に入った二、三の文言をノートに書き付けただけで。それがそういうことにならなかった。若者は「中世の秋」に囚われた。

それがどうも捕まったときの状況がよく分からないのである。『中世の秋』はいじわるな本で、最終章もぎりぎり押し詰まった、あと数行で大団円というところに鍵の文言を置いている。いかにもさりげないという感じなので、うっかりすると見過ごしてしまい、これを見過ごすとこの本全体の構造性が洞察できない。そういう仕掛けになっていて、だからいじわるだというのだが、それは「生活の調子が変わるとき、はじめてルネサンスはくる」という文言で、いっそこれを章題にしておいてくれればよかったものを、最終二十二章は「新しい形式の到来」などと題されている。人をだますもので、その意味でもいじわるで、というのは「生活の調子が」うんぬんはつまりは逆説で、それはまだ変わっていない。だからまだルネサンスではないというのがホイジンガの結論なのである。「新しい形式」もなにも、イタリアは知らず、北ヨーロッパはまだ中世だったといっているわけで、それを計る基準というか枡目というか、それが「生活の調子」なのである。

読者がこれを読み、これを理解するとき、はじめて、それまで読まされてきた、ああではない、こうではある本のサブジェクツが、一斉に身じまいを正して整列する。『中世の秋』がそこに現れる。そういう仕掛けが作ってあって、それほどに要のこれは文言だというのに、それをどのような状況で読んだか、読んでいかに感動して頭に血がのぼり、急にまたひいて、貧血をおこして倒れたか、記憶というものがサラないのである。これはたいへん気になることである。

これは受け手のひけめだけではなかったらしく、問題の仕掛けを作った当のホイジンガその人が、この本の主題をどのような状況で着想したかにたいそうこだわっていて、なにかあいまいに述べているだけに、なおのことそのこだわりがよく見える。かれがいうには、それは「一九〇六年から一九〇九年のあいだ、たぶん一九〇七年のこと」だったが、そのころフロニンヘン大学に勤めていたホイジンガは、妻が幼いこどもたちの世話にかまけている午後の一刻、干拓地をはろばろとみはるかす町外れまで散歩に出るのを日課としていた。そんな一日、「ある日曜日、だったと思うが」、「ダムステルディーブか、そのあたりで」、とホイジンガは妙に細かい。「中世の秋」の主題が頭に思い浮かんだ……

「ダムステルディーブ」というのは、意味を取れば「運河の堤」ということだが、すでにホイジンガ壮年の時代にはフロニンヘンの町の通りの名前になっていたらしい。それはよいとして、ホイジンガもかなり「歴史を作りすぎる」人だったようだなというのがわたしの感想で、自分の経歴の節目節目をはっきりさせなければ気がすまない性格の人だったのではないでしょうか。これは浅野貞孝が少年のわたしに寄せた評言で、かくしてわたしはここにもまたわが存在の原本を見いだすのである。

もっとも『わが歴史への道』は、ほとんど記憶に頼って執筆されたという。ホイジンガは、この自伝の書き出しのところで自分でいっているように、日記をつけない人だった。「自伝を書こうという気は、いままでわたしに起こったことはなかった」とかれは自伝を書き出している。自分が生きてきた経過をこと細かく書き綴るというのは、ホイジンガの性に合わないことだったろう。むしろ記憶の回廊に、彫琢も見事な柱を建てていく。そうして均整のとれた列柱の眺めをみずから楽しむ。そんな感じで、だから「歴史を作りすぎる」ことにもなる。

「サルト・モルターレ」の一件も、そんな太柱の一本で、もともとホイジンガはフロニンヘン大学のネーデルラント文学科の出で、一八九七年に博士の学位をとったが、学位論文は「インド演劇におけるヴィドゥーシャカ」という。高校のころからアラビア語やヘブライ語に関心を示していたくらいなもので、言語一般への関心が強く、一八九三年に大学院に進学してからのちは、大学院のカリキュラムにサンスクリット語が必修とされていたこともあって、古代インド文学がかれの狩場となった。「ヴィドゥーシャカ」とはどうやら侏儒の「道化」のことらしい。この博士論文もホイジンガの全集に入っているが、じつは怠けていて、まだ読んでいないのです。

学位取得後、ハーレムのＨＢＳで歴史を教えた。ＨＢＳはハーベーエスと読みます。ホイジンガが書いているそのままなので、悪しからず。ホーヘレ・ブルヘルスホール、高等市民学校の意味で、日本の中学・高校に当たる。ただし、平行してギムナジウムがあり、ホイジンガの出身中学・高校はそちらの方で、ＨＢＳは実業学校的性格のものとご了解願いたい。ハーレム時代に結婚もしたし、それなりに安定した暮らしだったのだが、だんだんと歴史学への関心が強まった。フロニンヘン大学の恩師ブロックに相談したところ、ハーレム市の古い歴史を調べてみなさいという課題を与えられた。それがまとまった一九〇五年夏、フロニンヘン大学の歴史学教授がライデンに移籍し、教授職が空席となった。ブロックは強引にホイジンガをそこに押し込んだ……

ここにフロニンヘン大学歴史学教授ヨーハン・ホイジンガが姿を現し、ホイジンガ教授は、自分自身のこの転身を「サルト・モルターレ」と『わが歴史への道』に表現したのである。まあ、「サルト・モルターレ」は、これはイタリア語で、「とんぼがえり」とか「空中回転」とかの意味で常用されているらしく、とはいってもホイジンガの時代にどうだったかになるとこれはまた別問題で、ややこしいが、文脈をとればエン・ヴァーレ・サルト・モルターレと、「これぞ」サルト・モルターレの意味合いが強く、組み合わされている動詞はアイトローペンと、これは「流れ走る」とか、「行き着く」とか、川が海に「流れ入る」とかの意味合いで、「わが歴史への道は、これぞサルト・モルターレによって、大学の教壇へとアイトローペンしていた」と、これが逐語訳で、道がとんぼがえりするなんて、なかなかいい表現だと思うのだが。

「わたしの研究の結論部分が『国史研究』に載ったときにはすでに、わが歴史への道は、これぞまさしくとんぼがえりしてというべきか、大学の教壇へ通じていたのである」

まあ、わが師堀米庸三のように「それは決死の跳躍（サルト・モルターレ）であった」と訳すのはどうも賛成しかねる。これはホイジンガという歴史家の気質をどう読むかの問題にもつながり、つい最近刊行された書簡集を見ると、一九〇五年八月の日付のさる友人にあてた手紙に「わたしの歴史へのオーフェルハンク」、まあ意味をとれば「移行」、あるいはこれも同じ八月の日付の、ホイジンガ生涯の友ヤン・フェトあて書簡に、「わたしのインド学から歴史へのゆっくりとしたオーフェルナイヘン」、これは普通の字引には出てこない単語だが、ナイヘンは「傾き」、オーフェルはある方向性を示す接頭辞だから、まあ「傾くこと」という意味か。わたしがいうのは、そういったなんの変哲もない言葉が使われているということで、それがいくら老いの回想だからとはいえ、「決死の跳躍」と訳すのは、それはあまりにパセティックな受け止めに過ぎる。

第一、ラテン語にせよイタリア語にせよ、モルターリス、モルターレは「死の」とか「命にかかわる」とかの意味であって、「決死の」という意味では使わないと思うのだが。だれだって死ぬからというので人はモルターリスだといい、下手すれば命にかかわる冒険だというのでサルト・モルターレというのである。

「老いの回想」とうっかり言葉を使ってしまったが、そう、たしかに晩年のヨーハン・ホイジンガが若者ヨーハンを眺めている。そんな気配があって、そうしてこの歴史家は若さに対して不寛容ではない。十六世紀のモラリストと比べてどちらが、とは思うのだが、それはいまのところよく分からない。ともかく若者の自分を揶揄している。これぞまさしくサルト・モルターレ、とんぼがえりとはなんとも辛辣で、読み手の大笑いを誘う。ヨーハン・ホイジンガ独特の風味を帯びたユーモアが読み手の目頭をかゆくさせ、読み手は指先でかゆいところをもみながら、そうか、そうか、そうして若者はついにパリについたとすなおに書けばよいところを、こんなふうにいいまわしているのかと納得する。

わたしの仕事は、あたかも精神の庭にさまようがごとくと、ホイジンガはレトリックを塗り重ねて自伝を終える。「精神の庭」とはなんともきついレトリックだが、なにしろ花から花への蜂におのれをなぞらえているのだから、このくらいきついのでなければ釣り合いがとれない。これはマニエリスムで、わたしが思うに、ヨーハン・ホイジンガはマニエリストなのだ。なるほど、だれかと争うことなど、考えたこともなかったとも言い張る。この競争原理こそが文化を立てたと『ホモ・ルーデンス』では力説したが、と自分自身、なにをいっているのか、分かってはいる。マニエリストたることを否定しているのだ。だが、わたしはだまされない、ホイジンガは修辞学の徒である。そうして、これこそがマニエリストの看板なのだ。

Ⅱ．旅立ち

ふたたびの夏、パリへ

この連載初回の文章を「一九九二年夏、マロ本を見る」と題してから半年の月日が経った。わが半生の時の流れを折り畳んで、折り襞のどこにヴィヨンがいるか、かれの気配が感じ取れるか、探索を進めて、ふたたびの夏、パリにいる。

今夏のリュテースは不機嫌だ。照ったと思えば、瞬時にして雨が走る。人々は、叱られた少年のように、肩をすぼめ、顔を俯けて、小走りに道を行く。気温は低めに推移して、ここシテ・ユニヴェルシテール構内の並木は、すでにして初秋の気配を漂わせている。レオ・フェレが死んだ。街は喪に服している。大シャンソン歌手は、街角のキオスクの週刊誌の表紙に納まって、「時が過ぎる」を歌う。時が過ぎる、もう人は愛さない……

「ヴィヨン遺言詩」訳註の仕事もほぼ峠を越えた。三年越しのこの仕事も、フランソワ・ヴィヨンがレジノッサン墓地の髑髏の山に思いをめぐらすくだりにさしかかった。窓辺に机を寄せて、横雲の空にかかる月の光を浴びながら、そのあたりをどう料理しようか、思案した。気分はいささか物狂おしく、それは月の光のせいばかりではなかった。詩人の詩想の転調のめまぐるしさのせいもあった。あざやかさというべきか。死んだものたちのためにおれはこの詩を書くと、神妙に構えているなと思えば、続く詩行に、街の女たちを更生させようと「一晩に百回も」お説教に汗を流すメートル・ロメールを、デーン人オジェに負けず、しっかりやんなとはげます。メートル・ロメールとはだれあろう、調べによれば、ノートルダム聖堂の司祭で、たまたまこのころ聖堂参事会が決めた、パリの街の女たちを一掃しようという無茶な企てに駆り出されたかわいそうな僧侶であったらしい。

　これにはもちろん裏の読みがあって、詩人もそれをけしかけていて、一晩に百回もやったというオジェに負けず、しっかりやんなとはげます。この読みの方が古来受けているのだが、なるほどおおまじめにいえば、レジノッサンには春をひさぐ女たちが集まっていた。レジノッサンは、パリという町随一の盛り場だったのである。そのあたりの事情については、どうぞ『中世の秋』をごらんねがいたい。だが、だからといって、「ヴィヨン遺言詩」のこのくだりは、その風俗を映しているといってすましてしまっていいものだろうか。詩文の運びには、この詩人独特のシュシタシオンが感じられる。シュシテするものがあるといってもよい。この語は古いもので、いまはあんまり使わない。なにかを生じさせるのが原義らしいが、字引を引くと扇動とか、教唆とか、おそろしい訳語があてられている。かまうものか、その訳語を使わせていただけば、わたしたちの魂を教唆するのだ。だから、物狂おしくさせるのだ。わたしがいうのはそのことで、そうして、次に置かれた清冽の一篇。

　ひとーつ、恋わずらいのおふたりさんに遺す、
メートル・アラン・シャルテの歌ではないが、

おふたりさんのベッドの枕もとに、涙の水を
いっぱいにたたえた、玉の聖水盤を置こう、
青々としたサンザシの小ぶりの一枝をそえて、注＊
これは灌水器、枝をひたして、さっと振って、
恋人たちが、詩篇の一編をえらんで、あわれ、
ヴィオンが魂のために祈ってくれますように

あわれなヴィヨンが魂のためにと、詩人はこれがアム、魂の問題だと明かす。この八行詩は透き通るような魂のふるえを読み手に伝える。わたしがいうのは、詩人は死と肉と魂に愛を、いわば電荷させ、詩行にエタンセルをとばせる。死を歌い、肉を歌うのも、それはアムのエタンセル、閃光をとばすための技法なのだ。

だから、レオ・フェレもいいけれど、「そのかみのご婦人方のバラッド」を軽妙洒脱に唄ったジョルジュ・ブラッサンスもいいけれど、ジャック・ブレルの方がもっといい。かれはヴィヨン詩は唄わなかったが、ヴィヨン詩の本歌取りをやってのけた。わたしがいうのは、自分で書いたという持ち唄「年とった恋人たちのシャンソン」で、なによ、馬面で、汗かいて、鼻水垂らしてさ、とご婦人方にこきおろされながら、じつは大層愛されていたこのシャンソン歌手は、女に鼻面を引き回され、じゃけんにされながら、それでも女に惚れている、もうしょうもない若者の定番を、臆面もなく唄い上げる。これぞまさしくフランソワ・ヴィヨンの定式化した若者像で、それだけならなんということもな

い。わたしがおどろくのはかれがそこに哲学（フランス人のお好きな言葉遣いでいけば）を持ち込んだことで、ここでの引っ掛かりでいえば、魂の閃光を飛ばしたことで、最初聞いたとき、わたしの魂はたしかにその火花を受けて痛みを覚えたのだ。

大人に成らずに年をとるのも、それなりの才能なんだ。そうかれは歌っている。歌の題目もここからとられている。本歌取りといっても、第何番の歌という話ではない。「ヴィヨン遺言詩」をまるごと、この一行で抱え込んでしまったようなもので、なんとも豪気な本歌取りである。人気歌手ジャック・ブレルは三十代半ばにして突如ステージを捨て、十年後、病を得て短い生涯を終えた。「フランソワ・ヴィヨン」もまた、三十代半ばにしてパリを追放されてのち、なお十年の余命を保ったであろうか。それは知られていない。

しらばっくれるのもいいかげんにしよう。わたしは「フランソワ・ヴィヨン」が実在したとは信じていない。この名は「ヴィヨン遺言詩」として知られる詩文集の主人公の名である。だが、ジャック・ブレルは実在した。一瞬の閃光のように、パリに生き、「フランソワ・ヴィヨン」を演じて、去った。なんと、生涯についても、また、本歌取りをやってのけたのである。

だが、だからといってジャック・ブレルのその本歌を、一九九三年夏、ふたたびのパリのレジダンス・ロベール・ガリックの部屋で、どうして聞かされる羽目になったのか。わたしには分からない。わたしがいうのは壁に掛けられた薄汚れた小さな銅版画のことで、思い出せば入居して最初の日に、確かにこれは目に入った。だが、なにか妙に目がチカチカして、絵はわたしの意識の鉤から外れた。いまにして思えばそれが兆候だったのだろう（なに、なんのことはない、ファム・ド・メナージュが洗剤を使い過ぎるのだ）。わたしは無意識下に逃げたともいえる。逃げたのだが、ついにつかまった。数日後、よくいうように、ふと気になって、しみじみと眺めてみたら、なんとそれは往時コレージュ・ド・ナヴァール、ナヴァール学寮の正面全景と、もう一枚、学寮内部の寝所棟インテリアの絵の二枚を額縁に収めたものだった。

伝説のフランソワ・ヴィヨンは、一四五六年の降誕祭の前夜、なかまと語らってナヴァール学寮へ盗みに入り、大枚五百金をせしめ、その足で高飛びした。かれがふたたびパリに姿を現すのは、それから五年後、一四六一年暮れのことである……　わがまなざしのうちに、銅版画のナヴァール学寮に、漆黒の闇（当夜、月が出ていなかったかどうか、そこまで調べは行き届いていない）に溶け込んで、抜き足差し足近づく男たちの影が映じる。寝所棟のインテリアを描いた方の版画には、突き当たり奥の開け放した扉の陰に張り付いている人影が描かれている。なんと、フランソワか？

なんのことはない、わたしは「わがヴィヨン」体験のおさらいをさせられているようなものだ。ナヴァール学寮の銅版画はたしかに信州信濃追分の古びた宿の一室に掛かっていた。若者はそれを見た。それが事の始まりだった。というのは、仏文の大学院の受験勉強に、あれはだから昭和三十一年の夏、信濃追分にこもった。高校卒業の年の三月、氷雨の信濃追分村をはじめて訪ねて以来、村のはずれで、そのつい先がマリア観音のひっそりと立つ分去《わかさ》れの津軽屋がわたしの定宿になっていた。暑い夏だった。それを律儀に真っ昼間から絣の浴衣などを着込んで、その家の奥座敷で本を読んでいた。津軽屋は往時脇本陣の位格の旅籠だったが、いまは頼まれれば人も泊めるというていどで、なんと見事な造りの奥座敷と築山庭園なことか！　築山庭園なことか、と自信ありげなふうだが、ここのところ、さっぱりご無沙汰で、いまはどうなったか。

日差のきついなか、信濃追分の駅まで出掛けた。なんのあてがあったわけでもない。友にここにいるよと葉書を出したのは、もしや会いに来てはくれまいかと恋い焦がれたからで、汽車からパラパラと降り立つ数人の人影を見張っている、昼の日中に白絣の（わが亡き母の手縫いの絣である）、痩せこけた若者を異形のものと見た人もいたことだったろう。

だが、たしかに、あの夏の信濃追分から、わたしは旅立ったのだ。どうしてその旅立ちを、伝説のフランソワ・ヴィヨンの旅立ちに比定して悪かろう。いや、なにもかの有名な油屋旅館に夜中ひそかにしのびこみ……といった話ではない。まあ、そういう話にしてもいいのだが。というのはギヨーム・ヴィヨンがフランソワを旅立たせたということで、その旅立ちの場の背景の書割にナヴァール学寮が見えるということで、わが若者旅立ちの背景に油屋が見えるとしようか、その別れはしかし堀辰雄とのそれで、そうたしかにその夏、わたしは堀辰雄と別れたのだ。

堀辰雄とポール・ヴァレリー全集を何冊か風呂敷にぶら下げて、氷雨のなか、トボトボと、村中の道を歩いた高校生のわたしは、甲高いモズの鳴き声が耳に突き刺さる埃っぽい真夏の道のかなたに消えた。代わって登場したのが放浪学生のわたしで、なぜか風呂敷包み持ちなのは変わっていない。ただ、中身が問題で、受験勉強用ということで、ルネ・ジャザンスキーの『フランス文学史』の分厚いのが上下二冊、レオン・クレダの『中世詞華集』、それにこれは翻訳本で、さてどこの古本屋で買ったものか、ベディエ‐アザール共編『フランス文学史』の中世篇三冊である。なんとも散文的なことで恐れ入る。そんな古い昔のフランス文学史教本の解説なんか聞きたくないぞとお叱りを受けるのではないかと、書きながら恐れおののいているのだが、まあこれもものの順序なので、悪しからず。

　ベディエ‐アザールの本は戦争中の昭和十八年に創元社から出版されたもので、原本はラルース社から一九二三年に出た。すなわち『絵入りフランス文学史』で、その中世の部である。辰野隆‐鈴木信太郎監修ということで、市原豊太、渡辺一夫ほか、目も眩むようなお名前が訳者につらなっている。目も眩むって、いまでもということで、若者の気持ちを忖度してものをいっているだけではない。念のため。その第三巻が問題で、まあ、どうでもいいことですけど、中表紙にペン字で大村三郎様あて献呈の、目も眩むような達筆の署名が、鈴木信太郎、辰野隆、渡辺一夫と並んでいるという、これは超稀覯本である。値段のつけようもない。だが、どこでかは知らず、若者があっさり買ったのだから、古本屋は気づかなかったのだろう。もし気づいたとしたら、買えたはずはない。なにしろ、この連載二回目にご紹介したことだが、心打ちひしがれた若者は、勉強机の前の粗壁に貧の嘆きを歌うヴィヨンの詩句四行を貼り付けていた。高校の時間講師や家庭教師で細々と小遣いを稼いでいた若者に……弁士中止！　わたしはまたもや韜晦に逃げて（走るかな？）いることを認めます。

　わたしがいうのは、そこに「フランソワ・ヴィヨン」がいたということで、問題の四行も、若者はそこから拾ったらしい。いまページを繰ってみれば、鈴木信太郎さんの訳で、

　　貧乏は、陰鬱なもの、悲しいもの、
　　えて人様に突掛かり逆らふ揚句、
　　刺のある言葉をとかく口に出す。

口に言はずと、心には　思ふもの也。

なかなかのものではないかというのはいまのわたしの感想で、津軽屋の昼なお薄暗い奥座敷で、食い入るようにこのページを見つめていたであろう白絣の若者にとっては、訳の仕上がりなどは二の次三の次の問題で、あるがままに見る言葉の一つ一つが閃光を飛ばして、若者の魂を教唆する。おまえ自身を見ろと扇動する。その痛みに耐え兼ねて、若者は汚れたハンケチをにぎりしめ、声もなく泣く。たしかに若者は「わがヴィヨン」へ向かって旅立ったといってよかった。

やれやれ、最後のこの一行で終わりたかったのだが、一九九三年、ふたたびの夏のパリで遭遇した銅版画が、なんでまた、一九五六年夏の信濃追分の古びた宿に掛かっていたといいたいのか、肝心のその話がすっぽぬけてしまった。ベディエ - アザールの文学史は、第五章「フランソア・ヴィヨン、並びに百年戦争以後のフランス王国に於ける詩歌」を「正確に日付の記されたヴィヨンの最も古い著作は、『形見の歌』と題された三百二十行の一小詩篇である。この詩は、一四五六年、基督降誕祭の日に書かれた。鼈頭の数節から詩人自身がこのことを告げ……」と書き起こしていることからも分かるように、まさしく伝説の「フランソワ・ヴィヨン」像の彫琢なのである。この像はナヴァール学寮の脇戸口あたりにそっと置かれるにふさわしい。この章の筆者はリュシアン・フーレ。一時代の「ヴィヨン遺言詩」研究の旗手である。

注＊

小沢書店版の「ヴィヨン遺言詩注釈全四巻」、悠書館版の一冊本『ヴィヨン遺言詩集』と版を重ねながら、なんとうかつなことに「遺言の歌」百六十八節のこの八行詩の五行目の「サンザシ」を「サンザシ」と読むことに失敗して、なにかあいまいな気分のうちに、「エスグランテー（近代語の表記ではエグランチエー）」を「ノバラ」などと訳してきた。じつは百四十三節のあとの「フラン・グンチェに異議ありのバラッド」にも「エスグランテー」は「おおよ、踊るがいいさ、神さまも見てござる、フラン・グンチェ、／ヘレーンとねえ、きれいなノバラの枝の下で、ベレグランチエ」とにぎやかに登場する。わたしは、長いこと、ノバラの枝の下で、ふたりが踊るというのは、さて、どういう光景だろうと思いなやんできた。最近、じつに二〇一七年の今日にいう最近ですよ、あるカルチャーセンターの講座でシェイクスピアの『ヘンリー六世』を使って講義した。前にも何度かそれをやったことはあるのだが、そこまで考えが及ばなかった。松岡和子さんの訳文を見ているのだが、ヨークシャーのタウントンとサクストンの間の戦場の一場にヘンリー王が登場してモノローグする、そこに「無邪気な羊たちを見守る羊飼いにサンザシの茂みが落とす日陰は」というセリフが入る。サンザシはシェイクスピアの『夏の夜の夢』のテキストがたまたまわたしの手元にあって、それを見ると、当然のことながら、原語などを引き合いに出して恐縮だが、hawthorn ホーソーンと出ていて、だから『ヘンリー六世』の方のそれも同じだろう。一方で、古フランス語の方で esglantier は、じつはそのままの形ではなかなかみつけにくい。むしろ aiglentier の形の方が古フランス語の辞書の項目名になじむ。ところが用例は圧倒的に eglentier, esglentier の形の方が多い。このことは、「エスグランテー」という名の由来を考えるにあたって、とても参考になる。というのはどうやらesglentierとかeglentierとかという名は、フランク王国の時代のラテン語のaquilentumがなまったものらしく、事情はちょうど十四世紀から、aquitaineがgyaneなどと書かれるようになって、（これはフレサールの年代記の事例）これが誤解を招いて、「アキテーン（近代語の表記ではアキテーヌ）」は古名で、十四世紀から「ギュイエンヌ」と呼び替えられるようになったと、いまでもわたしたちはそう思いこまされている。それは誤解で、フレサールのいう「ギーアン」をはじめ、この手の表記は、いずれも「アクィタニア」がなまった音をそう表記したということで、この手の話はヨーロッパ語についてはたくさんある。そのひとつが、ようやく話をもどして、「エスグランテー」で、これがラテン語の「アクィレントゥム」がなまった形らしく、「アクィレントゥム」は「アクス」角とか、刺とかをいう語から派生したらしく、刺のある植物がすなわち「アクィレントゥム」であり、だから「エグランテー」なのだった。hawthornのhawはオランダ語のhaagと同根で、垣をいう。ちなみにhaagはden haag（英語では、なんでだか、the hagueという）のhaagで、den haagは定冠詞deにむかし格変化があった。それの四格でden haagで「垣の内」をいった。往時この町にホラント伯家の城があり、その「垣の内」ということだった。だからホーソーンは垣の棘物ということで、一方、これに対応するフランス語のaubepineはラテン語のalbaとspinaとの合成語で、spinaはフランス語でepineとなまり、棘をいう。albaは白だから、合わせて白い棘物です。アキテーヌ侯ギレム九世（アリエノール・ダキテーヌの祖父です）の「新たなる時季（とき）のなごみに」ab la dolchor del temps novelはこう歌っている、「たとうれば、われらが恋は、山査子（さんざし）の枝にも似て、木にうちふるえ、夜雨にうたれ、露にぬれて、緑の葉、小枝の茂みに、朝の陽光（ひ）のひろがるがまで」la nostr' amor vai enaissi, com la branca de l'albespi, d'esta sobre l'arbre tremblan, la nuoit a la plo'jez al gel, tro l'endeman que 'l sols s'espan, per las fvillas verz e 'l ramel「ラ・ノストゥラムー・ヴェ・エネシ、コン・ラ・ブランカ・ドゥ・ラルベスピ、デスタ・ソーブル・ラルブル・トランブラン、ラ・ヌエ・ア・ラ・プロジェ・ア・ジェ、トゥロ・ランドゥマン・ク・ル・ソル・セスパン、ペール・ラス・フィラス・ヴェール・エル・ラメル」前後に二連を従えた、八音節六行詩五連の中の連です。山査子の枝、ラ・ブランカ・ドゥ・ラルベスピのアルベスピ、albespi にラテン語の章句が残っている。アルバ・スピナ、白い棘物。ホーソーンと同じ花樹をさしているとすぐわかります。アキテーヌの白い棘のある花樹といえば、それはアルベスピ、サンザシです。それに「遺言の歌」のこの八行詩の言葉の配列を考え合わせてみてやってください。「青々としたサンザシの小ぶりの一枝をそえて、これは灌水器、枝をひたして、さっと振って」と書いている。これはギレムの歌う青葉のサンザシの一枝が本歌です。

人の影、家の影

聖女ジュヌヴィエーヴの山通りをゆっくりと登る。日曜日が御昇天の大祝日と重なったせいもあってか、人出は少ない。数人のグループのツーリストに時折出会うだけだ。ミシュランやパリの街路図を広げてあたりの建物を品定めする仲間うちの話し声から、ドイツ人、アメリカ人と分かる。坂道の突き当たりの見当に山のエティエンヌ聖人教会堂が見え隠れするあたり、中央に水場を設けた小さな広場を威圧するかにそそり立つ石造りの大門。エコール・ポリテクニク、フランス国立行政学校。往時ナヴァール学寮である。

なんと時の流れは無造作に風景を変えることか。つい先程も、クリューニー館の前のポール・パンルヴェ広場にたたずんで、ソルボンヌ校舎を眺めてきたところだ。往時サンブノワ境内をソルボンヌ校舎が我が物顔に領し、ここナヴァール学寮は国立行政学校に相貌を変える。ギヨーム・ヴィヨンがここに立ったでもあろうではないか。ナヴァール学寮に盗みに入ったという無頼の若者どもの話を胃の腑に咀嚼しながら、サンブノワ教会の司祭ギヨーム・ヴィヨンがここにたたずむ。この想像はよい形のものとわたしの目に映じる。目を横に転じれば、だらだら登りの坂道の奥に山のエティエンヌ聖人教会堂の一角。往時聖女ジュヌヴィエーヴ大修道院界隈のたたずまいをしのばせる唯一の遺構だ。司祭の影を追って、ひきずられるようにふらふらと坂道をたどる。

聖女ジュヌヴィエーヴの山を彷徨してから数日後、家内からの手紙で、堀米庸三先生の旧宅が取り壊されることになったと知った。ご次男の次雄氏が住んでいらっしゃるのだが、建物も古びたし、なにしろ住みにくいつくりなので改築なさるとか。鎌倉の覚園寺の谷戸にあって、鎌倉のガイドブックにも堀米邸と案内されたほどのお家だったのに。私事にわたって恐縮だが（なに、このエッセイ、全部が全部私事ではないか）、わたしどもの結婚した昭和三十八年の前々年に、たしかお建てになったのだと記憶している。一緒になってはじめてのお正月、それなりに着飾った家内ともどもお訪ねしたことがあった。こちらとしては仲人に新年の賀を述べに出向いたつもりだったのが、みごとに肩透かしをくわされて、お電話もしないででかけたのが、それは愚かだったが、しかたなく、建物のわきを擦り抜けてお庭の方に回らせていただいて、お庭に面する母屋の居間、そこから東に張り出したご書斎を、未練たらしくガラス戸越しに覗きこんだ思い出がある。

なんと時間は大食らいなことかと、家具一切が取り片付けられて、ガランとした建物の内部に佇立して思う。三十年の時間は、堀米庸三の住まいを食い荒らすに十分だったようだな……

帰国後、近々解体しますからと案内を受けて、それでは写真でもとっておこうかと出掛けた。城戸毅氏もお出でになって、堀米次雄夫妻にわたしの家内と人数はそろっている。ところがそれだけ集まって、話し声をたて、笑いざわめいても、家に表情はもどらない。書斎の一隅に残された大型の灯油ストーブが、まわりに他の家具類が一切ないだけに、それだけになおのこと荒廃の気配を漂わせて、そこに堀米庸三の面影が立つ。ご息女の糸子さんと並んでおとりになった写真が、なぜかわたしの記憶の淵に浮き沈みして、あれはたしかどこか山道でのスナップだったはずだが……

なんということもない、記憶をたどればわけは単純で、往時このストーブの後ろの壁に問題のスナップ写真の大判が掛かっていたのだ。だんだんと思い出すが、あれはどこかの雑誌社の連載フォトで、「私と娘」というテーマで、それでその雑誌社がくれたんだよと先生はご機嫌だった。わたしの見たがままにいま風景がよみがえり、だからいま見るわたしは一歩しりぞいて、往時のわたしを背後から見ていて、その往時のわたしに対面して堀米庸三がいる。ロケーションはそんなになっていて、ストーブのわきの長椅子に浅く腰掛けて、上半身を浮かし気味のわたしに向って、長い両腕を交差させたり、両の掌をかためたり、身振り手真似でなにやら一心に話している堀米庸三がいる。あれは「祈る形」というエッセイをお書きになった前後にお伺いしたということなのかなあ。その辺は記憶があいまいで、ただ先生の挙止動作が鮮明によみがえる。

ふと気になって調べてみたら、「祈る形」というのは正しくは「祈りの形」で、昭和四十八年に書かれたエッセイである。キリスト教徒の祈りの合掌形は意外に新しく、臣従儀礼の普及と関係している。臣従儀礼の形というのは、家来になる方の丸めた両の拳を主君になる方が両の手のひらで包みこむというものです。わたしたちは祈りといえばむかしから合掌だったろうと、うっかり思い込んでしまっている。ところが合掌形は歴史的産物だった！　こういった、先生の言葉遣いでいけば、「小」歴史についての無知が、「大」歴史の誤解を生みかねないと、このあたりのお説教調がまた堀米庸三なのだが、それにしてもこれはいいことをいってくださった。中央公論社刊の堀米庸三の文集『歴史と現在』に収められている。

人の影、本の影というが（これは杉捷夫氏の発言だ）、家の影ともまたいえようか。いまわが想念に差す家の影ということで、わが師浅野貞孝の三鷹の家、千早町の家、堀米庸三の鎌倉は二階堂の家と、師の家々の影に立ち交ざって、往時若者のわたしが住んでいた親の家のそれがある。東京は上池上のその家は、それなりに古びてまだ建っているのだが、視点を一杯に後ろに引けば、終戦直後の小さな平屋にようやく二階を載せたばかりの、その二階の一部屋で、若者は『パリ一住民の日記』などを読んでいる。一四三四年十月、大風が吹いた。わたしの家のそばの古い建物が倒壊して、そこには大きな切石がいっぱい置いてあったなどと日記の筆者は臨場感ゆたかに書く。日記の筆者はついに無名氏だが、かれの家は石材置き場のそばにあった。それはたしかなことである。観察の眼の確かさが、この時代の証言の実直を保証すると若者は論文に書く。

『パリ一住民の日記』はホイジンガが『中世の秋』を書くために読んだ資料のひとつだが、これと、同様、ホイジンガの投網に入った『コミーヌの覚書』、さしあたり、この二つを材料に、「中世の秋」の時代の精神のありようを考えてみようというのが若者のもくろみであった。いってみればホイジンガの再演だが、だから若者の部屋にはほかにその関係の本の影もわずかに差していて、「ヴィヨン遺言詩」は「プレイヤード叢書」の『中世の詩人と物語作者たち』のなかに収まっている。これはアルベール・ポーフィレ校訂で、一九五二年に刊行されている。前回ご案内したフーレの校訂本を底本にとったもので、わずかに脚注もほどこして、一応の体裁は整えている。

少しは目を通したということなのか、ところどころに薄く鉛筆の線などが入っていて、小さい方の遺言詩『形見分けの歌』の最終節、第四十歌の第三行、「イチジクもナツメヤシの実も食わぬ」と読める行にアンダーラインが辛うじて残っているのが見える。第四十歌は連載四回「無頼の伝説」に全行引用してごらんにいれているし、また、このあとすぐ、再度引用する心づもりがある。どうぞよろしくご参照いただきたい。

じっさい、これはおもしろい。というのも、前回ご案内したベディエ‐アザール共編『フランス文学史』中世の巻の翻訳本の、フーレが書いたヴィヨンのところをみると、この第四十歌もたしかに引用されているのだが、それがなぜか問題の「イチジクもナツメヤシの実も食わぬ」の一行だけは落としているのである。フーレは地の文に「かくて上述の日付の時に、かの有名なるヴィヨンは」とまず書いている。これは第一行と第二行だ。そのあと、続く詩行を引用するふりをして、

乾からびて色の黒さは、麵麭の竈の箒のやう

と引用をはじめる。一行、問題の行を、なぜかとばしている。

つきあわせてみて、なぜかなと素直に疑問に思ったというだけのことだったのだろう。若者はそれ以上は考えなかったろうし、また、この最終節に先立つ数節に、なんと「フランソワ・ヴィヨン」の家の影が差していると気付いたはずはなかった。してみれば、このあたりを読みさした若者が、尿意を覚えて階下に降り、便所の朝顔の前に立って、眼前の半開きの小窓から、いちじくの木を認めたとしても、なんともそれは日常の風景なことであるし、なんでまたかれはそれに特異な意味を発見しな

ければならなかったというのか。咎めだてたとしても、若者の不機嫌を増すだけのことであったろう。四十節三百二十行の詩文を、一夜のうちに、自分の家で書き上げたというフィクションを構えて、形見分けがほどよいぐあいに仕上がった頃合いを見計らい、詩人は、

こうして筆を走らせているうちに、
こよい、ひとりで、気分よく、
形見分けをば案じているうちに、
おれはスルボーンの鐘を聞いた、
夜ごと、かかさず、九時に鳴る、
天使が告げた、祝いの鐘の音だ、
そこで書くのをやめて筆を置き、
こころのいうがままに、祈った

と書く。詩人の家はソルボンヌの鐘が聞こえるところにあった！　まてよ、この鐘はかなり遠くまで聞こえたはずだが。ならばよく聞こえるところに住んでいたということで、だからというわけでもないのだが、詩人フランソワ・ヴィヨンはサンブノワ教会の西側戸口の前、境内からソルボンヌ通りへ抜ける路地の角の「赤門の家」に住んでいた。これはサンブノワの司祭ギヨーム・ヴィヨンが職にともなう住居として受けたもので、フランソワは司祭ギヨームの養い子だった。これが定説で、という

ことであるならば、この親の家に住んでいる息子の暮らしぶりはどんなか、興味が湧こうというものだ。詩人はきちんとそれに応えて、続く八行詩三つに、なにやらスコラ学での言葉の使い方を解説してみせてくれたあと、こんなふうに『形見分けの歌』をしめくくるのだが……

まあ、そんなわけで、おれの感覚は安定し、
もつれた理解力も、解きほぐされたので、
おれは形見分けを書き終えようと思った、
ところが、おれのインクは凍おっていて、
みると、ローソクは消えてしまっている、
暖炉に火を足そうにも、たくものがない、
だから寝た、着る物あるったけかいこんで、
だから終わりはこんなふうになっちまった

上述の日付に、これが制作されたのは、
その名のよく知られたヴィオンによる、
イチジクもナツメヤシの実も食わない、
乾いて黒くて、カマドのほうきのようだ、
テントもパヴィオンも、もうもっていない、

なにもかも、かれはともだちにのこした、
手元にのこったのは、ほんと、わずかなカネ、
それだってじきに人にくれてしまうわさ

情景描写が美しい。明かりが消え、炉の薪が燃え尽きて、寒気のしのびこむ室内に、あるったけの布類を掻い込んで丸くなる人影。ここにはなにか雰囲気がある。文人の部屋の影が差す。その部屋の主を描写して詩人は「イチジクもナツメヤシの実も食わない、乾いて黒くて、カマドのほうきのような、その名のよく知られたヴィヨン」と書く。「カマドのほうき」というのは、ブラシ状の柄の長いもので、パン焼き竈の内部を掃除する。「乾いて黒くて、カマドのほうきのような」は「その名のよく知られたヴィヨン」にかかる。「イチジクもナツメヤシの実も」にかかるのではない。けれどじっさい、いちじくはともかく、なつめやしの実などは「カマドのほうき」に似ていて、なにしろ棗型《なつめ》で、かたちが似ている。本来西アジアの物産で、半乾燥の状態で輸入されるが、これが安いのになると「乾いて黒くて」ということになる。上等は箱に納まって、飴色で、じわっと糖分がにじみでて、見るだけで口の中が甘ったるくなる。

パリの朝市やスーパーでふだんに売っている。先年サンジェルマン・デ・プレの裏路地の八百屋で買い求めたのは、長径五センチ、厚み二・五センチ、重さ三十グラム。かなりのものでしょう。もっともこれは大きいものでということで、まあ、二十グラムのが二十五個で十三フランとか、そんな値段。残念ながら輸入元はさすがのメモ魔女の家内もメモし損なった。だが、その前後、これはスーパー・

モノプリで買った干しいちじくの方は、トルコのイズミールが出荷地の、「エフェソスのアルテミス女神」ブランドの逸品で、四センチに二・五センチていどのが二十四個詰まった箱入りが十九フラン五十。

「干し柿みたいに粉を吹いているのか、砂糖をまぶしたのか。外側、ベタベタしない」と、大判ノートにラベルを貼り付けたかたわらに家内のメモがある。いまをむかし、むかしをいまで、わたしがいうのはいまのパリの朝市やスーパーの果物売り場は、そのまま「ヴィヨン遺言詩」の時代のパリの町のものだった。いちじくといったって、その辺でとった生のではなかった。まあ、干しいちじく、乾燥なつめやしの実の「ヴィヨン遺言詩」の時代の振舞いについては、どうぞわたしの『日記のなかのパリ』をごらんいただきたい。[注*]

だが、若者のわたしがそこまで読めたはずはないではないか。この読みといい、この訳といい、これはいまのわたしのもので、往時上池上の家の一室で「イチジクもナツメヤシの実も食わぬ」の一行に、心細げに鉛筆で薄く線を引いた若者のものではなかった。フーレがなぜか落としたこの一行を、やがて昭和四十年、岩波文庫に『ヴィヨン全詩集』を収めた鈴木信太郎氏は「無花果も　棗も　食はぬ空腹に」と訳した。若者はこれをいい訳だと思った。十五年後、『回想のヨーロッパ中世』（三省堂）という本に、「フランソワ・ヴィヨン」のことを書いたとき、わたしはこの一行は鈴木氏の翻訳をそのままいただいている。いま、わたしはそのことを恥じる。わたしはこの一行を、この一行を含む『形見分けの歌』最終節を読まなかった。「ヴィヨン遺言詩」の詩行を読まずに、読んだつもりになっていた。

鈴木氏のこの一行には解釈が込められている。いちじくもなつめやしの実も食べないとは、いったいなにをいいたいのか。そのわけを、鈴木氏は「空腹」と解いてみせた。なつめやしの実を「棗」と置き換えたのも、この解釈に合わせるためだったとしか思いようがない。いちじくだのなつめだの、そんなチンケな食い物さえも腹に収めていない、すきっ腹のこのおれさまと解いてみせたのである。わたしがいうのは、鎌倉のわが家の庭にもいちじくやなつめは植わっているが、なつめやしの木は植わっていない。往時鈴木信太郎氏の家の庭はどうだったのか。わたしはすでに自分の手駒をさらした。上池上のわが親の家は、なつめはともかく、いちじくの木が便所の脇に植わっていた。戦前からの日本の家の、これは庭の植木の常道であった。鈴木信太郎氏の翻訳には、ご自分の家の影が差している。鈴木信太郎氏の日常生活が映っている。

注＊　『日記のなかのパリ』は「パンと葡萄酒の中世」の副題つきで、一九八五年の暮れに「サントリー博物館文庫」でサントリー株式会社から出版した。二〇〇七年三月に「ちくま学芸文庫」で筑摩書房から再刊した。タイトルは『パンとぶどう酒の中世　十五世紀パリの生活』と改めた。

去年の雪、パリの雪

きのうのばらはただその名のみ、かれらが名のみわれらが手に

バーナード・オブ・モーレーという名前のクリューニー修道士の作った詩にこういうのがある。『中世の秋』に出ているよ。エーコは原作でも「薔薇の名前」ってタイトルの意味は説明していないしね。映画原作は手記のかたちをとっているんだが、一番最後にこの一行を原語のラテン語で引いている。映画だと、パスカヴィルのウィリアムの弟子、名前、なんていったっけ、アドソか、そのアドソが年とってからの回想という筋立てなんだが、すべて事終わって修道院を去る主従ふたりの影にかぶせて、老アドソの声がながれるよね、わたしはかの女の名前を知らなかった、聞かなかった。映画はこのセリフで終わるわけで、してみると「薔薇の名前」っていうのを、そういうふうに解釈したってことかな。こじつけたってことかな、映画作者が。若者アドソが交情をもった女の影が当然のことにここに差す。もしか女の名前はローザかと、ドイツ語訳者がコメントしていると、訳者の河島英昭さんが書いているけれど、いかにもドイツ人らしい生まじめな読みだね……

この秋、パリから帰ってすぐ、東京芸大の集中講義をやった。講義題目は「文化史」。一週間ぶっ続けに講義するという荒行で、ここ十年来、引き受けている。講義途中、息抜きといってはなんだが、ＶＴＲを見せる。視聴覚教室である。わたしはＮＨＫの歴史講座に、これもまた十年来出演していて、そのＶＴＲを使うのだが、数年前から映画も見てもらうことにした。最初は「冬のライオン」だけだったが、一昨年あたりから、「薔薇の名前」もレパートリーに加えた。ちなみに「冬のライオン」というのは十二世紀イングランドのプランタジネット朝初代ヘンリー二世とアリエノール・ダキテーヌ夫妻とその息子たちの話で、原作が舞台劇なだけあって、ピーター・オトゥールとキャサリーン・ヘプバーンのぴったり息の合った演技が、フランスはロワール川中流シノン城の大広間、居室、廊下、礼拝堂、地下の酒蔵を舞台に展開する。これぞまったく人の影、家の影で、こたえられない。

閑話休題。「薔薇の名前」だが、イタリアの「記号学者」ウンベルト・エーコ原作のこの映画は、なにしろかのショーン・コネリー主演だというので、しばらくは敬遠していたのだが、まあかれも抑えた演技でよくやっているではないか。怨恨の業火に燃えるジガンテスクな図書館のなかで炎に包まれ、積み上げた写本を両腕に抱きかかえてうつろな表情の演技は名演技だった。地がでたかな？　対する老ホルヘ。だれだってアルゼンチンの盲目の図書館長ボルヘスを連想させられると河島さんは書いているが、知らなかった。汗顔のいたりです。映画のタイトルは俳優の名前を羅列しているだけなので、役者の名前はわからないが、このめしいた老人はなかなかの名演技。

アリストテレスの『詩学第二部』、これには笑いのことについて書いてある。この写本を若い連中が読むのは許せんと、老ホルヘは写本のページの隅に毒を塗る。親指をペロッとなめて、おもむろにページをめくる、この時代の読書作法につけこんでの犯行で、相継いだ殺人事件の犯人は老ホルヘだった。だが、犯意ははたして教育熱だけだったか。笑いは信仰の妨げとなる。だからアリストテレスを読ませまいとする老人が読みたがる若者を仕置きしたというだけのことだったか。図書館を焼く紅蓮の炎に包まれて、老ホルヘは告白する。院長になれなかった恨みだ、と。そうしてアリストテレスを抱えて、地獄の業火に呑まれる。かくして『詩学第二部』は永遠に失われたと「記号学者」エーコはしたり顔である。

『詩学第二部』の「第二部」は不在の記号だ。アリストテレスは書いたというが、現存しない。中世の知識人にとっても「ただその名のみ」だった。問題の写本は羊皮紙ではなく「紙」に書かれ、スペインはブルゴスの近くで製作されたというギリシア語の文集で、なかに「頭書きのない、娘の不品行、娼婦の淫行について」の文章がある。それが問題の文章で、ウィリアムは書き出しの数行を、アドソにも分かるように、ラテン語に翻訳して読みあげたとエーコは話を設定していて、わたしはアリストテレスについてほとんど知らないので、ほんとかうそか知らないが、あるいは後代、これを読んだことのある人がそう書いてくれているということなのか。

不在に仮定と、どうも架空談義ふうになってきたが、エーコはそこに諧謔による情念の浄化のことなどが書いてあったと書いていて、これはたいへん興味深い。というのはエーコのこの本は、終章「最後の断片」にバーナード・オブ・モーレーのヘクサメトロスを引き合いに出していて、「バビロンの栄華は、いまいずこ」と、それから平行引用したあとに「去年の雪はいまどこにある？」と、なんと「ヴィヨン遺言詩」を添える。さてさて、これがはたして照応の関係に立つかどうか、わたしが疑問に思うのはそのことで、ところがこれは『中世の秋』の「死のイメージ」の章を下敷きにしている。そうしてホイジンガその人が、あいだにヤコポーネ・ダ・トディだデシャンだと中間項を入れはする が、バーナードをヴィヨンにつないでいるのである。

「そうしてここにヴィヨンいでて、無常のテーマに新たなアクセントをつけた。『そのかみの女たちのバラッド』は、やわらかなメランコリーをこめてリフレインをかえす。

さてさて、去年の雪がいまどこにある

「重い韻をふんだヘクサメトロス」とホイジンガはいいまわしている。「ヘクサメトロス」はギリシア語あるいはラテン語の詩文の形式で、六脚韻詩ないし六歩格韻詩と訳される。脚あるいは歩格というのは英語でいうフィートあるいはミーターの訳語で、古代詩は長短の音節で詩文の格調を整えるが、一行が六つの脚あるいは歩格で構成され、たとえばウェルギリウスの詩行を例にとれば「長短短／長長／長長／長短短／長短短／長長」と読む。ウェルギリウスは他の形式も使っていて、他の詩人たちも様々な形式を工夫しているが、原則として、第六節目は「長長」、第五節目はふつう「長短短」となる。ベルナルディ・モルラネンシスのこのヘクサメトロスもまた第五、六節を「スー、ダ、テ／ネー、ムース」と歩格を揃えている。

わたしがいうのは、「きのうのばらはただその名のみ、かれらが名のみわれらが手に」の訳詞はけっこういい線ではないか。『中世の秋』を翻訳した折、この詩行、「きのうのばらはただその名のみ、むなしきその名をわれらは手にする」と訳したが、これは今回訂正する。そうしてまた、その折には「そのかみの女たちのバラッド」のリフレインは、鈴木信太郎氏の訳を借りたが、というのはこういうのだが……

さはれさはれ　去年《こぞ》の雪　いまは何處《いずこ》

わたしはいまお借りしたものをお返しする。

なぜって、鈴木氏の訳詞はむしろヘクサメトロスに響く。まあ、読み上げてみていただきたいのだが、むしろ「重い韻をふんで」読みたくなるといおうか。詠嘆調なのだ。ところがいまわたしの読むヴィヨンのバラッドは、むしろ諧謔をもって情念の浄化をはかるというふうなのだ。それかあらぬか、ホイジンガは続けてこう書いている。

「ところがそのかれが、『そのかみの男たちのバラッド』では、アイロニーをきかせて、この静かな情趣に水を差しているのだ。当代の国王、法王、諸侯の名をあげるかれに、突然思い浮かぶのは、

ああ、そうしてまたスペインの名君は、
なんて名前かおれは知らんけどなあ

この詩二行、これはほとんど直訳である。ところが鈴木氏はこれを

あはれ、また　エスパーニュ王　勇者なれど
つひにその名を忘《ぼう》じ果てたり矣。

と訳した。いったいこれが同じ詩文なのでしょうか。

わがコレガ小倉芳彦の随筆集に『吾レ龍門ニ在リ矣』というのがある。もうふた昔ほど前、一九七四年に出版された。わたしが学習院大学に移ったその年である。さっそくにいただいたはよかったが、わたしは「矣」が読めなかった。聞くは一時の恥と質問した。読まなくてよいと、ぶっきらぼうなご返事だった。あとで廣漢和を引いてたしかめた。「矣」は「イ」と読む。読むが、ふつう章句の終りに助辞として用い、読まずに断定、限定、疑問、反語などの意を示す。あるいは語句の中間や終りに置き、または他の助辞につけて、詠嘆の意を表す。このばあいは、矣乎、矣哉などの形で「カナ」と読む。

随筆集のタイトルは、これに収めた最後の文章、一九六七年、まだ文革が盛んだった中国に旅行した紀行文の文章題からとっている。龍門に立った私は「吾レ龍門ニ在リ」とでもいうほかない感慨にとらえられたと小倉は書いている。廣漢和は矣の字解として「人が口をあけている形にかたどり、文末の語気を表す擬声語」と注している。小倉芳彦は龍門に立って口をあけ、詠嘆の意を表しているのだ。そういわれてしみじみとこの字を眺めれば、なるほどそう見えてくる。気がつけば、わたしも口を大きくあけている。

わたしがいうのは、「そのかみの男たちのバラッド」の矣の字の方はそうはいかない。つくづくと眺めて、気がつけばやはりわたしは口を大きくあけてはいるが、この場合は唖然としてといおうか。このバラッド、反歌を「さてさて、勇敢なシャルルマーニュはいまどこに」と歌う。デュブーという人気イラストレーターがイラストをいれた「ヴィヨン遺言詩」の刊本がある。このバラッドのところに入っているイラストは、頭巾でもない帽子でもない、いわば帽子頭巾かな、妙なかぶりもの（このイラスト、ひとつは登場人物各人のかぶりものがおもしろいのだ）のフランソワ・ヴィヨンが、床にかがみこみ、右手を膝にあてて上体を支え、左手で絨毯をつまんで持ち上げ、下を覗きこんでいる。シャルルマーニュはいまどこに、という思い入れらしい。

それくらい洒落のめさなければヴィヨンなんて読めないよとデュブーはいいたがっているようで、わたしも同感で、たぶんアリストテレスも賛成してくれると思う。まぼろしの『詩学第二部』が「ヴィヨン詩鑑賞の手引き」となるようで、じっさい詩人はしきりにアリストテレスを引いているのだ。洒落と諧謔と嘲弄がヴィヨンの本領で、そこに信仰と愛と憎しみが閃光を走らせる。そういう景色と見切って、デュブーに手を添えて絨毯を持ち上げ、デュブーの弟子になって、わたしもイラストを描いて、フランソワ・ヴィヨンに雪かきシャベルを持たせよう、もちろん長靴をはかせて。というのも、この詩人、長靴が好きならしく、やたら登場人物にはかせているのだ。

詩人その人が長靴をはき、雪かきシャベルを担いだか。というのは、なにしろこの時代、パリは雪が多く、ある年の冬にはなんと四十日間、昼も夜も雪が降り止まず、「雪は荷車に積んで、グレーヴ広場に捨ててよいということになった。街路から雪をどかすようにとお上の命令が出たのだ。だがいくらどかしても翌日にはまたもとどおりという始末で、パリ中いたるところ、干し草の山かなんぞのように、街路に積み上げておくしか手がなかった」と『パリ一住民の日記』は書いている。パリの降雪を報じる日記の文章には、往時無常の雪といったおもむきは汲むべくもない。むしろ好奇心がにぎやかな店を張っている。

雪という出来事に対する日記の筆者の心のもちようは詩人のそれに通じるというのがわたしの見方で、それがホイジンガは「やわらかな哀愁こめてリフレインをかえす」と批評する。そうわたし自身が三十年前に訳した。哀愁と訳したのはオランダ語でウェームートである。ウェーは悩み、ムートは心だから、悩む心、蘭仏字引などを引くとメランコリーと訳語が出ている。三十年前のわたしが、なにを考えてこれを哀愁と訳したか。いまわたしはこの訳語を消去し、ついでにホイジンガにもの申したい。

「去年の雪」の去年はフランス語でアンタンだが、これはこの時代、昨年の意味しかなかった。「ヴィヨン遺言詩」の一番最近の刊本の校訂者は、このことを注意深く指摘している。これがあたっているいないはともかくとして、興味深いのはその校訂者がわざわざそのことを指摘しているということ、そのこと自体で、近代のフランス人はアンタンを往時と読むようになった。そう読まれることを校訂者は心配しているようで、そこがおもしろい。これが杞憂ではないことをはからずもホイジンガのことあげが示しているわけで、それがオランダという厳冬の土地の人だけに、なおのことおもしろい。なにしろ、往時、冬二月、アムステルダムの雪に閉口した体験がある。地吹雪とでもいうのだろうか、地面をおおった雪が烈風に吹き上げられて顔面を刺す。ズボンの裾に飛び込んで、臑を打つ。袖口に吹き溜まる。なにしろ雪粒が溶けていないのだ。風に飛ばされてコロコロ地面を転がるのだ。幼い息子を横抱きに抱え、四歳の姉娘の手を引いて、ころびつまろびつ若い母親はゆく。昭和四十七年冬二月、一年のパリ滞在を終えて、わたしども一家はアムステルダム経由で帰国した。

わたしがいうのはこれがオランダの雪である。ホイジンガはそれでもなお「やわらかなメランコリーをこめてリフレインをかえす」と書くだろうか。「雪」もまたうさんくさいということで、往時無常の雪という発想は、もしやヴィヨン以後のものではなかったか。後代がこの一行をそう読んだということで、「ヴィヨン遺言詩」の詩人は、それに関しては知らん顔をして、「さてさて、去年の雪がいまどこにある」とうそぶくことができるのである。雪かきシャベルはきちんと物置にしまいこんである。

パリに住んですぐ、三月はじめ、雪が降った。朝早く、雪を見に出掛けた。すぐ近くのシャン・ド・マルスが白一色に変貌していた。長靴はなかった。足の濡れるのもかまわず歩き回り、雪だ、雪だ、パリの雪だと、かすかな興奮を覚えたのを覚えている。さてさてなにに興奮していたのやら。「さはれさはれ、去年の雪、いまはいずこ」とつぶやかなかったとどうしていえよう。暖房のきいたアパルトマンに家族を無事安全に保護しているという満足感が、この中年者の雪についての感性を惑わしていたのである。それが一年後、アムステルダムの雪の悪意が去年の雪、パリの春雪の詩情を笑い者にする。雪粒まじりの突風に翻弄される家族を横目でみながら、石ころがつまっているにちがいないスーツケースを担いでよろよろと進む（今風にキャリアーなどついてはいなかった）中年者は、たしかに問題のバラッドのリフレインの正しい読解に到達してもよかったはずであったのだ。

さてさて、去年の雪がいまどこにある

あいつも逝って、三十年

往時パリの雪に叙情を汲もうにも、さてさて、去年の雪がいまどこにある？

ある年の冬、なんと四十日間、昼も夜も雪が降り止まず、住民は除雪に追われた。荷車に積んで市庁舎前の広場に運んで行く。広場はだらだら下りにセーヌ川に下がっている。だいたいがそこをグレーヴ広場と呼んだのは、グレーヴというのは砂浜を意味したからなのだ。雪は溶けて流れてくれるだろう。ところが続く凍てつきに、雪はいっかな溶けてはくれず、パリ中いたるところ、干し草の山のように、雪は街路にうずたかかかった……

それから三十年後、詩人は「あいつも逝って、三十年」と老いさらばえた兜屋小町に歌わせる。往時、浮名を流したパリの遊女であった。くだんの大雪の日には、窓に倚り、掻巻の両の袖を前に合わせて、男たちが雪掻きをするさまを眺めたでもあろうか。

あいつも逝って、三十年、
あたしは生き残る、老いて、髪白く、

ああ、若いころの日々を想えば、
つくづくと裸のわが身を眺めれば、
どんなだったか、どうなってしまったか、
変わり果てたわが身と知れば、
ひからびて、やせて、ちぢかんで、
狂わんばかりに、ええい、腹が立つ

デュブーはここになんともすざまじいイラストを入れている。小娘に手鏡を持たせ、つくづくと裸のその身を眺めている老女の絵だが、乳房はだらんと垂れて、ひと巻きして結んでいる。突き出た腹はでれっと下がる。円錐帽を被り、両腕を首の後ろにあてて、しなを作っている。小娘のキョトンとした目付きがなんともおもしろい。なんか救いがないなあといった感じで、唯一の救いは顔を狼に描いていることだ。人間ではないとヴィヨンは突き放したとデュブーは読んだということか。そうかもしれない。なにしろこれは赤頭巾ちゃんなのだ。狼はサンブノワの司祭か。小娘はフードをかぶっている。これを頭巾に見立てようか。

小娘などと言葉が汚いか。ましてや赤頭巾ちゃんなどと心安だてに恐縮だが、教壇の教師はかの女らの手鏡を恐れているとご存じか。円錐帽はかぶらないまでも、両腕を首の後ろにまわして、体中でしなを作る。円錐帽をかぶらされて、ましてやそこに「異端」などと書いてあったら大変だ。火刑台行きである。もっとも先日は「還暦」と書いた円錐帽をかぶらされて、壇上に立たされた。四方から元赤頭巾ちゃんたちに手鏡を押し立てられて、しなを作らされた。悲しい演技です。

『中世の秋』の「死のイメージ」の章は、先回ご案内したように、バーナード・オブ・モーレーを「ヴィヨン遺言詩」につないで無常の主題を述べたあと、「死を想え」の主題に赴く。そうしてオリヴィエ・ド・ラ・マルシュの詩から引く。「もしも、天与の生を終わりまで生きようならば、その六十年は、じっさい、とても長いのだ。あなたの美しさは醜さに変わり、あなたの健康は暗い病に変わり……」狂わんばかりに、ええい、腹が立つ、あまりに下らない詩文なもので。「六十年」がどうのこうのといわれたのに腹を立てたのではないかだって？　それもあるかな。ホイジンガがこの下らない詩文を引いたとき、かれはまだ四十七歳だった。六十という数字は、このオランダの歴史家の意に介するところではなかった。それはたしかなことである。

ホイジンガは続けて「ラ・ベル・オーミエールの嘆き」から引く。往時パリの有名な遊女であった「ラ・ベル・オーミエール」が、男の心をとろかした昔日の魅力を、いまは老いさらばえたからだの、おぞましい衰えにくらべてしのぶ。このバラッドをヴィヨンが歌うとき、宗教臭、教訓臭はこれいっさい縁遠い、とホイジンガは前置きを置くのだが、細かなことで恐縮だが、これはバラッドではない。地の八行詩の連鎖で、内容から判断して、やはりクレマン・マロが「ラ・ベル・オーミエールの嘆き」と題字を振った。意味をとれば「兜屋の美女」だが、「兜屋の美女の嘆き」とすると、なにか変ではないか？「往時ラ・ベル・オーミエールと呼ばれた、いまは老女の嘆き」である。

どうなってしまったのか、あのつややかなひたい、

ブロンドのかみ、三日月のまゆ、
ひろい眉間に、あいらしい目もと…

それにしてもなぜ「あいつも逝って、三十年」なのか。わたしがいうのは年数のことで、だいたいが『遺言の歌』は、冒頭、「おれ」の年齢を三十とかぞえている。してみれば「おれ」の年齢はラ・ベル・オーミエールの間夫の回忌をかぞえることになる。なんと懇切な仲だろう。なんと、なんと、一四六一年にこれを書いていると本人が証言してもいる。してみれば一四三一年の生まれ。「火刑台上のジャンヌ・ダルク」の年である。本当かなという気がする。都合がよすぎる。さてさて、去年の雪がいまどこにある?

『遺言の歌』も終わりに近く、フランソワ・ヴィヨンはおのが遺言の管理人を指名する。これにまた「三十年」が出てくる。

おれが何をやりたいか知っているのはこのおれだ、
ジャン・ドゥ・カレー、尊敬すべき男だ、かれに、
かれは、ここ三十年がとこ、おれに会っていない、
おれがいま、どう名乗っているか、知っていない、
この遺言書のすみからすみまで、もしもだれかが、
なんだ、これは、と、苦情を鳴らしてきたならば、

リンゴの皮をむくように、問題の条項を削除する
権限を、そうだよ、きっぱりとおれはかれに遺す

異議申し立てがあった場合、申し立ての対象になった遺言指定事項を、「りんごの皮をむくように」、きれいさっぱり取り消す権限をこの人物に遺すというのだ。なんとなんと、ジャン・ド・カレはフランソワ・ヴィヨンその人である。これはまあフランソワ・ヴィヨンの口述する遺言を（書記フレマンが書写するというフィクションになっている）取り消す権限を与えられたというのだから、そうだというのだが、ところがこの人物、おれ、つまりフランソワ・ヴィヨンがどう呼ばれているか知らないという。どうなっているのか。

三十年、友に会わない。会わずに逝くということもある。

元赤頭巾ちゃんたちの手鏡の砲列にさらされて、そのことばかり考えていた。

「演技する自分を眺めるってことですかねえ、六十年っていうことは」

卓抜な意見とはいえない。過去のわたしはもとより他者である。むしろ、いまこの瞬間に演技者とわたしを見ているわたしが、たまらなく疎ましい。友はそんなわたしを知っていた。三十年前、友はわたしに唾を吐きかけた。なんの用で水戸から出てきて、かれに会ったのか。どうして飲むことになったのか、いきさつは忘れた。飲んだせいではなかった。かれはその夜、わたしに唾を吐きかけたかった。前からそう思っていた。そうしてたまたま飲むことになって、酔った。これは偶然の嵌入である。なんどでもいうが、その夜、かれはわたしに唾を吐きかけたかった。これが必然の理由である。

翌朝、かれの家の二階で目が覚めた。人の気配で目が覚めたので、見るとかれが布団の裾に座っている。水の入ったコップを突き出して、飲めというしぐさをする。眼が哀しそうだった。酔いざめの水はおいしかった。この無言劇一場、わが記憶の回廊にあざやかにかかっている。それ以来、かれに会っていない。注*

ジャン・ド・カレと詩人の別れはどんなだったか。わたしはこの二人が三十年前に別れたと考えているわけで、だからかれは「ここ三十年がとこ、おれに会っていない」と詩人は書いている。「かれには一度も会ったことがないということをいう言い回し」などときめつけふうにものをいってもらいたくない。じつはパリ代官所にこの名前の公証人がいて、代官所は遺言の登録の仕事もしていて、かれはその係だった。これだ、これにちがいないとピエール・シャンピオン以来、そうきめられてしまった。これを知らなかったものだから、ロンニョン氏は、と、シャンピオンはオーギュスト・ロンニョンに憫笑を投げかける。

オーギュスト・ロンニョンは「ヴィヨン遺言詩」研究の第一世代で、一八九二年に校訂本を出している。それの索引は固有名詞や語句の解説も兼ねていて、その「ジャン・ド・カレ」の項目に、ロンニョンは、この名前の人物は一四四〇年にパリ市の助役として名前のあがっている町人だと述べた。そのジャン・ド・カレは、一三三〇年にパリで大勢の有力町人を巻き込んだ陰謀騒ぎが起きた。『パリ一住民の日記』は百五十人以上が検挙され、六人がアルで首斬られたと書いている。アルはレアルで、いまはフォーラムと呼ばれている、ショッピングアーケード街である。その首謀者格のひとりだったらしく、これはしかし首斬られることなく、大枚積んで釈放されたとロンニョンは書いているが、『パリ一住民の日記』の校訂者アレクサンドル・テュテイは「陰謀の密告者」と手厳しい。

このあたりが屈折のわけか。真相は薮の中の譬えで、ここであげつらっても仕方ないことだが、わたしがおどろくのはジャン・ド・カレは獄中で詩を書いた。「ジャン・ド・カレの嘆き」というのだが、後十六世紀に入ってすぐ、『喜びの園』という詩文集が出版された。そのなかにこれが収められていて、くわえてこの詩文集巻頭に詩の書き方についての文章、「修辞学」というような頭書きが読めるが、それが載っていて、それもジャン・ド・カレが書いたのではないか。

なんとジャン・ド・カレは若いころ文学をやっていた。かれは「ヴィヨン遺言詩」の詩人の文学仲間だったのである。詩人その人だと考えるのもおもしろい。数々の兆候が詩人をサンブノワ教会の司祭に指定するということがなかったら、わたしはよろこんでジャン・ド・カレこそは「ヴィヨン遺言詩」の作者であると推論を下したことだろう。ところが詩人は注意深く、かれは「おれがどう呼ばれているか、知らない」と書いている。「おれ」が「フランソワ・ヴィヨン」と呼ばれていることを知らないといっているわけで、「ヴィヨン遺言詩」を「おれ」の名で、サンブノワの司祭が書いていることをパリ市助役は知らなかった……

ギヨーム・ヴィヨンがサンブノワ教会の司祭職についたのは一四四三年、おそらく四十二、三歳のころである。それ以前五年間、かれはパリ大学で教会法を教えていた。もっともメートルの身分ではなく、バシュリエとしてで、これはいまふうにいえば、まあ講師でしょうか。それも専任ではない。メートルを専任教授と考えればということで、そうして、かれはついにメートルそのものにはなれなかった。大学社会はかれを受け入れなかった。かれは教会人になる道を選んだ。「ヴィヨン遺言詩」は、各所にこの経緯を反映している。ギヨームが大学をでて、まがりなりにも教会法学のバシュリエになったのは一四二五年ごろのことだったらしい。二十五歳のころだ。それから一四三七年、パリ大学法学部の講師名簿に現れるまで、ギヨームの消息は消える……

わたしがいうのは一四二〇年代のカルチエ・ラタンにふたつの人影が見える。ここはサンマテュラン修道院の一室。サンジャック通り沿いの、サンブノワ教会から道一つへだてた北側の一角を占める修道院だ。その西隣がクリューニーの宿坊。ギヨーム・ドゥーセという学生が罰金刑を宣告されている。喧嘩して相手の学生に傷を負わせたというのだ。ところがかれには仲間がいたはずで、ジャン・ド・カレという。これはなぜかおとがめなしということになったらしい。ジャン・ド・カレはまず問題なく問題のジャンだが、わたしがおもしろがっているのは、もしやこのギヨームはギヨーム・ヴィヨンではあるまいか。名前が違うではないかとおっしゃるかも知れないが、こればかりは調べてみなければわからない。かの「フランソワ・ヴィヨン」にしても、(「かの」というのは、みなさんがこれが作者だとしきりにおっしゃるものだから)、現実の記録に出てくる名前は「フランソワ・モンテルビエ」だの「デ・ロージュ」だのと、いろいろなのです。

若き日の文学仲間にすべてを委ねる。なぜって若き日の文学こそはまるごと人生だったのだから。「りんごの皮をむくように」委ねる。遺贈する権限の中身はこうだと、続く八行詩に詩人はこう書いている。やはりお読みいただこう。

注釈をくわえたり、注をつけたりすることもできる、

これはこうだときめて、そう人にいうこともできる、
どっか減らしたり、増やしたりすることもできる、
キャンセルしたり、ナシにしたりすることもできる、
ご自分の手で、書く手をもたんって、そんな、
解釈をくわえ、意味はこうだと決めることもできる、
よくなろうがわるくなろうが、お好きなように、
このことすべてについて、おれはまったく同意する

わたしがいうのは、この八行詩の言葉遣いに、フーレもビュルジェもリシュネル、アンリご両所も、みなさんなんとか現実の遺言書の言葉遣いとの整合性をみつけようと苦労なさっている。二行目の「そう人にいう」、デスクリと読む語だが、これがいい例で、リシュネル、アンリご両所は、この語は『ばら物語』などに「説明する」と平易な用法で使われていると、きちんと紹介しながらも、「現実の遺言書のデクラレに当たるだろう」と、なにがなんでも現実の遺言書の言葉遣いとの整合性を問題にしたがる。それはもちろんあるでしょう。その含みがなかったら、おもしろくない。その含みをもたせながら、この八行詩、ジャン・ド・カレの「修辞学」の追想だと、どうしてお読みになれないのか。サンブノワの司祭は、若き日の文学修行の師の面影をパリ市助役に求め、わたしの作品を批評してくれ、手を入れてくれと頼んでいるのである。

注＊　わたしたちはいつも一緒にいて、ほかに友だちを作ろうとする気をもたなかったとウォーはチャールズにいわせていて、それが、なぜなのか、いつも一緒にいるチャールズにも分からないように上手に、セバスチアンはアルコール依存症になっていって、チャールズが最後の記憶にとどめたセバスチアンは、朝の白々明けに、ブライズヘッド・マナーハウスの二階の、チャールズに与えられた寝室の窓に向かって立って、タバコをくわえて、チャールズに背中を向けて立っている後ろ姿のセバスチアンだった。窓の外には、暁の光が露に濡れた芝生の上に影を落とし、芽吹いたばかりの菩提樹の木立の梢をわたって、小鳥がチチッ、チチッと鳴いていた。セバスチアンがカーテンをあける音でチャールズは目を覚ましたのだった。その前夜、セバスチアンは、浴びるほどに酒を飲んで、それから二十年たったいまでも思い出すのがつらい雑言を、とウォーはチャールズにいわせている、チャールズに向かって吐いた。どうだ、どんな気分だと問いかけたチャールズに、気分、悪くないよ、まだ酔いがのこっているようだと素直に答えたセバスチアンの表情には、なにか欲しいものがもらえなくてすねている幼児のような趣があったとウォーはチャールズにいわせている。友との別れを、これほどまでに美しく描いた文章を他にわたしは知らない。十年後、ニューヨークから乗船した船の上で、チャールズ・ライダーは、セバスチアンの妹ジューリアと再会して、セバスチアンがあれから間もなく家出して、いまはチュニジアで放浪していると聞かされた。（イヴリン・ウォー著『再訪のブライズヘッド』から。五つめのエッセイ集として目下企画中の本で「ブライズヘッドへ帰る」と題される予定の文章の一節をここに転記した）

街の考古学

写真はカフェの内側からガラス戸越しにとったもので、髪を短く刈り上げて黒っぽいマントーを着た小太りの男が長柄のモップを操っている。そこへ左手の方角からクリーム色のとっくりセーターに幅広の襟の白いコートの若い女性が歩いてくる。女性の後背、歩道に寄せて停めてある車はシトロエンのドゥーシュヴォーだが、男の背中が隠している方は、さて車はなんだったか。見慣れていた車の一種で、頭の片隅に名前がひっかかっているのだが、どうしても出てこない。

写真はもう一枚あって、その数分後というところか。こんどはヒッピー風俗の若い女の二人連れ。こちらの写真で印象的なのは、むしろ画面左片隅、広場を渡ろうと車をやり過ごしているのか、立ち止まっている、縦長の一抱えもある籠に半分ほどバゲットを入れて横抱きにしている若いギャルソンの影だ。かれが渡ろうとしている向こう岸はサンミッシェル広場の泉水の石組みの前の島状の小広場。放浪学生やヒッピーの溜まり場だが、年の瀬も押し詰まった十二月二十七日。朝の十一時ごろだったと思う。さすがにまだ人は出ていない。

黄色のコートの前をはだけて大股に歩く手前の女、これは黒人系かな、頭に帽子をかぶっている。

いや、スカーフを巻いているのかな。もう一人の方、こっちは赤いとっくりセーターにチェックのコート。色は藤色といったところかな、パンタロンをはいている。髪はソヴァージュというほどでもないが、まあそんなところかな。髪むきだしだ。

ひとおーつ、メートゥル・ルメーはご婦人方に、
いいか、妖精の眷属たるこのおれさまの遺言だぞ、
愛されなさい、それにはだ、どっちを愛そうか、
頭むきだしの娘か、帽子をかぶったご婦人か、
そう、そんなこって頭を熱くしちゃあいけん、
クルミ一個ももらえんからって、いいじゃんか、
ひとばんに百回も、お説教垂れてみせなさいって、
さすがのデーンのオージェもバヌーのには負ける

スライドを紙焼きした写真を眺めながら『遺言の歌』の一節を思い出した。帽子をかぶった女とかぶっていない女と、つまりは女全員ということで、なんとたわいない。もっとも、だからといって、それではどう女を仕分けるか。まじめに考えれば頭が痛くなる。帽子をかぶっているのといないのと、この仕分けもまんざら悪くない。一九七一年十二月二十七日、サンミッシェル広場の一角のカフェでたまたまとった一枚のスライドが「ヴィヨン遺言詩」を映していたなんて、いったいだれが信じるか。

リシュネル、アンリご両所の校訂本もまだ出ていない。わたしにしたところでまだヴィヨン詩は追いかけていない。二十年前のわたしが追っていた獲物は『パリ一住民の日記』で、問題の写真の撮影者がもうすこしカメラを後ろに引いていれば、十九世紀の考証学者アレクサンドル・テュテイの編集校訂した刊本の粗末な茶色の紙に包まれたのが、テーブルの端に危うく乗っているのが写っていただろう。なに、わけもなにも、サンミッシェル広場に入るサンタンドレ・デザール通りの古書店クラヴルイユで購ってきたところだったのだ。

春先の雪に遭遇して、雪化粧のシャン・ド・マルスを、雪だ、雪だ、パリの雪だと興奮しながら歩き回った年の年の暮れである。新年を迎えればそろそろ帰国のことを考えなければならない。ろくに勉強しなかったし本も買わなかったなと、時折反省して下腹のあたりがふあっふあっともちあがる。そんなあいまいな気分をかかえて、冬枯れのパリを歩く。なんとしかしわたしはあいもかわらず物欲しげで、卑しくて、わたしがいうのは冬枯れのパリを歩きながら、そんなすごいことをしていながら、なにかもっと「ユーコー」に一年を過ごせたはずだと自分自身を非難している。柔道じゃあるまいし、文学修行にこの手は「ユーコー」などがあるものか。へたった革靴を蹟かせるルーヴル宮クールカレの舗石のデコボコが、見上げるサンセヴランの教会堂交差部を覆う紙で折った兜のような妙な形の屋根組が、大中小の弁当箱を三段重ねたような、それともバーレスクな軍艦かな、レアルの鉄骨建物が（一九七一年にはまだ壊されていなかったのだ）、じっさいこれはきりがない、家族をラオス通り七番地の暖房のきいたアパートに無事安全に保護していると思いこんでいる中年男を教育する。それでよい。それがなんの不満があったのか。

十五世紀のパリを捜し求めていたといってしまっては嘘になる。わがパリの考古学はいまだ平明な地平を見せていなかった。なかば取り壊された建物の剥き出しの泥壁にへばりつく時を食う虫が屁をひる。円筒型広告塔のポスターの裸のダンサーがヴィーヴ・ラ・フォーリーと叫ぶ。バカげたこと、スキ！　といったほどの意味で、その向こうに河岸のブキニスト。レジノッサンの水枯れの泉水の石造りの四阿の陰に全身白塗りの芸人が活人形を演じる。街に信号がチカチカして、青だ赤だと中年男を走らせる。

街を時間に同定し、平明な地平を開くプログラムが欲しい。パリの街は多分幾層にも重なりながら、各層に漏斗状に陥没している箇所がいくつもある、そんなふうだと思う。プログラムは漏斗状陥没箇所を、できれば全部数え上げて、あるレヴェルの時間の位相に同定せしめる。レジノッサンなどはきれいに陥没して漏斗の先端を現代に突き出している格好の例だ。わたしがいうのは十五世紀のレジノッサン墓地は、およそレジノッサン墓地なるものとして時代にしっくりなじんでいて、それがどうだろう、いまはフォーラムの備えの辻公園と化して、絶対王制時代の製造物の石組みの四阿が昔を偲べときたものだ。

パリを十五世紀の街に同定するプログラムを『パリ一住民の日記』に求めるアイデアは、さてはたしていつごろわたしの胸に兆したのだろう。『中世の秋』に日記を拾い読みしていたころのことではなかったことはたしかである。というのは『中世の秋』はパリを日記のなかで読む性質の文章ではなく、日記は「中世の秋」の兆候で、「中世の秋」のなかで日記は読まれている。それはそれでよいのだが、わたしがいうのは兆候を捕らえる読みには罠がしかけられている。渡辺一夫先生も日記に兆候を捕らえようとなさって無理なさった。そのことは若者のわたしが「中世ナチュラリズムの問題」と題した論文でご指摘申し上げたのだったが、その同じ論文の第一部はフィリップ・ド・コミーヌ論で、コミーヌというのはブルゴーニュ侯むこうみずのシャルルを見限ってフランス王ルイ十一世についたことで知られる王の側近で、覚書を残した。その『覚書』の読み方で、ポイントはなぜコミーヌはむこうみずを見限ったかで、ホイジンガは兆候を読み損ねたというのが若者の意見であった。

若者もしかしホイジンガに対抗するのに兆候を拾ったわけで、どっちもどっちの綱渡りともいえる。ただコミーヌについていえば、これは明らかにホイジンガの失点で、読みのコンテクスト、つまり兆候をどうつなげて読むかが近代主義なのだった。渡辺先生がどうしてそれではいけないのですかと、言葉は悪いが開き直られ、パリ大学の中世文学の教授だというデュフルネ氏がいまだに立ちはだかっている展望台である。そんな展望台は、邪魔になるもなんにも、だいたいがそんなに見えはしないから、どうだってよいが。ホイジンガは根っからの近代人で、『中世の秋』は近代以前はどうだったかを問う本なのである。近代以前を眺めるのにできるだけ近代人の目付きをしないようにしようと努めていると批評してもよい。だから近代人の目付きが出てしまう場合もある。それがたとえばコミーヌの場合で、ホイジンガ自身、『中世の秋』出版後、つとに気づいて、コミーヌの読みを撤回している。

だから兆候を拾って論じてもよい。歴史の論文はそういうものだともいえる。ただコンテクストがしっかりしていないとひどいことになる。若者がいいたかったのはつまりはそういうことで、なぜこんな当たり前のことをみなさん分かってくれないのだろうと、若者はいささかムキになりすぎた。これはそう人が批評しただけではない。いまのわたし自身、そう思う。若者はじつのところ硬派の兆候主義者だった。むしろ表現主義者といおうか。テキストのなかのたったひとつの語句が歴史現実の文脈を指し示すことがある。つまり兆候としてはたらくことがある。それが表現的であるならば。若者のかたくなな頭はこんな想念でキリキリ舞いしていたにちがいない。

表現的だからというので、なにかある特定の言葉に意味をもたせて読む読みは、文章のもっている豊かさをそぎとるものといえないか。それならば記述者はその語句だけを書き遺せばよかった。ある言葉を意味あるものとしているのは、文章全体の意味関連だというふうに考えたらどうだろうか。だとしたら、もっとゆるゆると読んでやらなければならないだろう。文の内側に入って、文のなかで読まなければならないだろう。ここに文章とか文とかいっているのは日記と読みかえてくださって結構で、わたしがいうのは日記は十五世紀前半のパリという生活環境を映している。映しているなどというと、やはりそこには「なまの」歴史という考え方がある。けれどもいったい「なまの」歴史などというものがはたして存在したのか。だれが保証できるのか。わたしたちの手元にあるのは「書かれた」記録だけで、だから日記が十五世紀のパリなのである。

この考えをはっきり書いたわたしの論文「過去への想像力」は一九七二年九月にある雑誌に載せた。一年の滞在を終えてパリから帰って来て半年後である。だからパリ体験がこの論文の土台を作っている。二十年後のいま、それが分かるわけで、この論文にも使った言葉遣いだが、その「知識の段階（スタド）」に到達したということで、それがかぞえで四十の年齢のことだったというのはたいして意味のあることではない。わたしがいうのは、たしかにこの中年男はあいかわらず兆候を論じてはいる。だから、「言葉の集合」とか「一般構造がそこに収斂するひとつの言葉」とかの言葉を弄している。それでもしかし「医師ブルッセの陳述」とか「哲学者コンディヤックの分析」とかを引き合いに出して、世界が言語の相似物（アナロゴン）であることをいおうとしているミッシェル・フーコーの努力に敬意を表している。中年男は薄々気づいていたのである。なんとなんと世界はパリで、言語は日記なのだった！

ラオス通りはシャン・ド・マルスの角にある。日記の時代どころか、つい先頃まで、それこそシャン、原っぱのただなかだった。ルイ十五世がエコール・ミリテール（士官学校）を建て、ルイ十六世がシュフラン大通りを通した。ラオス通りは世紀末のフランス人の植民地熱の照り返しだ。ラオスが仏領インドシナに組み込まれる前後に工事中の看板を立てた道路で、だから七番地のアパートは今世紀の建物だが、それでも階段部屋の昇降機は例の金網張りの式で、いつなんどきジャン・ギャバンが、ジャンヌ・モローが現れてもおかしくはない。

中年男は七番地のアパートの鋳物の重量級のドアを排して通りに出、ラ・モト・ピケのメトロの駅へ向かう。アールヌーヴォー調のアーケードで飾られた洞穴が中年男を飲み込む。地下の移動機械が中年男を運んで行った先はマビヨンだ。偉大なる古文書学者の名を冠された洞穴から吐き出された中年男が、ふらつく足をしっかと踏ん張って、こちらは地表の小型移動機械が右往左往している大通りの向こう岸を眺めれば教会堂の尖塔。サンジェルマン・デ・プレである。往時このあたりに修道院があった。サンジェルマン・デ・プレ、牧場のサンジェルマンといいながら、そのじつ日記の時代、修道院の周囲に街が広がっていて、食肉業者も何軒か仕事場をもっていた。

十六世紀に作られたパリの古絵図があって、鳥目絵ふうに、かなりコミカルに街区を描いていて、それのもっときれいに仕上げられたのは十八世紀に出ているが、それが日記やヴィヨン詩のパリという生活空間を表現している。だいたいが日記は門のことから日記を書き始めていて（まあ、その文章から日記は残っているということなのだが）、パリを取り囲む土塁壁のところどころの裂け目ということで、左岸つまりカルチエラタンとふつう呼ばれるセーヌ川南岸の街の西門をサンジェルマン門といった。この門を出るとサンジェルマン・デ・プレ修道院へ行く。

門の跡はいまビュシー四辻と呼ばれている。ビュシーというのは往時パリの商人の名前で、サンジェルマン門は元来フィリップ・オーギュストが修道院に寄進したというが、その権利をかれが買い取った。門の権利を買い取ってなにかいいことがあるのか、その辺のところはまた別の話題として、日記の時代をすぎると、門はビュシー門と呼ばれるようになった。四つ辻に北の方角からドーフィヌ通りが入る。これを北に上がって行けばマラケー河岸に出る。この道はほぼ往時の土塁壁をなぞっている。四辻からサンミッシェル広場に抜ける通りがサンタンドレ・デザールである。中年男はパリに入った。

「このころサンジェルマン・デ・プレの肉屋たちは、コルドリエ僧院とサンジェルマン門のあいだの横町で商売を始めた。地下の酒蔵のように道路から階段を十段降りたところだ」一四一七年の日付でこんな記事が読める。階段を十段降りてと、これは手勘定だ。日記の筆者がそこにいる。

「つづく日曜日、六月の十二日、夜の十一時ごろ、サンジェルマン門で、備えよ！と叫びがあがった。ボルデル門でもあがった。そこでモーベール広場周辺の民衆が騒ぎ立った。橋の向こうのレアルやグレーヴ広場界隈の住民も動き出して、上述の諸門へ駆けつけた」と無名氏は、一四一八年六月の暴動の記事を書き起こしている。備えよ！の叫びが、日記の筆者の耳を通して、わたしの耳にとどく。

パリの土塁壁の内側の生活の気配を日記に聞く。日記をそのなかで読む。中年男はようやくその作法を会得しようとする。往時サンジェルマン門をくぐり、サンタンドレ・デザール通りを行く。古書肆クラヴルイユに立ち寄って日記を受け取る。パリを手にする。粗末な茶色の紙に包まれたパリを小脇に抱えて、サンミッシェル広場に出る。カフェは往時サンタンドレ・デザール教会の境内にある。

燃える指

ジュネーヴじゃドゥロズだよ、パリじゃドゥロだなとコパン氏は確信ありげである。マラケー河岸の書店オノレ・シャンピオンの支配人である。

いや、じつのところ、わたしは自信がない。もしかしたら逆だったかもしれない。なにしろそれかこれかの選択はなかなか覚えられない。だれもが腫れ物にさわるかのふうで、すすんで発声してみせようとしない。ジュネーヴのある出版社の名前のことで、リシュネル、アンリご両所の校訂した「ヴィヨン遺言詩集」がそこから出ている。

サンルイ島に住んで一年、さて、何回顔を出したか。たいして買ったわけでもない。五万、十万とまとめ買いするような上客ではない。商売ではないということで、コパン氏の関心を誘ったのは、なんとどうやら帽子だったらしい。そのころわたしは帽子をかぶっていた。なんの変哲もない冬のソフトであり、夏のボルサリーノだったが、コパン氏の目にはヴェトナムの菅笠《すげがさ》みたいに映っていたのだろう。帽子のジャポネ、とうとうそう呼ばれる仕儀とあいなった。

この夏はバカンスにはいかない。店のかたづけをやる。午後ならいつでも来てくれとコパン氏がいう。もう一昨年と書かなければならなくなった、マロ本を見た夏である。そこである日でかけていって、バカンスでしまっている戸口を力まかせにたたいて、帽子のジャポネだが、と名乗りをあげた。その日もたいして買わなかったが、なにを思ったか、本を一冊くれた。中二階の書庫にあがっていって、なにやらゴソゴソしているなと思ったら、本を抱えて降りてきた。なぜか「エヴァンタイユ」の図録だった。東洋の扇もかなり入っている。読めた！　帽子からの連想が働いたにちがいない。

マラケー河岸の書店はジュネーヴの問題の出版社の代理店も兼ねているが、リシュネル、アンリご両所の「ヴィヨン遺言詩集」はコパン氏から買ったわけではない。コパン氏の知り合いになる七、八年も前、一九八四年夏、サンミッシェル大通りのソルボンヌの角のところのＰＵＦことフランス大学出版書店、人呼んでピュフで買った。入り口入って右手の回廊風中二階の手摺りの下が中世文学関係の棚になっている。そこにまた店員の仕事机が仕掛けてあるものだから、こちらがうずくまってごそごそやっていると、椅子にお尻をのせて足を組んだマダムに、いまにも肩のあたりを蹴っ飛ばされそう。なんという客あしらいだと、そのときのわたしは思ったにちがいない。サルカスムの詩人になんとまあふさわしい住処よと、いまでこそおもしろがりもしようが。昨年の夏、のぞいてみたら、ぜんぜん変わっていなかった。マダムはあいかわらず、客に尻を向けていた。

なにしろわたしはそのとき気分が悪かった。熱があり、からだがだるかった。モンパルナスから汽車に乗ったが、なにかからだがふわふわした。シャルトルの駅舎に聖堂の石壁がのしかぶさっているのが見えたが、感動はなかった。ルマンに降り立ったら、風景がしらっちゃけて見えた。むやみに水が飲みたかった。それが駅舎のカフェのギャルソンが意地悪く、なかなか寄ってきてくれなかった。意地悪されたと思ったが、病人のひがみだったのだろう。そう、たしかにわたしはその時点ですでに病人だったのである。

その晩泊まったノジャン・ル・ロトルーのホテルの食堂で、隣のテーブルの男がシードルを飲めとうるさい。つきあいで一杯注いでもらったら、それがよく冷えていて、とてもおいしい。ルーアン在住の家具商とか。宿の主人まで寄ってきて、とんだ酒盛りになった。なにしろ冷えた酒がうまい。どんどん飲んだのが腹に溜まって、それでおかしくなったのかと、わたしはまだ事態を甘く見ていた。その夜、盛大な悪寒と熱感がわたしの眠りを奪った。これは後年知ったが、ヴィヨン詩がこの夜のわたしの壮烈な戦いを描写してくれている。

イエスのなさったたとえ話なんだよ、これは、
死んだ生前金持ちの話で、それが火のなかだ、
やわらかいベッドのなかなんかじゃあなくってね、
そうして、見たら癩者ラザロが上の方にいる、
見たら、ラザロの指が燃えていたっていうんなら、
熱い、冷やしてくれと要求したりはしなかった、
お願いだ、指先にしがみつかせてくれ、焼け付く
喉をしずめたいと、頼みこんだりはしなかった

だがどうしてリンボ、地獄の最上層で族長アブラハムの胸に抱かれているラザロの指が燃えているのが、地獄の最下層で火に焼かれている「生前金持ち」の目に見えたろうか。なにしろ地獄は広いのだ。「生前金持ち」ならぬ「生涯清貧の人」のわたくしめも、迂遠のかなたの至福境（いずれにしましても、ことは相対的な問題なのです）のリンボにいるラザロ聖人の動静はつかめぬまま、大判タオルを水に濡らして頭から引っ被り、二、三分、正気を失ってはまた覚醒するということをくりかえしながら、たしかにルカ伝の経文を心に念じていたにちがいない、「すなわち呼びて言う、父アブラハムよ、我を憫みて、ラザロを遣し、その指のさきを水に浸して我が舌を冷させ給へ、我はこの焔のなかに悶ゆるなり」（日本聖書協会のいわゆる文語訳聖書から）

それにしても「ヴィヨン遺言詩」の詩人は、なぜラザロの指を燃やしたのだろう。聖書に「その指のさきを水に浸して」とあるから、対抗上指先を燃やしたか。なんともこれでは理詰めにすぎる。わたしなど、ジャン・コクトーの映画「美女と野獣」に、野獣が指先がめらめらと燃える手をかざす場面がある、あの燃える指はなんだったのだろうと、ほとんど半世紀この方、ずっと思い続けている。だからラザロの指が燃える話も聞き捨てならない。そこでいうのだが、ラザロは中世では訛ってラードルである。燃えるはアルドル。もしや脚韻合わせの都合では？　それはない。ラードルとアルドルは同一の行に含まれ、脚韻の合わせようもない。

ラードルといえば、『パリ一住民の日記』にこう読める。「一千四百と九年、八月の中日、朝の五時から六時のあいだ、雷が鳴った。サンラードル修道院の屋根の上の聖母の御像が、真ん中から裂けて遠くへとばされた。最近安置されたばかりの石造りのりっぱな御像だった。サンラードル村のパリ寄りのはずれで男がふたり雷に打たれ、ひとりが即死した。靴、股引、襦袢はずたずたに裂けたのに、身体にはなんの傷もなかった。もうひとりは気がふれてしまった」
ラザロの修道院とか村とかいっているのは、ハンセン氏病患者の療養施設を中心に形成された集落のことで、いまのSNCFサンラザール駅がその名を残している。雷に打たれた男の手の指から炎と煙が噴き出れば男はよみがえると、遺言詩の歌の反響を日記に聞く。見れば聖母もみそなわす。わたしがいうのは、ラザロの指が出るのは『遺言の歌』八十三節だが、次の八十四節に詩人もきちんと「御母の名」をあげている。

前にそういったように、神の名において、
また、栄光の無原罪の御母の名において、
どうぞ遺言状を書き終えさせていただきたい、
キマイラよりも痩せたこのおれの手で、
それまで一日熱にかからなかったとしたら、
神の仁慈《じんじ》の御賜物《おんたまもの》ということで、それは
ほかにもいろいろと心配な病気があるが、
もうおれはいわない、そこで遺言をはじめよう

「フランソワ・ヴィヨン」が、これから遺言口述を始めると宣言している。

詩人は「キマイラよりも痩せたこのおれ」に「真ん中から裂けて遠くへとばされた」サンラードルの聖母の御像を修復させる。なにしろ聖母の御加護があれば「一日熱」にかからずにすむのだと、またもや熱をことあげする。おもしろいのは、これはルイ・チュアーヌからの又聞きだが、十一世紀のアラブ人学者アヴィセンナが「一日熱」について書いていて、「怒りからくる一日熱」についてもなにかいっているという。だから、ここのところ、遺言を書きすすめるうちに、怒りにかられ、その結果一日熱の発作を起こすことがあるだろう。もし起こさなかったら、それは神様の御加護だと読み解ける。

「キマイラよりも痩せたこのおれ」だが、キマイラがじつはよく分からない。いまのフランス語でシメールで、シメールといえば奔放な、並外れた空想という意味に使い、なるほど古代怪獣のキマイラですからねえ、頭部はライオン、尻尾は竜で、背中に羊の頭が生えている。天馬を御す英雄ベレロポーンに退治された。ホメロスも歌っているし、オウィディウスの『メタモルフォーセス』にも出てくる……

なるほど、それはよい。それはキマイラについての知識です。わたしがいうのは、さてはたして遺言詩集の詩人はこの怪獣をどう知っていたか。ノートルダムの側廊柱頭に、双塔の階廊に、屋根の樋嘴《ひはし》に棲息していたか。サンブノワ教会堂の正面玄関の円柱基盤の浮彫りや内陣の僧侶の腰掛け板の下の飾り彫刻に刻まれていて、司祭が朝夕雑巾掛けをするなどということがはたしてあったか。

サンブノワの正面玄関は今はない。クリューニー美術館に保存されているとなにかで読んで、美術館に出かけた折に館員に聞いてみたことがあったが、知らない、聞いていないと、なんとも愛想のないことで、探しあぐねていたところ、美術館の裏手に移築されていると教えてくれた人がいる。ご親切に案内もしてくれたが、そこならとおに知っていた。美術館の裏手が公園になっていて、公園にひらくクリュニーの裏門というしつらえで、美術館の裏壁に組み込まれている。もう二十年も前になる、パリでの初めての暮らしの折に、何度もこの公園で幼いこどもたちを遊ばせた。その折に撮った写真を眺めれば、若い母親とこどもたちふたりが階段にチョコンと座っている。

閑話休題。そんなわけでサンブノワの正面玄関を、昨夏、はじめてそれと認識し、つくづくと眺めたし、あらためて写真に撮ってもきたのだが、いまためつすがめつ写真をながめても、キマイラはいない。わたしがいうのはそのことで、だいたいが、サンブノワのアーチには動物は棲息しない。ノートルダムには動物がにぎやかだが、キマイラだけはいない。写本飾絵にみつかったという情報もなく、意外なことに中世人はキマイラを知らなかった。この連載第六回にモンテーニュの「無為について」に触れた。「たくさんのキメラや怪獣が」と、モンテーニュがそこにキマイラを登場させていると紹介したが、そうなのです、そのモンテーニュと、あとはロンサール。だいたい文中にキマイラを登場させているのは十六世紀の文人からで、その前というと、それが問題のこのヴィヨン。その前はない。注*

いつも見慣れていたキマイラの図像を念頭において「シメールにも増して痩せこけた」といっているのだろうと、大方は解説するのだが、古代怪獣としてのキマイラはとりたてて痩せてはいない。見慣れていたのがたまたま痩せていたのだといいはるのは強弁にすぎる。それでは修辞が成立しない。「痩せこけた」は「メーグル」で、これは前々回ご案内した「ラ・ベル・オーミエールの嘆き」の一行に「みすぼらしくて、ひからびて、やせて、ちぢかんで」と出る。その「やせて」で、とりたてて問題はない。『形見分けの歌』の方には「痩せて、飢えて、風邪引いて」と自虐の歌が聞こえる。

キマイラは口と目から火を噴いた。ホメロスの『イーリアス』第六書は、キマイラをいうのに、燃え盛る火を噴き出していたと述べている。はたして『イーリアス』も読んだろうか。おそらくキマイラは「ヴィヨン遺言詩」の詩人の本の知識で、そうして詩人の想像するキマイラは火焔怪獣である。おそらくこれが真相で、地獄の業火、ラザロの燃える指、火を噴く怪獣、そうして「怒りからくる一日熱」と、このあたり、どうして詩人は火と熱と怒りに燃えているのであろうか。

フュルール・ポエティック、詩興というのかな。コクトーの燃える指もそうかも知れない。詩作の衝動と詩の書き方について、詩人はとかく書きたがる。このあたりの消息は、マニエリスムの詩人ロンサールにたずねれば、たぶんはっきりするだろう。おもしろいテーマだなあとおもしろがっているのは、しかし、いまのわたしで、十年前の初老の男ではない。かれの発熱はこれは文学ではなく、現実の身体の不調で、パリの医師に見せたら、まずこれは肺膿瘍でしょうということだった。ヴィクトル・ユゴー通りに開業している日本人の医師で、父親の代からパリっ子だという。医師のアパルトマンの斜め筋向かいに小公園があって、水道の捌口《はけぐち》がしつらえてある。おいしいと評判の水だそうで、水を汲みにくる人たちが後を絶たない。医師の診断を聞いたあと、水場のまわりでこどもたちの遊ぶさまを眺めながら、さてどうしようかなとぼんやり考えた。

むかし浅野貞孝は、少年をつかまえて「君は歴史を作りすぎる」といった。少年が老いて、わたしが思うに、どうも歴史の方がかれを捕まえにくるようだ。というのはこの連載第六回「無為について」

に書いたことだが、かれは二十代のなかばに自然気胸をやっている。じつは二回やっていて、二回目はたかをくくって医者にいかなかった。それがよくなかった。患部の気泡がいくつかつぶれずに残ったのである。それが悪さをしているんだねえ、と帰国後入院した鎌倉の道躰医院の大先生《おお》がいった。雑菌がついて炎症をおこすんだよ。おまけにこんども二回やってしまった。道躰さんで切らずに治してもらって二年後、こんどは肺炎だったが、患部はまさに同じところでした。病床でかれはひそかにぼやいた、歴史がおまえを捕まえにくる。

だが、まだかれは歴史がかれを捕まえにきたことを知らない。医師の診断が出るまでの二週間、かれはパリ十四区サレット通りのアパートの一室に流れるアモルフな時間のなかに漂流する。「十九日火曜。久しぶりに寝汗かかず。いぜん熱っぽく、咳、右背中の筋肉痛止まず、だが回復の兆しあり、もうあの医者にはいかない、近所の医者をさがす」「二〇日水曜。八時起床。熱っぽい。しかたない、レントゲンラボにテレ。明日二・三〇。医者にテレ。フィルム出来次第ということでアポイント」病気までがかれをだまそうとせっせとがんばっている。手控えのノートを見れば、近所の医師をさがすだの、レントゲン出来次第などと書いていながら、かれは次の日、竹原医師のところに出掛けている。

「六月二十二日。八時起床。いぜん熱っぽい。気分よいのでオデオンからセーヌ河岸への小路の写真を撮りにいく。クリューニーでカフェ。ジベールで絵葉書八。大学書店でヴィヨンのドゥロズ本、計四冊、三八一F。二・〇〇帰宅。六・三〇外出、田中家へ。十一・〇〇車で送られて帰る」一九七一年から一九八四年へ、時間のループが形成された。いまスライド・ファイルをさがせば、ビュシー四辻を映した一枚と、サンタンドレ・デザール通りのがみつかる。かれはビュシー四辻に立った。そうしてピュフへ。「ヴィヨン遺言詩」の詩人の住処は近い。

注＊　翌年の夏、また出かけてみたら、なにやら金属プレートが石壁にはめこんであって、十六世紀に建て直されたものか？と断りが読めた。弁解するようだが、前の年につくづくと見た折、これはよくないのではないかと、疑念が胸をよぎった記憶がある。なんともタイミングのよいことで、かくしてサンブノワの正面玄関はあいもかわらず定まらない。

以上の注記は一九九五年八月刊行の『わがヴィヨン』に書いたもので、この「燃える指」の章の初出である『学鐙』一九九四年三月号のエッセイにはこの注記は見られない。だから本文中の「昨夏」とか、この注記の「翌年の夏」とかのクロノロジー（時期の指定）がどうもあいまいで、書いた本人がそんなことをいうのも問題だが、一九九一年四月から九二年三月にかけて一年間、パリに住んだあと、一九九四年の夏まで、毎夏、パリで過ごしたというわたしのクロノロジー（経歴）からお察しください。そんなクロノロジー（時間の経過）のことよりも、もっともっと深く、いまわたしの心を領しているのは、なんと十六世紀ですよ！　サンブノワの、偽物でもいい、サンブノワの玄関の結構なるものに、キマイラが棲息していてくれてさえしたら！　なんと十六世紀のものなんですよ、これは！　ロンサールやモンテーニュの時代に作られたものなんですよ、これは、と、誇らかに評判することができたではありませんか！

事の発端

手帳を見ると、「具足屋小町不在」、行をかえて「五二歳の「わたし」→ギヨーム　ヴィヨン」と書いてある。さて、どういうつもりでそんなふうに書いたのか。

パリに病んで急遽帰国し、鎌倉は裏駅の道躰さんで直してもらってから二年後、わたしはまたまた道躰さんにお世話になった。歴史がわたしを追いかけてきた。今度は肺炎である。わたしは毎年九月に東京芸大で「文化史」なる、なんとも茫漠とした題目の講義を集中で引き受けている。集中講義というのは一週間ぶっとおしに講義するという荒行で、荒行なのだから終わったらおとなしくねぐらに引き揚げればよかったものを、欲を出して西洋美術館に立ち寄った。ターナー展がかかっていたのである。たいそうな人込みだった。むやみに暑くて、汗がたらたら流れて、人いきれにあおられたかなと思った。なんかの絵で、川がよどみになっている、そこのところに河原だか流れだかよく分からない描写があって、そう思ったからそうつぶやいた、その言葉尻をとらえて、くどくどいいつのる同行の齋藤一郎をあしらっているうちに、なんか身体がふらついてきた。

どうもねえー、全体弱ってきたような感じだ、
財布はカラだし、なんか、からだもおかしい、
そこでせめては正気をたもっているうちに、
ちっぽけな正気だが、神さまのくださった代物で、
なんせ他人さまのを借りたってわけじゃないんで、
おれはこの最終遺言状を作成するものである、
わが最期の意思において、全条項をひとつの
ものとして、取り消しえざるものとして

せめては正気をたもっているうちにと、一郎を置き去りにして一路帰宅。その夜だったか翌日だったか、熱が出た。まあ遺言状を書く羽目にならなかっただけよしとしなければならないか。

いまカタログをめくれば問題の絵は「カンバランド州のコールダー・ブリッジ」と知れる。ラスキンはこの油彩画を高く評価し、主題は単純で荘重だと批評したという。ラスキンのこの評言を会場で目にしたかどうか忘れたが、なるほどねえ、単純で荘重だな。橋は画面左よりに描かれている。大きく突き出た岩に隠れてアーチの片鱗しか見せていない。橋下の暗がりに、川水が泡をたぎらせて流れ込む。その動を、画面右側手前の水面に浮かぶ鴨の点景の静で強調する。橋の上の道の線が画面中央を左右に大胆に横断していて、そこに二、三本木が立つ。この樹木、荘重という形容を担えるがほどのものではない。道の向こうの家屋ともども、画面上半分はここにあたかも書割《かきわり》と化す。川水の動と静

とがこの絵の主題である。かなり理屈っぽいですねえ。

とまあ、いまならばこの絵はこう読めるのだが、八年前の蹌踉たる足取りの絵画鑑賞人は画面下半分の左手が橋の下のトンネルに吸い込まれる川水、右手が鴨の遊ぶよどみ。そんなら中央の明るく彩色されたところはなんだ？　なにやらそこの鴨どもはうずくまったり立ったりしているようにも見える。してみると河原か。いいや、ちがうのだよ、おぬし、とここで一郎が口を出した。水だよ、水がみなぎっているんだ。あるいは逆だったのかもしれない。記憶のなかで主客転倒したか。川水がみなぎっているねえ、そこに明暗をはっきりつけて橋の下のドラマを予感させている。おぬし、見えてないねえ、河原だよ、河原。光ってるとこは。

ターナーの朦朧体というではないか。あいまいに描くということではない。画家が見るのは光の反射の具合で、画家はそれを描く。画家の目にこちらを合わせればよいではないかと、道躰医院のベッドに寝そべって天井を見上げている。左腕に点滴の針が刺さっている。そこしか空いていないからと、手術室の真ん前の四人《よにん》部屋である。ドック室と呼んでいて、なんでも人間ドック専用の部屋ということらしいが、四人《しにん》部屋とはねえと、気分はいささか自嘲気味だ。

五週間もいれば、いろいろな人の出入りがある。三日目から窓際に移ったが、そこにはそれまで尿路結石の若いのがいた。若いといっても三十過ぎたあたりか。見るからに遊冶郎《ゆうやろう》といった感じだった。窓のかまちに手鏡を立てて、しきりに髪をなでつけていた。

通路を隔てて反対側の、やはり窓際に七十過ぎの老女がいた。七十過ぎの老女って、これはその方ご自身のおっしゃりようだから、誤解しないでいただきたい。なんでも腸の不調で（これもかの女ご自身がそうおっしゃった）、もう何か月にもなるとか。体重八貫しかかからない。若いときからそうよ、とおっしゃる。点滴を続けているのだが、もう皮膚や血管がいたるところ硬化してしまっていて、なかなか針が入らない。タオルで暖めては、看護婦さん、一生懸命なのだが、なかなかうまくいかない。

戦前、北海道から出て来て、横浜六角橋のアメリカさんの家でメードをした。それからずっと外国人の家で働いた。メードは五円が標準だったが、二十円から三十円もらっていた。フミコという名前だが、外国人はフの発音が苦手だ。だからユミコと呼ばれていた。戦後は横須賀のベースで働いたこともある。ほんの一時期だったが、大和のＰＸでも。そのころ手に入れた大きな寝台にいまでも寝ている。たくさん彫刻のついた贅沢な寝台だ……　兜屋小町の問わず語りが続く。さて、このお方、この話をこれで何回なさったか。

葉山の大山という左官には気をつけろ、そいつは妹を見殺しにした奴だと老女は弾劾する。筋向かい、戸口寄りのベッドを住処にしている八十六歳の脱腸婆さんの付き添いが、力瘤を入れて老女の告発に加担する旨、証言する。付き添いさんは、最初の夫を戦争でなくしたという。掃海艇で出港直後、三浦沖で沈没した。応召兵だけはロープで縛ってボートで脱出させ、古参のもの四、五人が艇と運命をともにしたという。話の手順を心得た付き添いさんのおしゃべりに、ついつい引き込まれ、波濤逆巻く三浦沖をターナーの絵に重ねて思い浮かべたことだった。

シャルトゥルーやセレスティンのお歴々、
托鉢修道会の兄弟たち、デヴォート連、

靴の木底を鳴らしてぶらついてる若いの、
恋のやっこかな、かわい子ちゃん、あんたもだ、
ボディコン胴着にイキなコートを着ちゃってさ、
色恋沙汰がほとんど病気の、うぬぼれの愚か者、
鹿革の編み上げブーツ履くのに世話が焼けない、
そんな皆の衆に、おれは、お慈悲を！と叫ぶ

お乳を見せる娘っこども、そうだ、あんたらだ、
もっと、お客をつかまえようっていうんだろう、
盗っ人に、喧嘩の扇動者、そうだ、おまえらだ、
香具師のあんさんたち、お猿に芸をさせなって、
阿呆に女阿呆、道化に女の道化、役者さんたち、
六人ずつ組んで、ピイピイ笛吹いて、豚のだろ、
膀胱の豆袋をゆすり、道化の錫杖を振りまわす、
そんな皆の衆に、おれは、お慈悲を！と叫ぶ

『遺言の歌』最後に配置されたふたつのバラッドのうち、前の方のバラッドの第一連と第二連である。『遺言の歌』も大団円に近く、「フランソワ・ヴィヨン」はおのが葬式の式次第を指示する。墓場はサ

ントアヴォワだ、鐘は硝子造りの大鐘だ、遺言執行人はだれそれだと並べてきて、そうして最後の八行詩にこう歌って、ふたつのバラッドにつなげている。

ローソクのあかりの件だけど、そうだねえ、
グィオーム・ドゥ・ルだ、かれにまかせよう、
汗ふきひろげてもってくのはだれの役かって、
もう、いいよ、その件は執行人にまかせるよ、
こんなに痛むなんて、いままでなかったぞ、
ひげとか、かみのけとか、いんぷとか、まゆとか、注*
うずきがせつなくて、時がきたんだなあ、
皆の衆に、おれは、お慈悲を！と叫ぶ

陰茎の付け根の毛の生え際が痛痒くって、みんな、お願いだ、おれを助けてくれよ。気持ちはよく分かるぞと五十二歳のわたしがベッドにひっくりかえって、リシュネル、アンリ御両人の校訂なさった「ヴィヨン遺言詩」を眺めていると、隣のベッドのあまったれの自然気胸の若いのが、処置を受けながら、痛いよ、助けてよと叫んでいる。これはもうほとんどヴィヨンの世界ですねえ。わたしがいうのは、そういう世俗の塵埃を、塵埃にまみれた男女のなりわいをヴィヨン詩は歌っているということで、尿路結石の遊冶郎が、往時、ボディコン胴着にゆったりスカートはいた兜屋小町が時を交錯し

て四人部屋に出没する。

しかし、それにしても、さっきから、何度、「フランソワ・ヴィヨン」にお慈悲を！と叫ばせているのだろう。バラッドの第一連と第二連の最終行のルフラン、この八行詩の最終行のルフランには癖がある。ご紹介したのは表の顔で、「お慈悲を！と叫ぶ」と訳したが、そこのところ、じつは「お慈悲を乞う」とも読める。これが裏の顔である。「乞う」を意味する querre ないし querir という動詞があって、なにしろ『ロランの歌』にふつうに出てくる。これが「だれかに向かって大声で叫ぶ」という意味の crier と発音が通じるとか、語源的に近いとかのわけで混用されて、crier merci という言い回しができあがった。「お慈悲を！と叫ぶ」という表の顔が「お慈悲を乞う」という裏の顔を持つことになった。

第三連と反歌四行詩はいささかスカトロジックなところもあり、ご紹介するのをためらっていたのだが、これも筆の勢いというもので、いたしかたない、お読みいただこう。

ただしだ、裏切者の犬どもに向かっては叫ばない、
あいつらめ、おれにド堅いパンの耳を食わせた、
朝な夕なに、おれにガチガチ噛ませやがった、
やつらめ、もう糞みっころほどにもこわくないぞ、
屁をこいてやる、ゲップってやる、面当てだ、
それができない、いまは坐してなんとかなんだ、

もう、どん底よ、まあ、もめごとは避けたいんよ、
で、皆の衆に、おれはお慈悲を！と叫ぶ

あいつらの肋骨を十五本、たたき折ってくれ、
どでかい、頑丈な木槌でねえ、革帯に鉛玉を
仕込んだんで、そんなふうに毬を使ってねえ、
で、皆の衆に、おれはお慈悲を！と叫ぶ

もめごとを避けるの「もめごと」は「リオット」で、これは十三世紀の『ばら物語』を見ても、逆にくだっては十六世紀のモンテーニュをのぞいても、男女の間の「もめごと」といった使い方で、なにかここに暗示されているような陰湿な争いにはなじまない。ところが、スカトロジックな語句も含めて、このバラッドは全体として、これまで詩人が披露してきた言葉の世界の見本帳を作っているようなもので、第三連はオルレアン司教チボー・ドーシニーの地下牢に「坐している」おれの、にっくき仇どもに屁をひってみせてやることもできないもどかしさを歌っているのだと、最近はデュフルネ氏やリシュネル、アンリご両所を含めて、大体そうお考えのようだ。『遺言の歌』第一節にチボー・ドーシニーへのうらみつらみを述べておいて、このバラッドで大団円と、それで起承転結整うのかというと、それがそうではないのが残念で、このあとにもうひとつバラッドがおかれている。

ご紹介する紙面の余裕がないのが残念だが、バラッドとしてはそちらの方がはるかによくできてい

る。印象としては、問題のバラッドは習作の域を出ていない。組み立てから見て、このバラッドは要らない。さきほどお読みいただいた最後の八行詩が、そのままもうひとつのバラッドに渡って、それで大団円とした方がかたちがよい。けれども、作者ははじめ、問題のバラッドで終わりにしようと考えていた節がある。これはバラッドとそれに先立つ八行詩との関係ではむしろ異例なのだが、八行詩の最後の行をバラッドの繰り返しの詩行にとっているところは印象的だ。両者の一体感がそこに強調されている。

これまで詩人が披露してきた言葉の見本帳といったが、わたしがいうのは『遺言の歌』のサマリーを詩人は作ろうとしているということで、ひとつひとつの言葉について、そのでどころをあげつらうことができる。第三連から反歌四行詩へのわたりの異様さも、これは『遺言の歌』の構成をよく考えてみなければなんともいえないものがあるのではないかとわたしは考えている。おそらく八行詩によって、バラッドによって、制作された時期がちがうということもあるのではないか。そうしてまた、実在の人物とのつきあわせ、これには十分警戒してかからなければならなかろう。チボー・ドーシニーとはなにものか？　どうしてまた詩人はこうまで「あいつら」に瞋恚《しんい》の炎《ほむら》を燃やすのか。それにしても「あいつら」とは、いったいだれなのか？

それにしても作者は、いったいなぜ「フランソワ・ヴィヨン」にお慈悲を！と叫ばせているのだろう？　このなぜが事の発端だった。八年前、わたしはヴィヨンを読み始めた。

注＊　バルブとかシュヴーとか、集合名詞的に使われていて、ひげのどこか、口ひげか、あごひげか、あるいはほおひげか、どこがうずくのか、もうひとつ、証言がはっきりしない。『ロランの歌』の四十八行目に「わが胸の上で風に揺れるバルブにかけて」、最終行四千一行目に「(王は)目から涙をながして、かれの白いバルブをしごく」と書いている。風に揺れ、手でしごく対象になるのはあごひげである。またもや個人的体験で恐縮だが、わたしは口ひげをたくわえて、もう何十年にもなるが，口ひげは、まあ、うずくものではない。ヘルペスをかくすのにちょうどいいという効能もあるが、むしろ口ひげは、わたしのばあい、帽子みたいなもので、まあ、生活習慣病ですね。ふとしたことから顎ひげも、また、はじめた。頬ひげもけっこうしっかり生えている。また、というのは，若いころに生やしていたことがあったからだが、この顎ひげは、これはたしかにもしかするとうずくかなという予感をもたせる。そんなに長くはしていないので、カール大王のように右手で白髯《はくぜん》をしごくわけにはいかないが、時には指ではさんでしごいてみたりもする。

Ⅲ・歌の場

四つの教会堂

「ノートルダムよ」

前の座席の老婦人に声をかけられて、びっくりした。バスは左岸のセーヌ河岸をサンミッシェル広場の方に向かっている。一瞬耳に通らず、何か御用がおありなのかと思ったが、ノートルダ〜ムよと軽く右手をあげて指さすようなしぐさに、なんのことはない、異邦の夫婦者にガイドしてくださろうとなさっているのだと飲み込めた。あるいは、すごいでしょうとご自慢ということか。なんともおだやかな笑顔だった。

セーヌ河岸を走るバスに乗ることを覚えてから、もう二か月になる。そろそろ常連に加えていただいてもいいかなと思っていた矢先の不意打ちだ。パリの老婦人がむら気なことは分かっている。スーパーで、おまえ、これ安いと思うかと仲間扱いしたその足で、ひとをツーリストあつかいする。それがなんとも邪気のない態度なので、にくめない。誘いに乗るのは、わたしども夫婦、得意芸のうちである。ツーリストの役どころに徹して、家内などは感嘆の叫びまであげている。

バック通りに出掛けるところだった。バック通りはオルセー美術館の東側を入ってモンパルナスの方へ向かう通りである。むかし、セーヌ川対岸にテュイルリー宮殿を造営するとき、モンパルナスから石を採取して、この道を運んだ。セーヌは艀で渡した。バックの名はそこに出たという。いまはその渡しに橋がかかっている。ポン・ロワイヤルである。なんとも散文的な名の由来で、おもしろくない。

水戸の那珂川のほとりの渡里みたいなものだ。もうふたむかし前、わが娘は、ほんのわずかなあいだだったが、渡里小学校に通っていた。

「バック通りにいくの？　だって、それ、ここよ！」

老婦人のあげた手の影を通りの角が横切った。あわてて停車お願いのボタンを押したが、まにあわなかった。まぬけなジャポネの夫婦者はオルセー美術館前まで運ばれた。

バックという名はバック聖人を連想させる。バック通りに出掛ける気になったきっかけはそんなことだったのだが、バック聖人、つまりサンバックはサンブノワ教会の古い時代の名前だったらしい。まあ、このエッセイ連載をはじめてお読みいただく方のために一言添えさせていただけば、サンブノワというのは「ヴィヨン遺言詩」の作者とわたしが見込んでいるギヨーム・ヴィヨンが司祭職をつとめていた教会であり、そこはまた作中の主人公フランソワ・ヴィヨンの生活の場なのでした。場所はサンジャック通りをセーヌ河岸の起点から上がっていったすぐのところにあり、そのさらに先がソルボンヌ学寮でした。

と、まあ、手短に解説しておいて、さて、そのバック聖人だが、これはじつはバックはバックでも最後がｑで終わる。艀のバックとは字がちがう。ラテン名バックスで、四世紀のシリア駐屯ローマ軍団の兵士でした。キリスト教徒で、セルギウスという仲間ともども殉教した。これが意外と中世のパリっ子にうけた。カペー王家三代目のアンリがノートルダムの参事会の差配にまかせるという趣旨の令状を出している、その四つの教会の一つにサンバック教会が入っている。これがのちのサンブノワだというのである。

なにしろqがついているんだからちがうのだと、バック通りのレストラン「ル・カム・バック」で、七面鳥をつっつきながら、家内相手に力説したのだが、そういうけどここのカム・バックもずいぶんおかしいよ、と家内。なるほどこのレストランのコンブ氏夫妻はその性格かなりの凝り性らしい。横文字など持ち出して恐縮だが、M. et Mme Fernand Combes の Combes の最初の三字をもってきて、英語のカム。最後の音にひっかけてバック。もっともこれはバック通りのバックだということで、だから Bac と書く。Back と書かないところがミソだ。「帰っておいで」と「バックにおいで」が二重奏をかなでているという命名で、なんともニクイ。

バック、つまり渡し場にいたる道ということで、道の名がついたというのは、それなりに理解できることなのだが、パリの通りの名についてことあげしている辞典をみても、そうにちがいないと、それほど確信があるわけでもなさそうだ。バックという字は、中世ラテン語ではバックスと、綴りは微妙にちがうが、酒神のバックスと同じ音だし、近代語のトランプゲームのバカラ、あるいは大学入学検定試験のバカロレヤの略語として、フランス人は軽々と口にする。サンルイ島のわたしどものアパルトマンの大戸の真ん前が馬の首を看板にかかげた肉屋さんで、いつだったか、娘さんがバックにいい成績で通ったと、下町感覚のおかみさんが、それは喜んでいた。

なんとなくあいまいな気分が漂っている通りの名だということで、おまけにサンバック、サンブノワと連想をもてあそんで、そのあたりを歩きまわれば、通りから東より、サンジェルマン・デ・プレ教会のそばにサンブノワ通りというのがある。なんでも往時ここの修道院がブノワ聖人、つまりベネディクト修道会の開基の定めた戒律を採用したことに由来する命名だと、なんとも頼りない説明がかり通っている。真偽のほどは混沌未分ということで、わたしがいうのは、このくらいあいまいな気分が漂っているということならば、往時このあたりにサンバック礼拝堂が見える。

サンルイ・アン・リール、島のサンルイ通りに住みついて二か月になる。そろそろ川向こうへ出掛ける、きまった道筋が何本かできた。『パリ一住民の日記』の筆者流儀にいえば「橋の向こう」だ。その一本がノートルダムの脇を抜けてサンミッシェル大通り、いうところのブール・ミッシュ方面への道である。ノートルダムの前通りがセーヌを左岸に渡る橋、ポン・オ・ドゥブルは、ローラースケートの悪ガキどもが段ボールを飛び越える技を競うあそびでしょっちゅうにぎわっている。

オ・ドゥブルというのは「橋銭一ドゥブル」というほどの意味で、ドゥブルというのは往時通貨の一つだった。シテ島のノートルダムの前にあった施療院の別棟が対岸に建てられて、渡りの橋が架けられた。これは施療院の権利ということで橋銭が徴されたのだという。橋の名前に敬意を表し、橋のたもとの手回し風琴の歌芸人に五フラン玉を奮発して橋を渡る。渡りついた河岸の車道の向こうに小公園があって、その奥に小さな教会堂が鎮座する。サンジュリアン・ル・ポーヴル教会である。

ノートルダムと同時期の建築である。ノートルダムとはちがって、後代かなり修築されているが、それでも公園に面する側廊の結構は、とりわけ窓枠の組みは、これはロマネスクではないかと思わせるほど目に優しく、時の塵が静かに降り積もる。聖堂のわきにニセアカシアの老木が立つ。幹の洞にセメントを流して固め、セメントの支柱をあてがう。この人間による補いの不手際を呆れ顔で隠そうとするかのように、キズタが濃い緑のマントを着せかける。かたわらに、これは壮年のトネリコとサワグルミの大樹が保護者然として緑の枝葉をひろげる。

ニセアカシアを背にして見るノートルダムは尊大だ。この質朴な教会堂を流し目で見るかのように、正面をわずかにこちらへ向けて振って、満艦飾の聖堂南面を惜しげなくさらす。大鐘楼の大鐘ジャックリーヌの殷々たる鐘音は、さぞやサンジュリアンの聖堂の壁にこだましたことだったろう。もっとも「ヴィヨン遺言詩」の時代、サンジュリアンはノートルダムに対して、こんなにあけっぴろげではなかったが。聖堂と河岸のあいだには、家屋が建て込んでいた。このあたり大学の街区だったのである。だからわたしのものいいようは、これはあてこすりとご理解ねがいたい。わたしがいうのは、サンジュリアンは、さきほど紹介したカペー家三代目アンリがノートルダムの差配にまかせた四つの教会の一つだった。王家文書にはサンジュリアン・マルティールと出る。

サンバックことサンブノワの司祭ギヨーム・ヴィヨンの戦いはノートルダムとの戦いであった。「ヴィヨン遺言詩」にはかれのウォークライ（雄叫び）が響いている。サンジュリアンの司祭たちもまたこれに唱和する。唱和したいと思ったことだったろうと推測するということで、とりわけて証拠があるわけではない。わたしがいうのはサンジュリアンの「ヴィヨン遺言詩」は書き残されなかったということで、それはいたしかたのないことであった。サンジュリアンの司祭に「ギヨーム・ヴィヨン」は出なかったということで、そのことはサンセヴラン教会についてもいえる。サンセヴランもまた、問題の四つの教会の一つだったのである。

　サワグルミが房状に苞《ほう》を垂らす枝下をかいくぐってサンジュリアンの西側にまわり、鋳物造りの木戸を排して聖堂の正面戸口前に出る。シャンソン喫茶「カヴォ・デズブリエット（地下牢）」のおどろおどろしい看板を横目に見て、聖堂に背を向ければ、正面、サンジャック通り越しにサンセヴラン教会堂の後陣の壁が見える。いまは見えるということで、往時「ヴィヨン遺言詩」の時代には、後陣の屋根と正面北側の塔しか見えなかったかもしれない。というのはどうやら教会堂とサンジャック通りのあいだに、ほんのせまいところだが、それでも家屋が建て込んでいたらしいからである。十五世紀のなかばに火事があって、ちょうど「ヴィヨン遺言詩」が書かれたころには後陣の部分は修復工事中だったという情報もある。さてどんな景色だったたか。

　サンセヴランは、その立地と平面プランから見て、いまは存在しないサンブノワ教会堂の往時の結構を考えるのに格好のモデルとなる。翌年、帰国後、わたしはある会合でそのことについてお話する機会があった。「実証主義へ還る」と題したが、これは刷り物にもなっていて、いずれ「ヴィヨン遺言詩」訳注書上梓の折には、その文章も組み込みたいと思っている。ということで、サンセヴランは今回は入らずにおくとして、四つの教会のうち、残る一つに足を向けるとしよう。サンテティエン・デ・グレ教会である。

　往時、サンジャック通りは南に登っていた。いまはあまり感じないが、それでも道脇のソルボンヌ校舎の石壁の基礎を見ると、なるほど傾斜が分かる。しばらく歩いてから後ろを振り返り見ると、はろばろと視界がひらけて、なるほど登ったなと分かる。坂を登りつめたところにサンジャック門があった。いまスフロ通りと交差するあたりである。十二世紀のむかし、反対方向、南から坂を登ってきてサンジャック門をくぐったアベラールは、はじめて視界におさめるセーヌ河谷の景観に心奪われて、門の右手にうずくまる小さな教会堂には気づかなかったかもしれない。通りの反対側にはジャコバン修道院が広壮な境内を構えている。

エティエンヌはラテン名ステファヌスで、聖書の「使徒行伝」にステパノと出る。石責めにあって殉教した聖人で、だからデ・グレとはよくぞいった。グレというのは舗装に使う切石のことで、いまでもパリの各所に見られる。先年、ルーヴルのクールカレの舗石の寸法を測ったら、十五センチ角と出た。すこし大きめの感じである。サンルイ島の北側の河岸の舗道の修復工事がはじまって、ポン・マリ橋のたもとに掘り出された切石が山積みになっているのをみかけたことがあった。手にとってみれば、握って手のひらにしっくりの、たしかに投げてみたくなる物体だった。

ユゲの十六世紀辞典を見ると、アグリッパ・ドーヴィニェの文例が出ていて、それは市街戦の描写で、バリケードや窓からの火縄銃の一斉射撃に、「グレと呼ばれる舗石の雨あられ」がくわわったと読める。グレという呼び名にどこかこだわっている気配が感じ取れて、おもしろい。サンテティエンヌ・デ・グレという名前は、パリっ子がエティエンヌ聖人を「グレの」と呼んで、あたかも舗道の切石の雨あられが聖人に降りかかる光景を想像して、急いで十字を切っているようで、おもしろい。それが「ヴィヨン遺言詩」の詩人は、たった一個の舗石を歌う。

戸がこわれてるモンだから、盗られちまった、

グレが一個と鍬の柄が一本、グレって舗石だよ、
あんときゃあ、タカ八羽十羽よったって、ヒバリ一羽、
とらまえられんかったろうよ、なんせ暗かった

『遺言の歌』の一節で、前節でジャン・コルニュという、これはシャトレの役人だった男に「家付きの庭」を贈ると歌っている。このジャン・コルニュは『形見分けの歌』にもトップグループで登場していて、なんと「飲み屋のツケをだれかが払ってやること」を形見として贈られている。飲み仲間だったのだろうか。それが分かっても、この四行詩は分からない。四行詩といったが、じつは八行詩の前半分で、後半分をご紹介するとなると、とうていこのエッセイは終わらない。この四行詩だけでも一苦労で、舗石一個と鍬の柄の組み合わせは、これはなにか。注*

わたしが思うのは、グレという言葉は、詩人の生活圏のサンジャック通りの、それも同じノートルダムを親教会にいただく姉妹教会の呼び名についていた言葉なわけで、サンテティエンヌの名前の方は、これもやはり『遺言の歌』も終わりに近く、自分の葬式の次第を述べて、ガラスの大鐘を打ち鳴らしてもらいたい、

鐘つきにミシュを四つあげよう、ミシュってパンだよ、
足りないっていうんなら、半ダースじゃあ、どうだね、
どんな金持ちだって、ふつう、そんなにはくれないよ、

ただしだ、じつはこいつはエスティェン聖人のパンだ

手のひらに隠れるほどの小振りのパンがミシュである。それがエティエンヌ聖人のだということになれば、なんのことはない、グレである。つく鐘はノートルダムの一トンの大鐘ジャックリーヌである。この鐘、大王シャルル六世の御代の王家大番頭ジャン・ド・モンタギュの寄進した鐘だったが、二度三度とひびが入って、鋳直しがくりかえされた代物で、ガラスの大鐘とはよくぞいった。だというのに、なにかまうもんか，ガンガン打ち鳴らしてくれとフランソワ・ヴィヨンは要請していて、その報酬がサンテティエンヌ・デ・グレ四個だとうそぶいている。さて、これをどう読んだらよいものか。ガラスの大鐘は割れるだろう。鐘つきは打ち殺されるだろう。それにしても、なんで、また、四個なのか。

注＊　舗石一個と鍬の柄の組み合わせの怪を晴らそうには前節、『遺言の歌』九十五節の後半四行詩に帰らなければならない。通しで読んでみると、

そこでだ、やつに庭をゆずろう、なにね、
こいつはメートゥル・ペール・ブービノンから
借りたんだ、庭の入口の戸を直す、三角小間が
いたんでるから、そこも直すってことでねえ、
戸がこわれてるモンだから、盗られちまった、
グレが一個と鍬の柄が一本、グレって舗石だよ、

あんときゃあ、タカ八羽十羽よったたって、ヒバリ一羽、
とらまえられんかったろうよ、なんせ暗かった

こういうふうに八行詩を加工すると、そこになにかが見えてくる。「三角小間」だが、原詩では、まるで「ブービノン」に調子を合わせるかのように、「ル・ピノン」と書いている。教会堂の出入り口などの扉の外枠の上に横に渡した石や材木を楣石（まぐさ石）と呼んでいるが、その上に乗るアーチの壁（半円形ないし三角形の壁面）を日本では「三角小間」とか「切妻壁」とかと呼んでいる。鍬はフーないしホーで、これまた唐鍬とか鶴嘴（つるはし）とかいろいろあるが、柄が長ければなんでもよいのであって、残念ながら、向きが逆になっているが、三角小間の三角形の頂点にあてて長柄を置いてください。そうしてその交合点にグレを置く。できあがった図形は、洋の東西を問わず、「ヴィーナスの三角」である。アルファベットのYの字形がそれに重なる。小沢書店版「ヴィヨン遺言詩注釈『遺言の歌』（中）」の、これが該当する百七十五ページに、わたしは「なんかいつか縄文人だかキクラデス島の人たちだかの描いた絵に、そんなの見た記憶がある」と書いている。キャサリン・ブラックリッジ著、藤田真利子訳『ヴァギナ　女性器の文化史』（河出文庫、河出書房新社）の挿入図版1‐9‐cに「キクラデス文化の女神像。ナクソス出土」の写真が掲載されている。この本の、わたしの見た文庫本の出版は二〇一一年、原著は二〇〇三年、藤田さんの訳本の初版である単行本は二〇〇五年の出版である。対するにわたしの『遺言の歌』（中）は二〇〇〇年の出版。わたしが藤田さんの本でこの図版にはじめて接したということはない。なにしろ有名なのですよ、「キクラデスのヴィーナス」は、

「ミロのヴィーナス」とどっちかというほどに。ミロのが出土したミロスないしメロス島は、ミロのの時代よりもはるかに古い紀元前三千年紀のキクラデス文明圏の島だった。超古代から古代にかけて、エーゲ海のキクラデス群島は「ヴィーナス」をたくさん作ってきた。「ヴィヨン遺言詩」の詩人は超古代文明が今に伝える生命の脈動に乗っている。なお、舗石は、なんでしたら臍（へそ）と見立てたと見てもよいのではないですか。

セーヌを壺になみなみと

サンルイ島からサンルイ橋を渡ってシテ島に入る。河岸の道を横断してまっすぐ行く見当がノートルダムの北側の道のクロワートル・ノートルダム通り、意味をとればノートルダムの境内の道ということかな。すこし行ったところで、左手にノートルダムの後陣を見ながら、右側のカフェの角を曲がってシャノワネッス通りに入る。道は左カーヴにまわりこんで、ノートルダムから一ブロック北で、ノートルダムの前の広い通りに出る。

シャノワネッスの名の由来は分かるようで分からない。シャノワーヌ、つまり司教座聖堂参事会員で女ということになるが、聖堂参事会員に女性はいない。サントーギュスタン隠修士会が組織した女性の信徒団があって、これは修道誓願を立てた尼僧ではなく、身分は俗人のまま信心一途の共同生活を送る女性たちだが、それが「マダーム・シャノワネッス」と呼ばれたという。白衣に黒のヴェールをつけ、左腕に貂か栗鼠の毛皮の切れ端を留める。

この毛皮の切れ端というのは、これは参事会員とか聖歌隊員とかが勤行《ごんぎょう》のときにつけるもので、身分にともなう職能の表示であった。それが女たちはシャノワネッスの名の表示にそれを飾る。これはしかし、それほど不当なことではなかった。そのことについてお話するとなると、これはたいへんで、だからこれまた幻のわが大著『わがヴィヨン』[注(1)]の、しかるべきページをごらんいただくとして、わたしがいうのは、なるほどシャノワネッスの通りの名前は「マダーム・シャノワネッス」に出たかもしれない。

　けれども、じつのところ黒いヴェールをかぶって、左腕に毛皮を小ぎれいに飾り留めたご婦人方が、はたしてこの通りに集団で暮らしていらっしゃったかどうか、その辺のところはなんら実証されていないのです。ですから、もしやシャノワネッスはシャノワーヌの大黒のことではないかと、名前の由来はそれからではないかと（この手の話はよくあることです）、かりにどなたかが当て推量なさることがおありならば、わたしとしてはよろこんでそのお説に耳を傾け、じっくりと検討させていただきたい。

　なぜって、まあ、ひとつ噂をお聞きいただきたいわけで、『遺言の歌』の「ラ・ベル・オーミエールの嘆き」ですねえ、これはクレマン・マロのつけた題字で、ていねいに言い回せば「往時ラ・ベル・オーミエールこと兜屋小町、いまは老女の嘆き」だが、この女性、もしやこの通りに住んでいたのではなかったか。ニコラ・ドルジュモンという参事会員にまつわる噂で、その家は「狐の尻尾」看板の家で、その囲いものの女性は「ラ・ベル・オーミエール」と呼ばれていた……

　シャノワネッス通りはノートルダム教会の参事会員諸氏がお住まいの屋敷地が集まっている一画のメインストリートでした。この一画のことを「参事会員の囲い地」などと呼ぶが、塀でかこまれ、四つほどの門で厳重にガードされた住宅地でした。いま、シャノワネッス通りがノートルダムの前の広い通りに出るあたりに門が一つあった。そこから南にまっすぐ塀を延ばして、ノートルダムにぶつかるあたり、クロワートル・ノートルダム通りの外れに一番大きな門があった。

門はもうひとつセーヌ河岸にあった。いまシャノワネッス通りから河岸に抜ける路地シャントルを行って河岸に出たところの見当だという。そのシャントル通りに門を構えて、参事会員フュルベールの屋敷があって、なんと十二世紀のむかしの話だが、姪のエロイーズというのも一緒に住んでいた。そこにパリの大教師アベラールが娘に惚れて、策を弄し、家庭教師ということで参事会員の家に入り込む。下宿人である。それが、おお、なんということだ、「本は開いておいたが、それを読むより口説に大童、意見を述べるよりまず接吻だった」

数か月のあいだのことだったとかれは書いていて、後代は、大哲アベラールの恋の武勲の記念に、問題の屋敷の跡地とおぼしきところを領する建物の軒桁に、花飾りをあしらって、ご両人の胸像を懸けてやった。十九世紀のフランス人好みの古典主義である。シャントル路地をではずれたオ・フルール河岸のアパルトマンの九番地と十一番地の玄関の上の壁である。写真をおとりになるのなら、通りの向こう側、河岸の堤の胸高の石壁にお尻を押し付けて、望遠で狙うとよろしかろう。

エロイーズはどこにでもいる。「ヴィヨン遺言詩」の詩人がご両人を追悼したブラッサンス調の八行詩は、連載第二回に、さっそくにご紹介したところなので、ここにはくりかえさないが、わたしがふしぎに思うのは、エロイーズのいるところ、どうしてかれがいるのだろう。アベラールのことをいうのではない。いや、アベラールはかれで、かれはアベラールだと、連載第二回には書いたのだが、いまいうのはそのかれではない。ギヨーム・ヴィヨンのことで、一四五〇年九月四日の夜、かれはたしかにこの界隈に宿泊した。かれ自身、そう申し立てていて、『形見分けの歌』に神妙に歌う。

ひと―つ、その、なんだ、司教杖が一本だけじゃあね、
そうだ、サンタンテーン通りのももってこよう、
それとも、なんだ、玉たたきの棒の方がいいかな、
まいんち、かかさず、セーンを壺になみなみ一杯だ、
いや、なに、ツライ立場の鳩さんたちにってこと、
なんせ鳩舎に押し込められているからねえ、
あげます、おれのきれいな鏡、よ―く映るって、
それにね、女牢番のご寵愛、うまくやれよ

玄妙不可思議なる八行詩で、さてこれをどう読むか。
この八行詩の前に、ともにノートルダムの大長老、参事会員おふたりをからかっている八行詩がふたつおかれている。四行目「毎日かかさず、セーヌを壺になみなみと」まではそれを受けている。この一行が五行目にもかかって、後半の四行は、次におかれた八行詩に渡る。連載第四回にご紹介した八行詩である。

ひと―つ、おれはお救い所に遺す、クモの巣張りの
シャーシ、窓枠じゃあないよ、おれのベッドだよ、

屋台の下に寝てるやつらにかって？　とんでもない、
あいつらには、目の下にボカーンと一発ずつ、
寒さに顔をひきつらせて、なんだねえ、震えていろ、
やせこけて、飢えて、カゼひいちまって、無気力で、
股引はつんつるてん、なんだねえ、ボロ着ちゃって、
凍えついちまって、打ち身だらけで、ずぶぬれで

張りつめたＧ線が悲鳴をあげているようではないか。なにが詩人をして自虐の歌に走らせたのか。鳩舎は隠語で牢屋を指すという。寵愛はグラースで、これは赦免に意味が通じる。鏡はなにか。「それがあれば化粧ができるであろうから、囚人たちに対して牢番の女房の寵愛を垂れさせるのに役立つであろうところの鏡」と、あえて名を秘さずに恐縮だが、リシュネル、アンリご両所の解は、なんとも素朴派としかいいようがなく、このていどがご両所の注解かと誤解されては困るので、それは衡平を欠くというもので、だからご紹介しなければよかったのだが、あまりに傑作なので。

「鏡」はどうやら次の八行詩の「蜘蛛の巣張りのおれの窓枠」と照応の関係にあるとわたしは見当をつけていて、それがまたどうやら、なぜ「おれ」が「鳩舎に押し込められている」かに関係がありそうなのだが、そのあたりの推理についてはわが大著を見ていただくほかはなく、ここでわたしがいうのは、その「鳩舎」とか「つらい立場の鳩さんたち」とかことあげされている、その鳩だが、シャノワネッス通り界隈に鳩小路があった。いまでもある。シャノワネッス通りがノートルダムの前の広い

道に出る、その直前に河岸の方から入る小路で、往時はその道沿いに「参事会員たちの囲い地」の塀が立っていたと思われる。

鳩小路を行けば古びたレストランの壁に飛翔の形の鳩を飾り付けたのが目に入る。その名もずばりラ・コロンブで、窓一面を粗い目の鉄格子でおおっていて、なんとこれは鳩舎ではないか。なるほど通りの名の鳩はラ・コロンブで、それが八行詩に出る文字はル・ピジョンである。ちがうではないかとおっしゃるだろうか。ならばお聞きしたい、いったいなぜ詩人はシャノワネッス、参事会員の大黒をジェオリエル、牢番の女房と書き換えたのか。

鳩小屋は牢屋と読む。隠語でそうだったらしいからそうだというわけではない。鳩小路界隈に「ノートルダムの牢屋」があった。「ノートルダムの牢屋」だって？　ご疑念、ごもっともである。ノートルダムには司教裁判所というのがあって、ロフィシアルとだけ呼ばれることが多いが、つまりは僧侶の犯科のお白州である。その牢屋ということで、なにもノートルダムだけに限らないし、司教座教会だけとも限らない。サンブノワにもあって、マルセル・シュウォブが復元した往時サンブノワの平面プランにも、しっかり牢屋の位置が示されている。そのサンブノワの司祭ギヨーム・ヴィヨンが一四五〇年九月四日、問題の「ノートルダムの牢屋」で一夜を過ごした。

わたしがいうのはそのことで、ところが「ノートルダムの牢屋」が鳩小路にあったと書いたが、これはじつは当て推量で、ただいまなお調査中である。なにしろその「ノートルダムの牢屋」がはたしてロフィシアルのものだったかどうか、じつのところ、そのあたりにしてもかなりあやしいのである。鳩小路界隈にサンテニャン礼拝堂というのがあって、これは司教団のではなく参事会の教会堂で、もしか、そこに人を押し込めておく土間があったか。ややこしいことだが、司教団と参事会とはかならずしも一体ではなかったのである。

ギヨーム・ヴィヨン、ノートルダムの一夜の件をわたしに教えてくれたのはピエール・シャンピオンで、シャンピオンはノートルダムとサンブノワ、ふたつの教会の不仲のことをいい、なんとその月日に「フランソワ・ヴィヨンの保護者」がノートルダムの参事会の囚人になったことさえもあるのだと憤懣やるかたなしの口吻である。これは現物を見なくてはと、サンルイ島に住み着いてほどなく、ルイフィリップ橋を対岸のセーヌ右岸に渡ってとぼとぼと、路地から路地へと抜けて、なんとか北へはいあがり、ようやくのことにマレ地区の一画の国立文書館にたどりついて、問題の文書の閲覧を請求したが、なんと文書はいまやすべて、ほとんど例外なくマイクロに入っていて、現物を眺める、触る、匂いを嗅ぐ、一切できない。

それでいいのかなあと、なにか釈然としない気持ちを抱えて、問題の文書のマイクロフィルムをリーダーにかけたが、リーダーは暗いし、フィルムの擦過条痕がひどくて読み取りにくい。しかも殴り書きの、省略の多い文章で、問題のノートルダムの一夜の段は、なにやら十数人の人名のリストで、その一つにたしかに「ヴァイロン」ないし「ヴェイロン」と読める。「ヴェイヨン」と読むのかもしれない。ただそれだけで、リストの頭書きがどうしても読めない。ほんの数字なのだが、ついに尻尾を巻いて退散。捲土重来を期す。ところが……　ところが、天井が落ちた。文書館の二階の目録室の天井が落ちたのである。大きな部屋の中央が職員のいる「島」になっていて、その真上の天井が崩壊したのだが、さいわいというか、いつものことでというか、昼時で、下にだれもいなかった。それであまり騒ぎとはならず、わたしは五月に二、三度いって、しばらくおいて六月の十日に出掛けたのだが、そうしてその間にどうやら落ちたらしいのだが、わたしは気づかなかった。あとで人に聞いて、そういえば「島」のあたりに工事用シートがかぶせてあったなと思い出したていどだった。まあ、いまは閲覧者カードで、コンピューターの末端を使って請求する式なので、館内どこの末端を使ってもよく、「島」に用がなくなっていたからだ。

だから、その年はそれっきり、文書館にはいかなかったが、それはなにも天井が落ちたからではなかった。ただ、天井が落ちたというのはやはり意味の詰まった出来事で、というのは、ご存じの方も多くいらっしゃるとおもうのだが、その年、一九九一年、パリでは天井からの落石がひとしきり話題になっていた。かのパンテオンが内部改装ということで閉館中で、何年も前からだったが、これはまだ二百年もしていないというのに天井の石が落ちた。片やこちらは七百年は優にたっているというノートルダムなのだから、これは当然ということだろうか、天井の落石が取り沙汰された。

手帳を見れば六月六日木曜日である。この年は例年になく五月に入ってから冷え込んだ年で、六月にはいってても天気ははっきりせず、気温は低めに推移して、その木曜日は終日雨だった。サンルイ島の住まいは、最上階の、あちら流儀で四階、だから五階で、窓の外は中庭。周囲ぐるりはよそのアパートの屋根また屋根。中庭の空間に吸い込まれ、屋根に当たって跳ね返る雨脚を眺めているうちに、夕方になり、ちょっと出るかという話になった。ノートルダム、夕べのおミサだよと家内。晩祷だなと、老夫婦、足をもつれあわせてまろび行くほどに、夕べの鐘が殷々と鳴る。雨雲が低く垂れ込めて、薄暮の気配が濃い。外がそんなだったからか、堂内は大気が暖かく濃密に感じられた。観光客もさすがに少なく、堂内は静かだった。

それが堂内の眺めに違和感があり、視線は堂内を走査して、すぐに異常の正体を見いだした。内陣、かの木彫を施した障壁でぐるりを囲った主祭室で、礼拝式が執行されていたが、その内陣の上方にネットが張り渡されていたのである。明らかに落石に備えてである。身廊交差部のあたりまで、息を飲んで、この異様な光景を凝視しながら、無意識に足を運んで来たわれわれ夫婦だったが、家内はわたし以上に好奇心が強いということか、わたしをおきざりにして、どんどん先へいってしまった。わたしはなぜか気後れして、かたわらの太柱の陰に身を寄せた。こわくなったんだな、と後で家内。三十メートルの高さから落下する切石である。どんな頑丈なネットだって、蜘蛛の巣みたいなもんだろうよ！

シナのお方かな、と声がかかった。深く、やわらかいバス。ふりむけば高齢の司教である。黒地に赤い縁取りのオーブ（長衣）とアミ（肩衣）の司教服。紫のストール（頚垂帯）を首にかけていらっしゃる。とたんに思い出した。『遺言の歌』の「フランス古語によるバラッド」の一節である。

いかなれば聖使徒法王も、よそならず、
オーブをまとい、アミをかむり、注(2)
身に帯びるはただ一筋の聖なるストール、
これを得物に悪魔の頚根を押さえ込む

ノートルダムのさきの参事会長、長老ジャック・ル・コルディエ司教との出会いの一齣である。家内が撮った写真をいま眺めれば、背後にジャンヌ・ダルクの御像が見える。

注（1）　いえ、なに、じつはたいしたことはない、一九九七年から二〇〇二年にかけて小沢書店から出版した「ヴィヨン遺言詩注釈全四巻」のことをいっています。『わがヴィヨン』の連載中、また単行本出版の時点では、まだまだ「幻の大著」だったものですから。

注（2）　「かむり」は「かぶり」の擬古文調だが、三本ある写本は全部「アミをケフェし」と書いていて、どうも「ヴィヨン遺言詩」の時代の amys は「かぶった」らしいのだ。とはいっても、それではヴィヨン以前はどうだったのか、いまはどうなのかと問い詰められると弱い。ただ、パリのサンルイ島暮らしの日々に、ノートルダムの長老司教の知己を得たので、司教の生活についてはかなり視界がひらけた。そんなことも、これからあとのエッセイに書いていきたい。

母が一度そこに座ったことがある

「母が一度そこに座ったことがある」

ノートルダムの参事会員ル・コルディィエ司教がいう。司教のお住まいの居間の壁に寄せたソファに家内が座っている。わたしは立って、窓からノートルダムの北のばら窓を眺めている。参事会員たちの住むこのアパートは、ノートルダムの北側の道のクロワートル・ノートルダム通り十番地、聖堂の北扉口の道をはさんで反対側にある。司教のお住まいはその最上階の七階で、居間の窓には視界一杯に、北扉口上部の大きな円花窓の鉄と鉛の枠材が這い回る。

「お母さんがこのソファに座ったことがあるんだって」

家内はフランス語はからだめだが、妙に勘がよく、結構人と話をする。もっともこれは相手も勘がよくなくてはだめで、その点司教さんはたいしたものだ。もとノートルダム聖堂参事会長モンセイニュール・ジャック・ル・コルディィエ、先のサンドニ司教である。家内の頭上にサンドニの聖堂の大判の写真が懸けられている。

頭の中でペンタックス・スポットマティックのシャッター音が鳴り響く。すぐ前に立っていたマダムが振り向いて、ふたむかし前のわたしを見咎める。一九七一年の九月、パリにおいでになった堀米庸三先生をご案内して、コンピエーニュからシャンティーをまわり、パリにもどる道すがらに立ち寄ったサンドニの聖堂である。日曜の夕方だった。マダムの非難の視線を頬のあたりに痛いほど感じながら、せっかく撮らせていただいた（けっしてストロボを焚くような、けしからぬまねはいたしておりません）、その折のスライドを、二十年後のいま燭光に透かして見れば、内陣でひっそりと夕べのミサの最中だ。もしやル・コルディエ司教が司祭なさっていたのではないかと、好奇心から確かめてみただけで、というのはモンセイニュール・ル・コルディエは、一九七八年にノートルダムの参事会員に就任して、このアパートに入るまで、サンドニの司教だったのだから。

老人の幻視かな。半円枠作りの背もたれのロココ調の長椅子に、古風なローブの小柄な老女が座る。なにしろ司教は一九〇四年の生まれだから、パリ司教座の参事会員になったときは七十四歳。サンドニからパリに引っ越した息子の様子を見にきた母親は九十歳をとおに越していたことになるわけで、まあ息子の長寿を思えば十分あり得た話だが、わたしとしてはそれはどうでもよい。むしろ幻視と思いたいわけで、なにしろその情景は十分に美しい。

わたしの父さんの机だよ。なにかこんなふうに訳したくなるような声音で、老人は古びた書斎机をなでさする。ノートルダムの長老の父親はソルボンヌの古代学の教授だった。机は長椅子に対して置かれ、机に向かう老人の視野に長椅子に座るママンがいる。そうしてサンドニの写真。老人のやさしい想い出が部屋の隅々にまで詰まっていて、どこでもよい、切り口を作れば聖堂参事会員の前半生が見えてくる。

「テオフィールですね、北の扉口のタンパンでしたか、説話が刻んであるのは」
「ディアクル・テオフィール、それは南です、南。それと後陣の北側の外壁のいくつかの浮彫り」
「？」

知己を得てすでに半年、年が変わって一月の末、これはノートルダムの堂内の北扉口脇の小部屋での会話である。「対話と懺悔の部屋」ということで、司教さんは毎週木曜の夕方、そこに詰めていらっしゃる。わたしども夫婦、時折お邪魔しては「対話」を楽しませていただいていた。よく何人かが部屋の外に置かれた小椅子に座って待っている。信者の方を待たせて悪いからと、帰りかけるわたしどもを制して、司教さんは、外の気配をうかがい、いたずらっぽく、「いいから、いいから」とおっしゃる。どうも常連の信者の方らしい。

それにしてもテオフィールの件はおかしいな、とサンルイ島へ帰る道すがら、司教さんのアパートの前、北扉口の上部タンパン、つまり半円の壁面を見上げた記憶があるが、なにしろ一月の末、もうとっぷり日は暮れていて、助祭テオフィールをめぐる悪魔祓いの説話がそこに浮彫りに刻まれているかどうか、たしかめようにもたしかめようがなかった。

ディアクルは助祭という僧侶の身分で、三世紀の小アジア半島はキリキアのアダナの教会の助祭だったテオフィールは、かれが仕える司教にとってかわりたいと、悪魔と契約を結ぶ。だが心萎えたテオフィールは聖母にとりなしを頼む。聖母は悪魔の契約文書を破り、テオフィールの宥しをとりつけてやる。とりなしの聖母というイメージが作られて行く過程で広く知られるようになった説話で、聖母に献堂された教会堂では、聖母の生涯を描く絵や彫刻に、まずこの挿話がとりあげられているという。

それにノートルダム聖堂の、これはパリのに限らず、およそそれがノートルダム聖堂だったら、参事会員が住む一廓に面した側の扉口の上部タンパンには、聖母伝に題材をとった浮彫りというのがまず常道で、だからパリのにも、北扉口のタンパンの、三段に構成された彫刻群の中段にテオフィールの悪魔との契約、聖母の介入の話の筋が端正に表現されている。上段にアダナの司教がこの奇蹟を広く知らせようと、ひざまずく助祭をはじめ大勢の人々に、いや、大勢の人々を表す三、四人に、奇蹟を証明する文書をかざし、司教の印章を示している。なんともご念のいったことで、わたしがいうのは、ところが先のサンドニ司教は、アダナの司教がご自分の住まいの窓の下に控えていることをお忘れだった。

キリキアの教会の助祭がなんでまた話題になったのかといえば、『遺言の歌』に「ヴィヨンが母の求めに応じて書いた聖母祈祷のバラッド」というのがある。ヴィヨンもその母もなにも正体は不明で、求めたも応じて書いたもないのだが、バラッドに先立つ八行詩に、そのようなことがほのめかされているので、クレマン・マロがこう題辞をつけた。前年の秋から「ヴィヨン遺言詩」注釈の仕事を始めていて、司教さんにもそのことは時折お話ししていたのだが、ちょうど仕事が問題のバラッドにさしかかって、アダナの助祭が登場した。

母への献辞の八行詩と、バラッドの第二連をお読みいただこう。なんとも冗長な趣きに訳したのは、なにしろこのバラッド、ふつうは八行詩三連に反歌四行なのが十行詩三連に反歌七行で、それも一行が八音節ではなく十音節である。十音節のはデカシラブといって、『ロランの歌』をはじめシャンソン・

ド・ジェスト（武勲詩）はほとんどがデカシラブである。十音節を四・六と区切る。『ロランの歌』八十七節に「ルーラン・エ・プルー・ウーリヴェ・エ・サージュ」と見える。「ロランは猛く、オリヴィエは賢し」の意味である。ロランが向こう見ずになにかやらかそうとするのをいさめるサンチョ・パンサみたいな役どころがオリヴィエ。いえね、べつにロランがドン・キホーテだとあてこすっているわけではないけれど……　あてこすっているではないか！

古詩のデカシラブはロマネスクな詩興に合う。「聖母祈祷のバラッド」は四音節目に区切りを置き（なにしろ声に出して読んでみると、ふしぎに四音節目で切れるのだ）、そこまで抑揚が高まり、そこから下がるのだ。波のうねりの趣きがあって、母と息子がひとつ情念に歌う。

ひと一つ、かわいそうな、おれの母親に遺す、
われらが女主人に捧げたてまつる祈祷文だ、
母はおれのことで、むごい苦しみをあじわい、
神はご存じだ、たくさんの悲しみを知った、
なんと、あなたのほかに城はない、砦はない、
おのれが肉体と魂の、いざ逃れ隠れようにも、
ひとたび不幸が、この身を襲うとき、母よ、
かわいそうな母よ、ほかに城はない、砦はない

御子にお伝えくださいませ、御方さまのわたくしめは信女でございます、
御方さまにおすがりして、わたくしめの罪障は消えましょう、
エジプト女をお宥し、なされましたわたくしにもどうぞお宥しを、
御方さまはお坊さまの、テオフィールをお宥しになられました、
あなたさまのおとりなしで、この方咎めを解かれお宥しを受けました、
なんとまあこの方悪魔に、仕えると約束なさったと申しますのに、
そのようなおそろしいこと、どうしていたしましょうお守りくださいませ、
聖童貞女さまあなたさまは、おからだをお裂きになられることなく、
おミサに祭りわたくしどもの、いただくご聖体をお孕みになられました、
この信心にわたくしは生き、そうして死にとうございます

数日後にお手紙をいただいて、勘違いしたとはじめに簡潔にお書きになって、正しくはと図解入りのご丁寧な手紙で、来月二日初宮参りのミサにお出でなさい、もっとくわしく教えてあげるからとむすんでいる。そこで当日家内と出掛けた。なにしろノートルダムにとって大祝日のミサだから、祭壇は身廊と袖廊の交差部の大祭壇で、司教さんは長老ということで、他のお二人の長老と一緒に、大祭壇の後方に侍立する。赤で縁取った黒の祭服に金色の大判ストール、五弁花をかたどり、花芯に聖母子像を置く司教の徽章を首から下げていらっしゃる。

生まれたばかりのイエスを抱いたマリアがエルサレムの宮にはじめて詣でたら、老シメオンと老女

アンナが出迎えたという。老人が「異邦人を照らす光、御民イスラエルの栄光」と赤児を祝福したという伝えから、初宮参りのミサに「蠟燭の祝別」という前座の儀式が付加した。僧侶たちにつづいて信徒たちも、燃える蠟燭を手に手に行列を組む。それが正式なのだが、ここではいつもそうしているのか、信徒たちは席に着いたまま。前の人から火をもらって、入るときにもらった蠟燭に火を点ける。そうして後ろの人に火をまわす。大祭壇の脇、内陣へ向かって右側、だから北扉口寄りの太柱に架けられた聖母子の彫像が、蠟燭の明かりと熱気に揺らぐ。

この蠟燭の礼式が印象深く、そのせいか古くから英語圏ではキャンドルマス、蠟燭祭と呼ばれている。だが、じつは正式には、初宮参り、蠟燭祭、そのどちらでもなく、聖童貞女マリアお潔めの祝日のミサという。この祭式は息子のではなく、お母さんのお祝いなのです。大きな燭台に太い蠟燭が何本も燃えていて、司祭の僧侶から聖歌隊員にいたるまで、祭服は白。これはむかしからそう決まっている。そこになんとも華麗な祭服の三人の長老。演出効果満点です。三人の長老は老シメオンと老女アンナの役どころというわけ。

その老シメオン、ミサが終わると、目ざとくわたしどもをみつけ、とうてい米寿とは思えないしっかりした足取りで、わたしどものところへお出でになって、ついて来いとおっしゃる。わたしどもを従えてまず衣装部屋へ。ときに道化た動作を見せて、普段着にお着替えになる。衣装戸棚の番号は一番だと自慢なさる。

「やだあ、またえばってる」

「マダムはなにをいったのか？」

「いや、ただお寒くはないかと……」

衣装部屋のある一角から、「赤門」こと扉を赤く塗った戸口を抜けて聖堂の外に出る。出たところがクロワートル・ノートルダム通りで、北扉口から柱間二つ分、後陣寄りである。むかしなら境内に出たというところで、参事会員たちの屋敷地から聖堂内部への通用口がこれであった。いま参事会員たちはこの戸口を出て、左手ななめ前方、聖堂の北扉口の前のアパルトマンへ帰る。

時刻はまだ昼前で、冬の日差しは淡い。さすがに二月、人出は少ないが、それでも司教服を見とがめて寄ってくる親子連れもいて、司教さん、彫刻を指さしてテオフィールの奇蹟譚を弁じたり、身をかがめてこどもたちの頭に手を置いて祝福を与えたり、大忙しだ。家内が撮った何枚もの写真をいま眺めながら、そこに写っているわたしの心中にうずいていただろう奇妙な感情を、いまわたしは思い出している。

わたしがいうのはわたしはギヨーム・ヴィヨンで、そのわたしがモンセイニュール・ジャック・ル・コルディエとよしみを通じてよいものか。サンブノワの司祭を「鳩舎」に押し込めたノートルダム聖堂参事会長と、助祭テオフィールがどうのこうのと閑談していてよいものか。サンブノワの司祭のウォークライ（雄叫び）は、やわらかな冬の日差しのクロワートル・ノートルダム通りに立ち消える。

そうして、小さな声が聞こえる、たどたどしく、一語一語たしかめるような、一字一字拾うような。

わたくしまずしい女でございます、わたくし年老いた女でございます、
なにもわたくし存じませせぬ、わたくし文字ひとつ読めませせぬ、

お御堂《みどう》で絵を見ます、わたくしおまいりのたびごとに絵を見ます、
天国がえがかれております、竪琴が見えます琵琶が見えます、
こちら地獄の絵には、地獄に堕ちた人たちが煮られております、
これはわたくしをこわがらせ、あれは喜ばせます楽しませます、
喜びをわたくしにお与え、くださいませ見上げれば女神さま、
罪人はみなあなたさまに、おすがり申し上げねばなりませぬ、
罪人はみな信心にあつく、いつわることなくおこたることなく、
この信心にわたくしは生き、そうして死にとうございます
「ヴィヨンが母の求めに応じて書いた聖母祈祷のバラッド」第三連

見上げれば女神さま

サンルイ島のすぐ対岸にアルスナール図書館があることは、それは知ってはいたが、いざ島に住んでみて、あらためて気がついて、なんとまあ、あつらえたようでと感じ入ったことだった。たまたま住んだところの川向こうに、ヴィヨン遺言詩の写本のひとつがあるなんて、なにかたくらんだようだなあと、島に住み着いて間もなく、四月の末、島のサンルイ通りを川上の方へ歩きながら、思ったことだった。

川上のシュリー橋からまっすぐアンリ四世大通がバスティーユ広場まで伸びている。この大通は往時セレスタン修道院の境内を貫通している。セレスタンの名はシュリー橋から下流のポン・マリ橋までの河岸の名前に残り、また往時修道院境内のほとんどを占領している兵舎の名前につけられている。カゼルヌ・デ・セレスタン。

いつかのぞいたらお馬がいっぱいいたよ。だからあそこへ帰るんだよと家内。

これはだいぶ後になって、十一月十一日、終戦記念日の祝いがエトワール広場であるというので、物好きにも出掛けた。念のため、これは第一次世界大戦のです。このあいだの戦争のではありません。

だからシャルル・ド・ゴール広場といわずにエトワール広場といいまわしたのだが、朝の十時からだったが、現場についたのはかなり遅れた。目当ての騎兵隊の行進は見損なって、おもしろくないね、帰ろうかと、メトロでサンポールにまわって、サンタントワーヌ通りからポン・マリ橋へ向かってぶらぶら歩いていたら、馬の蹄の音が入り乱れて聞こえる。帰ってきたんだよと駆け出す家内。負けじとわたしも駆け出して、いましもポン・マリの橋のたもとを通り過ぎようとする騎兵隊をやみくもに撮りまくり、やれやれと安堵した。

それにしても、なんでまた安堵するのか。じつのところ、よく分からない。わたしがいうのは、なんでまた事物を全部カメラに収めなければ気が済まないのかということで、まあ、野次馬根性ということにしておいていただこうか。それはそれでよいのだが、それがカメラが壊れていた。本当のことで、夏頃からおかしかったのをだましだまし使っていた。それがカメラの方はだまされていなかったということで、帰国後まとめて現像に出してみたら、なんと全コマそろって左四分の一ほどしか感光していないというていたらく。それは帰国後分かったので、十一月のその時点では分からなかったのだが、なにか不安がうずいて、すぐそのあとカメラを変えた。

だから翌年三月、帰国直前のパリマラソンを撮ったスライドは完璧だ。ざわめきが川風に乗って流れてくるのに誘われて川岸に出てみれば、川向こう、右岸の河岸の、ふだんは自動車専用の道路を人が走っている。ポン・マリを渡って、橋の上から見下ろせば、思い思いの格好で胸にゼッケン番号をつけたのが、次から次へと橋をくぐる。何人もかたまって、もつれあっていくのもあり、一人、首を前に突き出して、禿げあがった頭を振り立て、振り立て、アヒルよろしく、ドタドタ行くのもいる。

道路の両側に例の飲料水のヴィッテルがサービススタンドを出している。青いプラスチックの小瓶が細長いテーブルにぎっしり詰めて置かれている。橋の上から眺めれば、道の両側に青い帯が敷かれているようだ。ところどころ帯の色はオレンジに変わる。六つ割りに切り分けたオレンジが山と積まれている。乾しプラムやデーツ、なんと乾燥バナナを盛り上げた皿も置かれている。マラソンランナーにヴィッテルを手渡したり、オレンジやデーツをサービスする青年たちは「カルフールとともに、わたしはポジティヴィゼする」と、わけの分からない文言をプリントしたお仕着せのトレーナーを着ている。

「カルフール」とは四辻の意味で、またそこに人が集まって、わいわいがやがやるという意味にも使うが、だからそれはよいとして、「ポジティヴィゼ」とはなにか。第一「カルフール」はなんかの商号かも知れず、ひょっとしてパリマラソンの公称かも知れず、どういう意味もこういう意味も、考えるだけアホ臭いということにもなりかねず、だからそれはよいのだが、どうやらわたしは、性懲りもなくこの祭の光景にヴィヨンを探している。青年たちが配っているデーツや乾燥バナナがわたしの連想を呼んだということは、それはある。デーツ、フランス語でダットは、乾しイチジクとセットで『形見分けの歌』の最終節に出る。この連載第九回、昨年の十一月号に紹介したので、お読み返しねがいたい。

ヴィヨン詩に乾しイチジクが、「カルフール」の宣伝では乾燥バナナに化けた。たぶんトルコから乾燥イチジクが入荷しなかったのだろう。閑話休題。わたしがパリマラソンにヴィヨンを探した真の理由はマラソンのコースにある。マラソンランナーはセレスタン河岸を駆け抜けて、ポン・マリの橋下をくぐるのである。セレスタンの名がわたしをひきつける。

セレスタン兵舎とセレスタン河岸。往時セレスタン修道院の名はこのふたつに残っている。この修道院はかなり新しく、一三七〇年、シャルル五世とその妻ジャンヌ・ド・ブルボンによって建立され、ときの法王の名前がつけられた。ときの王侯貴顕の「菩提寺」となった修道院で、ルーヴル美術館のフランス中世彫刻の部屋の、ベドフォード侯妃アンヌ・ド・ブルゴーニュの小柄な白大理石の寝棺彫像をご存じだろうか。以前は彫刻の第五室だったが、いまルーヴルは改装中で、昨年夏には、まだこのセクションの引っ越しは終わっていなかった。さて、どこにどう落ち着いたことやら。注＊

アンヌ・ド・ブルゴーニュはブルゴーニュ侯お人よしのフィリップの妹で、ランカスター王家二代目のヘンリー五世の弟ベドフォード侯ジョンと結婚した。ヘンリー五世が一四二二年に死んで、その前年の暮れに生まれていた、だからまだ当歳の同名の息子が王位継承者に予定され、叔父のジョンがフランス摂政職を預かっていた。なにしろ「フランスとイングランドの王家」が成立していたのだ。フランス人はこの時代を「占領時代」と呼ぶ。まだ「占領時代」の一四三二年、アンヌは二八歳の若さでみまかった。遺骸はセレスタン修道院に葬られた。サンブノワの司祭ギヨーム・ヴィヨンとほぼ同年の女性である。

アンヌ・ド・ブルゴーニュの魅力的な人柄については、わたしもいろいろ書いてはいるが、さしあたりホイジンガの『中世の秋』をごらんいただきたい。さて、またまた閑話休題。ベドフォード侯妃が静かに眠っているセレスタン修道院の南、セーヌ川寄りが、十六世紀に入るとうるさくなってきた。十六「アルスナール」が置かれたのである。「兵器庫」と訳すが、初めは火薬の製造までやっていた。十六世紀のパリの絵図面を見ると、セレスタンの東側の庭園の南に、東側はシャルル五世の築いた城壁まで、兵器庫がしっかり壁でかこまれ、中庭に大砲が数台、人影まで添えて描きこまれている。

アンリ四世の大砲方長官シュリー侯が最後の仕上げをした。大砲方長官の居館がのちの図書館の建物のもとになったらしい。だから、後代、橋や大通に両人の名前がつけられたということで、アルスナール図書館の北側の道、ということは「セレスタン兵舎」と図書館の間の道もシュリー侯の名をとっている。「アルスナール」と「セレスタン兵舎」の関係は、そういうわけで隣同士ということだったわけで、これはよく誤解されるのだが、往時の「アルスナール」が「セレスタン兵舎」に代わったわけではない。転換が起きたのは十九世紀で、修道院が兵舎になり、兵器庫が図書館になった。

アルスナールの閲覧室は北側に窓を開いていて、往時セレスタン修道院の庭を借景としている。していたはずだと、窓越しに兵舎の無骨な建物に投げた視線を、写本にもどす。

『遺言の歌』はようやく佳境に入って、「ヴィヨンが母の求めに応じて書いた聖母祈祷のバラッド」である。

わたくしまずしい女でございます、わたくし年老いた女でございます、
なにもわたくし存じませぬ、わたくし文字ひとつ読めませぬ、
お御堂で絵を見ます、わたくしおまいりのたびごとに絵を見ます、
天国がえがかれております、竪琴が見えます琵琶が見えます、
こちら地獄の絵には、地獄に堕ちた人たちが煮られております、

これはわたくしをこわがらせ、あれは喜ばせます楽しませます、
喜びをわたくしにお与え、くださいませ見上げれば女神さま、
罪人はみなあなたさまに、おすがり申し上げねばなりませぬ、
罪人はみな信心にあつく、いつわることなくおこたることなく、
この信心にわたくしは生き、そうして死にとうございます

文字が読めない人たちのための本という。教会堂の壁絵や彫刻はそういう役目を果たしていたという。文字の読めないフランソワ・ヴィヨンの母親は、教会堂の壁絵を読んで、聖母マリア信心を訥々と語る。フランソワ・ヴィヨンが文字に刻む。母と息子がひとつ情念に歌う……

以前どこかにそう書いたし、いまもそう書く用意がある。あくまでフィクションということで。ところが大方はこの歌をノンフィクションととりたがる。わたしがいうのは、詩人が亡き母を偲んで歌っている。その意味でもたしかにノンフィクションである。それはあるでしょう。そういうことなら、そのことはあるでしょうねと答えるしかない。それが、ここに歌い上げられている教会堂はセレスタン修道院の教会堂で、年老いた女はフランソワ・ヴィヨンの母親であると大まじめに主張されるとなると、わたしとしてはいささか対応が苦しくなる。

わたしがいうのは作者としてのフランソワ・ヴィヨンということで、フランソワ・ヴィヨンは、セレスタン教会の信徒である母親に育てられ、長じてサンブノワ教会の司祭ギヨーム・ヴィヨンの養子に入ったというフィクションならぬノンフィクションが作り上げられた。母親はセレスタンの檀徒

だった。教会堂の壁絵の描写からそういえるというのだが、それをいうのなら、七行目「見上げれば女神さま」ぐらいは上手に料理して欲しいわけで、わたしの訳はノンフィクション説に肩入れしているといってもよいわけで、いってみれば臨場感を強めているわけで、原語は「オート・デエッス」という。直訳すれば「高い女神」

この言葉で詩人がどんなイメージを呼び起こそうとしたか、つくづくと思い知らされた機会が、それから二週間後にきた。場所はセレスタン修道院ならぬノートルダム大聖堂。手帳を繰ってみたら、五月十一日土曜日の夜、大聖堂でモーツァルトのレクイエムの演奏会があった。八時半ということで、大事をとって一時間も前に出掛けたろうか。それが大聖堂正面南側玄関の前はもう人で一杯。せまい入り口に扇状に広がった群衆。なんかテレビゲームみたいだった。わたしども夫婦は、それでも案外要領よく、むしろ人の流れの圧力に乗って、脇からスルリと入り込んだのだが、目指す身廊の信徒席は、たぶんあらかじめ教区の信徒は別の戸口から案内されていたということなのだろう、永遠の昔からここに座っていますといった顔付きの人たちに占領されていて、せき止められていた水が奔流を作るように、ワラワラと入り込んで来たわたしたちを、なんでしょうね、この方々、といった目付きで冷ややかに眺める人たちに先取されていて、荒れ狂うわたしども奔流は側廊を侵し、袖廊にあふれ、気がついたらわたしども夫婦は、大祭壇の石の基壇の最下段に座っていた。

オランダのセーラントの、ベルギーに近いフルストという町の合唱団だった。オーケストラはブリュッセルの「シャペル・ド・ロレーヌ室内管弦楽団」。かれらもはじめは戸惑っているふうだった。無理もない。大祭壇の前に陣取ったオーケストラと合唱隊の背後を、わたしども侵入者の群れが脅かしたのである。侵入者たちは基壇の石段に座り込んだ。Gパンの若いのが基壇にあがり、司教たちの座る、背もたれの高い椅子に尻をのっけようとする。寺男たちがかけつけて、座らせまいと若者を追い回す。そのすきに大祭壇に腰掛けてみせるのも現れる。なにしてんだよ、と合唱団員が何人か、発声をたしかめる顔を作ったまま、後ろを振り返る。

音楽が始まった。聖堂内が水を打ったように静かになった。みなさん、思い思いの姿態をとって、音楽に聞き入っている。床に尻を落として、両腕で抱えた膝に顔を埋めている男。下肢と上体を窮屈そうに折り曲げて、相擁する男女。低い籐の椅子に並んで座って、手を握りあっている年寄りの二人連れ。床にうずくまる群衆を尻目に、ひとり円柱に背中をあずけて立ち、顔を仰向けて眼をつむっている女性。レクイエムが流れて、「世界のイメージは、月光を浴びる大聖堂の静けさに沈んでいった。思想は眠りに入っていった」（『中世の秋』十五章）

そうして「見上げれば女神さま」身廊と袖廊交差部の四本の太柱の、大祭壇に向かって右奥、東南のそれの陰に、わたしども夫婦はうずくまっていて、太柱に御座を置く「ノートルダムの聖母子」像がわたしどもを見下ろしている。「天の女王」の聖母。左腕に幼子イエスを抱き、右手にユリを持つ。ユリはまだ花弁を開いていない。ほぼ等身大。こんな解説調はつくづくいやになる。どうぞあなたがたご自身、見上げるかたちで体面なさっていただきたい。とはいうものの、どうも今回は解説調で終わりそうなのだ。

この御像はサンテニャン礼拝堂の御像だったという見方がある。それが、どうもその経緯は定かではないらしいのだが、十九世紀なかばにノートルダムに移された。ご記憶であろうか。先々回、六月号にご紹介した、「参事会員たちの囲い地」の鳩小路界隈にあった教会堂である。もしやサンブノワの司祭ギヨーム・ヴィヨンが一夜押し込めの憂き目にあったかもしれなかったのはここではなかったか。御像は十四世紀のものである。サンブノワの司祭が「見上げれば女神さま」と、聖母にとりなしを懇請する図を想像するのも悪くない。サンテニャン礼拝堂はノートルダムの参事会員たちのものだった。サンブノワの司祭は「女牢番」に祈願するのである。

注＊　この夏、一九九四年の夏に、また出かけてみたら、リシュリュー翼の改造工事がようやく終わっていて、リヴォリ通りから入るリシュリュー翼の通り抜け通路の右手、地下から地上階へかけての吹き抜けの空間を見通す大きなガラス窓の視界の奥に、中世彫刻の部屋がある。そこにアンヌが寝ているのが見えた、といってしまっては、しかし、うそになる。こちら側から見える、中世彫刻の部屋から吹き抜けの空間を見通すガラス窓は腰高の窓で、その窓の下の壁際にアンヌの寝棺彫像は置かれていて、だから遠目には、アンヌの寝姿は見えない。

六十七番のビュスでシャトレ下車

ポン・マリの橋のたもとの停留所から六十七番のビュスに乗る。ビュスって、あの、バスのことです。ほんの二百メートルも走らないうちにビュスのやつ、気を変えて、河岸から外れ、サンジェルヴェ教会の横のせまい道にむりやり入りこむ。道端に停まっている車をこづきまわして、ビュスは強引に進む。サンタントワーヌ大通に出て、勇躍、グググッと廻りこもうとするが、どっこいそうは問屋が卸さない。交差点のド真ん中に腰を据えたプジョーのお尻に鼻面をぶっつけんばかりに急停車。腹を立てて、ガクンガクンと小刻みに腰を震わせている。

　これで四年つづけての夏のパリ。冬から春にかけて寒冷多雨が続いたとかでセーヌの岸壁がかなり上の方まで黒ずんでいる。それでも夏場の乾きで水位は順当に下がって、カモの群れの振舞いも例年と変わりはない。水が増えようが減ろうが、川波の揺れにまかせるカモ生である。ましてや東方の異邦人ひとり、まちがった家内と一緒でふたり、橋の欄干に身を乗り出してカモやお出でと狂瀾に身を投じてみても、それがカモたちになんの関わりがあるか。狂気も冷めて、それじゃ行こうかと、ポン・マリの橋のたもとの停留所から六十七番のビュスに乗る。

　家内は先年のサンルイ島滞在以来二年ぶりで、なにかというとサンルイ島を起点の行動のおさらいをしたがる。たまたま一昨年以来夏のパリの宿泊所に決めているシテ・ユニヴェルシテールのレジデンスのすぐそば、ジャンティイ門が六十七番のビュスの終点で、家内にとっては願ってもないことだった。ビュスはイタリア広場を経由して、植物園の脇を抜け、シュリー橋を渡り、サンルイ島の東端をかすめて右岸のセレスタン河岸に入る。やがてポン・マリである。

　ビュス六十七番は、ガクンガクンと腰を震わせて、サンタントワーヌ大通の辻の乱取りトーナメントを戦っている。ひっつめ髪の騎士の冷静沈着な手綱さばきは、左側から突っかけてくる敵の馬を一、二センチの余地でかわし、右側道端《みちばた》に不敵にも立ちはだかっている太馬の尻をあやうくこすりかけて、苛立たしげにクラクションを鳴らしざま、抜けたなと思ったら、もうそこはＢＨＶの停留所だった。

　ＢＨＶ、ベーアッシュヴェーと読みます。最後のヴェーは、発音するとき、苦しげに顔を歪めて見せるのが、フランス人に分かってもらえるコツだと、知人の日本人でパリ滞在の長いのがいっていた。日用品の品揃えの豊富なので知られるデパートで、ＨＶ、つまりオテル・ド・ヴィルの前のバザール、市場という意味だ。先年のサンルイ島暮らしのときにはずいぶんと出掛けたが、ここにＢＨＶの名を持ち出すのは、なにも先年のサンルイ島暮らしの（もうこれで何回繰り返しているのだ）ノスタルジアに身を焦がしているからというわけのことではない。このエッセイは、わが半生を「ヴィヨン好《このみ》」に仕立てて、ご高覧に供するところにある。ＢＨＶと「ヴィヨン遺言詩」、これはかなり玄人好みの話題なのである。

　といっても、じつはそれは誤解に基づくものだった。だから玄人好みというのだが。ありていにいって、先年のサンルイ島滞在中（また！）、わたしはサントアヴォワはＢＨＶの建物に取り込まれているると思い込んでいた。単純な思い込みで、全然調べもしないで、そう思い込んでいたのである。思い込み、思い込みと同じ言葉を連発するなとお叱りをこうむるかもしれないが、まったくそう思い込んでいたとわたしはいうのである。

今回ビュス六十七番乗車は、この思い込みを思い込みと意識化させる機縁となった。だが、誓っていうが、わたしははじめからそう予想してビュス六十七番の武者修行に同行したのではなかった。わたしはわたしの仮説を（だれもそんなことをいってくれているわけではないのです）実証しようと考えていた。実証の起点をサンマルタン通りにとったのは、それはまあ、サンマルタン通りの今と昔の照合性に、実証の起点にそれをとるほどの確かさがあるからだということでご納得いただこう。そういう次第で、われらがビュス六十七番とは、ＢＨＶの次の停留所シャトレで別れたのだった。腰を震わせながら、勇躍、シャトレの停留所を後にするビュス六十七番の勇姿を見送って、わたしども夫婦、一瞬物悲しい気分に囚われたのだった。なにか一番大切なものを失うような気がして。

あとは取り遺された老夫婦、自身の才覚で切り抜けなければならない。こっちだ、と夫は不機嫌そうにいい、妻は無言で夫に従う。そりゃ、当然でしょう、夫の方が調べ回っていることなのだから。それが夫の不機嫌におとなしく従っている玉ではない。さっさと、ドゥーズ・ディ・フラン、つまり十二枚で十フランの絵葉書売りを見つけて、絵葉書を選ぶのに余念がない。夫の方はサンマルタン通りの起点の一角の道路工事の光景をカメラに収めようと熱中している。

リヴォリ通りから北に上るサンマルタン通りの、はじめ二十番地ぐらいまでの見当で、道を広げ、歩道を整備し、敷石を敷きこむ工事をここ二、三年続けている。昨年の夏もたしか同じような光景だったなと、夫は想い起こしている。もしかしたら、夏場だけの工事かな。グレ、すなわち昔風の径十五センチ立方ほどの石塊が山積みになっている。絵葉書選びに堪能した妻が、いつのまにか寄ってきていて、グレをひとつ欲しいという。おお、なんということだ、ＪＡＬは日本への便に石塊を一個、運ぶことになるであろう。

通りのすぐ下《しも》がサンメリ教会堂界隈である。下というか、これは地番の順序で、セーヌ河岸から遠ざかるという意味だが、方角からいえば北で、北半球の地図感覚からは上《かみ》ですねえ。ややこしい。この一郭はみごとなまでに古風で、ここを過ぎると、あのポンピドー文化センター界隈だから、なにしろそのコントラストがはげしい。いまに残されたサンメリ教会堂それ自体は十六世紀に起工されて十七世紀に完成した建物で、様式はフランボワイヤン・ゴシックにとってはいるものの、だからまさに古風で、だからというわけではないのだが、その一郭、みごとなまでに古風で、幾世代にもわたる教区の人たちが現状を保守しているということなのだろう。滅びに向かっているということではない。

『パリ一住民の日記』に出てくるサンメリではない。一四二七年五月、豊熟祈願にモンマルトルに出掛けたノートルダムの行列の一行がサンマルタン通りを帰ってくる。土砂降りに遭遇して帰着が遅れに遅れた一行を、いまかいまかとサンメリの前で待ちうける人びと。日記の筆者はそんな情景を書いていて、そのサンメリはいまはない。ただ、立地は変わりなかろうと、以前いろいろな材料から推理して心覚えにメモしたサンマルタン通り一帯の市街図、とまでいかない簡単なプランを広げて思案していたら、「わたしに手伝えることがあるか」と、年のころは三十代なかば、短い栗色の髪に、たしか同じような色のパンツをはいていた、インテリ風の男が声をかけてきた。とっさに言葉が出ず、いや、このあたりはよく知っていると、人の厚意を無にするような返事しかできなかったのが心残りとなった。「いや、どこかお探しかと思って」と、かれは憮然とした表情だった。

いや、たしかに探してはいたのだった。あいもかわらず、わたしはこの風景のなかにヴィヨンを探していた。むかし書いたエッセイに、一四四九年、モービュエの水場で、わたしは日記の筆者の老人と、パリ大学学生のフランソワ・ヴィヨンとを出会わせている。モービュエの水場はサンメリから百五十メートルほど通りを北に上がったところに漏斗口を出していたパリの水場のひとつで、いまはポンピドー文化センターの前の広場の西側の道路っぱたということになってしまっている。往時サンマルタン通り百二十二番地。ちょうどその地点に、おかしなことに広場の地下から突き出た巨大な鉄のパイプが頭をもたげていて、どうやら排水管らしい。そばには例のエスカルゴももっともらしく設置されている。もと水場の扱いとしては上々だ。

そうして、いま、わたしは、一四二七年のサンメリの前でギヨーム・ヴィヨンに会った。「わたしに手伝えることがあるか」、そうかれは声をかけてきた。ある。あなたの生きた証しを教えて欲しい。そう、言葉が口を衝いて出てもよかったはずである。かれはさぞや当惑したことだったろう。なにせかれはまだサンブノワの司祭職を生涯の職として選択せず、フランソワ・ヴィヨンを主人公に仕立てた詩文の構想も、まだかれのものではなかったろうからだ。かれはたぶん一四二五年ごろまで、教会法学を教える学校で勉強したらしい。そこでかれの消息は途切れる。ふたたび消息が知れるのは十二年後のことで、その間はわたしのいう放浪学生の身の上だ。放浪学生のかれに、あなたの生きた証しを教えてくれといっても、それはむりというもの。だからあいまいに言葉を濁したのだが……

「サンメリ通りっていうのをさがそうよ」と家内が袖を引っ張る。どうも亭主がサンメリ教会の前で、ほうけたように突っ立っているのが気になったらしい。サンメリ通りじゃないよ、リュ・ヌーヴ・サンメリ、サンメリ新通りだなと絵図面に目を落としながら応じる。「いつまでも新通りなんていっていないよ」どうも乱暴な議論だが、一理はある。そうして、実際、その通りのようなのだから恐れ入る。わたしはべつに洒落をいっているつもりはない。わたしがいうのは、一四二七年のサンメリの若者ギヨーム・ヴィヨンが、やがて三十年の本と人生の歳月を織り重ねて（かれが三十年としきりにいっていることの事情については、この連載第十一回「あいつも逝って、三十年」にご案内した）一篇の詩文集を構想するとき、かれはかれが生涯の終《つい》の住処《すみか》をサンメリ新横町が東のはずれに定める。サントアヴォワ礼拝堂である。

ひとーつ、おれは、ここサンタヴェに定める、
よそではだめだ、おれのはかばはここだ、
だれでもが、おれがおれだと見えるように、
生身のおれじゃあなくって、絵でってことで、
おれの肖像をだ、しっかりえがいてくれ、
インクでな、おっと、あんまし高くなかったらな、
はか石か、はか石はいらん、かまわん、気にはせん、

なんせはか石は重いからなあ、ゆかがもたんよ

ひとーつ、おれのはか穴のまわりにかいて欲しい、
いいか、こうかくんだぞ、ほかの話はいいから、
思いっきりでっかい、太い字でかいてもらいたい、
なんだって、字をかくもんをもってないって?
なんでもいいよ、炭だって、黒石だっていいさ、注(1)
ただしだ、まわりの壁を傷つけんようにな、注意してな、
そうすりゃあ、おれを思い出してもらえるってもんだ、
あいつぁ、気のいいお調子もんだったなあってな

この階上に横たわり、眠るは、
恋愛神のその光線もて倒せし、
まずしく、卑小なる一学徒、
その名フランスェ・ヴィオン、
土地は畝溝一筋だに所有せず、
すべて人に与えしこと、実証なり、
テーブルの甲板《こういた》と三本の脚《あし》、パンに小籠《こかご》、

遊冶郎《ゆうやろう》ども、これが唱歌《しょうが》を唱《とな》えよ注(2)

ということで、「これが唱歌」はご紹介する余裕はもはやないが、なにしろサントアヴォワ礼拝堂はサンメリ通りの東のはずれ。北からタンプル通りが下りてくる。両者が交差する、そのまさに交差点がすなわち往時サントアヴォワ礼拝堂の跡地なのでした！　サンメリ新通りは、家内の予感のとおり、サンメリ通りに名前が変わっていた。サンマルタン通りの百番地から東へ、ポンピドー文化センターの南側の道ということになる。リュ・デュ・ルナールことルナール通り（これは十九世紀に造成された新道だ）を渡って、タンプル通りに至る。これぞ往時サンマルタン通りに東から入るたくさんの横町のひとつ、サンマルタン通りからサントアヴォワに立ち寄る通行人でにぎわった横町サンメリ新横町のいまである。

往時タンプル通りはここで終わっていた。ここから南はタンプル通りも押し通しきれない狭雑な路地と家屋の団塊がひしめきあっていて、通行人はグレーヴ広場に押し出されて、ようやくパリにも空があることを思い出す。そんなふうだったにちがいない。そうしてやがて近代の都市計画がこの猥雑なスペースに杓子定規をあてる。わたしは意図的に言葉を使っている。どこもかしこもフォーマルなのだ。そこにＢＨＶの建築がはじまり、下町商店街を再開発する。

だから実際ＢＨＶがサントアヴォワを抱き込んだといってもいいわけだ。それほど見当違いともいえない。シャトレとオテル・ド・ヴィルの周辺に自然体に群生した路地と家屋の団塊の、サントアヴォワは表看板なわけで、じっさいあなたがたはお信じにならないと思うが、サントアヴォワはいまもある。わたしもつい先ほどまで知らなかった。ビュス六十七番の辻の果たし合いに付き合わなかったら、ついに知ることがなかったろう。

わたしがいうのはブルゴーニュ家の女、おひとよしのフィリップの妹で、イングランド王のフランス摂政、ベドフォード侯ジョンの妻、アンヌ・ド・ブルゴーニュが兄と連れ立ってサントアヴォワに詣でたとき、かの女は、サンマルタン通りをモービュエの水場から横に曲がり、サンメリ新横町から一筋上のラ・ボードルリー横町を抜けた。その折のアンヌのいたずら心からの振舞いについては、わがエッセイ「サントアヴォワのことなど」をお読みいただきたい。小沢書店刊のエッセイ集『遊ぶ文化』に収めてあります。サントアヴォワ礼拝堂のいわれについても、もはやここではお話ししきれない。どうぞその文章をご覧いただくとして、問題のその横町だが、これは時のいたずらに弄ばれて、いまはシモン・ルフラン通りと世をはばかる名に変えて一部残っている。サンメリ通りから七十メートルほど北でタンプル通りに入る道である。往時アンヌ・ド・ブルゴーニュのサントアヴォワ詣でのこの道をたどってタンプル通りに出て、南にすこし下がったあたり、通りの西側に、「ル・カフェ・ド・ラ・ギャール」、意味をとれば「駅のカフェ」か、と、なにかアール・ヌーヴォー調の看板を掲げたアパルトマンの入り口が見える。ドアもなんにもなく、奥の中庭に入る、ただ空いているトンネル状の通り道で、上を見上げると渡り廊下ふうに木組の構築物が柱と漆喰壁をむきだしに見せている。「階上のサントアヴォワ」である。いまはダンス教室に使われているらしい。音楽と、それらしい掛け声が聞こえてきた。中庭に入る。アールヌーヴォー調がそのまま古びた木造の建物が中庭を取り囲んでいる。なんとサンメリ教会といい勝負である。

注（1）「黒石」がじつは分からない。pierre noire「ペール・ネール」と書いているのだが、近代語の発音でピエール・ノワールは、それはデッサン用具で、結晶片岩で作られて、その成分の二十五％が炭素で、これが黒の色合いを出している。そういう説明はウィキペディア辞典からかんたんに得られるし、ご丁寧に、「ピエール・ノワール」の項に「アキレスとブリセイス」が画題の色つきデッサンのコピーを掲げて、これは「ピエール・ノワール」も使われたデッサンで、十八世紀に制作されたものだと説明している。だから「ピエール・ノワール」なるものが十八世紀以降デッサン用具として使われていることは分かったとしても、十七世紀以前についてはどうなのか。ウィキペディアの記事は、「ルネサンスの大画家たちの大方」はこの用具を使っていたと書いているし、この「ヴィヨン遺言詩」が、まさしく「ペール・ネール」はデッサン用具だと証言していることになるのだから、それでよいではないかと、はたからいくらいわれても、インクは高くて買えないというのなら、炭でも「黒石（直訳すればまさにこうなる）」でもいいよといわれると、なにかその問題の「黒石」なるものが、なにか安物の代替用具扱いされているようで、それでよいのだろうか？

注（2）「恋愛神のその光線もて倒せし」はどうもよくない。いままで quamours occit de son raillon の「レオン」raillon はどうせ近代語の rayon の見当だろうとたかをくって、調べもしないで訳していた。その見当はくるっている。光線は

誤訳です。raillon はどうも中世語の reille, raille の変化らしい。ちいさなレウということで、レオンと読む。この発音はこの八行詩の脚韻の仕組みによって保証される。二、四、五、七行目が脚韻を踏まなければならない。二行目のレオン、四行目のヴィオン、五行目のシオン、七行目のクルビオンが脚韻を踏んでいる。レウとはなにか。柵とか閂《かんぬき》とか、なにしろアプローチを阻害する仕掛けをいう。恋愛の大神はドアに閂をかけて、恋愛志願者が入ろうとするのを拒むのだ。

『遺言の歌』をさかのぼって八行詩六十九節にこう見える。

こんなふうに恋愛神はおれを騙した、戸口に
閂かけて、とうせんぼして、おれを引っ張り回した、
男はだれもそんなにずる賢くはないって、それは、
灰吹壺の底の銀みたように純粋さ、それがだれが、
下着に服、身ぐるみはがされないでいられるかって、
このおれみたように、こうあしらわれるとしたら、
このおれ、いたるところで、みずから名乗りをあげる、
捨てられた恋人、こばまれた恋人、と

なにも八行詩ぜんぶを書き写さなくてもいいじゃないかとおっしゃるんですか。それは、だから、最初の二行と最後の一行だけ読み上げればよいかもしれないと思わないではない。けれど、この八行詩、思いは深いのですよ。一行一行の言葉のつながりに詩がある。恋愛神はじつは複数形で書かれている。動詞の騙した、引っ張り回したも複数形です。アムールと書いていますが、もしか

「女たち」かな。「女たち」の読みは、こういういいかたは失礼千万かもしれないけれど、「下着に服、身ぐるみはがされないでいられるかって」の一行によくなじむ。「恋愛神たちは」ではそうはいかない。最終行のこばまれた恋人がきいている。これが最初の二行にかえって恋愛神にその神殿に入るのを拒まれた恋愛者のイメージを作る。

この階上の部屋に横たわって、眠っているのは、
恋愛神に神殿に入るのを拒まれて、立ち往生した、
なにしろ貧乏だ、貧乏だとひがんでいる一個の学徒、
なんでだか、フランスェ・ヴィオンと名乗っている、
畑の畝なんて、そんなの、畝溝だって、一本だって、
自分のものじゃない、あっさり人にくれちまった、
タール、トレストー、パン、クルビオン、
遊冶郎ども、これが唱歌を唱えてやってくだされ

七行目がついに問題ですねえ。やはりここに帰る。この一行、「タール、トレストー、パン、クルビオン」と四つの単語を並べているだけです。先立つ五行目と六行目からの流れで読むと、「畑の畝とか畝溝とか、そんなのとか、タール、トレストー、パン、クルビオンとか、そういったのはぜんぶ、あっさり人にくれちまった」というような読みでよいのか。タールはテーブル、おまけにこれは複数形で書いている。トレストーは三脚の台架というような意味合いが「パリの家長」に示唆されている。酒の大樽を載せる。それの、やはり複数形。

パンはあっさりパンの単数形。クルビオンは、これがやっかいで、まあ、ふつうは小籠の意味ととるが、トブラー - ロンマッチは、十三世紀の十年代から二十年代にかけて三千二百九十行の韻文の動物誌とか、アーサー王物語群に属する、それがなんとも戯画的な騎士道物語『ロマン・ド・フェルグー』で知られる、スコットランド出身のアングロノルマン文化圏の文人の「アーサー王物語」（十九世紀の古い刊本にくわえて、つい最近一九八三年にフィラデルフィアで校注本が刊行された）に、なぜだか「曲がり、カーブ」の意味合いでこの語が使われていることを指摘している。

なんとも面妖ですねえ、これは。詩人自身の証言が欲しいわけで、詩は詩のなかで読む。そこでおもしろいのが「エーエ　ピテ　エーエ　ピテ　ドゥムェ」とはじまる十音節十行詩三連反歌六行詩という型破りのバラッドがあって、二行目は「ア　トゥー　ル　ムェン　シ　ヴー　プレ　メ　ザミ」と最後が「友よ」と呼びかけでしめる。それでこのバラッドぜんたいが「友にあてた手紙」と呼ばれているのだが、ほかに十五編ほどの詩とあわせて「ポエム・ヴァリエ（雑多な詩集）」と呼ばれている詩集に入っている。この書き出しの二行、訳してみれば「かわいそうだと思ってくれ、おれのことをかわいそうだと、おねがいだ、たのむよ、友だちじゃあないか」というところでしょうか。

じつは、このちょっとした詩集は、わたしは写本は読んでいない。『形見分けの歌』と『遺言の歌』について踏んだ手続きを踏んでいないということです。ここはリシュネル - アンリご両所が一九七七年に刊行した『ル・レ・ヴィヨン・エ・レ・ポエム・ヴァリエ（ヴィヨン形見分けの歌と雑多な詩集）』のテキストを借ります。で、なんでだか、おれは、というよりは、かれは、と三人称で呼んで書いているのだが、穴のなかに閉じ込められている。遊芸人たちよ、詩人たちよ、あわれなヴィオンをそのまま放っておくのかと第二連まで行って、第三連と反歌六行詩は、こう始まる、

こんなみじめな格好のかれに会いにやってきてくれないか、
高貴な遊芸人たちよ、クァールやディスなんてはらわない、
皇帝だ、王だなんて、そんなのの禄をはんでる身ではない、
パラダイスの神様だ、神様だけがお仕えするご主人さまだ、
土曜日と火曜日も断食しろとさ、火曜日？肉の日じゃんか、
おかげで歯が伸びた、使わんからだ、熊手みたいに長くなった、
乾パン食わされたあとで、いいや、菓子ではないぞ、乾パンだ、
どくどく、どくどく、どくと、はらわたに水を注ぎ込まれた、
地面の穴のなかで、かれはタールもトレストーも持っていない、
遊芸人よ、詩人よ、あわれなヴィオンをそのまま放っておくのか

おれが名指しの遊芸人よ、詩人よ、若いのやら、年取ったのやら、
お願いだ、王様の印鑑の押された赦免状を取り寄せてやっておくれ、
そうしておれを、なんか籠かなんかに乗せて、揚げてやっておくれ、
豚どももそうしたばあいそうするものだ、なんせ、一頭が悲鳴をあげると、
みんな群れを作っていっせいに逃げ出す、なんかヘンなことといったか？
遊芸人よ、詩人よ、あわれなヴィオンをそのまま放っておくのか

この詩でも、「パン、タール、トレストー、籠」はその出現の所を得ていないようです。「クールビオン」をどうしてここでは「籠」と書いたのかというと、ここはどうも「クールビオン（小籠）」ではない。この反歌六行詩、ジューヴァンソー、ソー、クールビオン、プールソー、モンソー、ヴィオンと脚韻を踏んでいる。終末音が「ソー、ソー、オン、ソー、ソー、オン」です。ぎゃくにいえば、こういうふうに脚韻を踏まなければならなかったから、ふたつめの「オン」は「オン」でなければならず、「小籠」ではなく、「籠」の「クールベール」と書くわけにはいかなかったというのが事の真相のようです。

テー・ジェー・ヴェーとポワトゥーのロバ

鼓状の巨大なモニュマンが川向こうに四基、立ち並んでいる。ヴィエンヌを過ぎたあたり、テー・ジェー・ヴェーはローヌ渓谷をいく。

モンプリエ行きフランス新幹線テー・ジェー・ヴェーは、パリのリヨン駅を出てから、一度、ロワール上流のモンソー・レ・ミーヌという、これはテー・ジェー・ヴェー専用の新駅に停車しただけだ。ロワール上流を抜けてローヌ渓谷に入る。ほぼこの道をむかしローマ人たちは往来したにちがいない。マルセイユからリヨンのローヌ道をロワール中流のオルレアンにつなぐ。まあ、このテー・ジェー・ヴェーはオルレアンを通らないし、リヨンはかすめるだけだから、そんな図式通りにはいかない。大づかみなイメージトレーニングとしてはそれでよろしかろうということで、そこでヴィエンヌでローヌ渓谷に入ったとしようか、列車はいつしかローヌ川を越えて、左岸を走っている。すぐ南二十キロにフランス電力公社原子力発電所がある。

ここでは批評は避けたい。先年ロワール川筋を歩いた折にも見かけたし、結構風景に溶け込んでいる印象がある。川向こうに巨大なモニュマンがと書いたが、じつのところ小さな支流を広げて水路に利用した立地と見た。山の端にかかる一基には、セメントの壁にカラフルな家族団欒の絵まで描いてあって、むしろ気にしているんだなとかえって気にかかる。まあ、そのあたりのことは気にかけないようにしようと、風景を見捨てて、手元の地図に目を落とせば、ルシヨンの名が目に入る。わたしがいうのは往時ルシヨン領主領は、ウー・デー・エフ、フランス電力公社のいまは領地なのだ。

イメージトレーニングとしてということで、わたしは本気ではない。自信をもって地図に落とせるほどに、往時ブルボン家の領地だったというルシヨン領主領の立地を調べたことはない。ただウー・デー・エフのすぐ南、ローヌ左岸にルシヨンの町がある。町の西、ローヌ河畔にル・ペアージュ・ド・ルシヨンと呼ばれる場所がある。往時ローヌの渡しの関所があった。テー・ジェー・ヴェーはルシヨンの町を一気に抜けて南に走り過ぎる。ところが乗客のわたしども夫婦、行く先はルシヨンなのだった。

テー・ジェー・ヴェーはこの先、ヴァランスで停る。その先、ふたたびローヌ川を渡り、アヴィニョン、ニームとつないで、モンプリエが終点。そこで在来線に乗り継いで、一路、海の道をペルピニャンへ。セトからアグドまで、海の中道を走るのだ。アグドから先は車窓に塩田が広がる。

ペルピニャンはルシヨン平野に象眼されたカタロニアの宝石だ。わたしが行くのはこのルシヨンで、ピレネーが東に押し出してカニグー山地の壁を立て、壁から濆出《ふんしゅつ》する水[注*]が幾本ものシヨンを作って地中海に入る。そのルシヨンである。シヨンとは本来畝溝の意味だが、このばあい、テット、テッシュなど河川のこととご了解ください。

『遺言の歌』の納めのバラッドにこの土地の名が出てくる。この夏、「ヴィヨン遺言詩」注釈の仕事がついにそこまでいった。そこで予定通り、といえば聞こえはよいが、なに、ありていにいえばようよう重い腰を上げたというのが真相で、なにしろペルピニャンはパリから一番遠い町なのだ。おまけに夏。あそこは暑いと、だれしもがいう。ところがこの夏はパリも暑かった。なにしろ五十年来の暑さだという。どうせ暑いなら……しかし、これはあまり理由にはならない。そうなので、特別の理由はなにもない。ただそれがこの夏のことになったというだけのことである。「ヴィヨン遺言詩」に出る土地の名は、ぜんぶその土地を肌で感じたいと、これがわたしのもくろみで、ルシヨンが最後に残った。最後に残したといおうか。まあ、一番最後に出てくる土地の名だから。

だいたいがフランソワ・ヴィヨンは、かれはいったいなんで「ルシヨン」へ行ったのか。あるいは行かされる羽目になったのか。それがどうもよくわからない。なにしろいつ行ったのかも定かではない。納めのバラッドは、フランソワ・ヴィヨンではない、別の人物が歌うかたちをとっている。『形見分けの歌』の方の最終節と同じだ。「ここに遺言は結ばれ、あわれなヴィヨンは歌い納めた」とバラッドは始まる。

わたし、かれが嘘をついたとは思いません、
着物を汚したこどものように追い出された、
追い出したのは女たち、さも憎々しげにねえ、
当地から、果てはルシオンにいたるまで、
藪も小藪もありはしない、嘘ではないと、

かれはいったものです、おれの上着の布地の
切れ端の引っかかっていない藪なんかとねえ、
この世からおさらばしようと思ったとき

こことはパリで、パリからルシヨンまで、かれは旅した。布地の切れっ端が薮の小枝に引っ掛かって風に吹かれていて、かれの足跡を証している。風に吹かれているというよりは、雨に打たれ、濡れそぼって、枝から垂れ下がっているといった印象かな。乾けば風になびく。このイマジナリーはとても美しい。ただもう、どうしようもなく、アキテーヌ侯ギレム九世のシャンソン「たとうれば、われらが恋は」を思い起こさせられる。

たとうれば、われらが恋は、
サンザシの枝にも似て、
木にうちふるえ、
夜雨にうたれ、露にぬれて、
緑の葉、小枝の茂みに、
朝の日のひろがるがまで

わたしがいうのは薮と訳したのは「ブロッス」で、これはむしろ潅木の茂みで、ポワトゥーからア

キテーヌ一帯のブロッスといえば、まずはサンザシで、サンザシのトゲが茂みに身を寄せた男の上着の布地に鉤裂きを作る。これで決まったなあという感じなのだが、問題は、かれははたしてアキテーヌを歩いたか？　ルシヨンへ旅するのに？

この連載先々回にご紹介したアルスナール図書館の写本の筆生も、その点を疑問に思ったか、「ブロッス」と書かず、「ロッス」と書いている。駑馬《どば》とか、ヤクザ馬といった意味で、まあ、そんなのでも、乗り物を決めてやらないよりはましだろうと、アルスナール写本の筆生の配慮はこまやかだ。どうぞ「薮も小薮もありはしない」のところを、「駑馬も小駑馬もいはしない」と書き換えてみてください。

「小駑馬」は「チビ駑馬」の方がいいかなあ。「ヤクザ馬」かなあ。なにしろこれは「ロッス」の、いわゆる指小辞ということで、詩人が、あるいはアルスナール写本の筆生が、勝手に作ってしまった語らしく、なんと「ルシヨン」である。

当地から、果てはルシオンにいたるまで、
ロッスもルシオンもいはしない、

というわけで、あまりにもわざとらしい。たしかにこういうわざとらしいところとか、小理屈をこねているようなところが目立って、アルスナール写本は玄人筋に嫌われるのだ。わたしがいうのは、「ヴィヨン遺言詩」の校訂と注釈の仕事を一番最近になさったスイスのロマンス語学者のお二人、ジャン・リシュネルとアルベール・アンリの目付きのことで、なにしろご両人はアルスナール写本を目の敵になさる。いじめとしか思えないような扱いもうかがえて、それもコワラン写本を楯にとってのいいがかりだから、笑ってしまう。

ここでもそうで、じつのところ、このバラッドには写本が二つしかなく、もうひとつがそのコワラン写本なのだが、これこそは天下に名だたる「ベーエヌ」ことフランス国立図書館本館の所蔵本で、だから「ベーエヌ写本」と呼んでもよいが（この連載のそもそもの初回をご覧ください）、先程ご覧にいれた訳文はこの写本のをとった。こちらの方は「ブロッス（薮）もブロッシヨン（小薮）もありはしない」と書いていて、その「ブロッシヨン」、これもじつはやはり造語なのである。だから、こちらの方もかなり作為が勝っていて、その点ではどっちもどっちで、リシュネル、アンリご両人は、きまっているではないかといった口ぶりで、おごそかにベーエヌ写本をとるが、さてどうでしょうかとわたしなどはどちらともきめかねる。

なにせアルスナール写本のはおもしろいのだ。ロッスだのルシヨンだのと、もしや詩人は「ルシヨン」という土地の名の由来について提案しているのではあるまいか。ロッスはカタロニア語やプロヴァンス語でロッサといい、駑馬を意味する。フランス語で同系の語にルッサン、ロンサンなどがあり、スペイン語でもロシンといえば、これはヤクザ馬だ。そういうのをヤクザ馬というのならばということで、わたしがいうのはどうぞ憂い顔の騎士ドン・キホーテ・デ・ラ・マンチャの乗馬《のりうま》ロシナンテを思い起こしていただきたい。なんとロシナンテこそはロシンの魁《さきがけ》だとセルバンテスもいっているではないか。

なるほど山道を行けば野生のオリーヴやスペイン樫の、それこそ「ブロッス」が道端に見えて、ルシヨンは植生はこれはもうたしかにスペインである。自分たちはカタラン（カタロニア人）だと言い張るペルピニャンの人たちの気持ちもよく分かる。車を止めてオリーヴの木陰に休んでいたら、なんと道の向こうからロシンが現れた。型通りソンブレロ・デ・パハ（麦藁帽子）をかぶった村の男がまたがっている。いや、ほんとうの話です。ただし、これはもうかれこれ二十年以上も前、アンダルシアでの話です。

「サンザシもあったよ」と家内。「それから、気づかなかったと思うけど、運転してたから、ハリエニシダもずいぶん見かけたよ。その薮っていうの、ハリエニシダでもよかったわけよ」

「ハリエニシダか、アジョンねえ、そりゃあまあ、ハリエニシダでもカラタチでも、刺さえありゃあ、なんでもいいわけだけどね、歴史的植生ってものがある。ポワトゥー、アキテーヌの方から押して行って、やっぱりサンザシだな、エピヌ・ブランシュ……」

「なんでポワトゥーから押してくの？」

そう、なんでポワトゥーから押していかなければならないのか。ポワトゥーのロバが毛深い鼻面をサンザシの生け垣に押し付ける。わが想像のうちに「おれ」フランソワ・ヴィヨンは、ポワトゥーのロバに乗って、悠然とルシヨンへ向かう。なるほど詩人は『形見分けの歌』に「さらば！　おれはアンジェーへゆく」とロワール下流のアンジェーの城町を歌いこんでいる。『遺言の歌』に「サンジュヌルー村」の名をあげている。その村に住んでいる「とってもおきれいで、おしとやかな」御婦人二人が「おれ」にポワトゥー訛りを教えてくれたのだそうな。

おふたりはとってもおきれいで、おしとやかだ、
サンジュヌルー村に住んでいる、どこだって、
サンジュリアン・ドゥ・ヴーヴァントのそばだ、
ほら、ブルターンとプェトゥーのさかいのさ、
でもよ、おい、はっきりはいわん、女衆、どこで、
まいんち、物思いにふけっていなさっとか、
おおよ、おい、そげんアホやない、そうよ、
なんせ、おい、色恋はないしょにしたかとよ

ご注意！　サンジュヌルーの所在についての証言はデタラメである。この文脈をめぐってヴィヨン学者のあいだに解釈合戦がくりひろげられているが、まあ、委細は省かせていただく。サンジュヌルーはポワトゥーの北辺、トゥアールの南のトゥーエ川沿いの村である。川にかかる古い橋が、往来街道から隔絶され、大事に保存されていて、橋のたもとから石畳の坂道を川に降りれば、石組みの洗濯場などもしつらえられていて、今を昔にかえす。先年、もう三年前になるか、訪ねた折、村のレストランは近在の農家の男たちや近くの工事場の男たちでにぎわっていた。母娘ふたりでやっているレストランで、「とってもおきれいで、おしとやか」だったが、残念ながらポワトゥーの女ではないという。声はしっかり耳に留めたが、ポワトゥー訛りではないわけだ。フランソワ・ヴィヨンという詩人

がこれこれしかじかと心をこめて話したのだが、首をすくめて行かれてしまった。

『遺言の歌』には「なのに、このおれ、しがないレンヌの行商は」と読めなくはない一行も見える。レンヌはブルターニュ半島入り口の大きな町で、なるほどこれだけ証言がそろえば、「ヴィヨン遺言詩」の詩人はアンジュー、ポワトゥー、ブルターニュに土地勘はあったようだ。ポワトゥーのロバに鼻面を押し付けられるぐらいのことはあったろうさ。けれどルシヨンまで乗馬にはねえと、ポワトゥーのロバの鼻面を押しのけて、窓外に目をやれば、視野をかすめる数頭の白い馬。カマルグの白い馬だ。ロッサはこちらかな？　フランソワ・ヴィヨンは白馬の騎士か？　モンプリエを出たテー・ジェー・ヴェーは、ローヌ渓谷を北上して、一路パリを目指す。

ポワトゥーのロバ、ポワトゥーのロバとうるさいが、そいつはどんなやつだ？　ご疑念ごもっともで、パリのジャルダン・デ・プラント（植物園）、これは先回ご紹介した六十七番のビュスの路線で、パリ左岸、オーステルリッツ駅のそばだが、そこの動物園にポワトゥーのロバは住んでいるから、六十七番に乗って会いに行かれるとよろしかろう。太い四つ脚に、毛がふさふさと生えている。大きな毛深い鼻面に、うるんだような目がなんとも憎めない。サンジュヌルー村を訪ねる旅の途上、ポワトゥー南辺のリュジニャン城跡に立ち寄った。まだすこし残っている城壁の石積の上からあたりの景色を眺めていたら、いたよお、と家内が声を張り上げた、はるか下方、畠の柵の向こうに、たしかに連中がいた。なるほどここはポワトゥーのロバだ！　城跡の道にサンザシの垣根も結ってあった。

注＊

「瀆」はふつうの辞書には出ない。広漢和に探すと、「みぎわ、きし、ほとり」の名詞、「はく、ふく、わく」の動詞で、水について使えば、むしろ噴などよりも広く使われていたらしい。噴はなにしろ口へんですからねえ。噴飯物などというときに一番自分を語っている。その点、なにしろ三水へんですからねえ。ルシオンのシオンをいうときにはこちらの方がよいわけだ。

「四つのエース」の看板

「手紙をより分けていまして、偶然あなたの手紙をみつけました。すこし遅れましたが、お心のこもったお手紙に感謝します。どうぞまたいつの日にか、サンジュヌルー村へお出でになってください。いまではお泊まりの部屋も用意してございます。ご主人さまへもよろしくお伝えください。重ねて、たくさんの写真、ありがとう。マダム・ボードリ」

前回ご案内したポワトゥーのサンジュヌルー村のレストランのマダムからの手紙である。日付は、これぞまさしく現代史で、いまこの稿を書いている九月は十五日の日付で、二十一日に、不足料金の請求書付きで受け取った。正確にいえば、家内が受け取ったということで、三十六円、払うの、どうしようかと、ひとしきり騒いでいたが、まあ、その後請求がないから、おとなしく払ったのだろう。一フラン九十サンチームの不足を三十六円だから、まあ、文句もいえないか。

家内に聞けば、今年の三月のはじめに出した手紙への返事だそうで、ざっと半年目で、たしかに「すこし遅れました」だが、わたしどもがサンジュヌルーに出向いたのは九一年の暮れのことだから、なんのことはない、「すこし遅れました」のはいったいどっちか。マダム・ボードリとわたしどもを包む親密な時間がサンジュヌルー村にゆったりと流れる。「女衆、どこでまいんち物思いにふけっていなさっとか」と、自然と言葉が口をついて出る。

しかし、まあ、なんというタイミングのよさなのだろう。先回、ポワトゥーのロバの鼻面に押されて、トゥエ川のほとりの村の話を書いた、そのペン先もまだ乾かぬうちに、その村の消息が聞こえた。それはたしかに仕掛けてあったからで、だからわたしはタイミングの妙をいっている。偶然をあげつらってなぞいない。同じころもう一通の手紙と写真の束が、これはパリをあいだにはさんで反対方向のブルゴーニュはヴィヨン村にあてられた。これはいつになっても手紙を書こうとしないわたしに業を煮やした家内が息子を籠絡して、手紙を翻訳させたらしい。

ヴィヨン村に出掛けたのは、やはり先おととしの十一月で、パリの東駅からトロワまで鉄道で行ってトロワで車を借りた。途中、シャウルスという銘柄のチーズの生産で知られる村を通り過ぎ、森から森を抜けて、ヴィヨン村に入った。ここはもう北ブルゴーニュである。

『遺言の歌』にこう歌っている。

ひとーつ、おれにとって父以上の人、
メートゥル・グィオーム・ドゥ・ヴィオンに、
母親よりもおれにやさしくしてくれた、
襁褓《むつき》のころからおれを育ててくれた、
なんどもおれを難儀から救ってくれた、

楽しんでやってくれたわけではない、
だからおれはひざまずいてお願いする、
どうぞ、楽しくやらせておいてください

父以上の人と詩人はいっている。それを父とはこのばあい実父をいっているとする強引な解釈がまかりとおっている。実父にまさる養父という伝説が作られた。わたしがいうのは詩人も、フランソワ・ヴィヨンも、ギヨーム・ヴィヨンが養父だとは、どこにもいっていない。かつてヴィヨン学者第一世代のオーギュスト・ロンニョンは、この一行に触れて、養父かも知れない、だがメートルだったかも知れないと感想を述べた。メートルは、まあ、師とか先生というステイタスですねえ。それが第二世代のシャンピオンやフーレのあたりから、硬直がはじまった。ギヨーム・ヴィヨン養父説は赤表紙の小冊子である。

わたしは気にしない。どうでもよい。いずれにしてもギヨーム・ヴィヨンの一人芝居なのだから。それだけになおのこと、この男のことが気になって、こうして冷気地を這う冬の北ブルゴーニュのさいはての（あの、ほんの軽い文学的表現です、他意はありません）土地にまで、ジェー・ヴェー探索の旅に出る気になったのだ。あの、ジェー・ヴェーも、ほんの軽い冗談です。ギヨーム・ヴィヨンの頭文字の読みで、先回テー・ジェー・ヴェーとポワトゥーのロバに鼻面を突き合わさせた。いってみれば、テーも「テスタマン（遺言詩）」の頭文字である。テー・ジェー・ヴェー、すなわち「ギヨーム・ヴィヨンの遺言詩」である。なんか、おもしろい。

ヴィヨン村訪問のことは、以前にもある機会にお話ししたことがあったし、それが文章に起こされていることでもあるので、ここでは割愛させていただくが（『学習院史学』三十一号）、村のレストランの女主人マダム・ダコスタのことだけは紹介しないわけにはいかない。

扉を開けるとそこがバーで、村の男たちがいた。往来に人気なく、家は窓を閉ざす。まるでゴー印だぞ、こりゃあ、と、家内とふたり、身をすり寄せて、左右に目を配り、そろりそろりと歩く。まるで斥候ですねえ、これは。なにしろジェー・ヴェーの生村と見立てられているのだ。もしやヴィヨン家の墓なんぞがありはしないかと、村の入り口の墓地でしばらくとみこうみ、うろうろしていたこともあって、体は冷えきっていた。腹も減っていた。そこにみつけたのがレストラン「レ・キャートル・アース」で、いや、最初からそういう名前のレストランだと認識していたわけではなかった。戸口の上の壁に横長のプレートが打ち付けてあって、そこにトランプのスペード、ダイヤ、クラブ、ハートの図形がひとつづつ並んでいる。いま、写真を見れば、スペードとクラブは青、ダイヤとハートが定石どおり赤だが、かなり色あせている。

色はともかく、おかしな順番だなと思った記憶がなんとなくある。これが店の名前とは、しばらくは気づかなかった。看板屋としては、それぞれがエースのつもりで描いたのだ。「四つのエース」、これがレストランの名前で、なるほどそういう名前かと打ち捨ててしまってもいいのだが、ヴィヨン村の「四つのエース」ということで、こうなるとなにやら意味ありげがむくむくと頭をもたげる。

連載第五回「あそびの相のもとに」に、サイコロとトランプを読みこんだ八行詩をひとつ、『遺言の歌』からご紹介した。

二度目ってことで、ペルネに遺す、ペルネって、
おれがいうのはラ・バールの私生児のことよ、
なんせ見場がよく、じつはレッキとした跡取りだから、
紋章楯のバールに代えて、かいてよろしい、
鉛を仕込んで、キッチリ四角のサイコロ三個、
まだかくとこあったら、マッサラのカルタ一組、
ただしだ、あいつ屁こくの、ひとに聞かれたらだ、
オマケをつけて、四日熱も遺してやろう

ラバールの私生児だの、紋章楯のバールだのと、いったいなにをいっているのか。なんでまたサイコロが「キッチリ四角」で、それも三個なければ間に合わないのか。そのあたりのところは「あそびの相のもとに」をお読み返しいただくとして、ここでは最後の数行がおもしろい。

屁と聞いてアヌスを連想する。そこまではいい。これはまあ、いってみれば生理的反応に近く、問題はその先で、アヌスからアースへの連想がはたらくか。詩人はそう予定したか。というのは、アースはローマの通貨で、一文銭だ。これがそのままフランス語になって、サイコロの一の目をいった。これはいまのフランス語でもで、それではトランプのエースもそう呼んだか。字引をひけば、たしかにアースでトランプのエースと出る。ところがこれは近代語の字引には、ということで、「ヴィヨン

遺言詩」の時代の字引にアースはトランプのエースと出たか。これははなはだ疑わしい。なにしろトランプにはもともとエース札がなかったのだ。エース札はタロットと呼ばれるトランプに初めて使われた。タロットはトランプの変種で、ひところタロットがトランプの祖型かのようにいわれたことがあったが、それはない。もっとも、祖型といってよい理由はある。なにしろ、だからそのエース札と、それから切り札をカード競技に持ち込んだのがタロットだったのだから。

委細は省くが、こうなると知りたいのはタロットはいつからはじまったあそびか。わたしはまだ確認していないが、一四四〇年の製作とされるイタリアはミラノのカーサ・ボルメオの壁画に、「タロットに打ち興じる人たち」と呼ばれる画面があり、そこに歴然とエース札が描かれているという。タロットはイタリア、スペイン方面で始まり、十五世紀なかばにはかなり普及していたと見てよいだろう。ならばパリでも、というのはあくまで推量でしかない。なにしろ証言がないのだ。フランス語でタロットに言及したのは、なんと十六世紀のフランソワ・ラブレーがはじめてで、『ガルガンチュワ物語』に、ガルガンチュアというのは巨人族の王だが、その幼年時代の遊戯を列挙したなかに、わびしく「オ・タロ」と出る。それだけである。

さてさて、しかし、信じられない。「ヴィヨン遺言詩」の時代にタロットがパリで知られていなかったなんて。兵士、僧侶、商人と、パリ・ミラノ往還に、タロットの運び人はごまんといたはずで、フランソワ・ヴィヨンはけっこう遊び人ふうに書かれている。なにしろそのフランソワがいうのだ、「屁こく」を「サイコロの一の目を出す」と読むのにはなんの問題もない。さて、フランソワが屁をひって「エース札を出す」と読めるかどうか、わたしがいうのはそのことで、そう読めるとあなたがたがお思いならば、「四日熱」はこれは「四つのエース」である。一番強いフォーカードだ。なんとまあ、ジェー・ヴェーの生村のレストランの女主人がエースのフォーカードを出した！　一つの解釈を示した！

ささて、マダム・ダコスタがいうには、ヴィヨン家のフォワイエはとおに消えた。フォワイエとは「かまど」のことで、なるほどそういういいかたをするものなのかと、そのときは感じ入ったのだったが、ヴィヨン村の記憶が薄れるにつれて、妙にマダムのエノンセの作為的なところが気になってきた。ヴィヨン家の名と実はフォーカードの看板のごときもので、無明の闇に沈んでいる。わたしがいうのはサンブノワの司祭ギヨームがヴィヨン村で少年時代を過ごしたかどうかは、フランソワ・ヴィヨンとそのあそび仲間がもてあそぶカルタにエース札があったかどうかと同じ程度に分明ではないということで、無明の闇という発言にそれほどの意味をもたせているわけではない。

だからこそ、わが想像のうちに、マダム・ダコスタは「四つのエース」の看板をはずし、革袋に納めて、村を立ち去る。このイメージはかなりよいかたちのものとわたしの目に映ずる。ヴィヨン村のギヨーム・ヴィヨンはマダムの演出だったわけで、レストランの看板がギヨーム・ヴィヨンのヴィヨン村の疑似空間を作り出す。そういう仕掛けだったのではないかと、いまわたしはうたぐっている。なにせ、マダム・ダコスタから手紙が来たのだ。それがヴィヨン村からかなり離れたシャンパーニュはシャトー・チエリーの東のデュイジーというところからなのだ。

「なつかしい堀越夫妻、お手紙に接してとても嬉しく、また写真をお送りくださってありがとう。わたしはもうヴィヨン村のレストランにはいません。けれども、あのとてもビューティフルなブルゴーニュの土地で接待したお客様は皆さん記憶にあります。わたしはいまはフランスの別の地方、セーヌ・エ・マルヌ県のパリからすぐのところに住んでいます。わたしは前からの仕事をまた見つけました。あと一年たたないうちに、一九九五年に引退するつもりです。わたしの住所を書いておきます。あなたがたにお会いできてとても幸せでした。ほんのみじかいあいだでしたけれども。わたしの夫もそばでハローといっています。時に近況お知らせいただければ幸せです。わたしの夫もそばでハローといっています。フランスの片田舎から、ごきげんよう」

じっさいわたしは手にかざして、透かして見たほどで、ヴィヨン村のレストランの「四つのエース」の看板をはずし、革袋に納めて、村を出て行くマダムの絵姿がこの手紙の背景に見える。村の往還を北に出はずれたところに墓地がある。わたしどもが、村の入りがけにうろうろした村の墓地だ。冬枯れの景色のなか、かの女をそのあたりに置いてみようと思う。くるぶしまでくる長いコートが小柄で肉付きのよい体をすっぽりとおおい、頭はフードで隠している。肩に掛けた革袋の結び目から大きな木のお玉じゃくしがのぞいている。かの女の「前からの仕事」のシンボルだ。「四つのエース」の看板も、全部は入りきらなくて、頭をのぞかせている。

マダムが書いてよこした新住所はデュイジーのクール・デ・ファノワールとなっている。デュイジーはパリを国道三号線に乗って車を走らせていくと、モーを過ぎ、ラ・フェルテで北へカーブして、やがてシャトー・チエリーに着く。その二十キロ手前のモントルイユという小さな町を北に入ったところだ。もう四半世紀も前になるか、やはり冬十二月、幼いこどもたちとその母親を後部座席に積み込んで、この道を走ったことがあった。冬枯れのブドウ畠の囲いの立木のリンゴの木の根方に小さな赤い実が落ちていて、枝にもまだ残っている。ブドウ畠は棒杭が整然と立ち並ぶ光景を呈していて、視線をあげれば、遠くなだらかな丘陵の窪みに白く輝く集落の影。ランスの町は雪粒にまぶされていた。

マダムはトロワの町から来る。トロワはセーヌ川の町で、そこからさらに北へあがって、マルヌ川へ。そこに「刈り草を乾燥させる台がならんでいる庭」をみつけた。いや、なに、かの女の住所の「クール・デ・ファノワール」というのは、意味をとればそうなるというだけのことです。そうして、その庭先の一軒の軒下に「四つのエース」の看板を掲げた。

「ヴィヨン遺言詩」解釈者の看板を掲げたということで、わたしがいうのは、マダム・ダコスタはわたしである。この夏、ついにデュイジーをたずねなかった。ヴィヨン村再訪も考えなかった。それというのも、わたしは「四つのエース」看板がヴィヨン村からデュイジーへ移動したことを、たしかに知っていた。それを確かめることが、正直、こわかったからである。詩の解釈が現実を動かすことがあることを確かめることが、正直、こわかったからである。

わが友ジャック・カルドン

この連載もそろそろ終わりにしたい。もともと連載の趣意は単純なもので、わたしと「ヴィヨン遺言詩」とのかかわりを、青春の昔にまで時を返して探ってみようというもので、だからわたしはフランソワ・ヴィヨンだったわたしの探索方だ。フランソワ・ヴィヨンを吊るす綱はわたしの尻の重さを知るだろう。

綱がわたしの尻の重さを知るだろうといったのは、フランソワの、かの有名な四行詩をもじったものので、こういうのだが、

おれはフランソワ、こいつのことは気が重い、
ポントワーズの近くのパリの生まれ、
一トワーズの綱に吊るされて、
おれの首は知るだろう、なんてまあ尻が重い

なにしろ次の日には絞首台の綱にぶらさがることになるかもしれないというせっぱ詰まった獄中でモノしたということになっている四行詩です。それでどうなったのかというと、土壇場で罪一等を減じられ、十年間の所払いということでパリから放逐された。まあ、そういう話になっていまして、だからそういう話としてそれはよいのだが、それにしても「おれはフランソワ、こいつのことは気が重い」、この一行のエノンセの怪は、いまだヴィヨン学者の説きあかすところとはなっていない。

フランソワの名で死罪を宣告されたのだ。だから、そのことが気重の種だといっていると、これはある人の説だが、またある人は、いやそうではない。フランソワはすなわちフランセ、フランス人をいっている。こんな羽目になったのは大喧嘩で死人が出たからなのだが、喧嘩を始めた張本人のロバン・ドジというのは、サヴォワ人だという理由で赦免状が出た。なのにおれはフランス人だからというので、とフランソワは嘆いているのだと、これはヴィヨン学者第一世代のマルセル・シュウォブの見解である。

ちなみにパリ大学のデュフルネ氏は、この両説を併記して、それで事足れりとしているようだが、じつはシュウォブ説には難点がある。ドジが免赦されたのはその年の九月のことで、この四行詩がモノされたとされる月日をはるかに過ぎたころだったのだ。どうする？　と、スイスのロマンス語学者リシュネル、アンリご両所は前説を押し立てる。

リシュネル、アンリご両所のスルドイ批判は、いずれ四行詩の製作年代をそうと決めての上での議論でしかなく、そう気にしなくてもよいが、いったいみなさんは「フランソワ」という名前がここでことあげされているという事態を、どのていどきちんとお考えの上で議論なさっているのか。その辺のところがむしろ気にかかる。「おれはヴィヨン」と書いているのではない。「フランソワ」という名が重苦しいと書いているのである。

フランソワという名前が気にかかる、わたしはそう読む。それが気重の種だ。詩人はそう書いている。この半行、『遺言の歌』の一節を思い起こさせる。

おれが何をやりたいか知っているのはこのおれだ、
ジャン・ドゥ・カレー、尊敬すべき男だ、かれに、
かれは、ここ三十年がとこ、おれに会っていない、
おれがいま、どう名乗っているか、知っていない、
この遺言書のすみからすみまで、もしもだれかが、
なんだ、これは、と、苦情を鳴らしてきたならば、
リンゴの皮をむくように、問題の条項を削除する
権限を、そうだよ、きっぱりとおれはかれに遺す

ここでもまたヴィヨン学者たちは戸惑いを見せていて、なにしろ一行目、「知っているのはこのおれだ」と訳したところ、ここはそうとしか読めない。それをリシュネル、アンリ両氏は「知っているのはかれだから」と読むことにしようと提案する。ジャン・ド・カレは、「おれ」が何をやりたいのか、

先刻ご承知のはずである。だから、そのジャン・ド・カレに遺言人代行の権限を遺すと「おれ」はいっているといと読もうというのである。ところがそのジャン・ド・カレは、「おれが何をやりたいか知っている」どころか、「かれはここ三十年がとこ、おれに会っていない、おれがいま、どう名乗っているか、知っていない」と「おれ」は書いているではないか。ジャン・ド・カレの素姓については、どうぞ連載第十一回「あいつも逝って、三十年」をご覧ください。

おれが「フランソワ・ヴィヨン」と呼ばれていることをジャン・ド・カレは知らないと「おれ」はいっている。さて、その「おれ」とはだれか。わたしがいうのは、そいつは「フランソワ」のことを気重の種にしている男で、なぜなら「フランソワ」こそは「おれ」が作りだしたキマイラだったからである。

　　キマイラよりも痩せたこのおれの手で、

と、これは連載第十三回「燃える指」にご紹介したが、詩人は『遺言の歌』に書いている。

フランソワ・ヴィヨンとはそういうキャラクターだと承知の上で、「ヴィヨン遺言詩」は読まなければなるまい。なにしろそう心得て読めば、どう踏んでもこれは二十五、六や三十の男の発言とは思えない場面に出くわしても、あわてないですむ。登場人物の組み合わせに、どうも納得しかねるケースがいくつかある。フランソワ・ヴィヨンがなぜこんな人物を知っているのだろう。この人物に対して、なんでまた、こんなに腹をたてているのだろう。なんでまた、こうまで執拗にことあげしているのだろうと疑問に思うケースがいくつかある。そういうケースにぶつかっても、イライラしないですむ。

三年越しの調べもこの夏のパリでほぼ片がついて、わたしは目下『形見分けの歌』の注釈文を書くことにとりかかっている。年内中にこれを終え、続いて『遺言の歌』にかかる。わたしは読むように書こうと心がけていて、八行詩ひとつひとつの、わたしのいう散文バージョンを作りながら、それらが集まってひとつの『形見分けの歌』を作る。そういうふうに読むように書きたいと思っている。そういうふうに書いていくと、景色がだんだんとはっきり見えてきて、いままで見えなかったものが見えてくる。

フランソワ・ヴィヨンが、

おれの手袋とおれの絹地の陣羽織、
わが友、ジャック・カルドンへ

と書く。

ひとーつ、おれはノー・ロンムのルーネに、
ドゥ・モンティニーだ、犬三匹を遺す

と書く。そのジャック・カルドンは、ルーネ・ド・モンティニーは、ほんとうにフランソワ・ヴィヨンの友人だったのだろうか。この問はほとんど古典的なもので、その都度はぐらかされてきたという意味でも、ほとんど古典的なものである。はぐらかされてきたとわたしがいうのは、言い紛らそうと右往左往している図をみせつけられてきたというだけの意味ではない。せっかく一緒になってヴィヨンを読もうとこっちがその気になっているのに、置いてきぼりにされてしまうという意味でもある。いや、そっちの方だと断定してもいいかな。

ジャック・カルドンは毛織物商人で、すぐ上の兄も同業だったらしい。それがその上の兄たち三人は教会人になり、そのひとりがなんとサンブノワ教会の司祭だった。もっともそのことは一四四九年のある文書にその肩書きが出ているというだけのことで、そのジャン・カルドンはその後モンマルトルの教会に転出したらしく、じっさいのところ、はっきりしたことは分かっていないのである。けれども、それだけのことでも分かったのは大変なことだと、ヴィヨン学第二世代の学者たちは一斉に色めきたった。

ジャックは一四二三年ごろの生まれらしい。フランソワ・ヴィヨンと十年も違わない。同世代だといってもよい。「わが友、ジャック・カルドン」と呼びかけている。そのジャックがサンブノワ教会の司祭ジャン・カルドンの年若の弟だという。なんと、フランソワ・ヴィヨンの養父、サンブノワの司祭ギヨーム・ヴィヨンの同僚の年若の弟ということになるではないか！

それほどまでにフランソワ・ヴィヨンの友人知人として登場する人物たちの友人関係、知人関係がはっきりしないということで、ジャック・カルドンの場合はそれがなんとも澄明だ。向こう側が透けて見えるほどだと、ヴィヨン学者はいいたいらしいのである。ところが、じつのところかれらが透かし見たがっているのはフランソワとギヨームの親子関係で、フランソワとジャックの友人関係ではない。そこがおもしろいところで、ヴィヨン学第二世代の関心の持ちようは、そう、ねじれている。

「わが友、ジャック・カルドン」は、サンブノワの司祭ギヨーム・ヴィヨンの呼びかけだと読むこともできるではないか。わたしがいうのはそのことで、フランソワはギヨームの弁士なわけで、そうしてこの場合はフランソワとジャックの関係は自然なものに作られている。なにしろジャックはギヨームの同僚の年若の弟という設定なのだ。肥満体で、美食家で、衣装道楽で、色好みで、カラオケの常連で……

それがルーネ・ド・モンティニーの場合にはそうはいかない。ルニエの名は例の四行詩に暗示された絞首台と相性がいい。当時パリの北の門、サンマルタン門を出はずれた小高い丘の上に絞首台が組まれていた。モンフォーコン刑場、意味をとれば鷹山である。これはヴィヨン学第一世代のオーギュスト・ロンニョンが教えてくれたことだが、一四五七年、この仕置き場が拡張されて、もう一つ絞首台が建造されたが、これがなぜか「モンティニー絞首台」と呼ばれている。それの「初商い」をやったのがルーネ・ド・モンティニーだったからではないかと、この言葉遣いはロンニョン先生のものです。

さて、これはどうしてもここでお話しておかなければならないことで、面倒なことで恐れ入るが、一四二〇年代、フランスは三すくみの状態にあった。パリとノルマンディーをイギリスのランカスター王家が抑え、ロワール川から南を、王太子を称するシャルル・ド・ヴァロワが支配する。両者の間に立った大豪族ブルゴーニュ侯家は、当時フランドルから北のネーデルラント征服にかまけていて、フランスの内政に関心を示さない。イギリス王家はフランス戦争の真っ最中だし、王太子シャルルには嫡子の意地がある。ブルゴーニュ侯おひとよしのフィリップの一番大事な仕事はフランドルとイングランドの商人たちが自由に商売するのを守ってやることだ。

三者それぞれに立場というものがあって、おもしろいことに、この時代、立場という言葉、ケレルというのだが、これは争いに通じた。まあ、そのケレルが抑え込まれている状態が十年ほどつづいて、一四三五年のアラスの会議を迎える。フランドルとフランスのはざま、アルトワの首府アラスに開かれたこのヨーロッパ初の国際会議で、ヴァロワ王家の役人たちは、自分たちがかつて種を蒔いて育てた作物を収穫した。ヴァロワ家とブルゴーニュ家のケレルという名の雑草の生い茂る畑に蒔き、大切に育てた王の支配という名の品種の作物である。ブルゴーニュ家との和解がなって、王太子、いまはフランス王シャルル七世は、翌年、パリを占領し、さらにその翌年、一四三七年、みずからパリに入城した。一四一八年、アルマニャック党派に擁立されて南に下がって以来、実に十九年ぶりのことである。

ルーネの父親ジャン・ド・モンティニーは、この王太子に付き従った王家役人の一人であった。一四三六年、パリに帰還した後、一四四三年から四五年のあいだに死んでいる。ルーネは、おそらく一四二〇年代の後半に、ベリーのブールジュで生まれた。王太子はブールジュに政府をおいていたのである。だから、かれが父親をなくしたのは十五歳から二十歳のあいだということになる。父親の死後、モンティニー家は急速に傾いた。そうして一四五二年のパリ代官所の記録に、「グロス・マルゴの曖昧宿」の戸口で夜警隊の隊員たちと大喧嘩したということで名前が出て以来、代官所、王家裁判所、パリ司教裁判所の調書、判決記録をにぎわすことになる。パリの南のイヴェット渓谷のオルセーにあった「モンティニー領」も、一四五五年にはついに手放して、その二年後、おそらく三十歳前後のルーネは、モンフォーコン刑場の、木の香もかおる新造の絞首台に吊るされた。

ひとーつ、おれはノー・ロンムのルーネに、
ドゥ・モンティニーだ、犬三匹を遺す

たった二行である。なぜ「犬三匹」なのか、分からない。これは『形見分けの歌』の十七節だが、続く十八節に、こちらは「グリニーの領主」というのに遺贈して、

ひとーつ、グリニーの領主に、
ニジョンの城の城代番職を遺す、
また、六匹の犬、モンティニーより多いぞ、
ヴィセートゥルの城と天守もつけてやろう

いまはパリのトロカデロ広場のあたり、セーヌ河畔の段丘に城があった。ニジョンの城である。も

とブルターニュ侯家のものだったが、十五世紀に入って一時王家が所有し、その後持ち主が転々として、やがて廃城となった。

ヴィセートル、これはいまはビセートルと書く。パリの南の門、ポルト・ディタリー（イタリア門）を出てすぐ、国道七号線沿いに、クレムリン・ビセートルと、こういってはなんだが、奇妙な名前で呼ばれている地区がある。そのあたりに城が立っていた。往時広壮な城館で、ベリー侯ジャンが一時所有した。ジャン・ド・ベリーは、晩年、城館の修築や装飾を盛んにやらせたことで知られる。この城の大広間にも王侯の肖像画を飾らせて評判をとったという。ところが一四一一年、城はパリ方の攻撃を受けて破壊された。なにしろベリー侯こそは、当時パリと敵対していたアルマニャック党派の首領だったのです。

わたしがいうのは、ニジョンの角塔とヴィセートルの天守閣と、詩人の視界に入るのはすべてアクセサリーを剥ぎとられた荒涼たる廃城の景色である。「グリニーの領主」はこの荒廃のイメージのなかで名指されているわけで、グリニーという土地は現在オルリー空港のすこし南に当たる。ここでことあげされている「グリニーの領主」は、一四六八年のパルルマン（王家裁判所）の記録に「乱暴な男」と出る従騎士フィリップ・ブリュネルだという。『遺言の歌』に、その名前でまた登場する。「乱暴な男」と批評されたときが四十歳前後だったろう。父親はもと王妃家政の財務役人だった。まだ十歳になるかならないかのうちに父親を亡くしたかれは、母親とともにグリニー領に住み、母親の方は信心一途の暮らしだったらしいが、息子の方はどうやら長ずるに及んで悪徳領主の正体をさらけだすようになったらしい。かれはなにしろと、ヴィヨン学第二世代のピエール・シャンピオンはいいつのる、「悪魔の尻尾を引っ張っていた」トコトン金に詰まっていたということだそうである。金のことで人と争い、訴訟にはまり込んでいった。ついには自分の領地内の教会堂荒しの嫌疑をかけられて、きびしい詮議を受ける身となる……

ルニエ・ド・モンティニーとフィリップ・ブリュネル、このふたりはともに、王家役人の父親の死後、身を持ち崩していった若者のイメージを伝える。わたしがいうのはそのことで、そうして詩人はかれらに「犬」を遺す。「犬」はすなわち猟犬で、狩猟は貴族にふさわしいあそびと考えられていた。だいたいが『形見分けの歌』のこの前後、「フランソワ・ヴィヨン」は十節ほどにわたって、騎士道がらみの物品を遺贈している。どうぞ連載第四回「無頼の伝説」をご覧いただきたいが、

酒場トゥルミレーにあるおれのさるまたを、
ちょうどおにあい、あたまにかぶるは、
おともだちのジャーン・ドゥ・ミレー、

とか、なにしろそんなものである。ちなみにこれは兜《かぶと》をいっている。

閑話休題。わたしがいうのは、「犬」の贈与は騎士道尽くしの文脈のなかに位置づけられている。ルーネ・ド・モンティニーに、「グリニーの領主」に「犬」を贈る。「猟犬」を遺す。騎士として立てる。三匹だ六匹だと、おふざけもあいかわらずだが、貧に負け、性格に負け、情念に負ける知人の息子たちの滅びいく姿を見つめる詩人の眼差しは悲しい。

詩の地層

中庭一帯が掘り下げられていて、四囲に桟道をめぐらせている。桟道とは、まあ、おおげさで、人が歩いたり、下を眺めたりすることができるようにと、板の道を渡してあるということで、パイプの手すりにもたれて、下を見おろすと、なにやら円形に盛土をえぐった跡が見える。石積みの擁壁もきれいに出土していて、そこから脇に延びる石壁は、これは地下室の壁だったのだろうか。アーケードに貼り出してあった発掘作業の概要に、カンブレ学寮の浴室跡も出ているとあったから、それかなと勝手な想像を楽しむ。

サンジャック通りをへだててソルボンヌ校舎の向かい側のコレージュ・ド・フランスの発掘現場である。掲示にはあっさり考古学発掘と書いてあるだけで、どこが掘っているのか、よく知らないが、下で土を削ったり、曲尺で測ったりしているのは若い連中で、これは「考古研」の学生たちと見た。ちょうど昼時ということか、リーダーらしい風格のが、仲間に声をかけて上がってきたのをつかまえて、サンブノワの墓地跡が出たと聞いたがと、聞いてみた。ヘルメットの若者は、一瞬、困ったような表情を浮かべて、出てませんよ。なんでサンブノワなんですか。あのあたりが中世ですけどねえ、と身振りで示す。あ、アーケードに案内が出てますから、それじゃと、いかれてしまった。見ると、向かいの教室に入っていく。仲間も後を追う気配だ。桟道をゆっくりと歩いて、窓からのぞいてみたら、パスタのカップを並べていた。インスタントラーメン風に湯を注ぐ式ので、最近パリでは結構はやっているのです。眼の端にスナック菓子の袋も騒いだようで、そこにわたしは見た、干しいちじくとデーツの袋をたしかに見た、と書きたいところだが、さすがにそれはなかったろう。ただわたしは見たかったわけで、見たいものは見える。そうもいえて、なぜならわたしはパスタのカップの儀式を執行するかれら若者たちが領している空間に対して他者ではないからである。

だからわたしがいうのは証人はフランソワ・ヴィヨンということで、それとも？　さて、いったいこの「ヴィヨン」はだれなのだろう。

上述の日付に、これが制作されたのは、
その名のよく知られたヴィオンによる、
イチジクもナツメヤシの実も食わない、
乾いて黒くて、カマドのほうきのようだ、
テントもパヴィオンも、もうもっていない、
なにもかも、かれはともだちにのこした、
手元に残ったのは、ほんと、わずかのカネ、
それだってじきに人にくれてしまうわさ

か。

「形見分けの歌」最終節である。どうぞ連載第九回「人の影、家の影」をご覧いただきたい。干しいちじくやデーツことなつめやしの実を実証してお見せしている。それがそこではわたしは、なんでまた「その名のよく知られたヴィヨン」が「イチジクもナツメヤシの実も食わない」のか、そのわけの詮索には立ち入っていない。解釈をためらった気配であって、おおなんとわたくしめはシャイであることか。

わたしにはハナから分かっていた。「その名のよく知られたヴィヨン」は干しいちじくやデーツが食べたいのである。食べたいのを我慢している。やせ我慢である。八百屋のおかみがデーツを売り立てている。さあ、入ったばっかしだよ、甘いデーツだよ。若者は「パリ女のさえずり」に耳を貸さない。貸さない振りをする。じわーっと舌の付け根に唾が湧いてくる。

そうだよなあ、おれの大外套をふたつに裂いて、
そいつの半ペラを売り払ってさ、売れればだけど、
フランを買って食わせてやりたい、フランがあればだ、
なんせ青春は、ちょっぴり食いしん坊なんだ

もっとも舶来ものだから高いということもある。若者はブラン貨もグロ貨も持ってはいない。手元に残ったのはそこばくのカネ。ドニエ貨二、三枚といったところでしょうね。それだって、みんな人に

くれちまうさ。「上述の日付に、これが制作されたのは、その名のよく知られたヴィヨンによる」と証人に立ったその人物にはハナから分かっていた。

帰るところはここかなと思う。往時カンブレ学寮の跡地に、夏の日差しが強い。日は宙天にあって、物の影は短い。サンジャック通りを往来する車の音が蜂の羽音のようにくぐもって聞こえる。現の夢のわが視界に、カンブレ学寮の戸口を出入りする若者の姿が見える。サンブノワ教会堂の後陣の壁には、なんと時計も設置されていたという情報もあって、往来する学生たちは、ちらっと見上げては時刻を見るが、ベンチの僧衣の老人には目もくれない。

おれは恋愛神をきっぱり否認する、
火の戦い、血の戦いをおれは挑む、
恋愛神め、おれを死の淵へ追いつめる、
おれをワンコインほどにも思っちゃいない、
おれはヴィエールをベンチの下に置く、
もう恋人たちの後は追いかけない、
なるほど前はあいつらと隊伍を組んだ、
はっきりいおう、もうそういうことはない

学寮とはいっても、それはふつうの民家で、カンブレの司教のパリの居宅だった。給費生十人たらずの、それはまあ小さな学寮だったが、それがブルゴーニュ三司教の学校と呼ばれていて、たいしたわけがあったわけではない、カンブレの司教がたまたまブルゴーニュ出身で、同郷のほかのふたりの司教と相談して学寮を開いたということだった。

ブルゴーニュからやってきた学生たちがそこで生活していて、一日一スーの給費を受けていたという。スーというのは貨幣の中間の単位で、十二ドニエにあたる。ドニエは、そうですね、戦前の銭の感じでしょうか。一銭玉とか、五銭、十銭にあたるドニエとか、グロとか、ブランとか、いろいろとコインが出回っていた。ドニエでなにが買えたかといっても、ものの値段ほどに浮動するものはなく、わたしがいうのはものの値段はあたかも現象体であって、出来事であって、その辺の事情は日記を見ればすぐ分かる。筆者はものの値段という出来事に遭遇して、見たままに書きとめる。わたしがいうのはものの値段をということで、一例、お目通しねがおうか。

今年、一四四〇年は全般に大豊作で、ものがたくさん出回った。なにしろ上等の小麦が、昨年は五フランしたというのに、パリ貨十六スーで買えるのだ。昨年は七から八スーしていたエンドウは四ブラン、最上等のソラマメが六ブラン。果物は全面大安売りで、大玉の桃百個がパリ貨二ドニエ、極大玉のアンゴワス梨やカウ・ペパン梨が二十五個で四ドニエ、ダマ李《すもも》が百個で七ドニエ、極上のクルミが百個でトゥール貨四枚。

これは、まあ、遭遇の記録としては、なにしろ一四四〇年の夏を全体として睨んでいる文章だから、あまりおもしろくない。角を回ったら屋台が出ていて、売り手が口ばやに品物の値段をまくしたてている。そんな場面を写しているような文章が日記には随所に出る。それをおいてこれをとったには、それなりのわけがある。エンドウだ、ソラマメだ、桃だ、梨だと出現する現象体に混じって、ダマ李なる物体が、クルミよか、おれの方が先だぞと威張っている。このダマ李、じつはこれこそはデーツではなかったか。なつめやしの実ではなかったかとわたしは勘ぐっているのです。

李はプルンで、それがなにがデーツなのかとご不審だろうか。ダマスクスのプルンをなつめやしの実と推理した事の次第は、どうぞわたしの『日記のなかのパリ』をご覧いただきたく[注(1)]、ここでは詳説は避けたいが、なにしろ日記にデーツの文字は出ず、だからといってパリの人たちがデーツを知らなかったなんて、ほんとうのことだったのだろうか。なにしろ前回お話したように戦乱の世の中である。異邦の果実の輸入が止まっていたということはある。それが一四四〇年のころともなれば、王太子、いまやフランス王シャルルはパリに館を置いている。パリを逃げ出していた商人たちも戻ってくる。こうなればモノも入る道理で、そういうことだったのではなかろうか。

さてさて、ここはプルンの消息を日記にたずねるのが目的ではない。ダマ李は百個で七ドニエ。いまわたしが話をひっかけようともくろんでいるのがこの情報で、なんとドニエ玉一個、屋台に放り出せば、デーツの十粒かそこらは若者の口に入ったということか。それが日記の筆者は、果物は大安売りといっている。どれほどの安売りか、果物については書いていないが、小麦は五フランが十八スー、エンドウが七、八スーが四ブランとくらべている。めんどうなことで恐れ入る。フランは二十スーのリーヴルの呼び替えだから、五フランで百スー。なんと六分の一である。ブランは大型銀貨で、シャルルはパリに入る直前、一四三六年の一月に、良質のブランを、表示価格十ドニエということで発行している。ところが、それ以前のブラン貨は、実勢価格七から八ドニエといったところで、これは王政府自体がそう触れを回している。まあ、中をとって八ドニエとすれば、四ブランで三十二ドニエ、七、八スーは掛ける十二だから、こちらの方はふつうは三倍はしたということになる。ドニエ貨一枚では、せいぜいデーツ二、三粒かな。注(2)

給費一スーでは干しいちじくやなつめやしの実のおやつはぜいたくということで、異邦の果物を籠に盛り上げた屋台の前を、肩怒らせて押し通る若者を詩人は見ている。カンブレ学寮の戸口の石段を大股に駆け降りて、ベンチに座っている僧衣の老人なんぞ目に入ろうものかは、わき目も振らず、まっすぐ前を見据えてサンジャック通りを行く若者を詩人は見ている。揶揄を含んだ視線が若者の頬を撫でる。

この年は四百と五十六年、おれは
フランスェ・ヴィオン、学生である、
心をしずめ、気をおちつけて、考察するに、
ハミをかみ、首輪にかかる綱を引き、
まずはおのれの所業をかえりみろ、
そう、ヴェジェッスもいっている、
賢明なるローマ人、偉大なる助言者、

おこたれば、自分自身を測りそこなう

「おおや、メートル・ギヨーム、よいお日和で」

見上げれば「おれの代訴人フールニエ」だ。毛糸編みのボンネットを頭にのっけて、なめし革のブーツを履いている。

「これはこれは、メートル・ピエール・フールニエ、よいお日和で。したがまあ、なんと風の冷たいことで」

「冷たいですなあ、川を渡る風ですからのい」

また、おれのプロクールー、フールネーには、

丸帽と、すねまでおおう室内履きを遺す、

おれの靴屋んとこで裁たせたやつだ、

いてつくこの冬に履けるようにねえ

「それで、どちらへお出かけで」

「いやね、それがね、ああた、またぞろ学寮さんですよ、メートル・ギヨーム」

「それは、また、ご苦労さまで。学生さんたち、いろいろやらかしますからなあ」

「いやいや、それがね、ああた、今度ばっかしはそれじゃない。メートル・ジャンが追い出されそうなんですな、学寮から。いや、いろいろいう人がいましてな。ま、狙いは分かってるんだが」

「おやまあ、知りませんでしたよ。メートル・ジャンに話を聞いてやらなけりゃねえ」

代訴人フールニエは、『遺言の歌』の方でも「おれの代訴人」という呼びかけで、まるまる一節分、形見分けを受けている。代訴人というのは言葉が硬いが、これは原義そのままに面倒を見る人ということで、法律面でこれを使えば、いまふうの言い回しでは、むしろ法律事務所の弁護士か。なんでまたフールニエ某を「おれの」と呼んでいるのか。ヴィヨン学第二世代のピエール・シャンピオンが、これは自分と同じ名前のピエール・フールニエだと見破ってからというもの、「おれの」の謎は解けたとされてきた。

ところがそれがまたねじれていて、たしかにピエール・フールニエ某はサンブノワ教会の法律代理人だったし、カンブレ学寮の代訴人だったのだが、だからなんだというのですか。なぜにまた「フランソワ・ヴィヨン」がそのピエール・フールニエ某に「おれの」と呼びかけなければならないのですか。デュフルネ氏は「たぶん」そういうことがあったのだろうといいかげんだが、さすがにリシュネル、アンリ両氏は冷静で、「ピエール・フールニエは、Vのではないにしても（そのことをわれわれは知らない）、すくなくともサンブノワ聖職者団の代訴人であった」と注記しているのは印象的である。Vのって、つまり「フランソワ・ヴィヨン」のということです。

まあ、ピエール・シャンピオンをただなぞっているだけの発言なのだが、「おれの」という詩人のエノンセに途惑っている心の揺れを感じさせる。さすがに「フランソワ・ヴィヨンの」とはいえない。だったら「ギヨーム・ヴィヨンの」と読んだらどうですか。「おれ」はサンブノワの司祭ギヨーム・ヴィヨンだと、なんとまああっさりと白状してしまったことか。どうもこれはおどろいたことだ。

「おおや、メートル・ギヨーム、よいお日和で」

往時カンブレ学寮の時の地層に声が還る。声は詩にはらまれていて、だから詩の地層を作っていて、聞き耳を立てれば聞き取れないでもない。ところが現実が詩をはらみ、詩が現実を運ぶ。メートル・ギヨームの詩文はそんな調子を帯びていて、なんとまあ、パスタのカップの若者たちを動員しなければなるまいて。

注（1）『日記のなかのパリ』は二〇〇七年三月に筑摩書房の「ちくま学芸文庫」で『パンとぶどう酒の中世　十五世紀パリの生活』とタイトルを改めて改訂版を出版しました。写真や図版、パリの古絵図などについてもかなり手入れしました。その詳細については文庫本の巻末に付した「文庫版あとがき」をご覧ください。

注（2）「ブランは大型銀貨で」といっている、そのブランは目方三グラムほど、純銀度三百九十九、つまり一千グラムに純銀三十九グラム九という良質の銀貨で、表図案は三百合紋の楯をクローバー状にギザギザの罫線が囲み、楯の上と左右に三つの小さな王冠模様を配しているところから「小さな王冠（複数形）の銀貨」と呼ばれている。十ドニエの額面価格が設定された。同日一月二十八日付けで、ほぼ半分の重量の銀貨も発行されて、こちらは五ドニエとされたと「ベローブルの貨幣表」は示唆している。それがベローブルは「貨幣表」に併設している「手描きの貨幣一覧」にはこの小ブランの方をとっている。小ブランの表絵は三百合紋の楯の左右の小さな王冠印とギザギザの罫線は省いている。「ラ・モネ」

こと貨幣博物館が発行したカタログを見ると、両方ともちゃんと実物の写真を掲載している。ベローブルがブラン貨を描き起こさなかったわけはなんなのか。ともかくブラン貨は安定していない。じつはブラン貨は小ブラン貨の言い換えとして言及されることがあった。ブラン貨は十ドニエ、プチ・ブランこと小ブラン貨は五ドニエという仕分けは、後代、貨幣史学上のものでしかないという皮肉な見方も十分成立するのである。

一九九四年秋、玉川上水の橋の上に月が登る

風景は記憶のうちにあると思っていたが、どうやらそれはまちがいだったらしい。玉川上水はむかしながらのたたずまいで立ち現れた。

わたしがいうのは風景がということで、川がではない。川はむかしながらに流れていて、それはたしかに水量は減ったようだが、土手の桜並木もむかしのままで、それはたしかに桜樹の世代の交代はあったろうが、だからたくさんのムタティス・ムタンディス（必要な変更を加えれば）、風景は同じだった。だから四十五年前のこの道を少年が歩いていて、その家の門に若い女性がたたずんでいる。ところが少年はまっすぐ前を見据えていて、

　　ハミをかみ、首輪にかかる綱を引き、

女性は目に入らなかった。師の家をめざした少年の、心もそぞろに通り過ぎた風景が、未来においてひらかれて、いまわたしに贈られた。

浅野さん、覚えていますとも。お子はどうなさったか。

もしやここは鈴木力衛さんのお家ではなかったかと、たまたまお庭にいらっした年配の女性に、その家の小道をはさんで向かい側の建物を指してたずねたら、そうですよ、奥さま、いまでもお住まいですよと返事がもどってきた。なんとおどろいた、こぎれいなマンション風に改築されたのは、ほんの数年前のことだという。少年のわたしが土手の道を横丁に入って、浅野貞孝の家の門扉の前に立つ。なんとほんの数年前まで経験の小径を踏み直すことができたとは、それに気づかなかったとは、なんとまあ、うかつなことだったか。

だからいま、わたしは経験の小径を踏まず、その家の女性と昔噺に花を咲かせる。

地べたにしゃがんで、うずくまって、
毬みたように背中丸めて、身をよせあって、
はかない麻幹《をがら》の火をかこんで、

とまではいかないが、気分はとんと兜屋小町長恨歌だ。なんとなんと、わたしはその家の女主人に往時兜屋小町を見たということか。気分はそうだということで、それはたしかに往時、その家の門に若い女性は立ち現れた。駒下駄をつっかけて郵便物をとりに出た。そこに少年が現れた。もういい加減擦り減って文目も潰れた、父親ゆずりの杉綾外套を着込んでいる。髪はボサボサの長髪。伏し目がちに、まっすぐ歩いて、横丁へ曲がっていった。そう絵をかいてもよく、そう絵をかけるというのも、

その家の女主人とわたしとが、まちがいなくその絵のなかにいるからである。

なんとその家だけ、昔のままだったんですねえ。

学生さんたち、なにをこの先生、興奮しているのかと、教師の狂態を冷静に観察していらっしゃる。三鷹駅からバスで十数分、林間の小径に落ち葉を踏んで、ここはアイ・シー・ユーこと国際基督教大学の教室である。往時の若い女性との再会ののち、こちらへまわった。学生さんたちといったが、正確には院生、それも人数は三人。「もぐり」を入れても四人から五人といったところだ。「もぐり」とは、まあ古風なもののいいようで、恐れ入ります、いまふうにはなんというのか。登録しないで、勝手に教室に座っている方々のことである。この方々、ときに教師の監督のふうがある。

隔年で、秋の学期にお付き合いをしている大学院比較文化研究科の講義で、科目名は「西洋の歴史および思想史」と、なんとも欲張りだ。講義とはいう定《じょう》、人数が人数のこともあり、演習風景を呈するのは毎度のことで、いま読んでいるテキストは『形見分けの歌』である。それはこの夏の（このエッセイにお目通し願っている時点では昨夏のということだが）パリから本腰を入れた「ヴィヨン遺言詩」注釈文の仕事の、ほんのその肩口にでも触れていただいて、テキストを読むということの意味を……、うっかりして授業内容案内の文章がまぎれこんでしまいました。

クレマン・マロではないが、「フランス古語による同主題のバラッド」（『遺言の歌』の「三つのバラッド」のうち、三番目のバラッドにクレマン・マロがつけた題辞です）などという代物を、そのまま読みましょうと看板を掲げても、教室に閑古鳥が鳴くだろうと、オックスフォードから出ている古典双書に入っているピーター・デイル氏の古典的英訳を副本に添えることにした。

この英訳、名だたるヴィヨン学者たちが歯に衣着せて、せっせとあてこすっているところを「ディルドー」などといい切って、なんともまあむくつけなことで、これは『形見分けの歌』の二十九節、ノートルダムの年寄りの参事会員ふたりをからかっているところだが、これはまあ勇み足として、「三つのバラッド」の最初、クレマン・マロが「そのかみの女たちのバラッド」と題辞を与えた、あれの繰り返しの詩行を、

さてさて、去年の雪がいまどこにある

と読む。これはわたしの読みで、どうぞその辺のところは連載第十回をご覧いただきたいが、そこをピーター・デイル氏は、

去年の雪の吹き溜まりがどこにある?

と、わたしなんぞよりも現実的で経験主義的で、さすがにジョンブル氏です。恐れ入りました。雪のドリフト、吹き溜まりとね。風景をしっかり見ています。

見るということ、プロスペクティヴですね、これをどうやら感覚の首座に据えた気配なんですね。

三十六節から三十八節、ここがおもしろい。

祈るうちに、頭がおかしくなった、
いいや、酒をのんだせいではないぞ、
どうも精神が縛られているようだ、
そこにダーム・メムェールがあらわれた、
かの女が戸棚に出し入れするのは、
かの女の保存する表象物の一群、
真と偽とを述べる能力もあらわれた、
その他もろもろの知的能力もだ

なんと、表象像結合の能力もあらわれた、
その力で、おれたちはモノが見えるようになる、
似ているモノを見分ける能力、モノの形を、
しっかりと知る能力、これら能力が、いったん、
変調をきたしたとなると、これは大変だ、人は、
月に一度はバカになり、月に気分を支配される、
そう、おれは読んだことがある、思い出した、

いつだったか、アリストートの本で
そこに感官がねむりから立ち上がって、
力をふるって、ファンタジーをけしかけた、
かの女は五官をしっかりとめざめさせ、
最高至上の部分を支配した、理性をってことだ、
これはなにしろ宙ぶらりんで、死んだも同然だった、
自己喪失感があって、押さえ込まれているふうで、
おれの体内にそんな感じがびっしり広がっていて、
それもなにも感覚の縛りを誇示しようということで

その力でおれたちはモノが見えるって、デイルの訳では、その力でわれわれは出来事を予言するってなってますよと、学生さんたち、だまされないぞと身構える。

ええ、まあ、たいていそうなってますが、まちがいですね。だいたい、みなさん、自信なくって、ここのところは逃げています。どの本見ても、ほとんど注がありません。このあたり、言葉遣いはスコラ学なんですね。モノが見えるようになるなんて雑駁に言い回さないで、見《けん》が備わるとでも訳した方がいいかな。アリストテレスの本って、靈魂論と呼ばれているテキストです。視覚はとりわけて感覚であるなんていっちゃってね、たいへん参考になります。いや、べつにリュナティック、月に気分

を左右されるってくだりはありませんけどね。

三鷹駅にもどり、ふたたび上水のほとりに立った。駅構内の線路をくぐりぬけた清冽の水が、暮れなずむ木立の茂みの下陰を走る。橋の上から眺める木立の道は薄暮に溶けて、見の遠近法はなんとも頼りない。わたしが見る風景は、風景それ自体が持っているたしかな形なのだろうか。わたしが見ることがこころよいならば、わたしの見るものはたしかである。それが、わたしの見るものがたしかであることの証しを、どうしてわたしは求めるのか。

ときおり走り去る自動車のテールランプが赤く浮き立つ。動く物は往って還らず、たしかにここから旅立った少年は、ふたたび還ることはない。ただ、永劫回帰のループが詩に懸かるとき、少年はわたしに還る。「ヴィヨン遺言詩」がいまわたしに提示するものがそれで、それでよいではないか。それ以上なにを求めるのか。

だから若い女性はダーム・メモリアだったのだ。そのことに気づいたのは、その家の女主人と昔噺に興じていたときだった。なにしろ少年がそこにいたとき、少年と若い女性がそこにいた、その場のイメージを保存したのは若い女性であって、少年ではなかった。少年はメモリアをバカにしていて、それだけではない、メモリアが場のイメージというか、イメージと場の関係を保存する力であることを知らなかった。メモリアの保存するものが場の変容のシークェンスであることを知らなかった。

だから、風景のなかにあるということの意味を少年は知らなかった。その風景のなかにあるということが、メモリアの保存するところとなって、すでに保存されている場のイメージに追加される。これがよくいわれるように生のデータベースである。そうしてデータベースは公開されなければならない。なぜなら場のシークェンスは他人と共有するものだからである。少年はそれを知らなかった。知ることを拒否した。

風景のなかに他人がいるのを見るのを拒んだということで、このこわばりはどうだろう。おとなにならずに年をとった少年は、わたしが見るに、人一倍人を愛したのだ。それが愛が拒まれる話が好きで、自分をそういう場のメモリアに置くことにこだわったのだ。だから少年は『形見分けの歌』の主人公のスタンスが気に入って、わが歌と抱え込んだ。

これはやばいぞ、なんとか逃げるには、
一番いいのは、そうだ、旅に出ることだ、
さらば！　おれはアンジェーへゆく、
なにしろ女に思し召しがないのだから、
おおよ、これっぽっちもないのだから、
女のせいでおれは死ぬ、五体生きながら、
そうよ、ついにこのおれは恋の殉教者、
恋愛聖者の黄金伝説に名をつらねる

少年はフランソワ・ヴィヨンに出会ったと思った。おそらくこれが真相だったろう。少年はおとなたちの真似をしただけだったともいえる。だいたい、まずおとなたちの方がそう思いこんでいたのだから。背伸びしておとなたちの真似をしながら、少年は不安におびえていた。というのも、これは文学だとも、おとなたちの書いた本に書いてあったからである。少年の困惑がわたしには痛いほどよく分かる。なにしろ場のメモリアのシークェンスの長大なのが、（なかには短いのもあるが）文学だと、これまたおとなたちの本に決まって書かれていたからである。

本と人生のあいまいな関係に悩みながら、少年はだんだんとおとなになっていって（もしも断ち切れたならば、おとなにならずに年をとったと歌えたのだが）、だんだんと詩の読み方に慣れていって（詩を読む作法も勉強だとわたしは信じている）、そうしてようやっと「ヴィヨン遺言詩」の詩人の詩の作法が分かってきた。ダーム・メモリアがらみでお読みいただいた、なにやら酔っぱらったような（本人は酒を飲んだせいではないといいはっている）八行詩三つが、よく読めば詩の技法を述べていて、要点をいえば第一節にダーム・メモリアと内官、第二節に見、第三節にダーム・ファンタジアと外官がことあげされている。

ファンタジアにダームの敬称がついていないのは他意はない。字余りになってしまうからである。詩人は綿密に字数を数え、語を選んで、アルス・ポエティカを構築する。感性がイメージを作り、メモリアが場のイメージを保存する。なにやらスコラ学ふうの言葉遣いで、その辺のところについては注釈文をご覧ねがいたいが、おもしろいのは「見」で、「表象像結合の能力」としたのはエスティマティヴ、これはメモリアのなかまで、内官の一眷属である。その子分のシミュラティヴ、フォルマティヴと詩人はことあげしていて、モノの形をしっかり見る力、モノをそのモノと見る力ということで、「ヴィヨン遺言詩」はプロスペクティヴ、見の詩文である。風景が見の構えでどっしり座っている。見の力が狂ったら大変だねえと、詩人は読者に皮肉をあびせかける。人は月に一度はバカになり、月に気分を左右される。そうアリストテレスもいってるよ、と詩人はへたなシャレをとばす。ところがファンタジアもこれはリュナティックで、こちらのほうは悪魔つきで、存在しないモノ、変形されたモノを提示するとトマス・アクィナスはいっている。ファンタジアはたしか幻想と訳しますねえ。幻想が感覚を従えたらどうなるか。内官の見が外官のファンタスティックな視覚をはたして制御できるか。詩人のファンタジアが奔放にはたらくとき、玉川上水の橋の上に月が登る。

あとがき

全体、通しで眺めてみて、「わがヴィヨン」の方を先に立てればよかったかなと思わないでもない。なにしろ「わがヴィヨン」の方は、わが青春の彷徨の話から書いているのだから。「いま、中世の秋」の方は夏のブルゴーニュ紀行文から筆を起こしている。昭和四十六年、その年の秋十月に三十八歳の誕生日を迎えた。

『サントリークォータリー』のあのエッセイ、ぶどう酒の話がよく書けてるって、ブルゴーニュ旅行に持って行った人がいますよと、中央公論社でしたか、後日、編集部の人に聞かされた覚えがある。そんな、酒の話をせっせと書いた覚えはないのだが。ムールソーの白とマーコンの赤ジュリエナス。それに、連載三回目に、当時十五区のラオス通りに住んでいた。ヨーロッパ旅行の途中に、わが家にお立ち寄りになられた堀米庸三先生にご賞味いただいたボルドーの白のバルサック。そんなものである。ことさらブルゴーニュをあげつらった覚えはない。あげつらったとおっしゃるのなら、それは「ブルゴーニュの赤」の話。いえね、夏のディジョンの宿のシャポー・ルージュの食堂ですすめられた「ブルゴーニュの赤」。名前は覚えていない。なにしろシタビラメのブルギニョンによくあった。ブルギニョンって、あの、赤ぶどう酒煮のことです。なにしろディジョンでのことですからねえ、まあ、赤ぶどう酒はブルゴーニュ物だったでしょう。

「いま、中世の秋」は『サントリークォータリー』の四、五、六号に書いた。昭和五十四年から、その翌年にかけてである。サントリーとのつきあいは、昭和六十年の暮れに「サントリー博物館文庫」から『日記のなかのパリ　パンと葡萄酒の中世』を出版するまで続いた。この本は、後、二〇〇七年に「ちくま学芸文庫」から、『パンとぶどう酒の中世　十五世紀パリの生活』と書名をあらためて再版した。

「ある日の講義」は、青土社の『現代思想』誌に、昭和五十四年二月号から、翌年の十二月号にかけて、隔月に書いた。自分で自分の声に陶酔しているような講師の講義につきあうのをあきらめて、ボールペンなんぞでトントン、トンとノートをつっついていた学生諸君も、もう、かれこれ還暦ですか。なんと、なんと、時の経つのは速いもので。

「青春燔祭」は聖文社の『月刊受験の世界史』に、昭和五十六年の四月号から翌年の一月号にかけて、「若者狩り」を初回として十回連載した。「燔祭」なんて小難しく言い回して見せたりして！　燔は古代ユダヤ教の用語で、犠牲に供した動物の肉を祭壇の上で焼く儀式をいう。青春を神に捧げて祭壇上に焼く。いったいなにをいいたいのか、ですって？

以上三つの連載エッセイをまとめて本にしたいがどうだろうかと、小沢書店の長谷川郁夫さんがいってきたのが一九八二年。それで本になったのが、この本の第一部「いま、中世の秋」です。ただ、その時、五本の小ぶりのエッセイを付け加えたいがどうだろうかと提案して、実現したのが、この第一部をさらに小分けして「IV 歴史家の仕事」です。これの細目は以下の通りです。

わが蘭学事始　中公新書『私の外国語』昭和四十五年七月
叙情の発見「朝日新聞」昭和四十七年十月十六日
小春日和のヴェズレー『月刊エコノミスト』昭和五十一年四月号
わがイミタティオ　誠信書房『新刊の目』月報　昭和五十三年八月
歴史家の仕事「聖教新聞」昭和五十六年四月二十三日

たまたま「聖教新聞」に載せたエッセイの題目をこの一編の題目にとる羽目になったわけだが、もとより他意はない。書いた本人がそんな逃げ腰で物をいうのもなんですが、この五本の小さなエッセイは歴史に対するわたしの構え方を書いていると思うのですよ。ところがそんなことをいっているわたしのそばに、もうひとりのわたしがいて、耳元でさわいでいる、なにいってるんだ、これは堀米庸三弔詞だろうが。

「わがヴィヨン」は平成五年三月の「一九九二年夏、マロ本を見る」を初回として、平成七年二月にかけて二十四回、日本橋の丸善の発行する月刊誌『学鐙』に連載した。この間にパリに遊び、編集部から校正刷りのＦＡＸを受け取ったことがあって、その際、モンマルトルの李禹煥（リ・ウーファン）さんのお家の電話を使わせていただいた。なんともうかつなことに、パリ時間にしてくださいと編集部に注意するのを忘れていたものですから、とんでもない時刻にファクスが入ってしまって、李夫人をおどろかせたらしく、いまだに恐縮しております。いまさらながら、ありがとうございました。

李禹煥さんは国際的に活動する、著名なアーティストです。瀬戸内にかれの名を冠した美術館の島がある。パリのアトリエは、なんとかつてイサドラ・ダンカンの住まいだったとか。家賃は、と、下世話にわたって恐縮だが、好奇心むき出しに伺ったら、その年に描いた絵のなかで一番気に入ったのを一枚くれればそれでいいということだとか。なんとも豪勢な話ですねえ。

「わがヴィヨン」も、また、小沢書店から出版した。一九九五年八月です。長岡正博さんの悠書館のこの本は、このふたつの小沢書店本を底本とした。だが、本来は母屋の軒先を借りるぐらいが身上の注が威張りかえって、ずいぶんとページを増やしてしまった。

もうひとつ、これは「あとがき」ではなくて「まえがき」を置いてそこでお断りしておかねばならなかったことだと反省しきりですが、「わがヴィヨン」の行文にはずいぶんと「ヴィヨン遺言詩」からの引用が入る。『学鐙』連載時や小沢書店本を作った時点では、詩は、原則として、小沢書店版「ヴィヨン遺言詩注釈『形見分けの歌』『遺言の歌』上中下」（一九九七〜二〇〇二年）の四巻本の訳詩を採ったが、その後、二〇一六年に悠書館から一冊本『ヴィヨン遺言詩集　形見分けの歌　遺言の歌』を出版するに際して、かなり訳詩を修正した。「わがヴィヨン」にはこちらの訳詩を採った。だから訳詩引用の前後の地の文と微妙に合わないところがある。それを修正していけばきりがない。多少のずれはご勘弁いただくしかない。「あとがき」で、そんな、と叱られるかもしれませんね。

最後になってしまいまして恐縮ですが、長岡正博さんと悠書館のみなさんに深甚の敬意と謝意を表します。『人間のヨーロッパ中世』『ヴィヨン遺言詩集』に引き続いてわたしの本の復活版を企画し制作してくださいまして、ありがとうございました。今後とも、ますますお心遣いのほど、お願い申し上げます。なあんて、殊勝げに物を言いながら、その口裏に、この次はどれを復活してくださるのかなと、さもしい期待が隠れている。自分でそういうことをいうのは止めなさいと叱られそうですね。

著者

二〇一八年早春

堀越孝一（ほりこし・こういち）

1933年、東京生まれ。1956年、東京大学文学部卒業、1966年、同大学大学院人文科学研究科博士課程満期退学、専門はヨーロッパ中世史。茨城大学、学習院大学、日本大学をはじめ、多くの大学で教鞭をとる。学習院大学名誉教授。著書に『中世ヨーロッパの歴史』、『中世の秋の画家たち』、『ヴィヨン遺言詩注釈Ⅰ～Ⅳ』、『人間のヨーロッパ中世』、『パリの住人の日記 1, 2』など。翻訳書に、ホイジンガ『中世の秋』、『朝の影のなかに』、C.B.ブシャード『騎士道百科図鑑』、『ヴィヨン遺言詩集』など。

放浪学生《ヴァガンテース》のヨーロッパ中世

2018年3月16日　初版発行

著　者　堀越 孝一

装　丁　尾崎 美千子
発行者　長岡 正博
発行所　悠書館
〒113-0033 東京都文京区本郷2-35-21-302
TEL. 03-3812-6504　FAX. 03-3812-7504
http://www.yushokan.co.jp/

印　刷　㈱理想社
製　本　㈱新広社

ISBN978-4-86582-032-4

定価はカバーに表示してあります

堀越孝一　著作シリーズ

人間のヨーロッパ中世

ヨーロッパ中世という歴史の舞台を彩った有名無名の青春群像を、みずみずしい筆致で、臨場感ゆたかに描きつつ、徹底した時代考証に裏打ちされたテキスト解釈によりヴィヨン＝無頼詩人“伝説”の虚実に迫る！

本体3,000円　四六判556ページ　978-4-903487-56-4

ヴィヨン遺言詩集　形見分けの歌 遺言の歌

詩人は15世紀のパリを照射し、歴史家は時代の空気を今に伝える――実証精神と想像力とがみごとに融和した達意の訳業！中世最大の詩人といわれるヴィヨンが残したとされる詩作品の全訳。

本体2,800円　四六判414ページ　978-4-86582-011-9

騎士道百科図鑑　C.ブシャード／監修　堀越孝一／日本語版監修

騎士になる訓練、騎乗する馬、剣や槍に鎧、身元を明かす紋章のシンボリズム、キリスト教信仰と暴力との折り合い、宮廷での身の処し方と恋愛、名だたる合戦のさまを臨場感ゆたかに描き出し、〈騎士〉と〈騎士道文化〉をあますところなく紹介。

本体9,500円　B4変形判フルカラー304ページ　ISBN 978-4-903487-43-4